나는 왜 이 사랑을 하는가

나는 왜
이 사랑을 하는가

사랑의 시작과 끝, 상처와 두려움 그리고 성장에 대하여

데이비드 리코 지음 | 윤미연 옮김

위고

나의 수많은 내담자들과 학생들에게 감사합니다. 지난 30여 년 동안 나는 그들에게서 인간관계의 모닥불에서 튀어 오르는 대단히 흥미로운 불꽃을 보았습니다.

용감하게도 나와 인연을 맺은 내 인생의 모든 지인들에게 고마움을 전합니다. 가족, 친구, 동료 그리고 나의 동반자들. 나는 그들에게서 중요한 핵심을 한 가지씩 발견하여 한데 이어 맞추었습니다. 내가 받은 사랑은 언제나 나에게 보호막이 되어주었습니다.

마지막으로, 미로 같기만 하던 행로를 쫓아갈 때 나에게 길을 가르쳐준 나의 첫 스승 쵸감 트룽파 린포체°에게 경의를 표합니다. 그는 내게 새로운 가능성을 열어주었습니다. 그 눈부신 입구를 통해 감히 심리학, 가톨릭교, 융의 시각, 신화학, 시, 나 자신의 내력 그리고 내 인생을 독특한 가장행렬로 만들어준 그 모든 소중한 선물을 조화시키려는 기획을 시도할 수 있었습니다.

나와 이 모든 조력자들이 그 눈부신 빛을 계속 통과할 수 있기를.

○   Chögyam Trungpa Rinpoche(1938~1988). 티베트 불교의 고승. 1970년 미국으로 건너가 미국에 티베트 불교를 뿌리내렸다.

사랑한 것만으로는 충분치 않으리라

우리가 지혜롭지 않았다면

그리고 그 사랑을 충분히 누리지 않았다면.

—존 서클링 경°

사랑은 가능성에 대한 가능성입니다. 우리가 아무리 오랫동안, 아무리 많이 사랑한다고 해도, 사랑의 가능성은 우리의 한계를 뛰어넘습니다. 사랑의 가능성은 언제나 침묵의 신비로 남을 것이고, 사랑의 황홀감과 아픔 앞에서 우리는 오직 '예'라는 대답으로 투항할 뿐입니다. 사랑의 미로 속으로 들어가는 여행이 아무리 위험하다 할지라도 우리 안에는 위험을 무릅쓰고 그 여정에 뛰어들게 만드는 열정적이고 용감한 무언가가 있습니다. 그렇지만 이 세상의 모든 사랑이 우리에게 행복을 가져다주거나 성숙한 관계를 맺을 수 있게 해주지는 않을 것입니다. 사랑에는 기술이 필요합니다. 그리고 우리는 그 기술을 완벽하게 터득할 수 있습니다. 처음에는 서투르고 어색할 수도 있겠지만, 연습을 통해 누군가와 함께 관계라는 춤을 우아하고 자연스럽게 출 수 있게 됩니다.

사람들은 모두 사랑을 다르게 경험합니다. 그러나 사랑을 하는 사

° Sir John Suckling(1609~1642). 17세기 영국의 시인, 극작가. 쾌락주의적인 시를 많이 썼다.

람은 대체로 다음의 다섯 가지를 경험하게 됩니다. 관심Attention, 수용Acceptance, 인정Appreciation, 애정Affection, 허용Allow이 그것입니다. 이런 관심, 수용, 인정, 애정, 허용을 받으며 자신의 가장 깊은 욕구와 소망을 충족시키며 살아갈 때, 우리는 사랑을 받고 있다고 느끼게 됩니다. 이 '5A', 즉 다섯 가지 열쇠는 인생이라는 여정에서 다양한 모습으로 나타납니다. 어린 시절 자존감과 건강한 자아가 발달하려면 이 다섯 가지 열쇠가 필요합니다. 이 열쇠들은 정체성, 즉 일관성 있는 인성을 이루기 위한 기본 요소입니다. 인간의 경험은 아주 매력적이고 믿음직한 조화를 이루고 있습니다. 우리가 자아를 구축하는 데 필요로 하는 것들은 정확히 우리가 연애 관계에서의 행복을 위해 필요로 하는 것들이기도 합니다. 이상적인 내밀한 관계란 이 다섯 가지 열쇠를 주고받는 것, 즉 관계의 기쁨과 풍요로움을 주고받는 것을 의미합니다. 이 사랑의 다섯 가지 요소 또는 양상은 성숙한 영적 존재들로서 세상에 유익한 존재가 되어야 하는 우리의 목표를 말해주는 것이기도 합니다. 이것은 우리 안에 구축된 감동적이고 고무적인 동시성입니다. 다섯 가지 열쇠는 어린 시절에 충족되지 못한 우리의 욕구들을 충족시키는 것인 동시에, 어른으로서의 내밀한 관계와 보편적인 연민의 필요 요건이기도 합니다. 인류의 정신적 발달에 있어서도 바로 이 열쇠들이 우리 모두의 진화를 위한 길을 열어줍니다.

다섯 가지 열쇠는 어린 시절에 선물처럼 우리에게 옵니다. 그리고 우리는 그것을 다시 다른 사람들에게 선물합니다. 이는 노력의 결과가 아니라 우리가 받는 사랑이 저절로 넘쳐흘러서 그렇게 되는 것입니다. 일부러 노력할 필요가 없습니다. 그저 자신이 사랑하는 사람들에게 관심을 기울이고 감사하고 있다는 사실을 그냥 알아차리는 것입니다. 연민 역시 마찬가지입니다. 연민은 의무가 아닙니다. 이 세상을 보다 깨어 있는 마음으로 살아갈 때 우리의 내면에서 연민이 생겨남을 '깨닫게' 됩니다.

그렇다면 이러한 사랑의 본질적인 요소를 주고받는 능력을 키울 방법이 있을까요? 물론 있습니다. 판단이나 집착, 두려움, 기대, 방어, 편견 없이 현실을 깨어 있는 정신으로 지켜볼 때 그 능력은 성장합니다. 이 책은 다섯 가지 열쇠를 하나하나 다루고, 그것들이 어린 시절과 어떻게 연관되어 있으며, 정신적인 성숙에는 어떻게 연결되는지 살펴봅니다. 또한 어린 시절의 문제를 해결하고, 보다 행복한 관계를 이루고, 정신적으로 더 의식적이고 연민 어린 사람이 되도록 도와줄 방법을 제시하고 있습니다.

이 모든 것을 위해서는 함께 여행을 떠나야만 합니다. 이 여행은 모험을 향해 떠나는 영웅의 여정과 흡사합니다. 왜냐하면 이 여정에는 고통이 따르며, 자아를 중심으로 살아오던 삶의 태도에서 인생의 위험에 적극적으로 맞서는 태도로 당신을 변화시키기 때문입니다. 이 책은 그 길을 안내하면서 안전하고 즐겁게 함께 야영하는 데 필요한 장비 또한 제공할 것입니다. 우리는 서양의 심리적 도구와 동서양의 영적 수련 방법을 따로 짚어나가는 것이 아니라 동시적으로 이용할 것입니다. 주요한 심리적 도구들을 통해 문제를 확인하고 분석하고 해결하는 데 전념하면서 유년기의 개인적 난제를 탐색할 것입니다. 그렇게 함으로써 당신은 변화하고 성장할 수 있을 것입니다. 심리적 도구들은 자아를 내려놓게 하고, 더욱더 깨어 있는 마음을 갖게 해주며, 연민 의식을 길러줍니다. 감정적인 장애와 문제를 찾아내 검토하고 해결하는 심리적인 작업에서는 감정에 주의를 기울이고, 그 영향을 탐사하고, 그 감정이 변화하거나 내면으로 인도하는 길을 드러낼 때까지 그것을 붙들고 있게 됩니다. 하지만 영적 수행에서는 아주 다른 일이 일어납니다. 우리는 감정과 생각들이 떠오르도록 내버려두고 그대로 흘려보냅니다. 그것들을 다스리지 않으며 붙잡지도 않습니다. 이 두 가지 접근은 각각 적절한 때가 있습니다. 따라서 우리에게는 이 두 가지 방법이 모두 필요합니다. 주의를 기울이는 것과 그대로 흘려보내는 것은 이 책 전체를 통해 계속 제시될 한 쌍의 도구입니다. 마음챙김 없는 치료는 단지 곤경을 해결하도록 이끌어갑니다. 그러나 치료와 함께하는 마음챙김은 애초에 우리를 그런 곤경에 빠뜨린 자아를 소멸시키도록 도와줍니다.

영웅적인 여정은 잃어버렸거나 망가진 것들을 수리하고 복구할 수 있는 무언가를 찾고자 하는 갈망을 비유한 것입니다. 영웅의 여정은 우선 친숙한 것을 떠나고, 그런 다음 분투하면서 새로운 장소로 힘겹게 나아가고, 마지막으로 '보다 높은 의식 상태'°라는 선물을 가지고 귀향하는 것을 의미합니다. 사랑하는 두 사람은 로맨스 단계에서 서로를 발견하고 갈등 단계에서 대립하는 과정을 거쳐 마침내 서로에게 평생토록 헌신하게 됩니다. 우리는 이처럼 위험한 탐험의 여정을 온전히 통과하지 않는 한 성숙한 사랑을 할 수 없습니다.

요컨대, 여행을 하면서 우리는 일어나 나아가야 할 필요도 있지만, 앉아서 머물 필요도 있습니다. 명상과 침묵의 시간을 갖지 않고 계속

○   higher consciousness. 초의식 또는 객관적인 의식이라고도 불리는 이것은 네 가지 의식 상태, 즉 수면 상태와 깨어 있으나 잠든 상태, 자기의식 상태, 객관의식 상태 중 하나로, 마음의 소란스러운 영역을 넘어서야 비로소 도달할 수 있다. 더 이상 외부 사건들에 휘둘리지 않는 자기의식 상태(즉 자기 자신을 인식한 상태)에서 한 차원 높은 의식 상태에 도달할 때, 인간은 오감이 차단된 실재의 세계를 접하게 된다.

앞으로 나아가기만 한다면 외향적인 행동주의에 빠질 우려가 있습니다. 반면에 여행을 하고 있다는 자각 없이 명상할 경우에는 내향적인 정적주의에 사로잡힐 수 있습니다. 동양의 목소리는 우리가 이미 여기에 와 있다고 말합니다. 서양의 목소리는 그곳에 완전히 다다르기 위해서는 밖으로 나가야 한다고 외칩니다. 우리는 그 둘을 결합하지 않고서는 어디에도 이르지 못하며 어디에도 존재할 수 없습니다. 부처는 영원히 가부좌를 틀고 앉아 있기만 했던 게 아니라 진리를 전파하기 위해 세상으로 나가기도 했습니다. 예수는 날마다 설교하고 치유하기만 했던 게 아니라 사막에서 홀로 앉아 있기도 했습니다.

내밀한 사랑은 불가사의합니다. 또한 이루기 어렵습니다. 많은 이들이 내밀한 사랑을 갈망하면서도 동시에 두려워합니다. 그러므로 깊은 사랑의 관계는 광범위한 지침을 반드시 필요로 합니다. 이 책은 여리고 무서운 마음의 영역을 탐사하고, 그 영역으로 이르는 길을 환하게 밝혀줄 것입니다. 우리 중 누구도 그 길을 가기에 너무 늦지 않았습니다. 그리고 그 길은 생각만큼 험난하거나 멀지 않습니다.

나는 심리치료 전문가이자 다양한 관계를 겪어온 한 남자로서 이 글을 쓰고 있습니다. 살아오면서 많은 문제를 맞닥뜨렸지만 늘 그것들을 해결할 수 있는 방법을 찾았습니다. 그리고 그 문제들이 바닥이 보이지 않는 심연과 같은 구덩이가 아니라 보다 풍요로운 삶을 위한 입구라는 사실 또한 발견했습니다. 이 책에서 내가 역점을 두는 것은, 우리가 어떻게 필연적으로 수렁에 빠지게 되는지, 그리고 상황이 어떻게 잘못되어가는지에 관한 것입니다. 상황을 보다 순조롭게 풀어나갈 수 있는 방법들 그리고 더 나은 사람이 되고 더 나은 세상을 만들어갈 수 있는 방법들 또한 분명하게 제시할 것입니다.

나는 이 책이 다음과 같은 진지한 질문을 제기하고 이 질문에 당신이 대답하는 데 도움이 되기를 바랍니다.

- 내가 바라왔던 행복을 찾기 위해 나에게 필요한 것은 무엇일까?
- 나는 내가 늘 바라왔던 방식으로 사랑받을 수 있을까?
- 과거를 흘려보내기 위해서는 어떻게 해야 할까?
- 나 자신의 경계를 지키고, 상대에게도 그렇게 해달라고 요구하고, 나 역시 상대의 경계를 존중하는 법을 배울 수 있을까?
- 나는 통제하고 싶어 하는 마음을 버릴 수 있을까?
- 나는 온 마음을 다해 사랑할 용기를 낼 수 있을까?

이 책 전체는 내가 당신에게 보내는 편지입니다. 나의 내담자들과 친구들 그리고 나 자신의 삶에서 내가 배운 것들을 당신과 함께 나누기를 간절히 바랍니다. 사랑이 품은 진실과 사랑이 작용하는 방식은 당신을 비롯한 모든 사람들이 익히 알고 있는 것들입니다. 내 역할은 단지 에덴의 추방자들로부터 나에게로 전해져온 지혜를 이 애플 컴퓨터로 타이핑한 것뿐이었습니다.

1장

그 모든 것은
어떻게
시작되었을까

집을 떠나는 것만으로도

부처의 가르침 중

절반을 깨달은 것이다.

—밀라레파

우리는 모두 춤추는 능력을 갖고 태어났습니다. 하지만 춤을 잘 추기 위해서는 반드시 연습이 필요합니다. 자연스럽고 우아하게 움직일 수 있을 때까지 스텝을 익히고 동작을 연습해야 합니다. 거기서 즐거움을 느낄 수 있으려면 그만큼 노력을 해야 합니다. 몸이 다쳤거나 자신감에 손상을 입은 사람은 다른 이들보다 더 많이 연습해야 할 것입니다. 몸과 마음에 입은 손상이 너무 커서 아무리 연습한다 해도 춤을 제대로 출 수 없는 사람도 있습니다. 그런가 하면 춤추는 것은 죄악이라고 배운 이들도 있습니다.

관계 역시 이와 다르지 않습니다. 어린 시절의 경험이 어른이 되어 맺는 관계를 형성하거나 변형합니다. 어떤 이들은 어렸을 때 방치나 억압 또는 학대로 인해 심리적으로 아주 심하게 다치거나 장애를 입어서, 오랜 세월에 걸친 노력과 수련을 거쳐야 비로소 '마음을 다한 성숙한 관계'라는 우아한 춤을 출 수 있습니다. 또 어떤 이들은 과거에 입은 손상이 너무 심각한 나머지 결코 성숙한 관계를 맺지 못할 수도 있습니다.

그러나 우리 대부분은 관심, 수용, 인정, 애정, 허용이라는 다섯 가지 열쇠에 대한 정서적 욕구를 적절히 해소하면서 만족할 만한 양육을 받으며 성장했습니다. 그래서 어른이 되어 어렵지 않게 건강한 방식으로 타인과 관계를 맺게 됩니다. 이것은 타인과 가까워지는 것에 대한 극심한 두려움이나 맹목적 소유욕 없이 마음을 다해 관계를 맺는 것을 의미합니다. 그러나 일부러 배우지 않고서는 그 누구도 아주 편하고 자연스럽게 춤을 출 수 없듯이, 관계에 관한 기술을 배우지 않고서는 그 누구도 아주 편하고 자연스럽게 타인과 관계를 맺을 수 없습니다. 어떤 사람들은 춤을 마스터하지만, 어떤 사람들은 제대로 해내지 못합니다. 물론 자기가 춤을 제대로 추지 못한다는 사실을 전혀 알아차리지 못하는 사람들도 있습니다. 또 춤을 잘 출 수 있는 잠재력을 갖고 있지만 기량을 향상시키려는 의지가 없는 사람도 있을 수 있습니다. 이 경우에는 다른 사람에게 피해를 주는 일은 거의 없을 것입니다. 그러나 만일 관계 속에서라면 그로 인해 누군가가 다칠 수 있습니다. 겉으로 보기에 성공적으로 보이는 관계라도 사실 진정한 친밀함이나 헌신을 주고받지 못하는 경우가 있습니다. 만일 결혼을 하고 자녀들을 두었는데도 이런 관계가 지속되고 있다면 심각하고 불행한 일이 아닐 수 없습니다.

어린 시절 심한 학대를 당했거나 정서적 욕구들이 충족되지 못해 심각한 손상을 입은 탓으로 어른이 되어서 좀처럼 깊은 관계를 맺지 못하는 사람들이 있습니다. 그런 사람들도 얼마든지 친밀한 관계를 맺는 법을 터득할 수 있습니다. 단, 어린 시절의 문제를 극복한 경우에만 가능합니다. 관계를 잘 맺기 위해 노력하고 연습하는 데 힘을 쏟는 것은 우리의 몫입니다. 배우고, 과거를 애도하고, 자신의 참모습을 깨닫고, 오랫동안 익숙해져 있던 습관들을 버리고, 자신의 상대와 함께 부단히 노력해나가야 할 것입니다. 다행스러운 것은 우리가 이 작업을 기꺼이 해나가려는 마음을 갖고 있다는 사실입니다. 결국 서투름이나 실수, 잘못 내디딘 걸음은 그 이면의 사랑을 반영하는 조화롭고 협조적인 움직임을 당해내지 못하니까요.

우리는 어린 시절의 상처가 성인이 되어 맺는 관계에 부정적인 영향을 미칠 수 있다고 알고 있습니다. 그러나 나는 인생 여정에서 유년기에 대해 대체로 긍정적인 시각을 갖고 있습니다. 그 당시 실제로 어떤 일이 일어났는가는 현재 그것을 어떤 식으로 떠안고 있는가보다 중요하지 않습니다. 자신이 성장해온 밑거름으로서 긍정적으로 껴안고 있는가, 아니면 자신과 자신이 맺는 관계에 계속 상처를 입히는 부정적인 것으로 붙들고 있는가. 과거를 애도함으로써 그것이 현재의 삶에 미치는 영향을 줄일 수 있다면 우리는 상대와 단단히 결속하는 한편 자신의 경계 또한 유지할 수 있습니다. 우리가 역경에 대처하는 프로그램을 갖고 있는 한, 그 어떤 문제도 우리를 절망으로 이끌지 못합니다. 미래가 없는 고통스러운 관계를 청산하지 못하는 사람들을 '공의존증共依存症', 즉 '관계중독증'으로 분류한다고 합니다. 하지만 우리의 자아감 sense of self은 원초적으로 가족 구성원과의 교류에서 비롯된 것입니다. 그래서 만일 현재의 관계가 아버지나 어머니와 맺었던 관계를 재현한다면, 그 원초적인 관계를 벗어나는 것이 엄청난 위협감을 불러일으킬 수도 있습니다. 그래서 모든 변화, 심지어 더 나은 변화의 가능성도 위협으로 받아들이게 됩니다. 따라서 변화에 걸리는 시간 동안 자신에게 연민을 가져야 합니다. 천천히 시간을 갖고 해나간다고 해서 그것이 비겁하거나 공의존적임을 의미하지는 않습니다. 오히려 이전의 관계에 계속 사로잡혀 있는 정신 영역들이 보내오는 압박과 의미를 민감하게 받아들이고 있다는 뜻입니다. 과거에 실패한 관계와 현재 실패해가는 관계는 살아가는 동안 우리의 뇌리를 떠나지 않습니다. 그런 실패를 반복하는 것은 인간이기 때문에 지극히 당연하며, 실패를 반복하지 않기 위해 그것을 변화시키려 하는 것은 건강한 태도입니다. 방어적인 반응을 다양한 해결 방법으로 서서히 바꾸어나갈 때, 새로운 가능성이 열리고 새로운 방법이 나타나 관계에 작용하게 됩니다.

만약 유년기에 완전한 만족을 얻었다면, 더 넓은 세상으로 손을 뻗을 이유가 전혀 없을 것입니다. 아버지와 어머니에 의해 주어진 안전한 보금자리를 떠나서 성인 세계에서 자신의 상대를 찾으려 노력할 때, 비로소 성년기의 여행이 시작됩니다. 그런 결핍이 없다면, 우리는 안락한 집에 안주하면서 더 넓은 세상으로부터 자신을 고립시키게 되고, 세상에서 자신만의 유일무이한 자리를 찾지 못할 수도 있습니다. 그리고 바로 그런 까닭으로, 그 어떤 것도 인간으로서 우리가 지닌 잠재력을 결코 충분히 만족시키지 못하게 되는 것입니다. 하지만 만족이 허락되는 '순간'이 있습니다. 그리고 그런 순간이 있기에 우리는 계속 살아갈 수 있습니다. 그런 순간을 경험할 때, 우리는 우리 자신을 발견하게 됩니다. 잉그마르 베르히만 감독은 자신의 영화 〈제7의 봉인〉에서 한 기사의 입을 통해 이것을 아주 감동적으로 표현하고 있습니다. "이 순간을 잊지 못할 거요. 이 고요함…… 딸기, 우유, 저녁놀에 물든 당신들의 얼굴. 나는 우리들이 나눈 이야기를 기억하면서 이 기억을 신선한 우유가 철철 넘치는 그릇처럼 내 두 손에 조심스럽게 간직할 것이오. 그리고 이 기억은 나에게 커다란 충만함 그 자체가 될 것이오."

성숙한 사람에게서 받는 사랑은 우리가 그 사랑에서 얻는 만족보다 더 큰 것을 우리에게 줍니다. 그 사랑은 조용히 잔물결을 일으키며 과거로 되돌아가 부적합한 과거를 수리하고, 복구하고, 개조합니다. 그리고 진정한 사랑은 그와 동시에 앞으로 나아가면서 우리의 내면에 변화를 일으킵니다. 우리는 "이제 나는 그렇게 많은 것을 바랄 필요가 없어. 내 부모를 전처럼 심하게 탓할 필요도 없어. 이제 나는 사랑을 갈망하지 않고도 사랑을 받을 수 있게 되었어. 나는 사랑을 받을 수 있고 그것으로 충분해"라고 생각할 수 있는 단계에 다다릅니다. 인생의 여정에서 이 단계까지 나아간 사람만이 누군가를 진정으로 깊이 사랑할 수 있습니다.

지지적 환경°, 즉 다섯 가지 열쇠가 주어지는 안전하고 신뢰할 만한 환경은 심리적 성장과 정신적 성장에 반드시 필요합니다. 우리는 어미의 육아 주머니 속에서 자라는 캥거루와도 같습니다. 우리는 자궁 안에서, 가정 속에서, 관계 속에서, 그리고 공동체 속에서 지지받는 경험을 합니다. 내적 자아는 인생의 각 단계에서 감정에 적절히 대응하고 욕구에 즉각적으로 반응해주는 사랑하는 사람들의 애정 어린 돌봄과 배려를 필요로 합니다. 그들은 우리의 개인적인 역량, 사랑스러움, 평온함과 같은 내적 자원을 발전시키는 원천입니다. 우리를 사랑하는 사람들은 우리를 이해하고, 관심, 인정, 수용, 애정을 우리가 느낄 수 있도록 보여줍니다. 우리가 현재의 우리가 되도록 길을 열어

○　holding environment. 대상관계이론가 D. W. 위니코트의 심리치료 관련 용어로, '안아주기 환경'으로도 번역되고 있다. 소아과학과 정신의학을 연결하여 특히 아동발달에 대한 정신분석적 개념과 아동양육이론에 지대한 공헌을 한 위니코트는 어머니 역할의 중요성과 어머니에 의해 만들어지는 지지적 환경을 중요시했는데, 이는 안전한 관계가 이루어지는 안전 공간, 아이가 드러내는 내적 경험을 포용하고 촉진하는 환경을 일컫는다.

주는 것입니다.

그러므로 우리가 해야 할 일은, 가능한 한 가장 건강한 형태의 '나'가 되는 것입니다. 건강한 자아는 자기 자신과 상황과 사람들을 관찰, 평가하고, 목표를 향해 나아가도록 하는 우리의 일부입니다. 건강한 자아 덕분에 책임감과 분별력을 갖고 선택과 약속을 하게 되고 따라서 관계를 순조롭게 유지해나갈 수 있습니다. 반면에 신경증적 자아는 점점 더 거세어지는 오만함, 권능감, 집착, 통제하려는 욕구, 두려움과 욕망에 강박적으로 쫓기거나 방해받는 우리의 일부입니다. 때때로 이 자아는 스스로 자기를 부정하고 자신이 피해자라고 느끼게 만듭니다. 신경증적 자아는 우리가 반드시 해체시켜야 할 자아입니다. 이 자아는 친밀함을 쫓아내고 자존감을 위협하는 폭군입니다.

서구심리학은 자기감sense of self을 구축하는 것에 중점을 두고 있습니다. 이와는 정반대로, 불교는 독립적이고 확고하고 견고한 자기self에 대한 환상을 버리는 것을 중요하게 여깁니다. 이 두 관점은 불교가 건강한 자기감을 상정한다는 사실을 깨닫기 전까지는 서로 모순처럼 보입니다. 불교는 능력과 신뢰를 구축하고, 타인과 효과적으로 관계를 맺고, 인생의 목적을 발견하거나 책임을 이행하는 성인으로서의 임무를 포기하라고 권하지 않습니다. 사실 먼저 자기를 확립한 후에야 자기를 버릴 수 있습니다. 여기서 '자기'는 잠정적이고 편리한 명칭일 뿐, 지속적이고 궁극적인 실체를 가리키는 것이 아닙니다. 제한적이고 고정된 자기란 없다고 말하는 것은 우리 모두에게 무한한 잠재력이 있음을 표현하는 한 방식입니다. 누구나 자신의 제한적인 자기를 초월할 수 있습니다. 우리는 모두 자기 이상의 존재입니다.

욕구를 갖고 있는 것은 나약함의 증거로 생각될 수 있습니다. 사실 욕구는 우리를 예정되어 있는 대로 성장하도록 이끌어줍니다. 어린 시절 관심과 수용, 인정, 애정을 갈망하고 자신을 있는 그대로 인정받고자 했던 마음은 병적인 것이 아니라 발전적인 것입니다. 어린 시절 부모의 관심을 받으려고 애썼던 것은 건강한 발달을 위해 필요한 것을 추구하고 있었던 것입니다. 이는 이기적인 게 아니라 스스로를 보살피는 것이었기 때문에, 지금 그것을 부끄러워할 필요가 전혀 없습니다.

과거는 현재와 이어져 있으므로 유년기는 현재의 선택에 영향을 미칩니다. 유년기의 일이 아직까지도 끝나지 않았다는 것이 반드시 미성숙을 의미하지는 않습니다. 성인의 관계에서 되풀이되는 유년기의 테마는 우리의 일상에 깊이를 더해줍니다. 이를 통해 일상의 사건들을 피상적으로 넘기지 않고, 변화해 나아가는 사건들의 기승전결을 완전하게 겪습니다. 과거는 우리가 과거의 상실을 되풀이하거나 뭔가를 결정할 때 무의식적으로 과거의 결정 요인을 끌어들이려는 충동을 느낄 때만 문제가 됩니다. 그러므로 우리가 해야 할 일은 과거와의 연관성을 없애는 것이 아니라, 과거에 휘둘리지 않고 다만 그 과거를 참작하는 것입니다. 관건은 우리의 과거가 건강한 관계를 맺고 가장 깊은 욕구, 가치, 소망을 충족시키며 살아갈 가능성을 얼마나 방해하느냐 하는 것입니다.

좋건 나쁘건, 심리적 발달은 평생 동안 이어지는 관계의 산물입니다. 성인의 목표는 그 관계 하나하나를 잘 처리하는 것입니다. 마치 천사와 씨름하는 야곱처럼 과거의 관계로부터 축복을 받을 때까지○

그 관계를 정중하게 해결하려 애써야 합니다. 그 축복은 우리가 놓치거나 잃은 것을 드러내는 것입니다. 이를 알면 과거를 흘려보낼 수 있고 자기 자신 그리고 자기 긍정적으로 우리를 사랑할 줄 아는 타인에게서 충족감을 얻을 수 있습니다. 자기 긍정적인 사랑은 유년기에 손상된 정신구조를 복구하거나 보수하고, 그 결과 우리는 현재의 자신에 대해 일관성 있는 의식을 가질 수 있습니다. 그렇게 되면 우리는 같은 방식으로 타인을 사랑할 수 있게 됩니다. 우리는 타인으로부터 받고, 받는 것을 통해 주는 법을 배웁니다. 사랑은 관대함을 가르칩니다. 그러므로 성숙은 욕구를 버리는 것이 아니라, 욕구에 대해 성숙하고 너그러운 반응을 보임으로써 자신에게 도움을 주는 타인을 가까이로 모으는 것입니다.

유년기의 습관 가운데 특히 방어적인 태도는 결함이나 병의 징후로 여겨져 왔습니다. 그렇지만 우리는 대체로 심리적인 생존을 위해 방어할 필요를 느낍니다. 자신이 아직 준비되어 있지 않다고 느끼는 것들, 예를 들어 친밀함이나 완전한 헌신 같은 것들에 대해 방어합니다. 어린 시절에 자신의 소망과 욕구를 마음 놓고 드러낼 수 없었던 사람은 그것을 보호하는 법을 배웠을 것입니다. 자신에게 굴욕감을 주거나 자신을 갉아먹는 것, 또는 불신으로부터 자신의 연약하고 상처 입기 쉬운 내면을 지키는 법을 배웠습니다. 이는 결함이 아니라 기술이었습니다.

만일 어렸을 때 안전하지 못하다고 느꼈다면 지금도 여전히 그렇게 느낄 수 있으며, 어린 시절의 방어 방법을 계속 사용하고 있을 수

○   갖은 방법으로도 야곱이 항복하지 않고 그렇게 날이 새려고 하자 다급해진 천사는 자신을 그만 놓아달라고 했지만 야곱은 축복을 받기 전에는 놓아주지 않겠다고 했다.

도 있습니다. 우리는 두려움이라는 벽 뒤에 숨어 웅크리고 앉아 있게 만든 유년기의 배신들이 재현되지나 않을까 하는 두려움 때문에 지금 친밀함에 대해 스스로 벽을 쌓거나 달아날 수도 있습니다. 우리의 자존감을 에워싸고 있는 그 벽에는 이런 낙서들이 있습니다. "그 누구와도 너무 가까워져선 안 돼", "완전히 빠져들어선 안 돼", "순조로운 관계는 절대로 없어", "내가 사랑받고 싶을 때 나를 사랑해줄 사람은 아무도 없어", "이성을 믿어서는 안 돼". 성인으로서 우리가 해야 할 일은 이 원칙들을 보다 낙관적이고 건강한 원칙들로 대체하는 것입니다. 활기찬 에너지를 위한 잠재력을 제한하는 원칙들은 트럭이 전속력으로 달리지 못하도록 속도를 조절하는 것과도 같습니다.

우리 대부분은 어린 시절에 놓친 것들에 대한 수그러들 줄 모르는 갈망을 갖고 있습니다. 모든 친밀한 유대는 그 해묵은 갈망을 부활시킬 것입니다. 그리고 충족되지 못한 욕구들에 항상 따라다니는 두려움과 불안, 좌절감과 불만도 함께 되살아날 것입니다. 그러나 그 덕분에 우리는 자신의 좌절된 욕구를 다시 돌아보고 내면세계를 긍정적으로 재구축할 수 있는 이상적인 위치에 서게 됩니다. 관계 속의 견고한 유대는 종교적 믿음과 마찬가지로 여러 현실적 영향에도 불구하고 지속적이며, 따라서 성장의 유일한 장애물은 오직 자신의 저항뿐입니다. 자신의 망가진 부분을 고치고 복원할 때, 과거에 저지되었던 것들이 해방됩니다. 우리는 진정한 자신과 만나게 되고, 재발견된 본질과 함께 조화롭게 살아갈 수 있게 됩니다.

누구나 살아가는 동안 음식의 영양분을 필요로 합니다. 그와 마찬가지로, 심리적으로 건강한 사람은 살아가는 동안 내내 다섯 가지 열쇠라는 자양물, 즉 관심, 수용, 인정, 애정, 허용을 필요로 합니다. 유년기에 충족되지 못한 다섯 가지 열쇠를 성장한 후에 채워 넣는 것은 사실상 불가능합니다. 그것들이 완전히, 또는 즉각적으로, 또는 언제나 한결같이 충족될 수는 없다는 의미에서 만회가 불가능하다는 뜻입니다. 한 개인이 우리의 욕구를 완전히 즉각적으로 충족시켜줄 수 있는 것은 오직 젖먹이 때나 가능합니다. 그러나 욕구는 평생을 통해 단기할부나 장기할부처럼 충족될 수도 있습니다. 문제는 우리가 그 모든 것이 당장, 그리고 지나칠 정도로 듬뿍 충족되기를 바란다는 사실입니다. 과거에 충분히 받지 못했던 것들은 지금도 충분히 받을 수 없고, 과거에 충분히 받았던 것들은 지금도 충분히 받을 수 있습니다.

어린 시절의 감정적 욕구가 부모를 통해 충족되었다면, 타인이 자신이 필요로 하는 것을 제공해줄 수 있다는 믿음과 함께 유년기에서 벗어나게 됩니다. 그리하여 고통이나 억압 없이 타인으로부터 사랑을 받을 수 있습니다. 이 경우, 욕구는 적정합니다. 누군가가 자신의 욕구를 충족시켜줄 거라는 믿음을 갖고 있으며, 자신 역시 그 사람이 필요로 하는 것을 충족시켜줍니다. 이는 일생 동안 측은지심과 평정심의 토대가 됩니다.

어머니는 성장에 주요한 역할을 합니다. 양육의 첫 단계에서, 어머니는 우리를 담고 있는 일종의 그릇입니다. 어머니는 지지적 환경을 제공하며 우리는 그 환경 속에서 현재의 자신으로 성장하기 위해 반드시 필요한 안전감을 배우고 느낍니다. 그러나 결국 우리는 독자적인 정체성을 확립하기 위해 어머니로부터 떨어져 나올 필요가 있습니다. 그러므로 우리는 하나의 역설, 즉 성장을 위해 필요한 안전이 결국 우리가 떠나도록 해준다는 역설과 함께 양육의 첫 단계를 맞닥뜨립니다. 만약 어머니의 포옹이 너무 유혹적이거나 너무 단단하다면, 우리는 그 품에서 떨어져 나오지 못할 수 있습니다. 만일 "떠나지 마!"라는 말을 듣고 주저한다면, 결국 그 말은 "나는 떠날 수 없어"가 되고, 그래서 후일 어떤 폭력적인 성인 관계에서 그것이 계속 급소가 됩니다.

양육의 두 번째 단계에서, 어머니는 안전한 기지입니다. 이제 우리는 "나는 떠났다가 돌아올 수 있어"라고 말합니다. 기어 다닐 수 있게 되면서 우리는 어머니의 따뜻한 품을 떠나 미지의 것을 탐험하러 갑니다. 이때 여전히 되돌아갈 수 있는 안전한 항구인 어머니가 가까이에 있다는 것을 알 필요가 있습니다. 만일 이 단계가 순조롭게 풀려나간다면, 우리는 부재와 유기, 떠남과 상실을 동일시하지 않게 됩니다. 발달상의 이러한 성취는 대상항상성°의 확장이며, 이에 의해 우리는 누군가를 떠나보낼 수 있게 되고 그 사람이 떠난다 해도 여전히 자신을 사랑하며 원하면 언제든지 그를 만날 수 있다고 믿을 수 있습니다. 청소년기에 이르면, 어머니에게서 떨어져 나오고 싶은 욕구가 절정에 다다릅니다. 그러나 되돌아갈 안전한 기지는 여전히 필요합니다.

세 번째 단계에서, 어머니는 우리와 동등한 성인으로서, 우리를 사랑하는 동료이자 존경받는 조언자가 됩니다. 이제 우리는 완전히 독립했고, 자신의 정체성을 확립했습니다. 그래서 어머니와 따로 살지만, 상호적인 존중과 지원은 여전히 사그라지지 않습니다. 어른이 되는 것의 목표는 결국 어머니와 재결합하는 것이 아니라, 어린 시절 어머니가 우리에게 제공했던 것들, 즉 다섯 가지 열쇠를 우리 자신과 타인에게서 가능한 한 많이 찾아내는 것입니다.

○　　object constancy. 상대방에게 실망하고 상처받고 화가 나더라도 그 사람에 대한 긍정적인 애착을 유지하는 능력을 일컫는 정신분석학 용어.

첫 단계에서 우리는 어디서부터 자신이 시작되고 어디서 어머니가 끝나는지 그 경계에 대한 의식이 없습니다. 두 번째 단계에서 우리는 경계를 정립합니다. 그 경계는 청소년기에 확고해집니다. 세 번째 단계에서는 서로의 경계를 존중합니다. 흥미롭게도 양육상의 이 단계들은 성인 관계에서의 단계들과 비슷합니다. 로맨스 단계에서의 친밀함, 갈등 단계에서의 거리두기, 헌신 단계에서의 재결합. 원형적인 영웅의 여정은 인간의 성장과 발달 과정에 대한 비유입니다. 영웅들 역시 이런 단계를 거쳐야 합니다. 즉, 익숙하고 안락한 환경에서 떠나는 단계, 집으로부터 멀리 떨어져 나와 독립적인 정체성을 찾는 단계, 그리고 새로워지고 상호의존적이 되어 집으로 되돌아오는 단계. 이때 귀향은 심리적이고 영적인 힘을 자신의 내면에 통합하는 것을 비유합니다.

성숙한 의식을 가진 어머니는 아이를 달래줄 뿐만 아니라, 자신이 부재하거나 옆에서 도와주지 못할 때 아이가 스스로 안정을 찾을 수 있도록 가르칩니다. 그런 어머니는 아이의 타고난 재능이 어떻게 스스로를 위로하는 능력으로 쓰일 수 있는지 보여줄 것입니다. 예를 들어, 그림 그리는 것을 좋아하는 아이는 그림 그리는 행위를 통해 안락함을 느낄 수 있습니다. 건강한 양육 방식에서 발견되는 것은 성숙한 관계와 성숙한 영성에서도 발견됩니다. 건강하고 친밀한 관계에서 우리는 상대에게 애정 어린 돌봄과 배려를 25퍼센트 이상 바라지 않습니다. 나머지는 자신 안에서 찾는 법을 배웁니다. 그와 마찬가지로, 진정한 영적 스승은 수련자에게 깨달음은 내적 현실이며 스승으로부터 끌어내어지는 것이 아니라는 것을 가르치는 사람입니다. 그러므로 부모, 연인, 스승은 결국 우리 안의 내적 부모, 내적 연인, 내적 스승을 의미합니다.

우리는 모두 태어난 그 순간부터 계속 강렬한 사랑의 관계에 속해 있습니다. 사랑은 어머니를 아기 곁에 계속 붙어 있게 만듭니다. 인류가 생존해올 수 있었던 것은 바로 그 때문입니다. 아기의 사랑과 미소는 어머니를 계속 아기 곁에 붙어 있게 하고, 그렇게 해서 아기의 생존은 보장 받게 됩니다. 그러므로 우리의 세포기억°은 타인(즉 어머니)의 현존을 안전과 동일시하고 타인과의 거리를 위험과 동일시합니다. 버림받을지도 모른다는 두려움이 그토록 무시무시한 것은 바로 그런 이유입니다. 그와 동시에, 어머니와 아이 사이의 놀이는 우리의 기억 속에 진정한 사랑의 핵심적인 요소로 암호화됩니다. 요컨대, 초자연적인 힘, 감수성, 서로를 위하고 보살피는 것과 같은 가장 소중한 정신 구조들은 생물학적 에너지에서 나오는 것이 아니라 유아기의 사랑과 거울반응°°에서 비롯됩니다.

어머니처럼 아버지도 자식을 포용하고 지지하며 자식이 독립해 나갈 수 있는 안전한 그릇을 아이의 성장에 제공할 수 있을까요? 그럴 것 같지 않습니다. 아버지의 역할은 아이가 안전한 그릇 안에 너무 오랫동안 담겨 있지 않도록 해주는 것입니다! 어머니는 우리가 감정을 표현하고 독자적인 선택을 할 수 있도록 안전한 장소를 제공해줄 수

°   cellular memory. 두뇌와 직접 연결된 신경의 활동과는 관계없이, 신체 각 부위가 반복적으로 움직이게 되면 그 부위의 세포가 그 움직임을 기억하여, 뇌에서 내려오는 명령 없이도 그 움직임을 독자적으로 지속하게 되는 것.

°°   mirroring. 거울반응 또는 되비추기. 마치 거울이 자신의 모습을 똑같이 되비춰주듯이 상대의 행동이나 비언어적인 반응에 따라 그와 같은 행동을 하거나 같은 반응을 보이는 것. 이런 반응들은 무의식적인 차원에서 동질감을 유발함으로써 두 사람 사이에 상호 신뢰와 친밀감이 쉽게 이루어지게 한다.

있습니다. 아버지는 더 넓은 세상으로 들어가는 안전한 출구를 우리에게 보여줄 수 있습니다. 만일 어떤 아버지가 성장기의 자녀에게 사사건건 간섭을 하면서 아이가 혼자 있을 자유를 침해한다면, 그때는 할아버지가 아무런 기대나 요구 없이 마음을 다해 남성적인 양육을 위해 나서서 도와줘야 합니다.

포유동물인 우리는 자궁 속에서 포옹으로 옮겨갑니다. 뭔가를 전혀 다른 것으로 변모시키는 연금술 또한 하나의 그릇 안에서 일어납니다. '자아'라는 납덩어리가 '보다 높은 자기'라는 황금으로 변화하기 위해서는 그 연금술을 일으킬 가마솥 같은 그릇이 필요합니다. 그런 다음에야 비로소 거인 같은 두려움에 당당히 맞서 이겨낼 수 있습니다. 우리가 힘든 과도기를 겪을 때 치료나 지원을 위한 모임이 적합한 그릇이 될 수 있습니다. 예를 들어 알코올중독자 재활협회는 중독 상태에서 벗어나고 있는 사람을 위해 그릇 역할을 맡을 수 있습니다. 우리는 선천적으로 대화를 필요로 하는 존재이기 때문에, 고립된 상태에서 정체성은 발달할 수 없습니다. "오직 누군가의 품 안에서만 최초의 '나는'이 발음될 수 있다. 아니, 좀 더 정확히 말하자면 '나는'이라는 말을 발음할 용기를 낼 수 있다"라고 영국의 정신분석학자 D. W. 위니코트는 말합니다.

인생의 원초적인 감정적 요구들은 평화로운 발달을 위해 필요한 장소인 자궁, 어머니의 품, 따뜻한 가정, 부모의 보호와 같은 지지적 환경 속에서 충족됩니다. 그런 안전하고 포용하는 환경 속에서 아이는 감정을 자유롭게 표현할 만큼 충분히 여유 있고 안전한 공간 속에서 살고 있다고 느낍니다. 부모가 자신의 감정에 잘 대처하고 수용적인 사랑으로 그 감정들을 되비춰줄 수 있다고 느낍니다. 간단히 말해,

집 안에 '진정한 자기'를 위한 공간이 있다고 느끼는 것입니다.

반면에 욕구가 충족되지 못했다면, 어른이 되었을 때 더 높은 힘을 믿거나 영성의 필요성을 받아들이기 어려울 수도 있습니다. 신앙은 눈에 보이지 않는 애정 어린 돌봄과 배려의 원천을 믿는 것을 요합니다. 눈에 보이는 양육의 원천들이 기대를 저버릴 때, 눈에 보이지 않은 원천들을 믿을 가능성은 더 적어집니다. 그러나 융은 인간의 내면에서 영적인 것에 대한 갈망은 성욕만큼이나 강하다고 말합니다. 그러므로 자신보다 더 위대한 힘의 가능성을 전적으로 부인하는 것은 내면의 본능을 무시하는 것입니다. 이와 똑같은 문제의 이면은 종교적인 광신 또는 죄책감과 의무로 가득 찬 부정적이고 편협한 독실함입니다.

어린 시절 다섯 가지 열쇠 중 하나 이상을 충분히 받지 못했을 때, 우리의 내면에는 밑 없는 구덩이가 생겨납니다. 그리고 잃어버린 퍼즐 조각들과 메마른 과거에 대한 충족될 수 없는 갈망이 일어납니다. 충족되지 못한 유년기를 애도하는 것은 고통스럽습니다. 우리는 얼마나 큰 슬픔이 얼마나 오래 지속될지 우리 힘으로는 조절할 수 없다는 것을 잘 알기 때문에 슬픔을 두려워하고, 그래서 그 슬픔을 비켜갈 방법들을 찾습니다. 하지만 자신의 슬픔과 맞서는 것은 곧 자신을 돌보는 것이며 결핍으로부터 벗어나는 것입니다. 역설적이게도, 자신의 상처 입은 감정 속으로 들어갈 때, 오히려 건강한 친밀함을 굳건하게 맺을 수 있게 됩니다.

과거를 되찾고 바로잡는 것은 관계 속에서 우리가 지향하는 목표입니다. 그 목표가 아주 복잡하고 까다로운 것은 당연합니다. 두 성인 사이의 교류 자체가 복잡하고 까다롭다는 뜻이 아니라 과거를 되찾고 바로잡는 교류는 좀처럼 시작되지 않기 때문에 그 목표가 까다롭다는 것입니다. 두 '아이'는 서로의 옷소매를 잡아당기며 이렇게 소리칩니다. "내가 아이였을 때 나에게 무슨 일이 일어났는지 봐! 그 일을 멈춰줘. 날 위해서 바로잡아줘!" 이것은 사실상 지나가는 모르는 사람을 붙잡고 그가 전혀 알지도 못하고 고칠 능력도 없는 어떤 문제를 해결해달라고 떼를 쓰고 있는 것입니다. 거기에 에너지와 시간을 쏟아붓느라 자신의 과거를 바로잡는 일에 집중하지 못하게 됩니다.

설사 유년기의 욕구가 충족되었다 해도, 어른이 되어 자신에게 노력을 기울일 필요는 있습니다. 애정 어린 양육을 하는 부모는 아이를 안전하고 마음 편한 환경에서 유년기를 보낼 수 있게 합니다. 그런 환경에서 성장한 사람은 자신에게 그런 기적을 다시 만들어줄 대상을 계속 찾게 됩니다. '완벽한 상대'에 대한 환상을 되풀이하거나 그 환상을 계속 쫓는 것은 정신이 보내는 메시지, 즉 노력을 기울이라는 강렬한 신호입니다. 건강한 성인에게는 임시적이거나 순간적인 경우 외에는 완벽한 상대 같은 것은 존재하지 않습니다. 행복의 원천이란 존재하지 않으며, 상대가 인생을 완벽하게 만들어줄 수도 없습니다. 어떤 한 관계에서 모든 욕구와 필요를 충족시킬 수 있을 거라고 기대해서는 안 됩니다. 관계는 우리가 원하고 필요로 하는 것이 어떤 것들인지 보여주고 그것을 충족하는 데 대단치 않은 기여를 할 뿐입니다. 우리는 이렇게 묻습니다. 내가 완벽한 상대를 만났더라면, 내가 알게 된 것들을 영영 모르고 살 수도 있지 않았을까?

완벽한 상대는 우리가 불충분한 사랑의 사막을 건너면서 보게 되는 신기루입니다. 신기루는 목마른 사람에게 나타납니다. 다시 말해, 필요한 것이 오랫동안 결핍되었기 때문에 나타납니다. 그러므로 신기루는 부끄러워할 게 아니라 지극히 당연한 것입니다. 우리는 그 신기루를 알아차리고, 그것을 노력해야 할 부분에 관한 정보로 받아들인 뒤 흘려보내야 합니다. 그렇게 한다면 계속 나아가는 사람들, 신기루 때문에 멈추지 않았던 사람들에게 자연이 주는 선물인 진정한 오아시스에 다다르게 될 것입니다.

그러나 그 무엇도 영원히 우리를 만족시켜주지 않는다는 것은 인생의 기정사실입니다. 이런 사실에도 불구하고, 많은 이들은 자신을 영원히 만족시켜줄 대상이 어딘가에 있다고 믿습니다. 그런 비현실적인 믿음, 그리고 그런 믿음에 수반되는 필사적인 추구는 극단적인 절망과 자기 파멸을 가져올 수 있습니다. 현실의 불만족을 받아들인다면 그렇게 현실에 굴복하는 자세로부터 놀랍게도 우리에게 힘을 불어넣어주는 일을 만날 있습니다. 우리는 현실을 변화시켜주거나 거기에서 벗어날 수 있는 돌파구를 제공해주는 사람을 원하는 게 아니라, 이 세상에서 나란히 걸어갈 상대를 원한다는 사실을 발견합니다. 근본적으로 불만족스러운 인생의 기정사실들을 받아들이는 동시에 만족을 얻을 수 있는 기회를 최고로 높이는 노력 사이에서 기분 좋은 균형을 발견합니다. 이는 착각과 실망으로 눈 덮인 봉우리들 사이를 절묘하게 지나가는 산길의 발견입니다. 이런 관점에서는 단 며칠 동안 또는 심지어 단 몇 분 동안 경험한 대수롭지 않은 적당한 충족도 만족스러운 것이 됩니다.

'적당한'은 다섯 가지 열쇠를 주고받는 데 있어 핵심어입니다. 다섯 가지 열쇠가 끊임없이 계속 쏟아부어진다면 젖먹이조차 피곤하고 짜증스러워질 테니까요. 그러면 마음은 이내 그것을 피해 달아나기를 갈망하게 됩니다. 따라서 별로 만족스럽지 못한 타협처럼 보이는 그

'적당한' 만족이야말로 사실상 성숙한 사람들이 주고받는 최상의 거래인 것입니다.

사랑할 때 우리가 원하는 것

훌륭한 양육은 관심, 수용, 인정, 애정, 허용이라는 다섯 가지 열쇠를 의미한다는 것을 우리는 마음 깊은 곳에서 알고 있었습니다. 어렸을 때 부모가 자신을 어떻게 만족시켰는지 또는 만족시키지 못했는지 우리는 알아차렸습니다. 그 후로 자신을 더 잘 만족시켜줄 사람을 찾았습니다. 이 과정은 마치 모나리자의 복제품을 보고 원작보다 흐릿하고 색깔도 미묘하게 다르다는 것을 알아차리는 과정과 비슷합니다. 모나리자의 원본이 어떤 것인지 이미 알고 있기 때문입니다. 그래서 우리는 더 선명하게 인쇄된 것을 계속해서 찾습니다. 성인이 되면 우리는 '원본'이 될 만한 상대를 찾습니다. 즉, 부모보다 더 좋은 점을 갖고 있거나 부모에게는 없는 점을 갖고 있기도 한 '복제품'을 찾는 것입니다. 그래서 나를 통제하면서도 동시에 나에게 헌신적인 사람을 찾습니다. 더 성숙해질수록 우리는 긍정적인 특징만 찾을 뿐 부정적인 특징은 찾지 않게 됩니다. 따라서 이제 나를 통제하는 사람을 찾는 게 아니라 나 자신을 있는 그대로 내버려둘 수 있는 헌신적인 사람을 찾습니다. 완전히 성숙해졌을 때, 우리는 단지 현실에 주목할 뿐 완벽을 요구하지 않습니다. 우리는 자신의 내면에 접근합니다. 그 일에 협조적인 상대는 하나의 선물이지만, 이제 더 이상 그런 상대가 반드시 필요하지는 않습니다. 다섯 가지 열쇠는 부모에 의해 충족되어야 할 필요에서 시작되고, 그런 다음 상대에 의해 채워질 필요가 되며, 언젠가는 우리가 타인과 세상에 되돌려줄 선물이 됩니다.

자존감은 다섯 가지 열쇠를 제공하는 타인과의 접촉에서 생겨납니다. 다섯 가지 열쇠는 건강한 자아의 요소입니다. 타인의 관심은 자존심을 길러줍니다. 수용은 자신이 선천적으로 훌륭한 사람이라는 의식을 갖게 해줍니다. 인정은 자부심을 낳습니다. 애정은 자신을 매력적인 존재로 느끼게 해줍니다. 허용은 자신의 가장 깊은 욕구, 가치, 소망을 추구할 자유를 줍니다. 다섯 가지 열쇠를 받지 못했을 때, 그것을 자신 탓이라고 느꼈을 수도 있습니다. 그래서 평생토록 그것을 보상하려는 욕구에 시달릴 수도 있습니다. 하지만 놓치고 있던 것들을 되찾고 자신의 내면에서 그것들을 발견하기 위해 세상 밖으로 나가 여행하는 것이 진정한 임무이기 때문에, 그런 보상 욕구는 헛되고 어리석습니다.

의사 표현을 하지만 관심을 받지 못하고, 스스로를 내보이지만 받아들여지지 못하고, 사랑을 원하지만 거부당할 때, 또는 어떤 선택을 하고 그것을 추구할 허락을 받지 못할 때 우리는 뭔가를 놓치는 듯한 기분을 느낍니다. 반면에 타인이 다섯 가지 열쇠를 제공해줄 때, 우리는 충족감을 느끼고 마음이 편안해집니다.

우리가 필요로 하는 모든 것을 부모에게서만 얻는다는 것은 자연의 섭리에 어긋납니다. 실제로 부모 중 한 사람 또는 두 사람 모두 우리의 내면에 구멍을 남긴 채 죽거나 떠났을 수도 있습니다. 그러나 우리는 일종의 소켓 또한 갖고 태어났습니다. 그것은 어머니와 아버지의 원형이며, 어머니와 아버지의 에너지를 공급받기 위해 우리 마음속에 생득적으로 갖고 있는 도구입니다. 이 소켓에는 대역들이 꽂힐 수도 있습니다. 이모나 삼촌, 형이나 언니, 조부모, 성직자, 선생님, 또는 다섯 가지 열쇠 중 하나를 제공하는 누구라도 그 역할을 맡을 수 있습니다. 부모가 아무리 애정을 갖고 보살펴준다 해도, 그들만으로는 성장에 필요한 것들을 모두 충족시킬 수 없습니다. 일생 동안 다른 원천들을 통해 필요한 것들을 충족하는 것은 정당하며 반드시 필요합니다. 원형적인 갈망은 그것들을 제공해줄 사람들을 찾도록 우리를 부추깁니다. 그러나 성인의 분별을 지닌 사람은 어떤 한 사람이 그것들을 전부 다 채워주리라는 기대를 하지 않습니다.

아울러, 성인의 동반자 관계에서도 어린 시절과 마찬가지로 다섯 가지 열쇠의 표현방식이 계속 변화합니다. 어머니는 한 살 먹은 아이와 열두 살 먹은 아이에게 각기 다르게 관심을 표현합니다. 동반자 관계의 상대는 연애 단계와 갈등 단계에서 각기 다른 종류의 관심을 표현합니다(이 단계들에 대해서는 나중에 더 자세히 살펴볼 것입니다). 모든 것이 항상 변함없기를 기대하는 것은 성숙한 관계 맺기와 성장하는 것 사이의 유사점을 놓치는 것입니다. 사랑의 모든 은총은 시간과 함께 그 질과 양이 변합니다. 이는 연인들이 시간이 흐를수록 주는 것에 인색해지기 때문이 아니라 늘 변화하는 욕구를 더 많이 의식하기 때문입니다.

다섯 가지 열쇠를 타인에게 줄 때 우리는 훨씬 더 많은 것을 얻게 됩니다. 그 열쇠는 타인에게로 넘어가지만, 그것을 줄 때 우리는 보다 사랑스럽고 매력적인 인간이 됩니다. 그러므로 다섯 가지 열쇠는 자신의 내면에 사랑이라는 덕목을 구축합니다. 사랑하는 것은 사랑스러워지는 것입니다.

관심 ATTENTION

포유류는 본능적으로 부모의 완전한 관심을 필요로 하며 관심을 받을 자격이 있다고 느낍니다. 응당 받아야 할 관심을 부모가 절반만 보여줄 때 아이는 그걸 알아차리고 불안을 느낍니다. 먹이를 잡아 온 어미 표범은 새끼들이 먹이를 먹는 동안 사냥으로 지저분해진 자신의 털에는 신경조차 쓰지 않습니다. 새끼들이 자신의 털을 손질해줄 것도, 먹이를 남겨줄 것도 바라지 않습니다. 그렇게 오로지 새끼들에게만 관심을 기울이는 어미 표범의 양육 태도는 후일 새끼 표범들이 자라 어미가 되었을 때 우선순위에 대한 올바른 개념을 갖게 합니다. 자녀가 부모를 돌봐야 하거나 이해해야 할 경우, 아이의 정신적 삶은 혼란스러워지게 됩니다. 그런 상황은 아이들이 본능적으로 예상하는 것과는 정반대이기 때문입니다.

관심을 기울이는 것은 초점을 맞추는 것을 의미합니다. 그것은 욕구와 감정들을 세심하게 지각하는 것을 의미합니다. 당신의 부모는 적어도 TV를 들여다보는 것만큼 당신에게 관심을 기울였습니까? 당신의 아버지는 자동차에 투자했던 것과 같은 애정과 배려로 당신의 감정과 두려움에 관심을 기울였습니까?

당신의 일거수일투족을 지켜보는 것은 설령 당신을 보호하려는 의도라 해도, 관심이 아니라 침해 혹은 감시입니다. 진실로 애정 어린 관심이라면, 당신은 속속들이 감시당한다는 느낌을 받지 않습니다. 과잉보호는 당신의 능력에 대한(따라서 당신에 대한) 일종의 불신입니다. 진정한 관심은 당신에게 어떤 문제가 생겼을 때만이 아니라 언제든 어디서든 당신을 떠나지 않습니다. "우리 아버지는 마치 내 질문을 듣기 위해 평생을 기다려온 것처럼 내 말에 귀를 기울여"라고 J. D. 샐린저의 소설 속 한 등장인물은 말합니다. 우리 부모도 그런 식으로 내가 하는 말에 귀를 기울였을까요? 나도 그 정도로 중요한 존재였을까요?

만약 어린아이였을 때 그런 관심을 받지 못했다면, 우리는 자기 자신에게 스스로 관심을 기울이고, 부모가 아닌 다른 어른들에게서 관심을 얻는 법을 배웠을 수도 있습니다. 이런 식으로, 결핍이 결국 이점이 되고 움푹 팬 구멍이 대문이 됩니다. 요컨대 전화위복이 되는 것입니다. 이와 마찬가지로, 성인이 되었을 때 타인에게 관심을 기울이는 능력은 어린 시절에 필요했던 관심이 채워지지 않았다는 인식과 정비례할 수도 있습니다. 과거의 결핍을 보는 것이 현재의 관계에서 결핍을 보도록 도와주기 때문입니다.

정서조율°은 관심이 서로에게 거울처럼 반영되는 것입니다. 관심을 기울이는 것은 상대에게 주의를 집중하고 상대의 말과 감정, 경험을 듣는 것입니다. 진심어린 관심을 받는 순간, 우리는 자신의 말과 행동, 나아가 있는 그대로의 자신을 깊이 이해받았다는 기분을 느낍니다. 이와 마찬가지로 우리 역시 상대의 감정, 욕구, 신체적 반응 그리고 상대가 편안하게 느끼는 친밀함의 정도에 우리를 맞출 수 있습니다. 만약 어떤 감정은 옳고 어떤 감정은 그르다고 상정한다면 상대에게 적절히 맞추어 대응할 수가 없습니다. 누군가에게 적절히 대응하기 위해서는 모든 감정, 기분, 내적 상태들에 대한 중립적인 태도, 두려움을 모르는 열린 태도가 필요합니다. 오직 그런 순수한 관심을

○   attunement. 서로 유사한 방식의 말투나 행동을 통해 서로의 정서를 맞춰나가는 것을 의미하는 심리학 용어.

통해서만이 우리는 허세 이면의 두려움, 무신경함 이면의 혼란을 볼 수 있습니다. 바로 그렇게 해서 관심은 연민이 됩니다.

　관심을 받지 못했던 기억은 우리 안에 차곡차곡 쌓이거나 수치심의 근원이 됩니다. 유년기에 정서조율이 제대로 이루어지지 않은 경우, 후일 자립하는 것을 두려워하게 될 수도 있으며, 다른 사람이 자기에게 다가오리라는 것을 믿지 못하게 될 수도 있습니다. 잘못된 정서조율은 또한 우리를 겁먹고 외롭게 만들 수도 있습니다. 자신에게 필요한 거울반응을 찾는 것에 대한 몸에 밴 절망 때문에 자신의 심리적 지형의 어떤 영역들이 드러나는 것을 두려워합니다.

　적절하게 조율된 관심은 신뢰와 안전의 지대를 계속 확장합니다. 수면 아래 잠겨 있던 갈망을 찾아 수면 위로 떠오르게 하고 제대로 발달하지 못한 왜소한 희망을 찾아내 키우라고 격려받는 것을 느낍니다. 이는 주의 깊은 관심이 만들어내는 사랑입니다. 그리고 우리는 그 안에서 안전하다고 느낍니다. 우리의 진실에 그렇게 주의를 기울이는 태도에는 그 사람의 진실이 내포되어 있습니다. 우리는 그 사람이 자신의 진실을 말하고 있다고 믿습니다. 우리의 안전감은 바로 그것에서 기인합니다.

　관심은 당신이라는 신비롭고 놀라운 실체에 관한 참된 주의력과 호기심을 요합니다. 당신을 피상적으로만 알았던 부모나 상대는 단지 당신에 대한 자신의 믿음들을 충족시키는 것뿐일 수도 있습니다. 그들은 그 믿음 또는 편견으로 인해 진정한 당신을 드러내는 정보들을 받아들이지 못하며, 그런 상태가 아주 오랫동안 지속될 수 있습니다. 우리의 정체성은 만화경처럼 변화무쌍합니다. 매번 렌즈를 돌릴 때마다 그 도안은 항상 새롭습니다. 그것이 바로 우리를 아주 매력적이고 아름답게 만들어주는 것입니다.

관심에 대한 욕망은 그냥 듣는 사람이 아니라 귀 기울여 들어주는 사람을 원하는 것입니다. 경멸이나 조롱으로 반응하는 것이 아니라 존경심을 가지고 초점을 맞추는 것을 의미합니다. 당신에게 관심이 주어진다는 것은 당신의 생각이 중요한 것으로 존중받는다는 것을 말합니다. 당신은 진지하게 받아들여지고 정당한 칭찬을 받습니다. 당신을 사랑하는 사람들은 당신의 감정을 소중하게 생각하기 때문에 항상 무척 세심하게 살핍니다. 그들은 심지어 당신이 알기를 두려워하는 감정들까지 살피고 당신이 그것을 내보이고 싶어 하는지 아닌지 다정하게 묻습니다.

당신에게 관심을 기울이는 사람들은 당신과의 직접적인 대립도 마다하지 않습니다. 물론 감춰진 분노나 원한 때문이 아닙니다. 그들은 항상 당신을 존중하면서 열린 마음으로 대화하려는 진지한 의도를 가지고 있습니다. 관심은 다섯 가지 열쇠 중 나머지 네 가지와 마찬가지로 자신이 지지받고 있다는 믿음이 가는 환경에서 주어집니다.

수용 ACCEPTANCE

불교에 '자비의 눈길'이라는 말이 있습니다. 다른 사람들을 수용하고 이해하는 마음으로 바라보는 것을 말합니다. 수용은 타인이 우리의 모든 감정, 선택, 개인적인 특징을 존중하면서 우리를 받아들이는 것을 의미합니다. 그럴 경우 우리는 상대에게 안심하고 마음을 줘도 된다고 느낍니다. 타인과 친밀해지는 능력은 우리가 얼마나 안전하게 느끼는가에 따라 달라집니다. 그 안전감은 주로 유년기에 얼마나 진

실하게 받아들여졌는가에 근거합니다. 그러나 다 자라 어른이 된 뒤에도, 다른 사람들이 자신을 받아들여주는 순간들이 어린 시절 놓쳤던 것들을 어느 정도 채워줄 수 있습니다. 따라서 수용을 구하거나 베푸는 법을 배우기에 결코 늦지 않습니다.

수용받지 못한 어린 시절을 보낸 사람은 수치심을 느끼거나 자신이 쓸모없는 인간이라고 느꼈을 수 있습니다. 하지만 그 결핍을 긍정적인 방식으로 만회했을 수도 있습니다. 자신의 내면에서 스스로 평가의 장소를 발견함으로써 타인의 평가에 크게 좌우되지 않게 되었고, 그래서 이제 어른이 된 그들은 비난에도 아첨에도 휩쓸리지 않습니다. 그런 사람들은 어린 시절에 이미 정신의 깊숙한 곳에서 자아존중감을 찾아내는 법을 배웠습니다. 이것은 자존감을 구축할 뿐만 아니라 타인을 더 쉽게 받아들이게 해줍니다. 타인으로부터 뭔가를 얻고자 애쓰지 않기 때문에 그들을 있는 그대로 평가하고 받아들일 수 있습니다.

자녀를 온전히 수용하기 위해서, 부모는 미리 세워둔 계획에서 벗어나야만 합니다. 부모로서 자식에 대한 계획이나 의견 표시는 아이가 태어나기 전부터 이미 시작됩니다. "분명히 사내아이일 거야"에서부터 "이 아기는 우리의 결혼생활에 활력소가 되어줄 거야" 또는 "우리 딸은 내가 할 수 없었던 것을 해낼 거야"에 이르기까지 아주 다양합니다. 그런 것들은 아이의 개성을 교묘하게 부정하고 잠재력을 무시합니다. 부모는 아이에 대한 자신들의 의견 표시나 계획을 폐기해야 비로소 아이를 받아들일 수 있습니다. 이것은 아이가 결코 합의한 적이 없는 약속을 깨뜨렸다는 이유로 부모가 아이에게 실망하지 않는다는 것을 의미합니다. 수용은 무조건적인 것입니다. 왜냐하면 그것은 우리가 누군가의 선택과 생활양식에 동의하지 않더라도 그것들을 인정하고 존중하는 것을 의미하기 때문입니다. 이는 훈계와는 완전히 반대되는 것입니다. 우리는 모든 것을 보고 모든 것을 느끼지만, 그런 다음에는 오직 현재 있는 그대로의 그것에만 초점을 맞춥니다.

수용은 누군가로부터 인정받는 것, 즉 승인입니다. 그런데 이 '승인'이라는 단어는 어떤 심리학에서 자칫 나쁜 의미로 받아들여지기도 합니다. 하지만 어린 시절뿐만 아니라 살아가는 동안 누군가로부터 인정받고 싶어 하는 것은 지극히 당연한 일입니다. 특히 우리는 자신이 존경하는 사람들로부터 인정받고 싶어 합니다. 승인이 만들어내는 연대감은 우리를 그들(즉 우리가 존경하는 사람들)의 수준으로 끌어올려줍니다. 이것은 자기심리학°의 한 과정에 해당하는 '변형적 내면화'°°입니다. 승인은 자기존중감을 얻는 데 필수적인 요소입니다. 그것이 문제가 되는 것은 승인을 얻기 위해 자신의 참된 자기를 포기할 때뿐입니다. 참된 자기를 포기하면 오히려 승인을 얻는 데 불리하게 됩니다.

관심에서, 상대는 당신의 말을 듣고 주목합니다. 수용에서, 당신은 가치 있는 사람으로 받아들여지고, 형제자매와 비교당하지 않으며 당신 자체로 신뢰와 인정과 이해를 받고, 당신의 개성을 완전히 승인받습니다. 당신의 행로가 아무리 독특하다 해도, 당신의 감정이 아무리 혼란스럽다 해도, 당신의 결함이 아무리 거슬리는 것이라 해도, 당

° self-psychology. 대상관계이론과 쌍을 이뤄 한 인간의 성장 과정 전체를 분명하게 조명해주는 정신분석이론. 대상관계이론이 자기self가 성장하기에 적절한 대상관계가 어떤 것인지를 밝혀준다면, 자기심리학은 그 속에서 자기가 어떻게 성장하는가를 자세히 설명한다.
°° transmuting internalization. 자기대상의 능력을 자기의 것으로 바꾸는 것. 변형적 내면화를 통해 자기구조가 발달하게 된다.

신은 다정하고 따뜻한 지원을 느낍니다. 당신의 이러한 측면들은 단순히 용인되는 것이 아니라 격려받고 소중히 여겨집니다. 당신은 완전히 당신 그 자체이며, 그것으로 충분합니다. 당신의 부모는 당신이 어떤 기준을 충족시키기를 기대하기보다는, 당신이 그들과 아무리 다르다 해도, 또는 당신이 그들이 소망하는 모습에서 아무리 벗어난다 해도, 당신의 참모습을 온전히 드러내기를 간절히 바라고 기다립니다. 예, 이런 것을 원하는 사람들이 실제로 있습니다. 당신의 부모는 당신을 믿었습니까? 그들은 모든 문제를 헤치고 당신에게로 다가왔습니까? 그들은 신뢰할 수 있는 부모였습니까? 그들은 당신을 지지해주었습니까? 그들은 어떤 일이 있더라도 당신을 포기하지 않으려 했습니까? 정신분석학자 하인즈 코헛°은 다음과 같이 썼습니다. "자신의 수용성(즉 타인들에게 받아들여질 가능성)이 확실하다고 생각하는 사람일수록 자기 자신에 대한 의식이 더욱 분명하며, 가치체계가 안전하게 내면화되어 있을수록 거부에 대한 두려움이나 굴욕감을 지나치게 느끼는 일 없이 자신의 사랑을 더 자신 있게 효과적으로 줄 수 있을 것이다."

인정 APPRECIATION

인정은 수용에 깊이를 더해줍니다. "나는 당신을 존경한다. 나는 당신에게 감탄한다. 나는 당신을 아주 좋아한다. 나는 당신을 높이 평가한다. 나는 당신과 당신의 모든 잠재력을 인정한다. 나는 당신을 특별한

○   Heinz Kohut(1913~1981). 자기심리학 이론체계를 발전시킨 정신분석가.

사람으로 인정한다." 풍요로운 개인적 가치와 자기확신을 획득하기 위해서는 그런 격려가 필요합니다. 인간의 발전은 인간의 성취와 그에 따른 비준에서 비롯됩니다. 그러나 그것은 누군가가 우리의 능력을 믿어주는 것에서 비롯되기도 합니다. 자녀가 놀라운 잠재력을 갖고 있다는 부모의 믿음은 실제로 그 아이에게 잠재력이 생겨나게 합니다. 믿음이 오랫동안 지속되고 계속해서 확언된 경우, 그 믿음을 실제로 실현시킬 수 있는 능력이 생겨납니다.

인정에는 우리가 베푸는 친절이나 선물에 대한 감사 역시 포함됩니다.° 감사로서의 인정은 우리 존재와 잠재력을 알아보는 것을 뜻합니다. 누군가에게 뭔가를 줄 때, 우리는 본능적으로 감사함의 표시를 기다립니다. 그 주고받음이 정상적으로 완성되기를 바라는 소망에서입니다. 만약 상대에게서 감사의 표시가 없다면, 우리는 그 관계에서 뭔가가 빗나가고 있다고 느낍니다.

마음을 다한 인정에 대한 다음의 설명은 당신이 익히 알고 있는 것입니까? 누군가가 시기심이나 사심 없이 당신의 무조건적인 가치를 인정하고 소중히 생각하면서, 그것을 말이나 행동으로 표현했습니다. 그럴 때의 인정은 그 사람이 당신이 할 수 있었던 것들이나 느꼈던 것들을 이해해주는 것입니다. 당신이 뭔가를 잘했을 때 칭찬의 말이나 윙크, 당신이 뭔가를 남보다 뛰어나게 해냈을 때 어깨를 툭 쳐주는 행동, 당신을 사랑스럽게 바라보는 표정 등은 당신이 한 행동이나 베푼 것 또는 단순히 당신의 존재를 인정하는 것입니다.

시애틀 워싱턴대학교의 심리학자 존 가트맨 박사의 연구 조사에

° appreciation은 인정, 감사, 존경, 이해, 올바른 평가나 인식 등 다양한 의미를 담고 있는 포괄적인 단어이다.

따르면, 같이 사는 커플들 사이에서 인정과 불평의 비율은 5대 1입니다. 사실 모든 불평의 이면에는 다섯 가지 열쇠 중 하나에 대한 바람이 있습니다. 화를 내거나 낙담한다는 것은 다섯 가지 열쇠 중 하나 이상이 결여되고 있는 것일 수도 있습니다. "당신이 인정받지 못한다는 기분을 느끼는 거 나도 알아"는 화가 나서 불평하는 상대에 대한 정확하면서도 연민 어린 반응일 수 있습니다.

애정 AFFECTION

사랑을 주고받는 것은 인간의 기본적인 욕구입니다. 우리는 사랑을 감정적으로, 정신적으로, 신체적으로 표현합니다. 실제로 사랑하는 사람의 다정한 손길이나 포옹은 우리의 신체를 뚫고 들어와 영혼을 회복시킵니다. 아무리 크고 깊은 두려움이라 해도, 단 한 번의 애정 표현으로 순식간에 사라질 수도 있습니다.

사랑은 보편적인 방식으로 정의될 수 없습니다. 사랑의 경험은 자기 혼자만의 것이기 때문입니다. 마치 단 하나의 보편적인 서명은 존재하지 않으며 오직 유일한 개인적인 서명들만이 존재하는 것처럼, 각각의 사랑은 특별한 개인에 의해 특별하게 경험됩니다. 처음으로 사랑받는 것을 느낄 때 나는 그 첫 느낌을 통해 사랑이 어떤 것인지 배웁니다. 그 사랑은 내 몸의 세포 하나하나에 암호화됩니다. 그래서 후일 살아가면서 나는 그 원초적인 경험을 복제해야만 사랑을 느끼게 될 수도 있습니다.

만약 내가 곤경에 처해 있을 때 지원받는 것에 의해, 또는 인정받는 것에 의해, 또는 관심받는 것에 의해, 또는 뭔가를 받는 것에 의해 처음 사랑받는다는 기분을 느꼈다면, 내 몸은 일생 동안 그것을 기억할 것이고, 그런 일이 다시 일어날 때 나는 그것을 사랑이라고 느끼게 됩니다. 따라서 성년기의 사랑은 우리의 세포 하나하나가 기억하는 사랑을 재경험하는 것입니다. 우리는 살아가는 동안 언제나 유년기에 사랑을 받았던 방식으로 사랑받고 싶어 합니다. 우리는 사랑받는다는 것을 느끼기 위해서는 정확히 자신에게 무엇이 필요한지 알고 있습니다. 우리가 배워야 할 것은 그것을 요구하는 방법입니다. 상대는 독심술사가 아닙니다. 그러므로 우리는 자신이 원하는 사랑의 유형을 상대에게 말해야 합니다. 그리고 우리 역시 상대가 원하는 사랑의 방식을 배워야 합니다. 이것을 알면, 사랑은 단순히 감정적인 느낌이 아니라, 주고받는 것에 대한 의식적인 선택이라는 사실을 분명히 납득할 수 있습니다.

애정이라는 단어는 느낌이라는 뜻의 'affect'에서 유래했습니다. 애정은 신체적 친밀함과 감정적 친밀함 모두를 아우릅니다. 애정이 단지 섹스를 위한 전략에 불과하다면, 그것은 친밀한 게 아니라 교활한 것입니다. 성인 관계에서는 때때로 섹스 없는 친밀함이 있을 수 있고, 언제나 친밀함과 함께하는 섹스가 있을 수도 있습니다. 애정은 로맨스 단계와 갈등 단계에서 다르게 나타납니다. 갈등 단계에서 애정은 서로의 근심거리를 인내심 있게 이겨내는 것을 의미할 수 있습니다.

섹스에는 다섯 가지 열쇠가 모두 포함되어야 합니다. 건강한 관계에서 섹스는 주의 깊고, 수용적이고, 인정하고, 애정으로 충만하며 지극히 허용적입니다. 현명한 어른이라면 단순한 욕구로서 자기가 원하는 대로 행하는 섹스와 특별한 유대감에서 이루어지는 배려 깊은 섹스가 어떻게 다른지 알 것입니다. 진정한 사랑은 기성복을 구입하듯이 옷걸이에서 벗겨오는 것이 아닙니다. 그것은 사랑하는 대상에게 특별히 맞추어서 재단됩니다. 진정으로 당신을 사랑하는 사람을 놓아주는 것이 고통스러운 것은, 바로 그처럼 특별한 방식으로 받던 그 사랑을 포기해야 한다는 사실 때문입니다.

애정에는 가까움 또는 마음을 다한 접촉이 필요합니다. 누군가가 곁에 자주 있어줄 때 우리는 진정한 애정을 받고 있는 것입니다. 같이 사는 것을 의미하는 게 아니라 필요할 때 언제라도 그 사람이 내 곁에 있어줄 거라는 믿음을 말합니다. 부모가 자식과의 거리를 알아차리면서도 그에 대해 어떤 설명도 개선도 하지 않고 그냥 내버려둘 때, 아이는 번번이 버림을 받습니다. 아이는 자라서 어른이 되었을 때 이렇게 말할 수 있습니다. "내가 고통스러워하는 것을 보고도 어머니가 나를 위로해주지 않았을 때 나는 버림받은 기분이 들었고 돌이킬 수 없는 상처를 입었습니다." 한편 또 다른 성인은 이렇게 말할 수도 있습니다. "어린 시절, 누군가가 나를 안아줄 때면 나는 내 안에서 뭔가가 빠져나가는 듯한 느낌이 들었습니다. 그래서 지금도 누가 나를 만질 때면 나를 빼앗기지나 않을까 겁이 납니다." 이러한 고통에 대해, 그리고 부모가 어떤 고통 때문에 아이에게 그런 느낌을 주게 되었는지 곰곰이 생각해보노라면, 우리 자신과 우리의 가슴 아픈 사연 속에 등장하는 결함을 지닌 타인들에게 저절로 연민이 생겨나게 됩니다.

마음을 다한 접촉은 다섯 가지 열쇠를 주는 데 무조건적이며, 두려움이나 요구, 기대, 판단, 통제 같은 자아의 창조물들에 구애받지 않습니다. 마음을 다한 애정에 관한 다음의 설명은 당신이 익히 알고 있는 것입니까?

당신은 있는 그대로의 모습으로 사랑을 받습니다. 애정을 받고 싶은 욕구는 누군가가 당신을 거의 언제나 무조건적으로, 진정으로 사랑해줄 때 충족됩니다. 이 사랑은 언어적으로, 신체적으로 표현됩니다. "어머니의 사랑을 듬뿍 받고 자란 사람은 평생 동안 정복자와 같은 느낌을 갖게 된다"라는 프로이트의 말처럼 사랑은 개인에게 능력을 부여합니다. 어린 시절의 신체적인 접촉은 성적인 요소나 가치를 전혀 갖고 있지 않습니다. 당신의 작은 몸 세포 하나하나는 부모가 진심 어린 애정으로 따뜻하게 안아주는 것과 부모가 자신의 필요에 사로잡혀 와락 껴안는 것의 차이를 알았습니다. 어린 당신은 무언가가 주어지고 있을 때와 빠져나가고 있을 때를 알았습니다.

연민은 애정의 한 형태입니다. 그것은 고통에 대해 사랑으로 반응하는 것입니다. 고통을 기꺼이 인정하려는 마음과 당신이 그 고통 속에서 느끼는 감정들에 관심을 기울이고 배려하는 것을 의미합니다. 연민은 고통을 기꺼이 함께 나누려는 마음입니다. 상대로부터의 이러한 공감은 우리가 사랑받고 있다는 확실한 증거입니다. 사실, 우리가 평생을 두고 타인들로부터 받는 공감은 부모의 애정 어린 양육과 맞먹습니다.

어린 시절 당신에게는 부모의 의견이 아주 중요했기 때문에, 당신이 사랑받지 못하는 것은 당신이 사랑스럽지 못한 탓이며 따라서 당신 탓이라고 느끼게 되었을 가능성이 높습니다. 그래서 훗날 성인이 되었을 때 당신은 사랑을 상대의 기준에 부합하는 것과 동일시하여 의무감에 얽매일 수 있습니다. 당신은 평생토록 여러 상대를 만나 이런 식으로 느끼면서 그 이면에 놓인 오래된 배경을 결코 모를 수 있습니다. 손가락 하나가 손이 아니듯이 감정은 단지 사랑의 일부분일 뿐 사랑이 아닙니다. 누군가가 우리를 안아주고 쓰다듬어주지만 우리가 비난받지 않고 자유롭게 선택하도록 해주지 않는다면 그 손길은 옳지 않고 신뢰할 수 없습니다.

허용 ALLOWING

어린 시절 아이는 만족스러운 지지적 환경에서 가장 깊은 욕구와 소망을 내보이면서 자신의 참모습으로 살아가는 것이 안전하다는 것을 배웁니다. 이것은 자신의 모든 것을 포용할 만큼 두 팔을 활짝 벌려 안아주는 가정에서 자라날 때 일어납니다. 이 세상에서 그와 같은 환대를 받았을 때, 아이는 안정감과 응집감°을 얻습니다. 따라서 아이는 성장할수록 자립의 가장 신뢰할 만한 원천, 즉 자신의 감정들이 아무리 모순되거나 고통스럽다 하더라도 용인할 줄 알고 애정을 갖고 돌보고 배려하는 내면 부모를 발달시킵니다.

　그러나 누구나 어린 시절에 그런 혜택을 받지는 못합니다. 어떤 부모는 식사예절, 잠자리, 옷차림, 화장 등에 대해 아주 엄격하게 굴고 마음에 들지 않을 때는 비난을 퍼붓습니다. 그들은 엄격함이 자녀의 미래를 위해 중요하다고 합리화하지만 사실은 그 모든 것을 자신의 기준이나 욕구에 맞추려는 것입니다. 그런 경우, 아이는 가정에서 자신의 참모습을 드러내는 것이 안전하지 못하다고 느꼈을 수 있습니다. 자신의 본모습대로 행동하면 사랑받지 못한다고 말입니다. 그래서 우리는 부모가 자신을 사랑해주는 대가로 부모가 내게 요구하는 대로 형성되었을 수도 있습니다. 그 결과로 생겨난 '거짓 자기'는, 성

○　　coherence. 인생은 이해할 수 있고 조정할 수 있으며 의미 있는 것이라는 확신감.

인이 되어 친밀한 관계가 순조롭게 이루어질 경우 결국 '더 진실한 자기'에게 자리를 내주어야만 합니다. 만일 어린 시절에 참모습을 드러내는 것이 결코 안전하지 않았다면, 다시 말해 참모습을 감추어야 했다면, 현재 자신이 지닌 재능과 장점을 스스로 믿지 못할 수도 있습니다. 타인의 욕구와 소망에 맞추려고 노력하는 것은 마치 새끼 백조가 자신이 오리 연못에서 오리들과 함께 살아가고 있다는 이유로 오리가 되려고 애쓰는 것과 같습니다.

아이들은 융통성 있는 환경에서 심리적으로 건강한 성인으로 성장할 수 있습니다. 유년기의 욕구는 기쁨과 용서의 분위기 속에서 가장 잘 충족됩니다. 그런 정원에서는 봄을 알리는 크로커스가 끊임없이 피어나면서, 개인적인 안정과 자가 양육 능력의 꽃을 틔웁니다. 이는 후일 친밀함을 가능하게 합니다. 유년기에 건강한 허용을 받지 못하고 자란다면, 억압적인 상대를 선택하고 혼잣말처럼 이렇게 중얼거리게 될 수도 있습니다. "그의 뜻대로 해야 해. 그러지 않으면 문제가 생길 거야." 우리는 자신을 조종하려 하는 타인의 시도를 알아차리지 못합니다. 겉으로 보기에는 그럴듯해 보이지만 사실은 요구와 기대로 가득 차 있는 관계에 속아 넘어갈 수 있습니다.

굴복은 자신의 것이 아닌 타인의 가장 깊은 욕구, 가치, 소망을 따르는 것입니다. 하지만 계속되는 굴복의 잿더미 한가운데에 서 있다 해도, 언젠가는 개인적인 내면의 자유를 발견할 수 있습니다. 계속해서 순응하다 보면 내면에서 반발이 일어나는 것입니다.

건강한 상태라면 타인이 자신을 통제하는 것을 허용하지 않습니다. 그러나 그 통제가 그들 자신도 어쩔 수 없는 충동적인 행동이라는 것을 깨달을 때 우리는 도리어 그들의 고통을 느끼고 이해하게 됩니다. 통제적인 사람들은 대부분 자신도 모르게 그런 행동을 하게 됩니다. 그들은 통제하고 싶은 욕구를 자제하지 못합니다. 그들은 누군가를 모욕하기 위해 통제하려 드는 것이 아닙니다. 그보다는 오히려 무의식적으로 책임을 떠맡고 사람들과 상황을 지배합니다. 결과가 어찌 되건나 몰라라 하면서 상황을 그대로 내버려두는 건 그들에겐 등골이 오싹할 정도로 두려운 일이기 때문입니다. 통제하려는 충동에서 벗어나고 나아가 통제적인 사람에게 연민을 느낄 수 있으려면 영적인 프로그램이 필요합니다. 자아는 쉽사리 물러나지도, 쉽사리 관대해지지도 않을 터이므로 자아보다 더 높은 힘이 개입해야 합니다.

윌리엄 버틀러 예이츠는 "유랑 혼을 사랑하는"○ 특별한 사람에 대해 썼습니다. 자유를 '거울반응'하는 것은 자신의 이익과 안전을 위해 타인의 활기와 열정을 억압하기보다는 오히려 격려하는 것을 의미합니다. "유랑하는 영혼"은 떠남을 상정하고 있습니다. 진정한 허용은 누군가를 떠나도록 놓아주는 것을 의미하기도 합니다. 허용하는 것은 누군가가 우리와 떨어져 있을 공간을 원하거나 심지어 우리를 떠날 때 그를 위해 한쪽으로 비켜서 길을 터주는 것입니다. 이것은 대단히 용기 있는 행동입니다. 허용에 관한 다음의 내용들은 당신이 익히 알고 있는 것입니까?

어렸을 적 당신은 집안에서 당신의 참모습 그대로 있을 수 있고, 당신만의 생각을 표현해도 벌받지 않으며, 스스로 선택할 수 있고, 심지어 잘못된 행동이라도 진심으로 허용받는 것을 느꼈습니다.

당신은 다음과 같은 말들은 좀처럼 듣지 않았습니다. "그렇게 겁먹

○   예이츠의 시 「그대 늙었을 때When You Are Old」중 한 구절.

을 이유가 없잖아"라거나 "화 내지 마, 슬퍼하지 마" 또는 "네가 감히 싫다는 말을 해?" 관계 또는 가족을 지탱하는 생명력이 사랑일 때, 각 구성원은 순수하게 그 자신으로서 완전해집니다. 이는 '거짓 자기'를 만들어내는 통제에 대한 대안입니다.

만약 당신이 자유라는 선물을 받지 못했다면, 당신은 이런 말을 들었을 수도 있습니다. "학교에 가서도 넌 네 형의 발뒤꿈치도 못 따라갈 거야." 당신의 부모는 "너는 너 자신을 지킬 능력이 있어"라는 말 대신 "항상 조심해야 해"라는 식으로 이 세상이 무서운 곳이라고 암시했습니까? 부모로부터 배운 세상에 대한 선입견 때문에 처음 학교에 갔을 때 놀라고 겁먹고 통제당하는 기분을 느끼지 않았습니까?

한계를 설정하는 것과 통제하는 것은 어떻게 다를까요? 통제는 타인이 원하는 대로 따르도록 만듭니다. 한계를 설정하는 것은 마음 놓고 당신의 참모습을 드러낼 수 있게 해줍니다. 그런데 모순되게도, 우리는 한계가 없이는 자유를 성취할 수 없습니다. 한계는 우리가 성장할 수 있게 하는 '지지적 환경'입니다. 처음에는 우리를 감싸 안고, 그다음에는 안 된다고 말합니다. 심지어 보호구역조차 그 주위에 담이 둘러쳐져 있습니다. 그렇지 않다면 어떻게 그곳이 안전할 수 있겠습니까?

자유는 자신감과 연결되어 있습니다. 자신의 가장 절실한 욕구와 소망을 표현할 자유를 누리지 못했을 때, 당신은 자신의 판단에 대해 신뢰를 잃게 됩니다. 규칙들을 따름으로써 정말로 원하는 것들을 숨기며 살아가게 됩니다. 당신은 자기를 긍정하기보다는 타인을 즐겁게 해주는 것을 인생의 목적으로 삼습니다.

만약 당신이 집안에서 자유로움을 느꼈다면, 당신은 다정한 선생님 같은 지지적 권위들을 더 쉽게 믿을 수 있습니다. 지지적 권위는 비난이나 일방적인 판단을 하지 않는 진정한 권위입니다. 우리가 앞서 보았던 것처럼, '변형적 내면화'에 있어서 부모는 자신들의 능력을 점차적으로 자녀와 공유하게 됩니다. 이 과정은 사실상 안정된 자아감을 이루는 데 있어서 필수적인 요소입니다. 인간의 권위와 계층은 우리를 통제하고 하찮은 존재들로 만들 때가 아니라, 우리에게 우리 자신에 대한 주도권을 가질 권한을 부여할 때 유용하고 정당합니다. 행정기관이나 종교적 권위가 건강한 양육을 '거울반응'할 때, 고결하고 훌륭한 것으로서 우리의 존경을 얻습니다.

왜 사랑받지 못하는 느낌일까

다섯 가지 열쇠에 반해 상대에게 사랑받지 못하고 있다는 느낌을 불러일으키는 다섯 가지 정신적 습관이 있습니다. 이것들은 사실상 자기도 모르게 일어나는 정신적인 반응으로, 모든 사람들에게 공통된 것입니다. 이 고질적인 습관은 청하지도 않았는데 찾아와선 지금 곁에 있는 사람에 대한 순수한 경험을 훼방 놓는 불한당입니다. '지금 여기'에 존재하는 것을 방해하고 현실을 왜곡하는 자아의 다섯 가지 습관은 다음과 같습니다.

- 두려움: 상황이나 사람에 대한 근심. "나는 당신에게서 어떤 위협을 인지한다. 또는 당신이 나를 좋아하지 않을까 봐 두렵다. 그래서 나는 방어 태세를 취한다."

- 욕망: 이 순간 또는 이 사람이 나의 기대를 채워주고 내가 원하는 감정들을 내보였으면 좋겠다는 바람. "나는 이것에서 또는 당신에게서 뭔가를 얻으려 애쓴다."
- 판단: 감탄, 비난, 유머, 도덕주의, 긍정적 또는 부정적 편견, 질책, 비아냥거림, 칭찬 또는 힐난의 형태를 띠고 나타난다. "나는 이것 또는 당신에 관한 나 자신의 견해에 휘말린다."
- 통제: 누군가에게 자신의 견해나 계획을 강요할 때 일어난다. "나는 어떤 결과에 집착하고, 당신을 내 잣대에 맞추고, 설득하고, 조언하고, 당신을 변화시키려는 욕구에 사로잡혀 있다."
- 환상(착각): 현실을 무시하거나 부정, 투사, 공상, 희망, 이상화, 평가절하 또는 소망으로 표현된다. "나는 당신 또는 이것에 관한 상상의 이미지 또는 믿음을 갖고 있다. 그리고 그것이 당신의 참모습을 가린다."(삶에서 가장 핵심적인 착각은 분리되었다는 착각입니다.)○

자아의 이런 해명이 틀린 말이 아닐 수도 있습니다. 그러나 자아의 이 고질적인 습관이 현재에 대한 우리의 경험을 방해하는 것만큼은 틀림없는 사실입니다. 이러한 습관은 우리의 개인적인 사연들을 현실에 끌어들여 객관적인 시각으로 바라보지 못하게 만드는 일종의 '최소화'○○입니다. 아무리 고약하고 추악한 경험을 했다 해도 판단

○　가령, '나는 행복해야 한다', '나는 사랑받아야 한다'는 생각들은 모두 분리되었다는 착각, 즉 존재감의 일부가 외부에 존재한다는 착각에서 비롯된 것이다.
○○　minimization. 사실을 은폐하고 축소해서 자신의 문제를 있는 그대로 수용하지 못하여 인지적 왜곡을 불러오는 것을 의미하는 심리학 용어.

이나 두려움 같은 정신적 습관 없이 그 경험을 바라본다면, 공감과 연민으로 이르는 문이 열립니다.

다섯 가지 자아 습관을 부정적인 것으로 해석해서는 안 됩니다. 이 '해적'들은 어느 순간 마음챙김이라는 무적함대에 채용될 수 있는 에너지로 가득 차 있으니까요. 따라서 우리가 해야 할 일은 고질적인 습관과 관계를 끊는 것이 아니라 그 에너지들을 다르게 돌려씀으로써 우리와 타인에게 도움이 되게 하는 것입니다. 두려움은 미리 조심하게 해줄 수 있습니다. 욕망은 앞으로 나아가게 해줍니다. 판단은 상황에 대한 현명한 평가를 수반합니다. 통제는 대부분의 일상적인 활동에 필수적입니다. 환상은 상상력과 창조력으로 이르는 발판입니다. 우리가 이 습관에서 유용한 핵심을 발견할 때, 불법 침입자들은 우리의 오랜 벗이 될 수 있습니다.

그러나 자아의 습관에 사로잡혀 있는 이상 우리는 타인에게 다섯 가지 열쇠를 줄 수 없습니다. 자아의 습관은 진정한 관계에서 멀어지게 하고 현실을 바로 인식하지 못하게 방해하기 때문입니다. 이처럼 자아의 고질적 습관은 자아를 덮어씌워 버리지만 사실 우리는 마음이 이처럼 집중을 방해하는 것들에 빠져드는 것을 좀처럼 멈출 수 없습니다. 그러나 마음챙김은 우리가 하던 행동을 멈추도록 도와줍니다. 마음챙김은 마음의 경비견이라기보다는 안내견입니다. 현실에 무단 침입하는 존재들이 나타나지 않는지 지켜보고, 그것들이 나타났을 때 우리가 그것들을 피해 무사히 지나갈 수 있도록 안내해주기 때문입니다.

타인에게 다섯 가지 열쇠를 쥐고 다가갈 때, 지금 이곳에 마음을 다해 존재할 수 있게 되고 진정한 친밀함을 얻게 됩니다. 하지만 다섯 가지 습관으로 타인에게 덤벼들 때, 자기 안에 갇히게 되고 타인과의 거리도 멀어집니다. 친밀함에 헌신하는 것은 자아가 가장 좋아하는 휴양지를 떠나 진정한 사랑의 낙원으로 향하는 여행입니다.

완전하게 '지금 여기'에 존재하는, 우리를 사랑하는 사람은 과거를 돌아보게 하고 아무도 원하지 않은 아이라고 느꼈던 어린 시절의 그 느낌을 사라지게 합니다. 그러나 그 누구도 완전하게 '지금 여기'에 존재할 수는 없습니다. 그저 몇몇 순간 고질적인 자아 습관에서 벗어날 수 있을 뿐입니다. 우리 같은 존재들, "조각조각 기운 누더기를 걸친 왕"°인 우리들에게서는 단지 현존의 파편들만을 발견할 수 있을 것입니다. 만약 우리가 무엇 하나 흠잡을 데 없이 완벽하다면, 인생을 아주 아름답게 만들어주는 여행을 계속할 이유가 없을 것입니다.

마지막으로, 무언가의 참모습 또는 그것이 의미하는 바를 모르는 채 그대로 있을 수도 있음을 명심하십시오. 모호함을 견디는 이 능력은 시인 존 키츠가 "소극적 수용 능력"°° 또는 "사실과 이유를 성마르게 알려고 하지 않고 불확실성, 불가사의, 의혹 속에 존재하는 능력"이라고 불렀던 것입니다. 마음챙김에서 바로 그런 식으로 행동하게 됩니다. 즉, 모르는 채로 계속 고요하게 앉아 있는 것이 그것입니다. 시간이 흐름에 따라 그 자세로부터 어떤 특별한 의미가 무르익게 됩니다.

모든 현실과 개인은 무한한 잠재력을 가졌으며, 한계 너머로 광활

○ kings of shreds and patches. 『햄릿』 3막 4장에서 햄릿이 왕비의 침실로 찾아가 어머니인 왕비를 질책하며 현재의 왕 클로디어스를 조롱하는 대사.
○○ negative capability. 자신에게 다가오는 모든 것을 소극적, 객관적으로 수용하는 태도를 지칭하는 존 키츠의 중요한 개념. 어떤 대상이나 현상에 대해 섣부른 판단을 유보함으로써, 그 대상의 모든 가능성을 있는 그대로 받아들일 수 있는 폭넓은 인식을 의미한다.

하게 펼쳐진 공간입니다. 하지만 고질적인 마음의 습관이 그것들을 최소화합니다. 마음이 생각해낸 한계가 없다면, 모든 것은 있는 그대로 완벽하며 지극히 자극적입니다. 정신적 습관으로부터 자유로워지면 사람들이 무슨 생각을 하고 있는지 알아내야 한다는 의무감을 더 이상 느끼지 않습니다. 마침내 완전한 마음챙김의 상태가 될 수 있는 것입니다.

사랑을 목도하라

자기실현은 갑작스러운 해프닝이 아니며, 오랜 노력 끝에 얻는 영속적인 결과물도 아닙니다. 11세기 티베트의 승려이자 시인이었던 성인 밀라레파는 다음과 같이 말했습니다. "완전한 깨달음을 기대하지 마라. 인생을 살아가면서 그저 매일매일 수행하라." 건강한 사람은 완전한 게 아니라 완전해질 수 있는 존재이며, 계속 형성되어가는 존재입니다. 건강을 유지하기 위해서는 수련, 노력, 인내가 필요합니다. 그리고 그것이 바로 우리의 인생이 하나의 여행이며 필연적으로 영웅의 여정인 이유입니다. 진정한 수행은 은총에 대한 열려 있는 마음과 노력이 결합한 것입니다. 빵을 얻기 위해서는 밀가루를 반죽하는 노력이 필요합니다. 그리고 밀가루 반죽이 부풀어 오를 때까지 조용히 앉아 기다리는 과정 역시 필요합니다.

　마음챙김은 지금 여기, 즉 현시점에서 일어나고 있는 것들에 온전히 정신을 집중하게 하는 격조 높은 수행입니다. 그것은 두려움, 욕망, 기대, 평가, 집착, 편견, 방어 등에 빠져드는 정신적 습관에서 벗어나게 함으로써 현재 일어나고 있는 것들에 주의를 기울이게 합니다. 주위를 산만하게 하는 것들로부터 현시점으로 돌아오기 위한 교량 역할을 하는 것은 바로 자신의 호흡에 집중하는 신체적인 경험입니다. 대표적인 명상 자세인 가부좌는 가만히 있는 상태에서 신체적으로 중심을 잃지 않도록 도와주는 것으로, 마음챙김 명상에서 중요한 역할을 합니다. 그러나 마음챙김은 좌정하는 것 이상을 포함합니다. 그것은 시시각각 자아에 집착하지 않는 것이며, 자아가 만들어내는 온갖 잡다한 것들이 끼어들지 않는 상태에서 현실을 경험할 때 비롯되는 단순함 속의 조용한 현존입니다.

'마음챙김'이라는 용어는 행위 그 자체가 마음을 채우는 게 아니라 마음을 비우는 것과 관련되기 때문에 사실 부적절한 명칭입니다. 그것은 흔들리지 않는 마음의 상태, 우리 자신의 현실에 대한 순수한 경험입니다. 명상은 모든 영역에서 깨어 있는 마음이 되기 위한 수단으로서 종교적인 의식이나 기도의 한 형태가 아닙니다. 그것은 마음이 어떻게 움직이는지, 어떻게 하면 지혜와 연민이 우리의 내면에서 쉽게 생겨날 수 있는지, 어떻게 하면 마음을 잠잠하게 만들 수 있는지를 탐사하는 것입니다.

마음챙김은 우리를 현실에서 달아나도록 도와주는 것이 아니라, 자아가 만들어내는 온갖 현란한 허상이 아닌 있는 그대로의 현실을 분명하게 보도록 도와주는 것입니다. 명상은 현실도피가 아닙니다. 오직 자아의 층들이 현실을 도피할 뿐입니다.

마음챙김 수행에서 우리는 어떤 생각들을 억누르거나 거기에 빠져들지 않으며, 단지 그 생각들을 의식하고 마치 자애로운 부모가 엇나간 자식에게 하듯이 묵묵히 스스로를 자신이 속해 있는 곳으로 되돌아오도록 인도하면서 호흡에 정신을 집중할 뿐입니다. 좋은 명상은 개인적인 판단을 피하면서 참을성 있게 호흡에 집중할 때 이루어집니다. 마음챙김, 즉 깨어 있는 의식은 판사, 배심원, 검사, 원고, 피고, 또는 피고 측 변호인보다 공정하고 빈틈없는 증인입니다. 마음속에서 일어나는 것들을 의식하고 그것을 단순히 정보로 받아들일 뿐입니다. 이것은 금욕주의나 무관심을 의미하는 것이 아닙니다. 목도하는 것은 떨어져 있는 것이 아니라 곁을 지키고 있는 것입니다. 그렇게 할 때, 우리는 지금 일어나는 일들에 휩쓸려 들지 않고 관여하면서, 충동이나 동요 없이 행동할 수 있습니다.

목도에는 두 종류가 있습니다. 연민 어린 목도와 감정에 좌우되지 않는 목도가 그것입니다. 연민 어린 목도에서 우리는 애정 어린 시각으로 관찰합니다. 그것은 마치 오래된 가족 앨범을 보는 것과 같습니다. 우리의 마음은 욕심 없이 자애롭고 다정한 감정이 넘쳐흐릅니다. 반면에, 감정에 좌우되지 않는 목도에서는 수동적인 무관심으로 바라봅니다. 다음에 나타날 것들에 대한 기대도, 앞서 지나간 것들에 대한 이해도 없이 무신경하고 무감동하기만 합니다. 이것은 마치 달리는 차창 너머로 풍경을 바라보는 것과 같습니다. 내면의 반응 없이 그저 그것이 지나가는 대로 바라보기만 합니다.

마음챙김은 단순히 바라보는 것이 아니라 주의 깊게 지켜보는 것입니다. 마음챙김에서 우리는 마치 진실을 관리하는 자의 시선으로 현실을 바라봅니다. 위대한 화가들은 위대한 그림을 그립니다. 그것은 그들이 "어떤 것이 적합한지에 대한 고정관념 없이 바라보는"법을 터득했기 때문이라고 웬디 베케트 수녀°는 말합니다. 바로 이것이 마음챙김입니다. 또한 마음챙김은 용기 있는 모험입니다. 왜냐하면 그것은 내면에 마음챙김을 지니고 있음으로써 우리의 감정을 용인하고 고수할 수 있고, 그 감정이 아무리 무시무시해 보인다 해도 기꺼이 환대하고 함께 균형을 이루며 살아갈 수 있다고 믿는 것이기 때문입니다. 그렇게 했을 때, 우리는 자기발견과 같은 힘을 우리의 내면에서 발견하게 됩니다. 그 자존감으로부터 타인들과의 효과적인 관계가 생겨납니다. 마음챙김은 건강한 관계를 위한 적절한 도구입니다. 두려움과 탐욕을 버림으로써 자아를 버릴 수 있도록 우리를 이끌어주기 때문입니다. 우리로 하여금 순수하게 타인을 대하게 합니다. 누군가를 판단하지 않고 단지 의식하면서 그의 참모습 그대로 그와 함께합니다. 상대의 행동이나 태도를 꾸짖거나 비난하지 않고 그것을 단순한 정보로 받아들입니다. 자신의 믿음이나 두려움, 판단을 가지고 어떤 사건에 빠져들기보다는 거리를 두고 그 사건을 바라봅니다. 마음을 다해 깨어 있는 그러한 현존은 타인의 행위에 대한 공감대가 점점 줄어들어가는 것으로부터 벗어나게 해줍니다. 건강한 관계는 거리를 두고 바라보는 순간들이 점점 더 많아지는 관계입니다.

마음챙김은 다섯 가지 열쇠를 베풀기 위한 통로입니다. 내가 누군가를 평온하게 받아들일 때, 내 안에서 변화가 일어나며 그와 나 두 사람 모두가 보다 감사 어린 애정과 헌신을 할 수 있는 효과적인 방법들을 발견하기 시작합니다. 받아들이는 것은 또한 통제를 버리고 자유를 허락하는 첫걸음이기도 합니다. 따라서 깨어 있는 마음으로 받아들이는 것은 성숙한 관계를 위한 기반이 됩니다. 사실 우리는 현실에 주의를 기울일 수밖에 없는 존재입니다. 그것은 일종의 생존 기술

○   Sister Wendy Beckett(1930~). '그림 읽어주는 수녀'로 잘 알려져 있는 미술사학자.

입니다. 그렇지만 우리는 오랜 세월 현실에 놀란 자아가 만들어낸 가상의 보호구역 안으로 피신하는 법을 터득했습니다. 우리는 자신의 기분을 더 낫게 해줄 무언가를 믿는 게 더 편하다는 것을 알아차리고, 타인들이 우리가 원하는 모습이 되도록 기대할 자격이 있다고 느낍니다. 이것은 행복과 결부된 것처럼 보이지만 사실상 인간이 만든 족쇄에 불과합니다. 그러나 자아의 소망과 애착이 제거된 경험에 전념하면 우리는 서로에게 진실해지면서 솔직하게 행동하기 시작합니다. 그 순간 우리는 긴장이 풀어지고 편안해집니다. 그리고 그것은 엄청난 호기심의 근원이 됩니다. 우리는 아무것도 할 필요가 없습니다. 계속 방어적일 필요도, 재기를 모색할 필요도 없습니다. 그저 있는 그대로의 현실에 주의를 기울이고 현재 우리의 모습 그대로 머물면서 상황이 펼쳐지는 대로 놔두기만 하면 됩니다. 이것은 우리의 습관적인 반응들보다 훨씬 더 긴장을 완화시킵니다. 그리고 우리는 수 세기에 걸쳐 자아에 의해 날조된 인위적인 도구들보다는 오히려 인간 심리의 원초적인 도구를 이용합니다. 마음챙김이 깨어 있는 마음이라고 일컬어지기도 하는 것은 바로 그런 이유입니다.

지지적 환경은 정신적인 성장이나 영적 성장에 반드시 필요합니다. 육아 주머니 속에서 자라는 아기 캥거루처럼 우리는 가정, 관계, 또는 공동체에서 지지를 받습니다. 인생의 각 단계에서 우리의 내적 자기는 자신의 감정에 적절히 대응해주고 필요에 즉각적으로 반응하며 내적인 힘을 길러줄 수 있는 사람들의 애정 어린 돌봄과 배려를 필요로 합니다. 우리를 사랑하는 사람들은 우리를 이해하고, 관심과 인정과 애정을 보여줌으로써 우리가 참모습으로 살아갈 수 있도록 길을 터줍니다.

마음챙김은 어른이 되는 것입니다. 그것은 내적 응집력, 개인적인 연속성, 통합성이 결여된 사람으로서는 실현 불가능합니다. 공정한 증인이 되는 것은 건강한 자아를 요합니다. 왜냐하면 거리두기와 객관성은 경계가 빈약한 사람, 애매모호한 것을 용인하지 못하는 사람, 개인 영역에 대한 의식이 없는 사람은 얻을 수 없기 때문입니다. 명상은 불안정한 사람에게는 위협적일 수 있습니다. 독립적이고 자주적인 자아라는 확고한 토대가 없는 사람에게는 덧없음을 가차없이 인정하는 부처의 헌신은 파괴적인 것이 될 것입니다. 또한 현재를 살라는 외침은 우선 과거의 끈질긴 속박에서 벗어날 필요가 있는 사람에게는 시기적절하지 않습니다. 따라서 심리적으로 준비가 되어 있지 않다면 깊은 명상의 세계로 들어가는 것은 무리입니다. 그렇지만 심리치료의 일환으로 매일 간단한 명상을 시작하는 것은 가능합니다. 어떤 영적 태도들이 심리적인 건강에 영향을 미치고 또 어떤 심리적인 태도들이 정신 건강에 기여하기 때문입니다. 예를 들어 '수용'이라는 영적 태도는 우리에게 반드시 필요한 온당한 슬픔을 견딜 수 있도록 도와주는 반면, '자신감'이라는 심리적 능력은 우리 자신과 타인을 위해 정의를 옹호하고 그럼으로써 연민, 즉 측은지심을 기를 수 있도록 도와줍니다.

자아ego가 물러날 때, 마음챙김은 불교 정신과 비슷한 융의 개념인 '보다 높은 자기the higher Self'로 우리를 인도합니다. 이 자기Self는 무조건적인 사랑, 영원한 지혜, 치유 능력입니다. 영적으로 자신을 발견하는 것은 자아ego 기능들을 이용해 '큰 자기Self' º 의 목적을 충족시키는 것이 우리의 운명임을 인정하는 것입니다. 그렇기에 단지 한 개인과의 친밀함이 아니라, 온 누리와 친밀해지려고 노력하는 것입니다. 그러므로 우리는 오직 큰 자기, 우주, 더 높은 힘으로부터 얻을 수 있는 것을 상대에게서 기대해서는 안 됩니다. 영적인 길을 추구하는 것이 건강한 관계를 위해 대단히 중요한 것은 바로 그런 까닭입니다.

마음챙김은 우리에게 욕망이 없다는 것을 의미하는 게 아니라 단지 그 욕망에 사로잡히지 않는다는 것을 의미합니다. 물론 두려움과 욕망을 느낄 수도 있지만, 더 이상 그런 감정들에 휘둘리거나 수치심을 느끼거나 현혹되지 않게 됩니다. 오히려 두려움을 조종하고 욕망을 즐기고, 마치 사이렌의 노랫소리를 들으며 항해했던 율리시즈처럼 두려움과 욕망을 유유히 지나칩니다. 티베트 불교의 위대한 스승 쵸감 트룽파 린포체는 이렇게 말했습니다. "살펴보고 순응하고 경험하라. […] 그러면 아무리 강한 기운이라 해도 당신을 지배하지 못하고 오히려 당신에게 완전히 순응하게 된다. 당신이 어떤 저항도 내보이지 않는다면 정복할 것이 아무것도 없기 때문이다."

○ 융은 '큰 자기Self'를 '작은 자기self'와 구별하기 위해 첫 글자를 대문자로 표기한다. 큰 자기 또는 진정한 자기, 대아, 진아 등으로 번역되고 있는 이 용어는 주체와 객체의 구별이 없는 상태, 욕망이 없는 상태를 뜻한다.

수행은 억지로 자신을 개선시키려는 것이 아니라, 자신의 잠재력이 발휘될 수 있음을 믿는 것입니다. 다음에 제시되는 수행을 위한 모든 제안들은 단 하나의 목적을 가지고 있습니다. 일대일의 관계 속에서, 그리고 이 세상 속에서 심리적으로 건강하고 영적으로 의식이 있는 성숙한 인간이 되기 위한 우파야°를 제공하기 위함입니다.

이 책에 제시된 수행은 당신이 자신의 진실과 스스로 마주하고 인정하게끔 이끌어줄 것입니다. 각 장에서 수행을 소개하는 단락에서는 그 장에서 다룬 개념과 주제에 대해 부연 설명을 합니다. 본문의 내용을 보완하고 심화한 것이므로 수행을 하기로 결심하지 않는다 해도 반드시 숙지해야 합니다. 그러나 여기 제시되는 모든 수행을 전부 다 이행할 필요는 없다는 것 또한 명심하십시오. 어떤 수행은 내향적인 사람들을 위해 준비된 것들이고, 어떤 수행은 외향적인 사람들을 위해 마련되었습니다. 특정 문제에 맞춰 만들어졌기 때문에 모든 사람들에게 일률적으로 적용될 수 없는 수행도 있습니다. 다만 각 장에 제시된 몇몇 수행을 시도해본다면, 이 책을 읽어나가는 것이 훨씬 더 흥미진진하게 느껴질 거라고 믿습니다. 당신의 흥미를 끄는 것, 도전해 보고 싶은 것, 또는 당신의 환경과 성향에 맞는 것을 선택하십시오. 결과적으로 당신의 관계가 그리고 당신 자신이 강력하고 풍요로

○   upāya(방편, skillful means). 온갖 집착에서 벗어나게 하는 방편으로 상황에 맞는 적절한 수단을 뜻한다.

워지는 것을 알아차리게 될 것입니다.

마지막으로, 수행을 실천해나갈 때 신체적인 감각에 반드시 주목하십시오. 당신이 해결해야 할 지점이 어디에 있는지, 당신을 방해하는 것이 무엇인지, 그리고 당신을 지지하는 것은 어떤 것인지에 관해 그 느낌들이 아주 많은 것을 말해줄 것입니다.

호흡에 주의를 기울이기

첫 번째 수행은 날마다 명상을 하는 것입니다. 처음에는 하루에 몇 분 정도로 시작하고, 점차 시간을 늘려나가서 이상적인 최소한의 시간인 약 20분까지 늘리십시오. 커플일 경우 두 사람이 한곳에 앉아 함께 수련하는 것이 가장 좋지만, 각자 떨어져서 따로 좌선하는 것도 나름대로 의미가 있고 아주 좋습니다. 조용한 장소에서 등을 똑바로 펴고, 눈은 뜨거나 감은 채로 두 손을 무릎이나 허벅지에 올려놓고 좌정하십시오. 호흡에 주의를 기울이십시오. 생각이나 불안이 마음속으로 들어올 때, 그것들을 단순한 잡념이라고 이름표 붙이고 다시 호흡에 집중하십시오. 생각을 억지로 멈추려 하지 마십시오. 잡념이 생겼다는 것을 알아차렸을 때 다시 호흡에 집중할 수 있기만 하면 됩니다. 명상이 끝나면, 천천히 일어나면서 하루 내내 지금과 같은 의식을 유지할 수 있겠는지 확인해보십시오. 이 수행을 계속 해나가다 보면, 마침내는 호흡이 잡념보다 더 가치 있고 흥미로워집니다.

명상에는 아주 다양한 방법과 자세가 있습니다. 그러므로 자신에게 가장 적합하고 효과적인 명상 방식을 찾아내야 합니다. 추천할 만한 훌륭한 명상 입문서로는 스즈키 순류의 『선심초심Zen Mind, Beginner's Mind』, 조지프 골드스타인과 잭 콘필드의 『위파사나 수행의 길The Path of Insight Meditation』, 롭 네언의 『명상이란 무엇인가? What is Meditation?』, 마크 엡스타인의 『생각은 있으나 생각하는 자는 없다 Thoughts without a Thinker』 등이 있습니다.

통제 버리기

건강한 통제는 자신의 삶을 책임감 있게 관리하는 것입니다. 자동차나 신체를 지속적으로 관리하고 점검하는 것과 마찬가지입니다. 한편 신경증적 통제는 모든 것, 모든 사람들을 자신이 바라는 대로 만들고 싶은 강박적 욕구에 따라 행동하는 것을 의미합니다. 진정한 통제는 인생에서 바꿀 수 없는 기정사실들을 알아차리고 그 사실들 앞에서 무력함을 느꼈을 때 우리가 추구하기로 하는 것입니다. 그러나 우리는 아직 그 경지에 이르지 못했습니다. "나는 이 곤경과 함께 머물면서 나에게 무엇이 주어지는지 볼 것이다. 그렇게 해서 나는 내가 더 강해지는 것을 알아차린다"라고 말할 수 있는 단계 말입니다. 이렇게 마음을 다해 경험을 긍정하는 것은 우리에게 힘을 줍니다. 당신은 통제적인 태도를 버리기 위해 최선을 다해 노력을 기울이기로 결심합니까?

기꺼이 열려 있는 마음으로

애정 어린 사람이 되기 위한 수행에 전념할 때, 두뇌에만 의존하여 정보를 받아들이지 않게 됩니다. 당신은 상대 또는 당신이 신뢰하는 사람들을 통해 당신 자신에 관해 알게 되는 것을 기뻐합니다. 당신의 '그림자'°나 어두운 면을 보는 사람들에게 당신이 어떻게 비칠지 알게 되는 것에 당신의 마음은 열려 있습니다. 자신이 보여지는 것을 원하기에 자세를 낮춰 '진정한 자기'가 나타나도록 내버려둘 수 있습니다. 다른 사람이 당신에게 어떤 영향을 받는지에 관한 피드백을 기꺼이 받아들입니다. 자기 자신에 대해 최선을 다해 노력을 기울인다는 것에는 다른 이들의 피드백에 대한 이러한 열려 있는 태도가 포함됩니다. 만약 당신의 자아가 다른 이들에게서 비난을 받거나 다른 이들의 눈에 부적절하고 틀린 것으로 비치는 것을 너그러이 받아들이지 못한다면, 수행은 바로 거기서부터 시작되어야 합니다. 그 수행의 필수 요건은 자아를 기꺼이 버리는 것입니다. 어떤 피드백을 받더라도 거기서 어떤 진실을 발견하는 것에 전념하는 것이 중요합니다.

기꺼이 열려 있는 마음으로 피드백을 받아들이기 위한 단계로서, 상대에게 당신이 그를 화나게 했던 때를 말해달라고 하십시오. 상대가 말하는 동안 당신이 상대가 말하는 내용을 판단하고, 그의 반응을 통제하고 싶어 하고, 그에 대해 두려움을 느끼고, 그를 당신의 잣대에 맞추고 싶을 때가 언제인지 유의하십시오. 그리고 이 반응들을 각각 산만한 자아로 인정하고, 상대의 말에 마음을 열고 다시 귀를 기울이십시오. 상대가 말을 마치면 당신이 그의 이야기에 귀를 기울이지 못하게 방해한 것이 어떤 것들이었는지 말하십시오. 그리고 그것들을 자아로 인정하고 대화를 할 때 그 자아의 습관에 유의하십시오. 그런 고질적인 자아 습관들을 버리면 다섯 가지 열쇠와 함께 온 마음을 다해 귀 기울이는 것에 전념할 수 있습니다. 어떻게 하면 이런 일이 일어날 수 있을까요? 명상을 통해 마음챙김이 몸에 배고, 고질적인 자아 습관들로 집중을 방해받는다 해도 곧바로 호흡에 다시 집중할 수

○   shadow. 융의 정신분석학 개념 중 하나로, 자아의 기준으로 볼 때 우리 내면의 불쾌하고 수치스럽고 받아들일 수 없는 부분들을 말한다.

있게 되면 그것이 가능합니다.

누군가가 당신에게 비판적인 피드백을 줄 때 마음챙김을 통해 감사하게 받아들이되 스스로를 보호할 수 있기 위한 수련법은 다음과 같습니다. 이 수행을 통해 당신은 보다 겸허해지고 더 솔직하고 사랑스러운 사람이 될 것입니다.

- 방어, 분노 또는 그 사람이 틀렸다는 것을 입증하거나 보복하려는 의도 없이 상대의 말을 주의 깊게 듣고, 이야기를 나누는 동안 반드시 시선을 맞추십시오.
- 당신이 상대에게 미친 영향과 그에게 불러일으킨 감정을 인정하십시오. 자기 방어를 위해 부정하려 하지 마십시오. 당신은 선의를 갖고 한 일이지만 결과가 거기에 못 미칠 때, 당신이 상대에게 미친 결과를 최소화하려 하거나 무시하지 마십시오. 그 결과가 의도보다 더 중요합니다.
- 상대가 말하는 내용을 질책이 아니라 유용한 정보로 받아들이도록 노력하십시오.
- 그렇지만 만일 피드백이 당신을 비난하거나 모욕하기 위한 것, 또는 조롱하고 무시하려는 의도를 갖고 있다면 주저하지 말고 말하십시오. 당신이 스스로를 돌보고 있을 때 그런 것들을 허용해서는 안 됩니다.
- 적절할 때 보상을 하고, 어떻게 변화해나갈지 계획하십시오. 그리고 상대에게 격려하고 지지해줄 것을 부탁하십시오.

공감적 연결

영화 〈식스 센스〉에 등장하는 어린 소년은 자신에게 나타나는 유령들에 대한 두려움에서 벗어나 마침내 유령들에게 이렇게 묻습니다. "나한테 원하는 게 뭐죠?" 타인이 원하는 것에 초점을 맞추면 그들을 더 이상 두려워하지 않게 됩니다. 욕구는 마음에서 나오기에 오직 마음으로 들을 수 있습니다. 마음으로 듣는다는 것은 상대가 무엇을 필요로 하는지 두려움, 판단, 비판, 도덕주의, 반박, 예상 또는 투사 없이 귀 기울여 듣는 것입니다. 그렇게 했을 때, 의사소통은 성공적으로 이루어지게 됩니다. 이것은 마음챙김에서 비롯됩니다. 편견에서 벗어난 마음으로, 상대가 관심, 수용, 인정, 애정 또는 허용을 언제 필요로 하는지 알아차릴 수 있습니다. 철학자 마르틴 부버는 '공감적 연결'에 대해 말했습니다. 그것은 판단하고 있을 때는 일어날 수 없고 오직 목도하고 있을 때 일어날 수 있습니다. 다음 문장들을 일기에 적고, 각 문장의 빈 곳에 생각나는 사실들을 모두 적어 넣으십시오.

- 나는 내 상대를 죽 이런 방식으로 보고 있다: ＿＿＿＿＿
- 나는 그 또는 그녀가 이런 행동을 절대로 고치지 않을 거라고 믿는다: ＿＿＿＿＿

상대가 조금도 달라지지 않을 거라고 믿거나 자신이 늘 생각해온 그 모습일 거라고 믿는 한, 우리는 상대의 욕구를 의식하면서 행동하지 않고 그 이미지를 통해 행동하게 됩니다. 이 정신적 습관을 바꾸려면 상대에게 다섯 가지 열쇠를 주면서 그의 필요에 진심으로 귀를 기울여야 합니다. 상대가 마음속에서 자신을 방치하고 있음을 아는 사람은 절대로 상대를 신뢰하지 않을 것입니다. 그리고 자신이 무엇을 원하는지 보여주지 않을 것입니다. 그럴 경우 의사소통은 실패하고, 자기 방어와 말다툼이 그 자리를 넘겨받게 됩니다.

사랑, 통역을 요청할 것

어린 시절에 사랑받았던 느낌을 떠올리면서 어른인 당신이 추구하는 사랑의 유형과 그것이 어떤 연관성을 갖는지 주목하십시오. 그리고 상대에게 어떤 감정을 사랑이라고 생각하는지 물어보고, 당신이 생각하는 사랑의 감정은 어떤 것인지도 말해주십시오. 당신을 진정으로 사랑하는 사람이라고 해도 당신이 사랑이라고 생각하지 않는 방식으로 사랑을 보여준다면, 당신은 사랑받는다는 느낌을 갖지 못할 수 있습니다. 그것은 마치 낯선 외국어를 듣고 쓸데없는 횡설수설이라고 단정지어버리는 것과 같습니다. 통역을 요청하십시오. 친밀한 관계에서는 상대의 독특한 사랑 방식을 수용하기 위해 자신이 갖고 있는 사랑의 개념을 확장시키는 것이 관건입니다. 자신이 지닌 사랑의 개념의 근사치를 받아들이려 노력하고 새로운 형태의 사랑에 마음을 터놓는 한편 자신이 원하는 것을 요청할 수 있어야 합니다. 일기를 쓰면서 다음에 대해 숙고해보십시오.

- 나에게 사랑은 어떤 느낌일까?
- 누가 나에게 그런 느낌을 갖게 해주는가?
- 나는 상대에게서 사랑받는다는 것을 몸으로도 느끼는가?
- 내게 사랑받는다는 느낌을 갖게 한 최초의 사람은 누구일까?
- 나는 그 사람에게 충분히 고마워했을까?

- 내가 느끼는 사랑이 어떤 것인지 상대에게 말해줄 수 있을까?
- 나는 상대에게 같은 질문을 할 수 있을까?
- 그에 대한 답을 얻으면 나는 무엇을 어떻게 할까?
- 내가 주는 사랑은 어린아이 같은 사랑일까, 부모 같은 사랑일까, 어른스러운 사랑일까?
- 내가 받고 싶어 하는 사랑은 어린아이 같은 사랑일까, 부모 같은 사랑일까, 어른스러운 사랑일까?

사랑이 자신이 원하는 방식으로 전해져 오지 않는다고 느낄 때, 우리는 그 사랑의 증거를 찾으려 합니다. 그러나 사랑의 증거를 찾으려 할수록, 상대는 그만큼 위협감, 시험당하는 기분을 느끼게 됩니다.

안기고 싶은 욕구

어른이 된다고 해서 기본적인 욕구들이 사라지지는 않습니다. 누구나 나이와 상관없이 타인에게 안기고 싶은 욕구를 느낄 때가 있습니다. 이것은 자신의 존재를 인정받고 싶은 본능에서 비롯됩니다. 우리는 어린 시절에 부족했거나 놓쳤을지도 모를 '거울반응'과 '안아주기'를 항상 원하고 찾습니다. 누군가가 나를 사랑하고 존중해줄 때, 그 사람의 몸은 내가 과거에 관심받지 못했거나 학대받았던 경험을 바로잡을 수 있는 힘이 됩니다.

어떤 이들은 친밀한 관계를 맺어도 이내 그 관계를 잃을 때의 허탈감을 미리 두려워합니다. 우리는 지금의 상대가 확실하게 신뢰할 수 있는 사람이기를 바라지만 그것은 언제나 도박입니다. 만약 이러한 두려움을 떨쳐버릴 수 있다면, 우리는 다른 사람과의 접촉에 마음을 터놓을 수 있고, 그러한 접촉이 치유력을 갖고 있음을 깨달을 수 있습니다. 다정한 관심과 함께 안기는 것 — 상대의 무릎에 앉거나 나란히 앉아 서로를 껴안는 것 — 은 어린 시절에 놓쳤을 수도 있는 '거울반응'하는 사랑을 제공합니다. 처음에는 약간 쑥스럽게 느껴질 수 있습니다. 그러나 일단 어색한 분위기가 사라지면, 무척 자연스럽게 느껴집니다. 때때로 상대 또는 가까운 친구를 안아주거나 무릎에 앉히거나 나란히 앉아 서로를 안아주십시오. 이러한 접촉은 우리에게 위안을 주며 우리는 여전히 이러한 유년기의 욕구에서 벗어나 있지 않습니다. 그리고 그것은 전혀 부끄러운 일이 아닙니다.

익명으로 남은 감정에 반응하기

정서적 지원은 다섯 가지 열쇠를 아낌없이 주는 것을 의미합니다. 그러나 어떤 순간 또는 상황에서 상대가 어떤 종류의 지원을 원하는지 어떻게 정확히 알 수 있을까요? 예를 들어 상대가 울고 있습니다. 그를 안아주는 것이 더 도움이 될까요, 아니면 혼자 있게 해주는 것이 더 좋을까요?

생텍쥐페리의 어린 왕자는 말했습니다. "눈물의 나라는 그처럼 은밀한 곳이야." 한 사람의 경험 속에는 이해할 수 없고 가닿을 수 없는, 익명인 채로 남아 있는 감정이 때때로 있습니다. 그 사람은 자신이 실제로 그 순간에 어떤 느낌인지, 무엇을 필요로 하는지 모릅니다. 그럴 때는 단순히 그 내면의 신비를 존중해주는 것이 지원일 수도 있습니다. 달리 도울 방법을 찾을 수 없습니다. 그저 햄릿처럼 이렇게 말할 수 있을 뿐입니다. "내 영혼아, 조용히 앉아 있자."

그러나 어떤 때는 상대의 기분을 살피고 물어보는 것이 세심한 지원이 될 수 있습니다. 상대가 무척 상심한 듯이 보이고 기꺼이 대화를 나누려 할 때, 그에게 어떤 도움이 필요한지 물어보십시오. 이것은 상대가 당신에게 편안하게 지원을 요청하도록 격려하고 배려하는 방법이며, 결과적으로 두 사람의 관계가 더욱 친밀해지는 길입니다. 어떻게 물어보는 것이 좋을까요. "당신이 힘들어하는 걸 알아. 내가 지금 어떻게 해주는 게 좋을지 말해줘", "당신을 돕고 싶어. 어떻게 하는 게 당신에게 도움이 될지 알려줬으면 해", "어떻게든 내 힘이 닿는 데까지 당신에게 도움이 되고 싶어. 이럴 때 내가 당신에게 힘이 되려면 어떻게 하는 게 좋을까?", "지금 당장 필요한 게 뭔지 생각나지 않는다면, 그냥 당신 옆에 함께 있어줄게".

2장

사랑 이전에
사랑이 있었다

사람은 다른 누군가를 통해

자신의 존재를 확인받고 싶어 한다.

[…]

그는 자신을 존재케 하는 예스,

오직 한 개인에서 또 다른 개인에게

전달됨으로써만 그에게로 올 수 있는

예스를 남몰래 수줍게 기다린다.

자기 존재라는 천국의 빵은

한 인간에게서 또 다른 인간에게로 전달된다.

—마르틴 부버

우리는 다양한 감정을 느낄 수 있는 능력을 갖고 태어났습니다. 그러나 그 능력을 온전히 사용할 수 있기 위해서는 먼저 그것을 활성화해야 합니다. 우리 모두는 감정을 느끼는 데 필요한 것들을 갖고 있습니다. 그러나 감정들을 완전히 그리고 안전하게 경험하기 위해서는 누군가가 그 감정들을 '거울반응'해줌으로써 그 감정들이 우리에게 '설치'되어야만 합니다.

'거울반응'하는 사랑

우리가 두려움을 느끼는데, 그 두려움이 누군가의 마음을 다한 수용, 인정, 애정, 허용을 만난다면, 두려움이라는 그 감정이 우리 안에 설치됩니다. 다시 말해 우리는 두려움을 인정하고 이후로도 그 감정을 안전하게 느낄 수 있게 됩니다. '거울반응'의 반대는 수치심을 느끼는 것입니다. '거울반응'을 받지 못했을수록 우리는 자신에 대해 그만큼 더 수치심을 느끼게 됩니다.

'거울반응'과 그 반대의 경우를 소개하겠습니다. 어떤 아이가 등교 첫날 학교에 가는 것을 두려워합니다. 아이의 엄마는 이렇게 말합니다. "학교 가기가 두렵다는 거 엄마도 알아. 그런 두려움을 느끼는 건 당연한 거야. 오늘 엄마가 같이 학교에 가서 한동안 옆에 있어줄게. 집에 돌아와서도 계속 네 생각을 하고 있을 거야. 그리고 이따 수업 끝나는 시간에 맞춰서 학교로 갈게. 그때 만나서 맛있는 아이스크림을 먹으러 가자. 두려워하는 건 얼마든지 괜찮아. 하지만 그것 때문에 방과 후의 즐거운 시간을 망칠 순 없잖아!" 이 아이는 현재와 후일 어른이 되었을 때도 자포자기 상태에 빠질 가능성이 거의 없습니다. 그는 두려움을 이겨내는 자신의 능력을 믿을 것입니다. 그에게 두려움은 '포기하는 것'이 아니라 '다른 이들의 지원을 받으며 용감하게 계속 헤쳐 나아가는 것'을 의미할 것입니다. 이 아이에게 두려움의 감정은 다섯 가지 열쇠와 함께 '거울반응'을 받은 덕분에 정당하고 안전한 것으로 영원히 '설치'되었습니다.

아이의 두려움을 '거울반응'하는 어머니의 반응과 다음과 같이 말하는 어머니의 반응을 비교해보십시오. "응석 부리지 마. 싫든 좋든 학교에 가야 해! 다른 애들은 아무도 학교 가는 걸 두려워하지 않아. 도대체 넌 뭐가 잘못된 거니?" 첫 번째 어머니는 두려움을 '거울반응' 하고 협조적으로 그 감정을 아이에게 보여주었습니다. 이런 접근 방식은 아이에게 자신감을 길러줍니다. 두 번째 어머니는 두려움을 비웃고 그것을 무능함과 연관 지었고, 그 결과 아이가 수치심을 느끼게 되었습니다. 자신의 감정을 지원해줄 안전한 그릇이 전혀 없는 이 아이는 다른 어딘가에서 '거울반응'과 안전감을 찾아야 할 것입니다.

'거울반응'은 기쁨에도 적용될 수 있습니다. 당신은 흥분해서 집 안으로 달려 들어가, 체육시간에 멋지게 해낸 당신의 성취에 대해 부모님에게 말합니다. 부모님은 집중해서 이야기를 듣고, 함께 흥분하고, 당신을 껴안고, 칭찬하고, 그리고 앞으로의 계획을 말하고 당신을 지켜보는 것으로 반응합니다. 그 반대의 반응은 다음과 같습니다. "자, 흥분 좀 가라앉혀. 진정하라고. 네가 다음에도 똑같은 결과를 낼 수 있을지 어디 두고 보자." 당신의 열광은 억눌러집니다. 첫 번째 반응은 아이를 장차 자신감과 패기 넘치는 사람으로 만들어주고, 두 번째 반응은 아이를 자기 회의와 수치심으로 가득 찬 사람으로 성장하게 만듭니다.

수치심을 느끼는 것은 일종의 버림받음이며, 수치심에 얽매여 있는 것은 일종의 자포자기입니다. 이제 우리는 자신이 왜 그토록 버림받는 것을 두려워하는지 그 이유를 알기 시작합니다. 그것은 '거울반응'이 없었기 때문입니다. 정서적으로 살아남기 위해서는 '거울반응'이 반드시 필요합니다. 그리고 이제 우리는 상대를 잃는 것을 왜 두려워하는지도 압니다. 끝난 사랑을 슬퍼하는 것은 자신이 외톨이가 되어 '거울반응'을 더 이상 받을 수 없다는 것을 강렬하게 느끼는 것입니다. 그렇지만 지지적인 타인들과 함께 슬퍼하는 것은 상호적인 '거울반응'입니다. 장례식이 공개적으로 진행되는 것도 바로 그런 연유입니다. 문상객들은 우리의 슬픔을 '거울반응'하고 우리 역시 그들에게 슬픔을 '거울반응'합니다. 슬픔은 흘려보내는 것과 접촉을 통해 치유됩니다.

'거울반응'을 하는 사람이 유념할 것은 상대에게 그만의 사연이 있다는 사실을 받아들이는 것입니다. 마음을 다할 때, 우리는 상대의 슬픔이나 선택을 바로 고치려 하는 게 아니라 오히려 지원합니다. 그의 자유를 존중하면서도, 그가 도움이 필요하다면 변함없이 옆에서 도와줍니다. 사춘기 아이들을 양육할 때에도 이 같은 방식을 따라야 합니다. 곁을 지키고 있는 게 아니라 혼자 아파하도록 놔둬야 합니다. 다만 앞으로 일어날 수 있는 일들에 대해서 알려줍니다. 그러나 일단 그들이 그에 대해서 알고 나면, 우리는 그들이 자신에게 상처가 될 수 있는 선택을 하더라도 막지 않습니다. 어머니는 딸의 실수를 미리 막을 수는 없지만, 딸이 그 실수의 결과를 이겨내는 것을 도와줄 수 있습니다.

'거울반응'은 감정적으로 이겨낼 수 있도록 도와줍니다. 즉, 인생에서 일어나는 사건들을 해결하는 능력과 함께, 그 사건들로 인해 망연자실하거나 원통해하거나 분노를 터뜨리는 일 없이 그것들을 겪어나가는 능력을 기를 수 있도록 도와줍니다. '거울반응'을 제대로 받지 못한 사람들은 자신이 항상 상대에게 맞춰야 한다고 생각하고, 그러지 않으면 그 사람과의 인연, 자신의 인생에 절실하게 필요하다고 느끼는 인연을 잃게 될 거라고 믿을 수도 있습니다. 그러므로 우리의 무의식은 단지 프로이트가 말하듯이 억눌린 기억이나 용납할 수 없는 욕동의 바다가 아닙니다. 그것은 인정받기 위해 적절히 조율하는 데 실패해서 황급히 무산되거나 수몰된 많은 감정들을 포함하고 있습니다. 그와는 달리, 어린 시절에 '거울반응'을 받았고 그 결과 자신의 감정을 완전하고 적절하게 느낄 수 있게 된 사람들은 위기에 맞닥뜨렸을 때 안심하고 떨어질 수 있는 안전망을 갖고 있습니다.

건강한 성인은 어린 시절에 '거울반응'되지 못하고 남겨진 것들을 '거울반응'해주는 사람들에게 고마워합니다. 반면에 건강하지 못한 성인은 타인에게서 필요로 하는 것들을 마치 사이펀처럼 빨아들이려

합니다. 성숙한 관계에서 우리는 자신을 '거울반응'하는 사람들을 발견합니다. 그리고 자신 안에서 그들처럼 '거울반응'하는 능력을 발견하고, 자신 역시 그 능력을 타인에게 보여줍니다. 당신이 나의 반응을 '거울반응'해줄 때, 나 역시 당신의 그러한 감정을 상정할 수 있게 됩니다. 이것은 마치 테이프를 카피하고 그 원본을 계속 갖고 있는 것과도 같습니다.

어떤 부모는 자녀의 감정을 두려워합니다. 아들이 아버지에게 "아버진 이해하지 못해요!"라고 말할 때, 그 말은 "나는 아버지한테 내 감정들을 보여줄 수 없어요. 아버지는 내 감정들을 잘 다룰 수 없으니까요"라는 의미일 수 있습니다. 그는 아버지가 자신의 무서운 감정들을 직면하지 않도록 보호하고 있습니다. 우리는 다른 사람들이 너무 유약해서 자신의 감정을 받아들일 수 없을 거라고 은연중에 믿으면서 평생토록 이 역할에 머물러 있을 수도 있습니다. '거울반응'과 타인을 신뢰할 가능성에 대한 희망을 잃는다는 것은 친밀함의 가능성 그 자체에 대한 희망을 상실하는 것입니다. 친밀함은 상호적인 '거울반응'입니다.

다섯 가지 열쇠가 한 가지 중요한 욕구, 즉 '거울반응'에 대한 욕구를 해결해준다는 것은 이제 분명한 사실입니다. 이것은 '정서조율', 즉 감정의 수용과 지원을 위한 완벽한 음조입니다. 어린아이일 때 감정이 억눌리거나 금지되거나 무시되면 우리는 다양한 감정들의 목소리를 들을 수 없으며, 우리의 일부분은 무기력하고 무뎌집니다. 자신의 모든 감정들과 함께 자신을 환영하고 사랑해주는 사람이 나타날 때 느낄 기쁨을 상상해보십시오. 그런 사람과의 관계는 우리의 마음을 열게 하고 우리를 자유롭게 합니다.

다른 한편으로, 자신이 열렬히 매달리던 사람의 사랑이 거짓이었음이 드러나고 그가 자신의 감정과 참모습을 진정으로 받아들이지 않는다는 것을 드러낼 때, 우리는 무참히 상처받고 낙담합니다. 그럴 때 다시 무기력해지고 무뎌진다고 해서 누가 우리를 비난할 수 있을까요? 결국, 친밀함에 대한 두려움은 손을 내밀 때 어린 시절에 겪었던 그 거절을 똑같이 당하게 될지도 모른다는 두려움일 수 있습니다. 그것을 두려워하지 않을 사람이 어디 있을까요?

상대를 유혹하거나 속여 자신을 '거울반응'하게 만드는 것은 적절하지 않습니다. 바람직한 대안은 다음과 같은 두 가지 형태가 될 수 있습니다. 우선, 신뢰하는 사람에게 직접적으로 '거울반응'을 부탁합니다. "내 이야기를 들어볼래요? 내가 이야기할 때 손을 잡아줄래요? 내 행동들을 이해할 수 있나요?" 둘째, 우리는 타인과 우주가 아무 조건 없이 우리에게 선사하는 선물, 즉 은총으로서의 '거울반응'을 마음을 열고 받아들일 수 있습니다. 그렇습니다, 자연 역시 우리를 '거울반응'해줍니다. 지금 이 순간에도 자연은 우리를 감싸 안아주고 있습니다. 우리는 관대한 우주에서 살고 있고, 따라서 우리는 사실상 '거울반응'을 받고 있습니다. 우리가 해야 할 일은 그 사실을 알아차리는 것입니다. '거울반응'이 은총의 한 형태임을 깨닫는다면, 그것을 얻지 못하게 되리라는 절망에서 벗어납니다.

결핍을 부인할 때

어린 시절 도시에서 살았던 나는 매년 여름이면 몇 주일 동안 마거릿 이모의 농장에 가서 지냈습니다. 마흔두 살에 라이히 치료°를 받고 있던 중에 나는 갑자기 그 시절 마거릿 이모의 냉장고 안이 떠올랐습니다. 그 냉장고는 언제나 음식으로 꽉꽉 채워져 있었던 반면에, 우리 집 냉장고는 거의 언제나 텅텅 비어 있었습니다. 그 순간 나는 어린 시절에 내가 자주 배가 고팠다는 것을 깨달았습니다. 나의 정신은 그것을 기억하지 못했지만, 몸이 기억하고 있었습니다. 농장에서의 풍요로움과 집에서의 궁핍함. 어린 시절에 우리는 자신의 욕구들이 충족되지 못한다는 사실을 부인했을 수도 있습니다. 그리고 이런 종류의 부인은 평생 지속될 수 있습니다. 여기서 내가 말하는 '음식'은 음식뿐만 아니라 감정적 자양분 역시 우리 집에서는 부족했다는 은유일지 모릅니다. 성인이 된 내가 식료품 저장실에 통조림 음식을 항상 넉넉히 쟁여두고 있는 건 바로 그런 이유 때문일까요? 나의 몸은 아직도 과거에 사로잡혀 궁핍에 대한 두려움을 현재의 행동으로 옮기고 있는 것일까요? 인색함이란 이렇게 생기는 것일까요?

"내 부모는 자신들이 할 수 있는 최선을 다했다"는 우리의 결핍을 부인하는 말처럼 들릴 수도 있습니다. 그러나 우리의 몸은 속임수에 넘어가지 않습니다. 우리는 우리가 필요로 했던 것들이 없었거나 받지 못하고 있었다는 것을 본능적으로, 몸으로 알고 있습니다. 성인 관계에서 우리는 자신이 느끼는 결핍을 계속 부인하고 절대 그 결핍을 언급하거나 다루거나 해결하려 하지 않을 수도 있습니다. 자신의 결핍을 인정하고 해결하기 위해 노력하는 일이 얼마나 힘든지 생각해보면 당연한 일일 것입니다. 지난날 내 힘으로는 어쩔 수 없는 결핍

○　　Reichian therapy. 미국의 정신분석학자 빌헬름 라이히가 창시한 치료요법으로, 비정상적으로 억제된 성적, 정서적 에너지를 효율적으로 분출시킴으로써 치료 효과를 도모한다.

을 겪는 동안 나는 이렇게 결심했을 수도 있습니다. "지금 내게 없는 건 나한테 필요 없는 거야."

그렇지만 결핍을 부인하는 저변에는 소리 없는 외침, 억눌린 비명이 있습니다. 우리의 이성적인 정신은 우리에게 신체적으로, 감정적으로, 또는 성적으로 일어났던 일의 영향을 최소화하지만, 우리 몸의 세포 하나하나는 그 영향을 속속들이 알고 있고 느낍니다. 몸은 거짓말을 할 수도 속아 넘어갈 수도 없는 우리의 유일한 부분입니다. "그들은 선의에서 그런 거야", "그건 고의적인 게 아니었어"와 같은 말들은 몸에게는 아무런 의미도 없습니다. 우리의 몸은 단지 "이건 아프다"라거나 "나는 아주 두렵다" 또는 "화가 난다", "슬프다", "무력하다"와 같은 말들만을 이해합니다.

버림받았거나 배신당한 것에 대한 판단에 가해자에 대한 용서가 포함되어 있다면, 그것은 애도 작업을 회피하는 우리의 또 다른 교묘한 방법입니다. 애도는 가해자의 의도가 아니라 그의 행동이 우리에게 미친 영향을 다루는 것입니다. 물론 다시 떠올리거나 애도하기를 강요하는 것은 우리에게 또다시 정신적 외상을 입힐 수 있습니다. 학대당한 것에 대한 우리의 반응 중 일부는 과거의 그 일과 현재의 자신을 구분해서 생각하는 법을 배우는 것입니다. 그리고 우리는 지금도 여전히 그렇게 할 필요가 있습니다. 일단 애도 작업을 할 준비가 되면, 가려져 있던 고통과 다시 만나게 됩니다. 관건은 그렇게 할 마음의 준비가 되어 있느냐는 것이며, 준비가 된 때가 언제인지는 자신만이 알 수 있습니다.

어릴 때 학대를 당했거나 방치된 경험이 있을 경우 우리의 '내면 아이'는 분열된 욕망을 갖고 있을 수 있습니다. 자아의 건강한 절반은 과거에서 회복되고 싶어 하고, 또 다른 절반은 그 과거를 되풀이하고 싶어 합니다. 그리고 그 과거를 강박적으로 재연하려 하면서, 언급되지 않은 욕구들을 계속 널리 알립니다. 어떤 위기나 사고가 우리에게 닥칠 때, 우리는 한 번이 아니라 수없이 그에 관해 사람들에게 말하고 싶은 욕구를 느낍니다. 그런 반복은 충격을 흡수하는 한 방법입니다. 그러나 우리를 충격에서 진정으로 벗어나게 해주는 것은 오직 과거를 애도하는 일입니다. 애도 작업은 복잡합니다. 왜냐하면 자아의 절반이 나머지 절반보다 우세해질 때까지 두 개의 절반 모두가 동시에 열심히 가동하기 때문입니다. 예, 우리는 사실 자신의 행복을 방해하고 싶어 하는 뭔가를 우리 안에 갖고 있습니다. 어떻게 하면 그것을 달래고 그럼으로써 잠재울 수 있을까요?

나에게 상처를 주는 것이 나를 위로한다

최초의 욕구가 충족되지 못한 채 남겨졌을 때, 우리는 관계 속에서 벌어지는 학대를 용인하게 되곤 합니다. 우리는 부족함이 있는 곳으로, 부족함이 있기 때문에 더욱더 그곳으로 돌아갑니다("너는 계속 나에게 상처를 줘. 그래서 나는 너를 떠날 수 없어"). 만약 어린 시절 매일 아침 "여기 있는 누군가가 나를 미워해, 그래서 난 이곳을 떠날 수 없어. 이곳의 누군가가 오늘 나에게 상처를 줄 거야, 그래서 난 이곳에 머물러 있어야 해. 여기 있는 누군가가 날 원하지 않아, 그래서 난 다른 어디에도 갈 데가 없어"라고 생각하면서 잠을 깼다면, 지금의 우리가 어떻게 떠날 수 있을까요? 슬프게도, 우리는 어떤 고통스러운 상황에 머물러 있을 때마다 자신이 무력하다는 사실을 재확인하게 됩니다.

부모의 착취적인 사랑은 그들이 우리를 학대하는 것은 부적절하다는 믿음이 아니라 오히려 우리에게 결함이 있다는 믿음을 초래합니다. "다 내가 잘되라고 그러는 거야"는 학대의 가해자와 피해자가 함께 만들어내는 생각입니다. 부당한 권위에 대한 그런 순응과 굴종은 자기혐오를 낳고, 자기혐오는 공공연하게든 은밀하게든 폭력으로 표현됩니다. 그리고 바로 거기서부터 보복심이 생겨납니다. 우리는 수치심이나 두려움, 질책 없이 마음을 다해 자기혐오에 온전히 주파수를 맞추고 그것을 자신과 상대 둘 모두를 향한 연민으로 채움으로써 자기혐오를 감소시킬 수 있습니다.

어린 시절에 우리는 자기방어를 위한 보호 전략들을 배웠습니다. 고통에 자신을 적응시키거나 단련시키는 정신적 육체적 방법들을 발견했습니다. 머물러 있으면서 피신하도록 스스로를 길들였습니다. 이제 그 전략들은 우리를 자기방어를 할 수 없는 상황 속에 계속 처박히게 할 뿐입니다. 얼마나 아이러니한 일인가요? 우리는 부인否認과 분리를 통해 자신을 보호하려 하지만, 그럼으로써 오히려 학대에 속수무책으로 계속 휘둘릴 뿐입니다.

'거울반응'이 우리에게 힘을 주는 반면 학대는 있던 힘마저 빼앗습니다. 어떤 폭력적인 관계에서, 우리는 상황이 더 나아질 수 있다는 기대로 그 관계를 쉽게 포기하지 못합니다. 그럴 경우 우리의 힘은 두가지 방식으로 기가 꺾이게 됩니다. 자신이 학대로부터 벗어날 수 없다고 믿음으로써, 그리고 학대의 가해자가 달라질 거라는 헛된 희망에 집착함으로써 말입니다. 이는 우리가 불행과 상처에 길들여질 때 터득한 거짓말들입니다. 셰익스피어가 말했듯이, "나는 잃을까 두려위하는 것을 가지고 있음에 슬퍼 눈물을" 흘립니다.

어떤 폭력적인 관계에서 우리는 그 사람 없이는 살 수 없다고 느낍니다. 위기와 흥분으로 가득 찬 드라마밖에 모르는 사람들은 바로 그것이 관계의 모든 것이라고 생각합니다. 그래서 시끌벅적한 소동과 자신만의 특별한 드라마 게임을 위해 자신의 상대를 길들일 수도 있습니다. 그것은 계속적인 유기遺棄와 화해, 유혹적인 행동과 그에 뒤이은 거부, 트집 잡기, 삼각관계, 외도, 중독 등의 형태를 띨 수 있습니다. 아무 일도 일어나지 않고 관계가 순조롭게 흘러갈 때, 우리는 오히려 지루함을 느끼고 심지어 불안감마저 느낄 수 있습니다. 어린 시절 하루도 잔잔한 날이 없이 폭풍우가 몰아치는 험악한 가정환경에서 자라난 사람들은 정상적인 것에 오히려 스트레스를 느낄 수 있습니다. 과거의 메마른 사막 풍경을 재현하려는 강박감에 시달리는 것과 거의 같습니다. 우리 안의 뭔가는 그 풍경을 쓸어버리고 싶어 하지만, 정작 우리는 그 풍경을 복구해낼 뿐입니다.

때때로 학대의 형태가 아주 미묘해서 알아차리지 못할 때도 있습니다. 예를 들어 빈정대기, 조롱, 짓궂게 들볶기, 놀림 또는 계속되는 비난을 학대라고 생각하지 못하고, 그저 일상의 소란스러움처럼 느끼기 시작합니다. 때때로 커플 중 한 사람이 상대의 욕구를 충족시켜주지 못할 때도 있습니다. 하지만 그는 최악의 상황으로까지는 몰고가지 않기 때문에, 그 아담과 이브는 변화나 결별 같은 선택은 생각하지 않고 관계를 고수합니다. 그는 결코 당신이 떠날 만큼 나쁜 사람은 아니겠지만, 당신을 만족시킬 만큼 좋은 사람도 아닐 것입니다. 어느 경우에서든, 우리는 변화를 위해 노력하기보다는 변화를 희망하는 것으로 자신을 기만할 수도 있습니다. 만약 그 희망에 변화를 위한 계획이 포함되지 않는다면, 그것은 사실상 절망이며 변화를 회피하는 것입니다. 우리는 우리가 변화시킬 수 없는 것을 선택합니다. 우리의 고통에 대해 상대가 보내온 메시지는 이런 것이 아닐까요? "내 곁에 계속 머물러 있어도 나는 당신이 원하는 것을 주지 않아" 또는 "내게로 돌아와도 나는 여전히 당신이 원하는 것을 주지 않겠어". 우리는 영원히 속아 넘어갈 수 없습니다. 언젠가 우리는 진실을 알고 행동을 취할 것을 스스로에게 허락할 것입니다. 에밀리 디킨슨은 이렇게 쓰고 있습니다.

남쪽 삶에 길든 새는
서리 내리기 전에
따뜻한 남쪽으로 날아간다
하지만 우리는 머무는 새들이다.

추위에 벌벌 떠는 새들이 농부들의 문 앞을 서성인다
마지못해 던져주는 빵 부스러기를 기다리며
우리는 여기서 기다릴 것이다
우리를 측은히 여기는 눈雪이 집으로 돌아가라고
우리의 깃털을 설득할 때까지만.

삶의 지혜가 우리를 따뜻한 멕시코로 보낼 때 추운 뉴잉글랜드에 "머무는 새"가 되는 것은 우리가 스스로에게 부여하는 잔인한 운명입니다. 우리는 이 시를 애정 어린 돌봄과 배려를 베풀지 않는 사람과 함께 머물러 있는 관계에 대한 메타포로 생각할 수 있습니다. 우리는 빵 한 조각을 던져주는 것도 꺼리고 빵 부스러기조차 줄 생각이 없는 사람에게서 빵 한 조각을 원하고 빵 부스러기를 구걸합니다.

매사추세츠의 겨울을 여러 번 난 끝에 "지긋지긋해"라면서 캘리포니아로 이사를 간다는 건 결단이 필요하지만 따뜻함을 한껏 누릴 수 있게 되는 일입니다. 그렇지만 우리는 삶이 결코 안락할 수 없다는 생각에 길들여져 있을 수도 있습니다. 그와 마찬가지로, 관계는 결코 이롭지 못할 것이고, 그래서 결국 불행해질 수밖에 없다고 믿을 수도 있습니다. 그런 시각으로는, 고통 속에 있는 자신을 발견할 때 "지긋지긋해"라는 말을 쉽사리 내뱉지 못할 것입니다. 그 대신 스스로에게 이렇게 되물을 수 있습니다. "이렇게 사는 게 뭐 어때서?"

그러나 학대를 받으며 사는 것은 위험합니다. 그것이 우리의 살려는 의지와 죽고 싶은 바람의 강도를 대등하게 만들 수 있기 때문입니다. 우리는 이렇게 생각합니다. "내가 어떻게 한다 해도 그는 계속 나에게 상처를 줄 거야" 또는 "아무리 해도 그녀가 나를 사랑하게 만들 방법이 없어". 그러고는 다음과 같은 최악의 결론에 도달할 수 있습니다. "만사가 다 귀찮고 시시해, 난 아무래도 상관없어." 그처럼 깊은 절망은 빈곤한 자존감, 질병, 폭식, 자기 학대, 중독, 위험한 취미, 걸핏하면 사고를 치는 경향, 거식증, 자신의 삶을 개선시킬 수 없다는 믿음 등의 형태를 띱니다. 이 모든 것은 결국 우리를 죽음이라는 극단적인 생각으로까지 몰아갈 수 있습니다.

우리는 심지어 자신의 문제를 직시하거나 처리하지 않아도 되는 관계를 추구할 수도 있습니다. 어떤 문제를 직시하고 처리하고 아주 깊이 파고들어 해결할 필요도, 자신의 자멸적인 태도를 바꿀 필요도 전혀 없을 것임을 암암리에 보장해준다는 이유로 어떤 대상이 매력적으로 느껴질 수도 있습니다. 그런 경우, 우리는 이렇게 생각합니다. "그는 피상적이고, 꼭 나처럼 현실에 직면하는 걸 두려워해. 그래서 그와의 관계에서라면 나는 안전해." 그런 관계에서 우리는 "농부들의 문 앞을 서성이는 추위에 벌벌 떠는 새들"이 되기로 암묵적인 협정을 맺습니다.

"두려워하지 마, 작고 힘없는 개구리야"

정체성이 '우리의 정체를 확인할 수 있는 것'을 의미한다면, 우리는 틀림없이 한 계통수에서 뻗어 나온 하나의 가지입니다. 나는 거울을 들여다보면서 내 아버지의 눈을 봅니다. 나는 아내에게 소리를 지르면서 내 어머니의 말을 듣습니다. 그리고 나는 내 아이를 쓰다듬으면서 할머니의 손길을 느낍니다. 나는 내 아이들을 꾸짖거나 조종하거나 통제하거나 그들에게 요구를 하면서 내가 아이였을 때 어떤 대우를 받았는지 떠올립니다. 나는 어떤 불쾌한 이웃을 대하면서 일가친척 중에서 흔히 볼 수 있었던 그 어정뱅이 남자들을 알아봅니다. 내이름에는 언제나 우리 가족의 성이 따라 다닙니다. 나의 무덤은 벌써부터 우리 가족의 무덤들 옆에서 나를 기다리고 있습니다. 나는 조상들의 특징들을 지닌 채 이 세상에 태어났고, 그것과 똑같은 특징들을 남기고 이 세상을 떠날 것입니다. 내 인생은 한 권의 책이 아니라 한 챕터에 불과합니다.

그렇지만 내 부모와 나 사이에는 차이점들이 있습니다. 나는 타인에게 상처를 줬을 때 사과를 합니다. 나는 대인관계에 관련된 문제들을 처리하기 위한 자원들을 더 많이 가지고 있습니다. 내가 읽은 그 모든 책들과 내가 만난 그 모든 치료 전문가들 덕분에 나는 더 의식적이 되고 더 부드러워졌습니다. 이민자인 내 조상들은 결코 그런 것들을 접할 행운을 가지지 못했습니다.

완벽한 가족은 존재하지 않습니다. 우리가 희망할 수 있는 최선은, 거의 언제나 제 기능을 하고, 혹여 어떤 기능이 장애를 일으키더라도 관대히 봐줄 수 있는 가족, 그리고 뭔가가 고장을 일으킬 때 그것을 수리할 방법을 찾는 가족입니다. 내 관점으로는, 제대로 돌아가는 가족은 거의 언제나 다섯 가지 열쇠를 주고 가족 구성원 중 어느 누구도 학대하지 않는 가족입니다.

아울러, 부부 사이에 혹은 자녀와 부모 사이에 어떤 감정이나 결핍이 감지될 때는 그 즉시 그 감정과 결핍이 밖으로 표현되어야 합니다. 그런 가정의 부모는 사과해야 할 일이 있을 때면 자녀들에게 사과하는 것을 두려워하지 않으며 그것을 자랑스러워하지도 않습니다. 그리고 자녀 역시 부모에게 마찬가지의 태도를 보입니다. 그런 가정에서는 일상생활에서 일어나는 사건들이 각 개인의 반응, 직관, 감정을 살펴보는 것을 통해 자발적으로 인내심 있게 처리됩니다. 그런 가정의 구성원들은 그들만의 방식으로 문제들을 완전히 느끼고 해결할 충분한 시간과 허락을 얻습니다. 위기는 숨겨야 할 비밀이 되지 않습니다. 아무런 제재 없이 자유롭게 말할 수 있습니다. 가족 내에 어떤 위기가 발생했을 때 당신의 기분이 어떤지 누군가가 당신에게 물어봐주었습니까?

우리의 부모가 자신들이 느끼는 감정을 우리에게 솔직하게 말해주고 우리와 함께 걱정하거나 두려워했다면, 우리는 훨씬 더 힘이 솟았을 것입니다. "제인, 아버지가 보낸 편지야. 아버지는 지금 두려움과 절망 속에서 생활하고 있어. 하지만 너와 날 생각할 때면 약간이나마 희망을 갖게 된다고 하는구나. 난 이 편지를 읽고 나니까 마음이 너무 아프다. 네 기분은 어떠니?" 이런 식의 대화를 나누도록 이끄는 것은 고립되거나 아무 쓸모 없는 존재가 된 듯한 기분을 덜 느끼게 해주고, 따라서 '거울반응'을 해줌으로써 두려움을 완화시켜주는 사려 깊은 관심의 전형적인 예입니다.

좌절감을 느끼는 것은 아이에게 아무런 도움이 되지 않지만, 안간힘을 다해 노력하는 것은 좌절과 다릅니다. 아이는 재킷을 입으려고 발버둥 칩니다. 부모는 도와주지 않고 그냥 지켜만 봅니다. 그렇게 함으로써 아이는 한 과정에서 계속적인 노력을 통해 마침내 성공적인 결과에 도달하는 것을 배우게 됩니다. 즉, 자기 힘으로 재킷을 입을 수 있게 됩니다. 그러나 아이가 아무리 노력해도 자기 힘으로는 도저히 해낼 수 없는 어떤 일에 좌절감을 느끼고 절망에 빠지려 할 때, 현명한 부모는 그 순간에 개입하여 도움을 줍니다. 건강한 가정에는 실패에 대한 좌절감과 수치심이 아니라 분투와 도움이 있습니다. 바로 그렇게 해서 실망이나 절망을 어떻게 해결해야 하는지 그 방법들이 우리의 머릿속에 새겨지게 됩니다.

정상적인 가정이라면 부모 중 한 사람이 자식을 학대하면서 문제 해결을 위한 도움을 거절할 경우 그 부부는 헤어지게 됩니다. 그런 가정에서는 부모 중 학대자가 아닌 사람이 학대자의 행동을 모르는 척 넘어가지 않습니다. 그런 가정의 자녀는 양쪽 부모 중 누구에게도 절대로 부적절한 욕구 충족의 대상이 되지 않습니다. 다정한 부모는 자녀와 자기 자신의 보호자입니다. 욕구가 충족되는 안전한 상황을 함께 만들기 위해 최선을 다하고, 만일 그게 불가능하다면 자녀와 함께 배우자를 떠납니다.

어른이 되면서 우리는 가족이 우리를 위해 맡기로 되어 있었던 역할들을 스스로 맡는 것을 배웁니다. 더 성숙한 어른이 된다는 것은, 우리 안의 다루기 힘든 '내면 아이'를 지도하고, 위험에 처한 '내면 아이'를 보호하고, 두려워하는 '내면 아이'를 달래주는 자애로운 '내면 부모'를 가지는 것을 의미합니다. 1763년에 태어나 어린 시절에 모진 학대를 당하며 자란 일본의 시인 고바야시 잇사는 다음과 같이 썼습니다. "두려워하지 마/작고 힘없는 개구리야/널 도와주려고 내가 여기 있잖니." 흔히 외로움의 감정은 우리를 즐겁게 해주는 사람들의 부재에서 비롯되는 것이 아니라, 어쩐지 버려진 것 같은 느낌이 드는 내적 자아를 애정을 가지고 돌봐줄 성인 자아가 없는 데서 비롯될 때가 많습니다(외로움은 또한 우리가 변화할 때나 어떤 입장을 취하면서 당당히 맞설 때 혹은 영적으로 더욱 성장하거나 자신에 대해서 깨달을 때 느끼는 자연스러운 감정입니다). 우리는 외로움을 말 그대로 짊어지고, 온갖 그릇된 곳들에서 동행을 찾으려 할 수도 있습니다. 우리의 '내면 아이'가 '내면 부모'에게 의존하지 못할 때, 그 아이는 그 대체자로서 어떤 대상에게 매달립니다. 아무 대상 또는 아무 사람에게나. 신뢰할 수 있는 자애로운 '내면 부모'는 부적절한 애착을 피할 수 있도록 도와주면서 겁먹은 우리의 어린 동행을 다정하고 강력하게 지켜줍니다. 그럴 경우, 외로움이 사라지지는 않지만 그 충격은 훨씬 완화됩니다. 작가이자 교사인 나탈리 골드버그°의 다음과 같은 말은 우리에게 큰 도움이 됩니다. "고독

○　　Natalie Goldberg(1948~). 오랜 세월 동안 동양적인 가치를 체험하며 느낀 것들을 글로 써서 전 세계에 글쓰기 붐을 일으킨 미국의 베스트셀러 작가이자 시인, 소설가.

을 이용하라. 고독의 아픔은 당신에게 세상과 소통하고 싶다는 강한 욕망을 만들어줄 것이다. 고독의 아픔을 받아들이고, 그 고독을 당신의 더 깊은 곳을 탐사하는 내시경으로 이용해 당신의 참모습을 표현하라."

고대 로마인들은 가정생활을 영위하는 것이 얼마나 힘든지 잘 알고 있었습니다. 그들은 인간의 힘만으로는 가정을 안전하고 건전하게 지킬 수 없으며, 이를 위해서는 하늘과 땅의 도움이 필요하다는 사실을 깨달았습니다. 그래서 그들은 어떤 영역에서 난관에 부딪칠 때마다 그 영역에 적합한 신을 맞이하고 그 신에게 기도를 올렸습니다 (신들은 은총의 화신들, 즉 청하지도 않았는데 우리에게 찾아와 우리의 자아와 의지의 한계를 초월할 수 있도록 도와주는 특별한 선물의 화신들입니다). 베스타는 화덕을 지키고 가정의 질서를 담당하는 여신입니다. 가족은 온기와 사랑을 느끼기 위해 화덕 주위로 모이고, 그 불로 음식을 만들었습니다. 가정의 수호신인 라레스는 조상들의 정령으로, 아이를 양육하는 것이 부모의 힘만으로는 충분하지 않으며 조상의 도움 역시 필요하다는 것을 인정함으로써 맞이한 신입니다. 페나테스는 식탁과 찬장을 지켜주는 작은 정령들입니다. 머리 앞뒤로 각각 얼굴이 있는 두 얼굴의 야누스는 한쪽 얼굴로는 집안의 재물을 지키고 다른 쪽 얼굴로는 바깥 세상을 감시하면서 한 가정을 보호하는 출입문의 수호신입니다. 그리고 현관문을 지키는 삼신들도 있습니다. 그 중 한 신은 현관문 그 자체를, 또 한 신은 돌쩌귀를, 그리고 나머지 한 신은 문지방을 지킵니다. 결혼과 아이들의 수호신인 주노 여신은 가족의 신체적, 심리적 안녕을 지켜주었습니다. 눈에 보이지 않게 현존하는 이 모든 신들은 가사일도 도왔습니다. 그 옛날 로마인들이 한낱 인간의 능력 너머 양육과 보호의 원천들에게 호소했던 것처럼, 오늘날에도 사람들은 집 안에 걸려 있는 성화聖畵들에 똑같이 기원하고 호소하고 있습니다.

고대 그리스인들 역시 가정과 신 사이에 밀접한 연관성이 있다고 생각했습니다. 아이스킬로스의 희곡『아가멤논』에서, 주인공 아가멤논은 욕조에 누워 있다가 자신의 아내가 찌른 칼에 살해당합니다. 그는 이렇게 절규합니다. "아, 당했구나, 치명상이야." 이것은 가정과 관계의 맥락에서 인간이 배신과 결별로 인한 깊은 상처에 얼마나 고통스러워하는지를 잘 보여주는 대사입니다. 고대 그리스에서 희곡은 종교적 향연의 일부로 공연되었습니다. 희곡의 주제는 심리적이었고 대개는 가족사에 관한 것이었는데, 그 이유는 그리스인들이 심리적인 것과 종교적인 것을 구분하지 않았기 때문입니다. 예를 들어, 한 여인의 손에 의해 물속에서 행해진 아가멤논의 살해는 인어와 로렐라이 같은 여성 정령들에 의해 오만한 자아가 물속에서 소멸되는 전형적인 테마를 이용하고 있습니다. 그와 유사하게, 연금술에서 물속에서의 용해는 납처럼 무거운 자아가 '자기self'라는 황금으로 변화되어가는 과정의 일부입니다. 신화와 종교의식은 마음의 설계와 운명을 계속 '거울반응'합니다. 그리고 그것은 우리가 해야 할 일이 심리적인 동시에 영적인 임무인 이유이기도 합니다.

파멸 속에 사랑으로 이르는 길이 있다

다섯 가지 열쇠를 받지 못할 때 우리는 신체적, 감정적, 영적으로 단절되고 고립된 기분을 느낍니다. 다섯 가지 열쇠 중 어느 한 가지가 부족해도 마음속이 뻥 뚫린 듯한 허전함, 결핍감, 공백이 느껴집니다. 그러나 충족되지 못한 각각의 열쇠는 구멍窓 이상의 것입니다. 만일 우리가 구멍과 함께 머문다면, 우리의 마음속에 아주 넓은 공간이 열리게 됩니다. 인간이라는 존재는 결국 어떤 결핍, 즉 구멍들을 갖고 있고 그 결핍은 긍정적인 측면을 갖고 있습니다.

- 관심의 결핍은 나 자신 속을 들여다보는 문이 될 수 있다.
- 수용의 결핍은 나의 '그림자'의 긍정적인 측면과 부정적인 측면 두 가지 모두를 탐사하는 문이 될 수 있다.
- 자유를 허용받는 것의 결핍은 나의 가장 절실한 욕구, 가치, 소망을 발견하고 그에 따라 사는 것에 대해 책임을 지는 문이 될 수 있다.
- 인정의 결핍은 나 자신을 소중히 여기고, 나와 온 세상을 포용하는 '자기'를 간직하는 문이 될 수 있다.
- 애정의 결핍은 나 자신과 타인에 대한 무조건적인 사랑, 내가 사랑받기 전에 먼저 사랑을 베푸는 관대함, 달리 말해서, 진정한 주도권의 문이 될 수 있다.

이렇게 본다면, 충족되지 못한 욕구들은 자아의 심층으로 우리를 끌어당기는 중력임에 분명합니다. 자신의 결핍에 다섯 가지 열쇠를 적용할 때, 그것들은 우리를 우리의 영혼 속 바로 그 자리로 데려갑니다. 이상한 나라의 앨리스가 그랬듯이, 그 구멍 속으로 과감하게 들어갈 때 자신의 깊이를 발견합니다. 사실상 '이상한 나라'는 논리에 대한 저항과 그 모든 빛나는 가능성들을 지닌 인간 영혼의 깊이입니다.

마음챙김은 우리의 비어 있는 구멍들을 놀라운 잠재력으로 변화시킬 방법을 터득하게 해줍니다. 마음을 챙길 때, 우리는 자신의 곤경에 대해 순수한 관심을 보이게 되고, 판단, 두려움, 비난, 수치심 또는 기대나 예상 없이 그것을 부드럽게 감싸 안습니다. 있는 그대로의 현재에 이처럼 충실할 때, 우리는 충족되지 못한 욕구들을 자기인식으로 바꿔놓을 수 있습니다. 마음챙김은 '구멍은 동굴이 아니라 터널'임을 보여줍니다. 우리의 구멍은 협주곡에서의 '다크 패시지dark passage', 즉 어두운 통로를 빠져나오는 악절, 전체 작품이라기보다는 하나의 악장처럼 과도기적 공간입니다. 구멍은 누군가가 우리를 붙잡아준다는 느낌도 없고, 안전을 보장하는 그물망도 없는 것을 의미합니다. 우리의 수행은 그물망, 낙하산, '호밀밭의 파수꾼'입니다. 건강한 관계 역시 그러합니다. 나 자신의 구멍들을 들여다보았을 때 나에게 필요한 도움은 어떤 것인가요?

과거를 치유하는 작업은 상처 입은 과거를 소환해 바로잡는 것이 아니라, 그 과거가 변화를 시작하고 저절로 열릴 때까지 그것과 함께, 그 안에 머무는 것입니다. 머무는 것은 내면의 사랑받는 존재, 자신의 가장 깊은 개인적 현실을 발견하는 것입니다. 고통스러운 상황에 머물러 학대를 당하는 것은 자신이 피해자임을 기꺼이 받아들이는 것입니다. 고통받는 자신의 자아와 함께 머무는 것은 영적인 승리입니다. 그 상처는 자신의 취약성vulnerability으로 들어가는 입구가 되고, 그 생소한 장소에서 우리는 자신의 가장 부드러운 자아를 발견하게 됩니다. 머무는 것에 전념하는 것은 상처를 존중하는 것입니다. 상처는 우리가 그곳으로 찾아가 오래도록 머물면 그것만으로도 우리 자신이 치유되는 성소입니다. 이 일을 할 때 우리는 목수가 아니라 순례자입니다. 사랑을 발견하지 못했기 때문에 상처를 입었다면, 역설적으로 언젠가 느꼈던 그 갈망하는 의식 속에서 마음을 다하여 앉아 있기만 하면 사랑을 발견할 수 있습니다. 우리는 자신의 원초적인 상실을 상대의 반응으로 완전히 채우는 것이 아니라, 자신 속에 그 상실을 옮겨놓음으로써 해결합니다. 우리의 자아는 사랑을 찾습니다. 그러나 그전에 먼저 자신 속에서 사랑을 찾지 않으면 안 됩니다. 일단 그것을 해내고 나면, 부를 잡으려 애쓰는 가난한 사람이 아니라 부를 나눌 방법을 찾는 부유한 사람처럼 타인에게 다가갈 수 있습니다.

신화와 전설에 나오는 영웅은 두려움이 없습니다. 하지만 모든 영웅 이야기의 주인공들에게는 무력한 시간을 보내는 막간이 있습니다. 예를 들어, 지하 감옥에 갇힌 로빈 후드, 거인의 집 찬장 속에 숨은 잭, 고래 배 속의 요나, 양귀비 꽃밭에서 잠든 도로시. 이 모든 사건들은 마음을 다해 가부좌 자세를 취하고 앉아 마음챙김 명상을 하는 평온한 시기에 비유될 수 있습니다. 그들은 행동하지 않는 무력한 시기를 인생 여정의 유용한 단계로 받아들이고 그 정당성을 인정합니다.

우리는 피해자가 되지 않는 방법만을 지나치게 강조해왔습니다. 물론, 피해자가 되는 것은 위험한 것임에 분명합니다. 폭력적인 학대로 인해 피해를 입는 것을 결코 용납해서는 안 됩니다. 그러나 타인이 우리를 배신할 때 우울함에 사로잡히는 것은 당연합니다. 때때로 무력함에 빠지는 것은 자아와 통제를 버리도록 도와줍니다. 그리고 진정한 영웅이라면 무력함에 빠지는 시기를 기꺼이 맞아들입니다.

상실, 난관, 실망, 상처, 배신은 어린 시절부터 성년이 될 때까지, 그리고 이후에도 내내 우리의 성장을 고무하는 데 반드시 필요합니다. 어미 개는 새끼들이 젖을 떼야 할 시기가 되면 젖을 빨려는 새끼들에게 사납게 으르렁거립니다. 이런 식으로, 어린것들은 자립하는 법을 배웁니다. 자연의 모든 생명체는 거절과 금지로 인한 괴로움과 분리를 겪으면서 자생력을 키워나갑니다. 부모가 "안 돼"라고 말할 때, 우리는 자신의 소망을 충족시키지 못하는 것에 고통을 느낍니다. 하지만 그것을 통해 다른 무언가가 발달합니다. 금지는 우리에게 협상하는 능력을 길러줍니다. 매순간 길과 방법을 알려주는 어머니는 성장하는 데 도움이 되지 않을 것입니다. 신데렐라와 백설공주처럼, 자신 속의 '고아'를 인식하고 성인의 운명으로 넘어가기 위해서는 어쩌면 '사악한 계모'와의 시간이 좀 필요할 수도 있습니다(일반적으로 '고아'가 부모에게 버림을 받았거나 거부당한 사람을 뜻하긴 하지만, 자녀를 학대하거나 등한시 하는 가정에서 무사히 살아남은 우리의 일부를 뜻할 수도 있습니다).

전쟁 영웅 톰 데일리가 "흔히, 우리가 자신의 가장 깊은 상처라고 생각하는 사건들은 사실상 무지, 과장, 수동성, 폭력 또는 중독으로 이끄는 불건전한 마법에서 우리를 벗어나게 하는 입문식이다"라고 말했듯이, 우리에게는 그런 입문식이 필요합니다. 그게 없으면 우리는 성장과 변화에 저항하게 되고, 심지어 타인과 자아를 초월해야 하는 자신의 운명을 부인할 수도 있기 때문입니다. 부모와의 공감적 조율이 방해 또는 중단되었거나 실패한 경험은 미래의 모든 결별과 실망, 패배에 맞설 능력을 갖도록 도와줍니다. 이 능력을 얻기 위해 필요한 것은 오로지 과거를 찾아가 그 과거에서 혜택을 얻을 만큼 충분히 오랫동안 과거의 고통과 함께 기꺼이 머물려는 의지입니다.

세상을 살다 보면 상반된 것들과 계속 만나게 됩니다. 예를 들어, 경험에 마음의 문을 활짝 열어야만 기쁨이 찾아듭니다. 그리고 그 문을 통해 슬픔 역시 들어올 수 있습니다. 부모가 보이는 확연히 상반된 태도를 수용할 수 있게 된 아이는 다음과 같이 어른스럽게 말합니다. "엄마는 나한테 세심하게 관심을 기울일 때도 있고 전혀 무관심할 때도 있어. 하지만 다 같은 우리 엄마야. 그러니까 나는 두 경우 모두 엄마를 사랑하고, 엄마도 둘 중 어떤 경우라도 날 사랑하는 게 틀림없어." 우리 모두는 부모와 좋은 경험도 갖고 있고 나쁜 경험도 갖고 있습니다. 어른이 된 우리가 유년기를 되돌아보고 거기서 오직 학대만을 볼 때 — 또는 오로지 좋았던 때만을 볼 때 — 우리는 상반된 것들을 침착하게 수용할 수 있는 어른이 되는 데 있어서 난관에 직면하게 됩니다.

배신이 없었다면, 우리는 자극을 받아 집을 떠날 생각도 하지 않았을 것이고, 혼자 힘으로 길을 헤치며 나아가 마침내 자립할 의욕도 생기지 않았을 것입니다. 배신이 없었다면, 요셉은 이집트에 노예로 팔려가 총리대신이 되고 파라오를 보필하는 특별한 운명의 길을 걷지 않았을 것입니다. 우리는 인생의 모든 굽이마다 그런 역설적인 상황에 부딪칩니다. 단테는 자기가 사랑한 도시 플로렌스에서 추방당한 후에야 『신곡』을 쓸 수 있었습니다. 호머와 밀턴은 앞이 보이지 않게 되고 나서야 전율을 일으키는 서사시들을 썼습니다. 베토벤은 청력을 잃고 나서 위대한 현악사중주를 작곡했습니다. 각각의 예에서, 그 예술가들은 고통과 상실을 겪고 나서 자신에게 예정되어 있던 위대한 작품을 창조해냈습니다. 우리 역시 예술가들입니다. 우리의 운명 — 그리고 난관 — 도 그들의 운명과 마찬가지입니다. 우리는 우리의 고통스러운 과거를 청산할 수는 없지만, 그렇다고 그 과거를 다시 체험할 필요는 없습니다. 우리는 그 과거를 버릴 수 없지만, 그렇다고 그것을 붙들고 있어서는 안 됩니다.

이집트 신화에서 오시리스는 사악하고 잔인한 자신의 동생 세트의 손에 토막토막 잘려 살해됩니다. 그 후, 오시리스의 누이이자 아내인 이시스가 조각난 그의 몸을 찾아내어 다시 이어 붙였을 때, 오시리스는 불멸의 존재로 부활하게 됩니다. 우리의 자존감에 대한 반복되는 공격들은 우리를 토막 냅니다. 우리는 한동안 토막이 난 채로 살아갑니다. 그러다가 언젠가 토막들을 찾아서 이어 꿰매는 우리의 여성적 능력을 통해 다시 한데 모아져서 완전체가 되는 방법을 발견하게 됩니다. 고대의 주술사들은 사지를 절단하는 상징적인 의식을 통해 남자들을 입문시켰습니다. 그리스도, 디오니소스, 오시리스 — 그리고 우리 — 에게 있어서 그렇듯이, 절단은 흔히 굴욕과 학대로부터 자신감과 연민 어린 사랑으로 넘어가는 필수적인 단계입니다. 상처 입은 영웅이 타인을 구원할 수 있는 것은 그들 자신이 절단과 복구 그 두 가지 모두를 경험했기 때문입니다. 파멸 속에 사랑으로 이르는 길이 있습니다.

우리는 우리에게 일어난 그 모든 나쁜 일들의 총체가 곧 우리 자신이라고 생각합니다. 그러나 그것은 우리가 자신에 대해 최선을 다해 노력하지 않았을 때만 해당되는 이야기입니다. 사실, 우리에게 일어난 모든 일과 그에 관한 우리의 노력은 예정된 우리가 되기 위해 반드시 필요한 요소들입니다. 건강한 관계에서 우리는 안심하고 이렇게 말할 수 있습니다. "내가 혼란을 없애기보다는 견뎌낼 수 있도록 도와줘. 나와 이 혼란을 함께해줘." 지속적으로 공감하며 자신 안에 머물러 있는 것은 스스로에게 다섯 가지 열쇠를 줌으로써 완성됩니다. 그리고 이를 위해 한때 고통 속에 묻혀 있던 우리의 능력들이 총동원됩니다. 이것은 문제를 뿌리 뽑으려는 시도라기보다는 우리 자신을 위해서 하는 것입니다. 그것은 어떤 공격에 직면했을 때 공격적으로 덤벼드는 것과 비폭력적인 사랑으로 대하는 것의 차이입니다.

우리 내면에는 상처 입은 감성, 결함 있는 성향, 후회스러운 실수 이면에 성장을 도와주는 믿음직한 환경이 여전히 살아 있습니다. 우리는 빛에 대한 무조건적인 사랑을 절대로 잃지 않습니다. 우리가 기반으로 하는 것은 바로 그것, 빛을 사랑하는 우리의 마음입니다. 난관과 배신은 마치 신화 속 영웅들의 여정에서 그들을 기다리고 있었던 것처럼, 성장의 문턱에서 우리를 맞이하여 고통에 빠뜨리는 힘입니다. 모든 문턱마다 고통을 가하는 그 힘이 우리를 기다리고 있다면, 모든 고통스러운 힘에는 저마다 하나의 문턱이 있음에 틀림없습니다. 상처 없는 입문은 있을 수 없습니다.

수행

내게 묻기

다음의 질문 중 당신의 마음에 와 닿는 질문을 택하여, 일기장에 그에 대한 대답을 써보십시오.

- 나는 있는 그대로의 나로 있으면서 당신과 사랑할 수 있을까?
- 이 관계는 나의 수몰된 부분들이 수면 위로 떠오를 수 있는 안 전지대를 제공해줄 수 있을까?
- 내가 당신에게 나의 모든 단점과 볼품없는 감정을 보여준다 해도 당신은 여전히 나를 지원하고 소중하게 생각해줄 수 있 을까?

상대에게 묻기

인생의 모든 단계에서 우리는 어린 시절 가졌던 갈망들의 영향을 찾 아볼 수 있습니다. 우리가 해야 할 일은, 유년기의 욕구들을 단념하는 게 아니라, 그 욕구들을 깊이 생각하고, 상대가 도와주겠다고 한다면 기꺼이 그 도움을 받아들여 함께 노력하는 것입니다. 우리의 목표는 단지 부모와의 인연을 끊는 것만이 아니라 이 작업에 동참할 수 있는 상대와 연합하는 것입니다. 셰익스피어가 『리어 왕』에서 말하듯이, "혼자서 고통받는 자는 마음의 고통이 가장 큰 법"입니다. 상대에게 다음 질문을 해보십시오.

- 나는 성장 과정에서 궤도를 벗어난 부분이 있습니다. 다시 제 궤도로 들어서려 노력하고 있는 나를 도와줄 수 있나요?
- 어린 시절 충족되지 못한 욕구들을 거리낌 없이 받아들여 되살리고 그동안의 어긋난 노력들을 바로잡으려는 나의 노력에 당신이 함께할 수 있을까요?
- 당신과 내가 서로 '거울반응'하도록 노력할 수 있을까요?
- 나는 당신의 도움으로 내가 견딜 수 없었던 감정들의 정체를 확인하고 받아들이기 위해 때때로 당신에게 그 감정을 느끼게 하고 있나요?
- 당신은 당신이 견디기 힘들었던 감정들을 내가 느낄 수 있게 하나요?
- 당신은 내 감정들 중 어떤 것을 '거울반응'하나요?
- 나는 당신의 감정들 중 어떤 것을 '거울반응'하나요?
- 우리는 서로의 어떤 감정들을 두려워하고 있는 걸까요?

4분의 1 받아들이기

성숙한 사람들은 자신의 상대에게서 그리 많은 것을 기대하지 않습니다. 다른 사람으로부터는 겨우 25퍼센트 정도만을 추구하고(아이의 경우 백 퍼센트), 나머지 75퍼센트를 자기, 가족, 친구, 직업, 취미, 종교 그리고 심지어 애완동물(개는 다섯 가지 열쇠를 주는 것에 능숙합니다!)에게서 얻습니다.

쵸감 트룽파 린포체에 의하면, 명상을 할 때 우리의 주의력 중 25퍼센트는 테크닉에 쓰이고, 25퍼센트는 긴장을 푸는 것에, 25퍼센트는 자신과 친해지는 것에, 그리고 25퍼센트는 적극적인 기대와 예상에 쓰입니다. 그는 그것을 영화관 안에서의 경험에 비유합니다. 즉, 관심의 75퍼센트는 영화에, 나머지는 팝콘, 그리고 함께 있는 사람에게 쓰입니다. 이렇게 분할된 주의력은 오히려 즐거운 경험을 만들어줍니다. 오로지 영화에만 신경을 집중한다면 그런 경험은 불가능할 것입니다. 아예 없는 것보다는 절반이라도 있는 게 낫다는 말이 있습니다. '4분의 1'을 받아들이는 것은 아마도 성공적인 관계의 비결 중 하나일 것입니다.

스스로를 돌보기

생애 초기의 학대는 성인이 된 이후 자기 자신을 돌보는 능력에 영향을 미칠 수 있으며, 특히 건강과 관계될 때 그 영향이 심각합니다. 당신은 생명을 위협하는 행동에 관한 경고를 어떻게 받아들입니까? 담뱃갑에 쓰여 있는 경고문을 읽고 담배를 끊게 될 수도 있습니다. 이경우는 경고를 받아들였습니다. 그러나 그 경고문은 아직 죽기 위한다른 방법을 발견하지 못한 절망한 내면 아이의 "난 상관없어"라는 냉담한 반응만을 얻을 수도 있습니다. 일기에 "나는 그 범위에서 어디쯤 위치할까?"에 대해 써보십시오.

고통은 길어야 한 달 정도면 족합니다

친밀한 관계는 상대의 감정에 마음을 열고 받아들이는 태도를 요합니다. 그렇지만 그것이 자신이 학대당하는 것을 허용하라는 의미는 아닙니다. 우리는 자신의 감정을 다치게 하는 사람에게 곧바로 "아파!"라고 크게 소리쳐야 합니다. 누군가가 물리적인 폭력을 행사한다면, 즉시 그 자리를 피해 달아나서 도움을 청해야 합니다. 학대가 오랫동안 지속되고 있는 경우 도움이 될 수 있는 수행은 다음과 같습니다. 신체적, 정서적 고통과 불행을 겪는 것은 길어야 한 달 정도면 족합니다. 그 후에도 그런 상황이 계속된다면 상대에게 직접 그 문제에 관해 말하거나 치료 전문가를 찾아가야 합니다. 나는 30일 프로그램에 해당할까요, 아니면 15년 프로그램에 해당할까요?

그와 동시에, 때로는 타인에게 맞설 필요는 없지만 그렇다고 학대나 무례함을 참고 넘어가서는 안 되는 순간이 있습니다. 예를 들어, 가족 저녁식사에서 술이 약간 취한 한 친척이 빈정대는 말을 하고 있습니다. 그럴 경우 그를 제지할 필요는 없지만, 그곳에 계속 머물러 있을 필요도 없습니다. 이 법칙은 파티에서 참석자들이 술을 지나치게 마셔 이성적인 대화가 더 이상 불가능한 지경에 다다랐을 때 역시 적용됩니다. 이 두 경우 모두, 우리는 그 자리를 떠나야 합니다. 그것은 누군가를 벌주거나 심판하는 의미에서가 아니라, 자신을 돌보기 위해서입니다.

치료 전문가나 친한 친구에게 당신이 관계에서 겪고 있는 학대에 관해 말하고, 앞으로 어떻게 하는 것이 좋을지 상의하십시오. 만일 그것이 신체적인 학대라면 경찰에 신고해야 합니다. 당신은 학대의 심각성을 알아차리지 못해도 다른 사람은 알아차릴 수 있으므로 도움을 요청하십시오.

메시지를 거꾸로 해석하기

어린 시절 당신이 부모님에게서 귀가 따갑게 들었던 말을 떠올려보십시오. 지금은 그 말이 언제 생각납니까? 예를 들어, "뭔가 좋은 일이 생겨도 너는 결국 그 일을 놓치고 말 거야"라는 말이었다고 해봅시다.

지금 어떤 일자리를 약속받았을 때 당신은 이렇게 걱정합니다. "그들이 마음을 바꿔 결국에는 나에게 일자리를 주지 않을 거야." 당신은 그런 일들이 당신 인생에서 자주 일어났다고 생각합니다. 하지만 실제로 그런 일이 일어난 적은 그리 많지 않습니다. 당신은 단지 생애 초기에 당신의 내면에 자리 잡은 두려움 혹은 믿음 때문에 그렇게 생각하는 것뿐입니다. 그 아이는 계속 당신 안에 숨어 있다가 당신에게 뭔가 좋은 일이 생길 때마다 나타납니다.

지금 당신이 느끼는 두려움은 그 아이가 당신의 관심을 요청하는 것이라고 생각해볼 수 있습니다. 아이를 반갑게 맞이하고 안아주면서, 너는 이제 더 이상 무력하지 않다고 안심시켜주십시오. 그러면 당신은 아이가 잃은 것들을 해결하고 아이가 얻은 것들을 함께 나누게 될 것입니다. 당신은 이렇게 말할 수도 있습니다. "어른인 내가 아이인 나를 위해 여기 있어. 나는 네가 여전히 그런 두려움을 느끼는 걸 잘 알아. 내가 너와 함께 있을 거야. 나는 너를 보호해줄 힘을 갖고 있으니까 안심하고 날 의지해도 돼. 나는 네가 느끼는 감정과 함께 맑고 고요한 마음으로 앉아 있을 거야." 이 은유적인 '능동적 심상화'° 기법은 자기는 자격이 없다는 내면 아이의 생각을 잠재우고 그 자신(즉 당신 자신)에 대한 믿음을 강화합니다.

우리 대부분은 자기 자신을 비난하고 모욕하는 많은 메시지들을 내면화했습니다. 그러나 비판적으로 자기를 비하하는 내면의 목소리가 들려올 때, 거기에 굴복해서는 안 됩니다. 우리는 그 목소리를 자기패배의 습관에 사로잡힌 내면의 적들의 공격이라고 생각해야 합니다. 그

° active imagination. 융의 분석적 미술치료기법에 관계된 용어. 이는 무의식으로부터 나온 심상을 미술이라는 매개체를 통해 표현하는 데 중요한 역할을 한다.

리고 그 비판적인 목소리를 자상한 삼촌 같은 목소리, 겁에 질린 내면 아이에게 거침없이 말을 거는 연민 어린 목소리로 꾸준히 바꿔나가야 합니다. 다정한 목소리로, 관심과 수용과 인정과 애정을 담고 실수를 허용하면서 대답하는 목소리로 바꿔나가야 합니다. 이것은 우리가 스스로를 달래면서 자포자기하지 못하게 막는 방법입니다.

충족을 알아차리기

과거에 다섯 가지 열쇠가 충족되었거나 등한시되었던 구체적인 사례들을 일기에 적어보십시오. 이 다섯 가지 열쇠는 사랑과 지지의 핵심적인 다섯 가지 속성이기도 합니다. 따라서 당신이 사랑이라는 관계 속에서 기대해온 것들 역시 목록으로 작성하십시오. 그리고 그 두 가지 목록에서 서로 비슷한 항목들을 선으로 연결해보십시오. 당신이 현재 가장 절실하게 필요로 하는 것들이 어린 시절 충족되지 못했던 바로 그것들입니까? 당신의 동반자 또는 자녀들에게 당신이 그들의 욕구를 얼마나 잘 받아들이고 거기에 부응하는지 물어보십시오. 당신 자신에 관해 확신이 들고 용기가 난다면, 충족되지 못한 모든 욕구들의 목록을 신중하게 만든 다음, 그 목록을 상대에게 보여주면서 이렇게 말하십시오. "이 목록을 당신이 충족시켜주기를 바라는 건 아니야. 이건 내가 해야 할 일이니까."

구멍 발견하기

자신을 완전하게 돌아보는 것은 고통스러운 일입니다. 우리는 어린 시절과 성인 관계에서 겪은 실망들로 인해 내면에 남겨진 구멍을 회피합니다. 그러나 우리는 그 구멍 속으로 들어가 그것을 통과해 나와

야 합니다. 우리에게 힘을 북돋아주는 수행은 다음과 같습니다. 이 수
행은 조용하고 명상적인 방법으로 행해져야 합니다.

- 당신 안의 구멍, 즉 다섯 가지 열쇠가 충족되지 못했던 지점들
  을 찾으십시오.
- 당신이 다른 누군가 또는 다른 무엇으로 그 구멍을 메우려 했
  던 때를 빠짐없이 기억해내십시오.
- 이 무시무시하고 거대한 구멍 안으로 기어 들어가, 그것을 메
  우려는 시도를 하지 말고 그냥 그 안에 혼자 앉아 있는 것에만
  전념하십시오. 당신이 그 속에 갖고 들어갈 도구는 오직 다섯
  가지 열쇠뿐입니다. 주의 깊게, 기꺼이 받아들이면서, 애정
  을 담고, 저항이나 수치심 또는 질책 없이 그 결핍이 그곳에
  있는 것을 완전히 허용하면서, 각각의 결핍들 안에 그냥 머물
  러 있으십시오. 욕구에 대한 진정한 충족은 오직 다섯 가지
  열쇠뿐입니다. 당신 자신에게 다섯 가지 열쇠를 줌으로써, 당
  신은 과거에 그것을 받지 못해 받았던 상처들을 치유하게 됩
  니다.

당신의 구멍에서 계속 되풀이해 머물다 보면, 점차적으로 그 구멍
이 생기 넘치는 공간으로 열려 있다는 것을 알게 될 것입니다. 우리의
구멍은 메워지거나 사라지는 게 아니라 다섯 가지 열쇠에 의해 드러
나게 됩니다.

앨리스는 혼자서 하얀 토끼를 따라 혼란스럽고 무시무시했던 그녀
자신의 일부로 이끄는 구멍 속으로 들어갔습니다. 당신의 다양한 상

대들이 당신의 가장 깊은 자아로 들어가는 길을 당신에게 친절하게 알려주려 했던 바로 그 하얀 토끼들이었는지 스스로에게 물어보십시오. 이제 당신은 마침내 그 속으로 기꺼이 들어가고 있습니다.

마음을 다한 목격자

당신의 상대는 또는 당신은 어린 시절에 혹은 살아오면서 내내 학대나 배신, 정신적 고통을 겪었을 수도 있습니다. 당신의 상대에게 아직까지 남아 있는 당신의 고통을 마음을 다해 목격할 수 있는 기회를 제공하십시오. 마음을 다한 목격이란, 상대가 드러내는 것들과 그 사람의 사연 이면에 숨겨진 감정들에 대해 완전한 관심, 수용, 인정, 애정, 허용으로 귀를 기울이는 것을 의미합니다. 마음을 다한 목격자로서 당신은 충고를 하거나 뭔가를 바로잡으려 하지 말고, 상대가 말하고 느끼는 것들을 그저 존중하고 격려하면서 받아들여야 합니다. 그리고 들은 것에 대해서는 철저하게 비밀을 지키고, 상대가 당신에게 요청하지 않는 한 나중에라도 그에 관해 말을 꺼내지 않아야 합니다. 한 가지 주의할 점은, 오랜 세월 동안 억눌리고 통제되어왔던 고통을 불러내어 마주해야 할 수도 있기 때문에, 당신들 중 한 사람이 고통에 직면할 준비가 되어 있지 않다고 느낀다면 이 수행을 시도해서는 안 된다는 것입니다.

당신 안의 모래 알갱이

진주에 관한 다음의 이야기를 뭔가 아름다운 것으로 변모하는 고통의 잠재력에 대한 은유로 받아들이고 곰곰이 생각해보십시오.

조개 속에 기생충이나 모래 알갱이 같은 이물질이 들어오면 그 자극에 대한 반응으로 조개는 자기 치유력을 갖고 있는 아라고 나이트를 배출해 이물질을 감쌉니다. 몇 년이 지난 후, 조개의 껍질 안쪽과 똑같은 물질로 이루어진 진주 한 알이 탄생합니다. 그렇게 해서 진주는 그 자체를 보호해주는 껍질 안 깊숙한 곳에서 그 아름다움과 가치를 완성합니다. 진주의 독특한 광채(오리엔트)는 반투명한 진주층들의 굴절 때문에 생겨나는 것입니다. 그리고 어떤 진주들이 발하는 무지갯빛은 진주 표면에 빛이 부딪칠 때 많은 진주층들에 연속적으로 겹쳐 반사되면서 생겨나는 것입니다. 그래서 매끈한 구형의 해수 진주보다 굴곡이 있는 담수 진주에서 '오리엔트'가 더 잘 보입니다. 다른 보석과 달리, 진주는 절단하거나 연마하지 않습니다. 진주는 쉽게 부식할 수 있으며, 그 부드러움 때문에 산과 열에 약합니다. 진주는 맨살 위에 착용하는 것이 가장 좋은데, 그것은 사람의 살갗에 마찰되면서 광택이 살아나기 때문입니다.

이 설명에는 여러 가지 은유가 내포되어 있습니다. 다음 질문들에 대한 당신의 대답을 일기에 적어보십시오.

- 관심을 기다리고 있거나 아니면 이미 묻혀버린 당신 안의 모래 알갱이는 무엇입니까?
- 당신은 당신의 내적 힘들이 모래 알갱이를 진주로 만들어줄 층들을 제공할 거라고 믿습니까?
- 다음과 같은 구절을 주목하십시오. "자기 치유력", "그 자체

를 보호해주는 껍질 안 깊숙한 곳에서", "그 부드러움 때문에 약하다", "사람의 살갗에 마찰되면서 광택이 살아나", 이 어휘들이 당신에게 어떤 영향을 미칩니까?

과거를 애도하기

'덧붙여: 애도, 슬픔을 잘 떠나보내는 법'으로 가서 앞부분을 읽어보십시오. 준비가 되었다고 느껴지면, 어린 시절의 상실과 학대를 애도하기 위한 단계를 시작하십시오. 책을 읽으면서 당신의 타이밍에 맞추어 애도의 단계들을 밟아나가십시오. 아니면 책 전체를 읽고 난 후에 시작해도 됩니다. 당신의 타이밍에 맞추어 실행해나가는 것이 가장 중요합니다.

3장

누구를
사랑하는가

모든 관계들은 원초적인

관계를 재현한다.

사랑의 발견은 재발견이다.

—지그문트 프로이트

아마도 최고의 동반자는 애써 찾지도 피하지도 않을 때 나타날 것입니다. 그저 자신의 가장 절실한 필요와 소망에 따라 살아가다가 만나는 사람들 중 한 명이 바로 그 사람이라는 것을 알아차리게 될 것입니다. 그러나 동반자를 발견하는 것보다 훨씬 더 중요한 것은 어긋난 약속과 좌절된 기대로 이루어지는 엄청나게 파괴적일 수도 있는 사랑 게임에서 마음을 돌보는 일입니다. 만남을 갖는 동안 자신을 돌본다는 것은 상대의 마음에 들기 위해 노력하는 가운데에도 자신의 진정한 본성을 버리지 않는다는 뜻입니다. 그 과정이 자포자기와 자기비하로 끝나지 않으려면 자신의 울타리를 온전히 유지해야 합니다. 누군가가 자신을 이용하게 하거나 이용 대상으로 생각하게 해서는 안 됩니다.

그렇다고 조심만 하고 있을 수는 없습니다. 마음속에 갈망이 가득 찰수록 자신이 살아 있음을 더욱 생생하게 느끼기 때문입니다. 갈망하는 것은 사랑할 수 있는 능력입니다. 따라서 관계에 대한 갈망을 포기하거나 감정적인 도움을 바라고 기대려 하기보다는 타인에 의해 갈망을 적절히 채울 수 있도록 노력해야 합니다. 결국, 관계는 우리를 완전하게 충족시키는 게 아니라 살아가는 동안 끊임없이 변화하고 발전할 수 있는 힘을 제공해줍니다. 이는 자신의 감정들이 받아들여지고 다섯 가지 열쇠로 도움을 받을 때, 그리고 상대가 자신의 '그림자 부분'°을 점점 더 많이 알아차리고 다섯 가지 열쇠로 그 부분들을 채워줄 때 일어납니다.

어린 시절에는 부모와의 유대를 유지하기 위해 자신의 가장 깊은 본성을 숨겨야 했을 수도 있습니다. 그래서 그 대가를 치르는 데 익숙해지고, 그 결과 관계에서도 계속 그 대가를 치러야 했을 수 있습니다. 숨어야 했던 곳에 계속 머물렀던 것입니다. 하지만 건강한 어른이 될 때 그것은 달라집니다. 물론, 건강한 어른이 되었다고 해서 욕구가 사라지는 것은 아닙니다. 우리는 여전히 욕구를 갖고 있습니다. 그러나 더 이상 그 욕구들이 우리를 지배하지는 못합니다. 욕구를 완전하게 충족시키지 못한다는 사실을 받아들일 때, 두려움은 불완전하다는 인식으로 변하고 더욱 관대한 사랑이 우리 안에서 깨어나게 됩니다. 건강한 사람은 자신의 감정을 보듬어줄 배려심과 열린 마음, 그리고 대담함을 지닌 동반자를 갈망합니다. 그리하여 겁에 질린 내면 아이는 생애 처음으로 해묵은 상처들을 드러내면서 새로운 인연을 신뢰할 수 있게 됩니다.

진정한 사랑을 할 때 우리는 상대에게 속아 넘어가지 않고 상대를 속이려 하지도 않습니다. 더 이상 외모나 달콤한 말에 매혹당하지 않

°   융은 모든 인간에게는 그림자가 있다고 강조한다. 실재하는 모든 것은 그림자를 드리우는데, 자아와 그림자의 관계는 빛과 그늘의 관계와 같으며 바로 이 그림자가 우리를 인간으로 만들어준다. 그림자는 완전히 없앨 수도 없애려 해서도 안 되는 것이므로 최선의 방법은 자신의 그림자와 화해하는 것이다.

습니다. 중요한 것은 오로지 서로에게 계속 헌신하고 약속을 지켜나가는 것입니다. 어떤 사람들은 사랑과 집착을 혼동합니다. 누군가에게 집착하면서 그것을 사랑이라고 착각할 수 있습니다. 그리고 누군가가 자신에게 집착할 때 그 사람이 나를 사랑하는 거라고 착각할 수 있습니다. 그러나 마음을 다한 사랑은 상대에게 매달리는 집착이 아니라 헌신에 의한 결속입니다. 집착은 우리를 꼼짝달싹 못하게 묶어놓습니다. 반면에 사랑은 기쁨이 충만한 실질적인 발전을 점진적으로 이루어나갈 수 있도록 도와줍니다. 우리는 피상적인 관계에 얽매이는 실수를 저지를 수도 있습니다. 자신 없는 사람들은 자신의 부富나 유머로, 아첨을 통해, 또는 심리적인 부채감을 떠안겨 상대를 의존하게 해서 관계를 이어가려고 할 수도 있습니다.

물론, 모든 사람들이 헌신적인 관계에 완전히 적합한 것은 아닙니다. 이 책에 실린 수행을 부지런히 실천해나간다 해도 어떤 사람들은 여전히 내밀한 관계에서 상대의 욕구를 모두 충족시켜주지 못하기도 합니다. 관계 지향적이지 않거나 관계에 노력을 기울이는 것에 관심이 전혀 없기 때문에 그럴 수 있습니다. 어떤 사람들은 가벼운 관계나 우정에 더 편안함을 느낄 수도 있습니다. 그리고 자신은 그런 관계에만 맞는다고 생각할 수 있습니다. 그런 사람들은 친밀한 관계를 두려워하기 때문이 아니라 친밀한 관계가 자신에게 맞지 않는다고 굳게 믿기 때문에 그렇게 행동하는 것입니다.

지금까지 대부분의 사람들은 자신의 성향이나 성격에 상관없이, 아울러 결혼에 대해 준비가 되어 있는지 고려하지 않은 채 사회적 관습에 따라 결혼했습니다. 배우자가 될 생각은 전혀 없고 단지 친구로 지내기를 원하는 사람들은 상대와 거리를 두고 자연스럽게 친밀해질 수 있기를 원합니다. 다시 말해서, 그들은 상대와 계속 함께 지내는 것보다는 함께 지내기도 하고 따로 지내기도 하는 그런 자유로운 상태를 선호합니다. 이것은 정당한 선택 사양입니다. 하지만 그런 사람들이라 할지라도 사회적 압박으로 인해 어쩔 수 없이 결혼으로 내몰리게 될 수 있습니다. 그럴 경우 결혼한 두 사람과 그 자녀들은 불가피하게 불행한 삶을 살아갈 수밖에 없습니다.

관습적으로 볼 때, 함께 사는 것은 관계의 당연한 목표이자 성공의 지표로 여겨집니다. 그렇지만 현실적으로 함께 살아가는 상황에 부적합한 사람들도 있습니다. 그런 사람들은 관계가 더 깊어진다 하더라도 서로 몇 구역 떨어진 곳에서 지내는 것이 더 낫습니다. 이웃으로 지내는 것이 동반자로서 지내는 것보다 스트레스를 덜 받을 가능성이 더 많기 때문입니다. 자신들에게 적합한 계획을 세우는 것은 당사자인 두 사람에게 달려 있습니다. 관계의 주된 목표는 관계가 확실하게 유지될 수 있도록 하는 것입니다. 그리고 그 목표는 반드시 한 지붕 아래 살지 않아도 충분히 달성될 수 있습니다.

결혼을 해서 가정을 이루는 것은 누구에게나 다 해당되는 소명이 아닙니다. 그것은 집단적 선택이 아니라 개인적 선택입니다. 결혼은 평생토록 가정에서 일하고 노력하며 살아가는 것에 즐겁게 헌신할 사람들을 위한 것입니다. 독신 생활, 동성애 커플, 결혼하지 않거나 자녀를 두지 않은 상태에서 지속되는 관계, 또는 그런 관계들의 다양한 변형 역시 똑같이 정당합니다. 건강한 성인의 쟁점은 그가 어떤 선택을 하느냐가 아니라 그 선택이 그의 진정한 욕망을 제대로 반영하느냐, 그리고 그 선택이 충실하게 이행되느냐 하는 것입니다.

그렇다면 자신이 관계에 적합한지 아닌지 어떻게 알 수 있을까요?

다음을 보면서 자신을 가장 정확하게 묘사하고 있는 것은 어떤 것인지 확인해보십시오.

- 본질적으로 적합하지 않다: 어떻게 해도 고칠 수 없는 특성 때문에 관계에 성공하지 못한다. 가령, 누군가와 오랫동안 함께 있는 것을 견디지 못할 만큼 극단적으로 내향적인 성격, 정신착란, 심각한 중독, 이성 혐오증 또는 인간 혐오증, 범죄적인 악의나 위험성.

- 성향상 적합하지 않다: 나의 어떤 특성 때문에 관계에 성공하지 못하지만, 바꿀 수 있는 특성들이다. 단, 변화시키려면 시간과 노력을 기울여야 할 것이다. 가령, 지금까지 여러 관계에 실패했다. 그리고 새로 시작한 관계는 언제나 이전의 관계보다 더 나쁘다. 언제나 스스로 관계를 망치고 만다. 주기적으로 친밀한 관계를 망쳐버리는데, 그걸 고칠 수 없을 것 같다. 예를 들어 상대와 가까워지면 달아난다. 내가 잘못됐다는 건 있을 수 없는 일이고 따라서 잘못을 고친다는 건 말도 안되는 얘기다. 다른 사람이 나보다 우선시되는 것을 참을 수 없고, 누군가가 나에게 상처를 입힐 때 그냥 참고 넘길 수가 없다. 한 사람에게 충실할 수 없다. 또는 한 사람에게 충실하지는 않겠다고 결심한다. 한 사람에게만 충실하다 보면 덫에 걸려 옴짝달싹 못하게 된다. 관계가 불행하다고 해서 내가 달라지거나 상대와 헤어지는 일은 일어나지 않는다. 관계를 끝내는 것 때문에 겪는 고통보다는 차라리 불행한 상태로 함께 머무는 고통이 더 좋다. 성욕이 별로 없다. 정상적인 섹스는

흥미를 불러일으키지 못하기 때문에 변태적인 성적 만족을 원한다. 용서하는 능력이 부족하거나 아예 없는 것 같다. 관계가 진정으로, 일관되게, 지속적으로 나의 가장 깊은 욕구, 가치, 소망을 충족시켜주지는 않지만, 사회적 압박과 가족의 압력 때문에 관계를 선택한다. 상대가 곁에 머무는 것도 좋지만 떠나는 것도 전혀 싫지 않다. 현재로서는, 깨어 있는 시간의 3분의 2는 혼자서 보내고 싶다.

어떤 사람들은 관계에 관련된 문제를 극단적인 시각으로, 즉 자신이 관계에 적합하다거나 적합하지 않다는 식으로 생각합니다. 사실 우리는 누가 봐도 분명히 알 수 있는 상반된 것들을 겸비하고 있습니다. 따라서 자신이 어느 선에서 편안함을 느끼는지 안다면 관계에 대한 헌신의 정도를 그 선에 맞출 수 있습니다. 누군가가 자신의 인생과 마음의 통치권을 빼앗지나 않을까 두려워할 필요가 없습니다. 상대가 자신의 마음속에서 얼마만큼 자리를 차지할지 스스로 결정할 수 있습니다.

일단 어른스러운 방식으로 관계를 선택하면, 원할 때 만날 수 없거나, 열린 마음으로 감정이나 문제를 다루려 하지 않는 사람은 더 이상 매력이 없어 보이게 됩니다. 사랑을 주고받고, 감정을 조절하고, 헌신하고, 약속을 지킬 수 있는, 기꺼이 그럴 마음의 준비가 되어 있는 사람과 관계를 시작해야 합니다. 그런 사람은 상대를 용서할 수 있고, 문제가 원만하고 공정하게 해결될 때까지 충분히 자신을 내려놓을 수 있습니다. 그런 사람은 상대와의 관계에서 보복이 아니라 화해를 추구합니다. 그 사람은 자기 인생에서 '여자/남자'라고 표시된 구명을 메워줄 또 한 명의 여자/남자로서 당신을 사랑하는 것이 아니라 오직 당신이기 때문에 당신을 사랑합니다. 그 사람은 아마도 다음의 추가적인 기준을 충족시킬 것입니다.

- 적당히 가까운 곳에서 산다.
- 현재 진행 중인 또 다른 관계, 아직 정리하지 못한 과거의 관계, 계류 중인 이혼 등과 같이 당신과의 관계에 헌신할 수 없게 만드는 복잡한 상황에 얽매여 있지 않다.
- 현재 어떠한 중독에도 빠져 있지 않다.
- 정치적, 종교적 편견이나 강박관념이 심하지 않다.
- 원만한 성생활이 가능하고, 당신이 원할 때면 언제든 곁에 있어줄 수 있으며, 당신을 만족시키는 것에 관심을 갖고 있고 만족시키려 노력할 수 있다.
- 금전에 관한 장애(예를 들어, 돈을 벌고, 쓰고, 절약하고, 빌려주고, 기부하고, 받는 것을 제대로 할 수 없는 것)가 없다.
- 당신의 섹스 상대이기만 한 것이 아니라 친구이기도 하다. 당신과 함께 있는 것을 좋아하고 마음이 잘 맞는다.
- 당신과 관심사를 함께 나눈다.
- 이상적인 이성을 기대하지 않는다(이상적인 이성을 원하는 것은 현실의 이성을 원하지 않는 것이다. 그러나 이 세상에는 현실의 남성과 여성뿐이다!).
- 당신 눈에 이상적인 이성으로 보이지 않는다. 따라서 당신이 그의 '그림자 부분'을 보지 못할 정도로 그에게 푹 빠져들지는 않는다.

- 지속적으로 당신에게 전념할 수 있고 당신에게 초점을 맞추는 것을 좋아한다(그 사람이 그렇다는 것을 어떻게 알 수 있을까? 당신은 그런 일이 가장 최근에 언제 일어났는지 기억할 수 있다).
- 당신의 머리와 마음과 직관이 그를 기꺼이 맞이할 것을 허락한다.

나는 왜 사랑하려 하는가

어린 시절에 부모와 정서적 교류를 충분히 가졌다면 우리의 마음은 평온한 상태로 유지됩니다. 반면에, 충족되지 못한 욕구와 불안정한 정서적 교류는 좌절된 꿈과 소망처럼 평생토록 우리가 맺는 관계들을 맴돌면서 완결 지어달라고 소란스럽게 요구합니다. 따라서 동반자가 나를 위해 또는 나와 함께 그것을 완결시켜주지 않을 때는 해묵은 감정적 문제를 혼자 힘으로 끝마치는 방법을 배워야만 합니다.

관계를 원할 때 우리는 무엇에 좌우될까요? 겉으로 보이는 의도는 진정한 의도와 상반될 수도 있습니다. 의식적인 의도를 가지고 있을 때, 말과 행동은 일치하게 됩니다. 다시 말해 원한다고 말하는 것을 행동으로 옮기게 됩니다. 예를 들어, 어떤 관계를 원한다고 말합니다. 그 말을 할 때 정말로 그런 뜻으로 말하고, 그래서 기꺼이 노력합니다. 한편, 어떤 비밀스러운 의도는 대개 자기 자신도 모릅니다. 뭔가를 원한다고 말하면서 실제로는 그것과 상반되는 것을 원합니다. 예를 들어, 어떤 여자가 동반자를 찾고 있다고 말하면서 실제로는 자신과는 이루어지기 힘든 남자에게 특별히 더 끌립니다. 그렇지만 일단 그 남자와 관계를 맺게 되면, 그녀는 재빨리 흥미를 잃어버립니다. 관계에서 한 사람의 진짜 의도가 무엇인가에 대한 단서는 언제나 그 관계가 어떻게 끝나는가에 숨어 있습니다. 이 여자의 진정한 의도는, 그녀 자신도 모르고 있지만, 동반자를 구하는 것이 아니라 한 사람을 정복하고 난 다음 자신이 더는 그 사람을 원하지 않게 되는 것입니다.

다른 예를 들어볼까요? 피어스는 자신이 친밀한 관계를 원한다고 말합니다. 그렇지만 그의 은밀한 의도는 친밀한 관계를 찾는 것이 아닙니다. 그런 관계에 그는 깊은 두려움을 느낍니다. 그는 친밀한 관계란 상대에게 육체적으로 안기고 보살핌을 받는 것이라는 환상을 갖고 있습니다. 하지만 그는 상대가 자신에게서 무엇을 얻을 것인가에 대해서는 별로 관심이 없습니다. 흥미롭게도 누군가를 발견할 때마다 잘 맞는 것 같으면 맺어지지 않거나 맺어지면 전혀 맞지 않거나 둘 중 하나입니다. 그래서 그는 계속 찾아 헤맵니다. 새로운 여자를 만날 때마다 실망이 계속 쌓여가지만, 그는 자기가 친밀한 관계를 원하고 그 대상을 찾고 있는데 발견하지 못하고 있는 거라고 굳게 확신합니다. 사실 그는 시간을 낭비하고 있을 뿐인데 말입니다.

피어스의 의도는 피어스 자신에게조차 비밀에 부쳐져 있습니다. 그는 자신이 친밀한 관계를 두려워하고 있음을 알지 못합니다. 여자들에게 실망하는 것이 이제는 습관이 되어버려 그 습관을 계속 되풀이하고 싶은 충동을 느끼는 것인지도 모릅니다. 그의 행동과 좌절은 그가 노력해야 할 부분이 무엇인지를 그에게 분명하게 보여줍니다. 그러나 그가 과연 그런 노력을 하게 될까요? 얼마나 많은 여자들을 비난하고 얼마나 많은 관계들이 틀어져야 그가 그 부분을 보게 될까요? 자신의 패턴을 인정하지 않는다면 피어스는 자신의 의도를 결코 알지 못할 것이고, 바로 그것 때문에 자신이 친밀한 관계를 갖지 못한다는 사실, 그리고 그것은 자신의 어린 시절과 관련이 있다는 사실도 모를 것이며, 어떻게 해야 자멸 행위에서 벗어날 수 있을지 그 방법 역시 영원히 찾지 못할 것입니다.

피어스와는 달리, 피터는 명백한 의도를 갖고 있으며 비밀스러운 의도는 전혀 없습니다. 그의 환상은 누군가를 안아주고 그 사람에게 안기는 것이며, 그 상대가 완벽할 필요는 없습니다. 상대를 발견했을 때 그는 이렇게 자문합니다. "그녀는 나와 이루어질 수 있는가? 내가 원하는 여성상에 근접한가? 그녀와 나는 서로에게 진심으로 호감을 느끼고 있는가?" 아무리 매력적이라 하더라도 이루어질 수 없다면 그는 에너지를 낭비하지 않고 깨끗이 단념합니다. 피터는 직관적인 판단에 근거해 자신의 반응을 조절합니다. 관계에서 장애물과 갈등이 생겨 괴로움을 겪을 때, 피터는 헌신적인 관계에서 성숙한 사람이 대처하는 방식으로 상대와 함께 그 문제들을 이겨냅니다.

피터와 피어스의 방식은 '기꺼이 하려는 것'과 '소망하는 것'의 차이를 보여줍니다. 기꺼이 하고자 하는 것은 진정으로 뭔가를 원하는 것이며, 목적과 목적을 위한 수단 둘 모두를 선택하는 것입니다. 이것은 어떤 것을 끝까지 해내는 데 따르는 노력과 위험을 모두 받아들이는 것을 의미합니다. 반면에 소망하는 것은 단지 목적에만 열중하는 것입니다. 피어스는 친밀한 관계를 소망합니다. 반면에 피터는 친밀한 관계를 진정으로 원합니다.

피어스와 피터 두 사람 모두 결혼을 할 수도 있습니다. 피터는 현명하게 동반자를 선택합니다. 그리고 결혼은 정말로 그에게 잘 어울립니다. 반면에 피어스는 결국 자신이 숨바꼭질 게임을 계속할 수 있는 사람과 결혼합니다. 그는 자신의 마음을 제대로 알기도 전에 큰 결심을 하고 관례적으로 결혼을 합니다. 그런데 상대를 찾는 것은 대개 피어스 같은 사람들에게는 쉬운 일입니다. 진정으로 마음을 열고 관계에 집중하려는 사람보다는 겉으로 보기에 자유분방하고 관계에 있어서도 뭔가 애써 노력하지 않는 사람에게 끌리는 사람들이 더 많기 때문입니다. 그래서 피어스는 피터보다 선택할 상대들이 훨씬 더 많을 것입니다. 이것은 상대가 어리석어서가 아니라 두려워하기 때문입니다. 무엇보다 진지한 태도는 부담과 상처를 줄 수 있을 뿐만 아니라, 분명히 낯설기 때문입니다.

관계에 집중하려 노력할 때 한 가지 짚고 넘어가야 할 것이 있습니다. 관계에서 갈등을 해결하려면 상당한 양의 감정적 에너지가 필요할 수 있으며, 따라서 자신이 갖가지 종류의 갈등을 처리할 감정 에너지를 충분히 갖고 있는지, 그리고 상대 역시 그러한지 확인할 필요가 있습니다. 예를 들어, 당신은 행복한 성생활이 당연하다고 생각하고 있는데 상대가 과거의 근친상간 경험으로 인해 성적 혼란과 성에 대한 심각한 거부감을 갖고 있다면, 두 사람 모두 장기적으로 서로에 관해 진지하게 접근하는 노력이 필요할 것입니다. 당신은 그러한 노력을 기꺼이 하겠습니까? 당신의 상대 역시 기꺼이 노력하려 합니까? 만약 그렇지 않다면, 당신은 결코 이룰 수 없는 일에 뛰어드는 것입니다. 문제가 발생할 때 그 문제를 풀어나가고자 헌신하는 것만이 진심으로 내밀한 관계를 원한다는 확실한 증거입니다. 멋진 외모도, 공허한 말도, 어떤 이상을 추구하고 있느냐도 아닌, 오직 그러한 헌신만이 차이를 가져옵니다. 성숙한 사람은 자신의 한계를 알고, 그 한계를 검토하고, 필요하다면 언제라도 한계를 넓혀나갑니다. 그것은 진정한 관계라는 선거에 입후보자로 나서는 것과 같습니다.

설사 어린 시절에 다섯 가지 열쇠를 발견하지 못했다 하더라도, 성인이 되어 진정으로 친밀한 관계에서 그 열쇠들을 발견할 수 있습니다. 뿐만 아니라 상대에게 줄 수도 있습니다. 물론 건강한 관계라고 해서 그것이 무조건 가능한 것은 아닙니다. 서로에게 많은 것을 요구하지 않는 동행을 원하는 사람들이 있는가 하면, 자신의 가장 깊은 감정과 과거와 현재의 경험을 공유하고 싶어 하는 사람들도 있습니다. 이 두 유형 모두 정당합니다. 그러나 장차 동반자가 될 사람이 자신이 추구하는 것과 같은 유형의 관계를 추구하고 있는지 아닌지를 아는 것은 중요합니다. 두 유형의 관계 모두에서 갈등은 일어납니다. 그러나 전자의 경우, 한 사람이 과거에 끔찍하고 극적인 사건을 경험했을 때 갈등은 가볍게 다루어지고 불문에 부쳐집니다. 그러나 후자에서는 불쾌하고 부담스러운 감정에 휩싸일지라도 갈등이 가차 없이 검토되고 정면으로 다루어집니다. 1940년대와 50년대의 영화에서 두 유형의 관계를 볼 수 있습니다. 〈블랜딩 씨, 꿈에 그리던 집을 짓다〉에서 캐리 그랜트와 마나 로이의 경쾌하고 사랑스러운 동반자 관계는 〈욕망이라는 이름의 전차〉에서 말론 브란도와 킴 헌터가 보여준 간담이 서늘한 폭풍 같은 관계°와는 아주 다릅니다. 만일 우리가 블랜딩 씨의 꿈의 집을 원한다면, 욕망이라는 이름의 전차는 절대로 타지 말아야 할 것입니다.

누군가가 당신과의 관계에 기꺼이 노력을 기울이려는 마음을 갖

○ 평소에 스탠리(말론 브란도)는 아내 스텔라(킴 헌터)에게 야만적인 폭력을 휘두르지만 스텔라는 그런 남편의 매력에 빠져 있다. 불안정한 이 부부관계에 화약고와 같은 스텔라의 언니 블랑쉬(비비안 리)가 개입한다.

고 있는지 아닌지 알 수 있는 한 가지 방법은 바로 이 책을 그 사람에게 주는 것입니다. 이 책을 읽는지, 읽는다면 부정적으로 반응하는지 긍정적으로 반응하는지, 그리고 무엇보다도 이 책에 관해 당신과 이야기 나누고 싶어 하는지, 나아가 당신과 함께 이 책이 제안하고 있는 것들을 실행하고 싶어 하는지 확인해보십시오. 만일 당신의 상대가 성장을 멈춘 것이 염려된다면, 함께 이 책을 읽고 노력을 기울이는 것역시 도움이 될 것입니다.

완전한 진실, 나의 진실, 상대의 진실

신뢰와 헌신을 위한 첫 번째 필요조건은 진실을 말하는 것입니다. 우리는 때때로 상대가 진실을 받아들이지 못할 거라는 생각 때문에 감정을 털어놓지 않습니다. 그러다가 관계가 파국을 맞이할 때에야 비로소 그동안 꾹꾹 눌러놓았던 것들을 모두 털어놓습니다. 그 순간 그 관계가 자신을 얼마나 속박했는지, 그리고 완전한 진실, 나의 진실과 상대의 진실을 얼마나 두려워했는지를 깨닫게 됩니다. 우리는 다섯 가지 열쇠를 놓치고 있었지만 관계를 유지하려는 마음에 그 결핍을 감수해왔을지 모릅니다.

하지만 상대를 신뢰할 경우, 우리는 뭐든 말하고 들을 수 있습니다. 친밀한 관계의 '지지적 환경'에서 우리는 두려움이나 수치심 또는 당혹감을 느끼지 않고 진실이 드러나는 것을 받아들일 수 있습니다. 두 사람이 자신들의 관계에 헌신적으로 노력을 기울일 때 그러한 신뢰는 더욱더 깊어집니다. 그럴 때 서로가 주고받는 개인적인 이야기는 두려운 게 아니라 득이 됩니다.

그 과정에서 우리는 뭔가를 드러내고 싶어 할 수 있고, 그럼으로써 상대는 자기가 뭘 어떻게 해야 할지 알 수 있게 됩니다. 그러나 상대의 피드백에 마음을 열어야만 그것이 가능합니다. 자신을 드러내면 분명히 상대로부터 피드백이 일어날 것이기 때문입니다. 그런데 역설적인 것은, 자기 자신을 열어 보일수록 자신에 대해 더 많이 이해하게 된다는 사실입니다. 진실을 말하는 것이 어떻게 들릴 수 있는가에 대한 다소 재미있는 예를 하나 소개합니다.

우리 관계가 점점 진지해져가고 있는 것 같아서 아주 만족스럽습니다. 우리 사이에 숨기는 것 없이 모든 게 투명하기를 바라는 마음에, 나는 오늘 당신에게 나 자신에 관해 중요한 얘기를 털어놓으려 합니다. 우선 별로 매력적이지 못한 부분부터 시작해서 좀 더 고무적인 내용으로 넘어가겠습니다.

나는 아주 많이 사랑하고 싶고 사랑받고 싶습니다. 하지만 사랑이 시작될 기미가 보이면 두려움 때문에 필사적으로 싸우게 된다는 사실을 털어놓지 않을 수 없군요. 나는 나의 그런 부족한 부분을 받아줄 융통성 있고 너그러운 사람에게서만 사랑받을 수 있습니다. 사실 나는 어떤 부분에서든 완벽함을 기대할 수 없는 사람입니다.

만일 당신의 세부적인 기준에 부응하는 사람만을 이상적인 짝이라고 생각한다면, 당신은 나를 원하지 않을 겁니다. 사랑에 대해 확고한 정의를 갖고 있다면, 나는 역시 그것을 충족시키지 못할 것입니다. 나는 한 번도 그런 걸 제대로 해낸 적이 없습니다.

아마도 나는 당신이 원할 때 모든 걸 내팽개치고 당신에게 달려가지 못할 때가 많을 겁니다. 특히 관계가 깊어지는 것을 느끼면 자주 공격적인 태도를 보입니다. 나는 당신 말에 언제나 귀를 기울이지도 않을 것이고 심지어 당신의 말을 이해하려는 노력조차 하지 않을 때도 있을 겁니다. 당신이 나를 필요로 할 때 항상 당신 옆에 있어주지 못할 수도 있습니다. 있는 그대로의 당신을 받아들이지 못할 수도 있습니다. 나는 내 외모나 매력, 말이나 섹스로 당신을 유혹해놓고는 정작 당신의 기대에 부응하지 못할 수도 있습니다.

나는 자립적인 인간처럼 보이지만, 사실 그건 겉모습일 뿐입니다. 그 이면의 나는 애정에 굶주리고, 겁먹고, 상실감에 빠져 있고, 외롭습니다. 나는 거짓말을 하기도 하고 진실한 감정을 숨기기도 합니다. 당신에게서 달아날 수도 있습니다.

나는 당신이 나를 위해 뭔가를 해주게 만들려고 애쓸 수도 있습니다. 나를 사랑한다는 것을 증명하게 하려고요.

나는 자기도취적인 이유로 관계를 원하는 것일지도 모릅니다. 다시 말해 내가 당신을 원할 때 그리고 내가 당신을 원하기 때문에 당신이 내 곁에 있도록 하기 위해 이 관계를 원하는 겁니다. 어쩌면 나는 진정한 교류를 할 수 없을지도 모릅니다.
나는 어린 시절 고통스러웠던 가정환경 때문에 관계를 맺는 것이

험준한 산 정상에 오르는 것만큼이나 어려운 일이라는 것을 알게 되었습니다. 나는 당신에게서 내 부모님 모습을 보고, 부모님한테 받았던 것이나 또는 받지 못했던 것을 당신에게서 받으려 들지 모릅니다.

나는 당신을 통제하려 할 수도 있습니다. 교묘하게 당신을 조종하면서 요리조리 미꾸라지처럼 빠져나가는 나를 잡기 위해 당신은 긴장하겠지요. 만일 당신이 그 문제를 놓고 나와 정면으로 맞선다면 나는 잔뜩 겁에 질려선 맹렬히 당신을 비난할 수도 있을 겁니다. 나는 당신의 자유나 선택을 감당하지 못할지도 모릅니다. 나는 질투를 할 것이고, 심지어 편집증적인 증세까지 보일 때도 있을 겁니다. 당신에게 친한 친구들이 있다는 사실을 견디지 못할 수도 있습니다.

만일 당신을 절대로 울리지 않을 사람을 원한다면, 나는 당신에게 맞지 않는 사람입니다. 나는 당신의 마음을 아프게 할 수도 있으니까요.

당신은 그저 나를 있는 그대로만 사랑해야 할 것입니다. 내가 당신의 기준에 부응하기를 기대하는 한, 당신은 실망만을 되풀이할 겁니다. 당신은 나에게서 무조건적인 사랑을 받으리라는 보장도 없이 그저 무조건적으로 나를 사랑해야 할지도 몰라요.

다른 한편으로, 나는 어떤 소중한 것들, 돈(나는 항상 돈이 별로 없겠지만)

으로 살 수 있는 것보다 더 귀한 것들을 당신에게 제공할 수 있습니다. 그 각각의 가치 있는 것들에 있어서, 나는 나의 한계를 인정하고 최선의 노력을 다할 것입니다.

나는 내가 어떤 사람인지 알고 있을 뿐만 아니라, 내가 그걸 알고 있다는 것을 인정하는 것이 부끄럽지 않습니다. 그와 동시에, 나는 나 자신을 보호하기 위해 거짓말을 하거나 나 자신 속으로 숨을 수도 있다는 것도 알고 있습니다.

나는 나 자신의 문제를 개선하기 위해 노력하고 있습니다. 나는 더 진실하게 사랑하는 방법을 찾고 있습니다. 시행착오를 겪고, 묻고, 행함으로써 나 자신을 스스로 깨부수고, 현재의 나와 새롭게 변해가는 나를 통해 노력을 계속해나가고 있습니다.

나는 당신이 원하는 방식으로 당신을 사랑하고 싶습니다. 그러니 당신이 그 방법을 말해줬으면 좋겠습니다.

나는 내가 얼마나 강압적이고 까탈스러운지 정확히 알기 위해 항상 나의 행동을 주시하고 있습니다. 그럼에도 내가 알아차리지 못할 때가 많기 때문에, 당신이 "싫어!"라고 말해주면 좋겠습니다. 당신의 기분을 상하게 했다는 것을 알면, 사과하고 고치려고 노력할 것입니다. 내가 당신의 마음을 아프게 할 수도 있습니다. 하지만 그건 결코 악의를 갖고 그러는 게 아니라, 단지 실수로, 아니면 겁먹은 나의 자아가 다정하고자 하는 나의 소망을 묵살하기 때문에 그런 것입니다.

나는 스스로 상처 입기 쉽다는 것을 알면서도 나 자신을 그대로 드러내려고 노력하고 있습니다. 이것은 아직 완료되기에는 한참 먼, 진행 중인 일입니다. 아마도 당신은 지금으로서는 이 솔직한, 그리고 당혹스러울 게 분명한 자기소개를 열린 마음으로 들을 수 있을지도 모르겠군요. 나는 멋있어 보이려고 애쓰지 않습니다. 솔직히 말하자면, 나는 당신이 나를 사랑할 수 있을 만큼 멋있게 보이고 싶습니다. 아무것도 숨기고 싶지 않습니다. 그래야 내가 어떤 부분을 노력해야 할지 알도록 당신이 도와줄 수 있을 테니까요.

약속이 아니라 행동에 의거해 나를 판단해주세요. 나의 과거 연인, 그리고 친구에게 연락해 내가 어떤 사람인지 확인해보십시오. 그러고 나서 나에게서 변화의 징후를 찾아보십시오. 눈을 크게 뜨고 결정하십시오. 그리고 그 모든 것을 심사숙고해본 다음 나를 받아주기 바랍니다.

만일 나를 오류를 범하기 쉬운 인간, 당신에게 줄 사랑을 갖고 있지만 지속적으로 사랑을 주지는 못하고 그래도 계속 열심히 노력하는 그런 사람이라고 알고 있다면, 당신은 나에게 실망하지 않을 것입니다. 나는 오직 나의 모든 결점, 그리고 그것을 극복하려는 노력과 실패와 함께 사랑받을 수 있습니다. 나를 있는 그대로 받아들여주세요. 그러면 우리 사이에 사랑이 피어날 수 있습니다.

나는 "부족해"라는 과거와 "아직 아니야"라는 미래에서 너무 오래

살았습니다. 나는 그 어느 때보다 지금 여기에서 사랑할 준비가 되어 있음을 느낍니다. 전에는 대개 이상적인 짝에 대한 환상이나 투사된 이미지를 통해 사랑에 빠졌습니다. 하지만 이번에는, 현실 속에 실재하는 당신과 사랑에 '빠지는' 것이 아니라 그 사랑 속에서 당당히 '일어서고' 싶습니다. 아마도 이것은 당신과 나, 우리가 사랑의 많은 찬란한 것들을 놓치지 않을 방법일 것입니다.

내가 가장 좋아하는 셰익스피어의 『십이야』에 나오는 말과 함께 글을 끝맺고자 합니다. "나는 내 은밀한 영혼의 책까지도 그대에게 펼쳐 보였다."

덧붙이는 말. 나의 달변에 속아 넘어가지 마십시오. 때때로 나는 상당히 무례할 수도 있습니다.

마치 섹스가 사랑인 것처럼

언젠가 성 토마스 아퀴나스는 아담과 이브가 에덴동산에서 쫓겨나기 전, 그러니까 인간의 선택에 자아가 개입하기 전에 성관계를 가졌는가라는 질문을 받았습니다. 그는 이렇게 대답했습니다. "그렇다! 순수한 상태라고 해서 강렬한 쾌락이 없는 것은 아니다. 오직 안절부절못할 정도로 불타오르는 욕정만이 제외될 따름이다." 아마도 이런 관점에서 다섯 가지 열쇠와 함께하는 섹스는 다음과 같을 것입니다. 즉, 각자에게 주된 동기는 상대에게 쾌락을 불러일으키는 것입니다. 거기에는 목표가 없습니다. 우리는 눈빛 교환, 미소, 포옹을 통해 계속해서 서로를 확인합니다.

실제로, 양육과 성적 충족은 신체적인 것에 바탕을 둔다는 연관성을 가지고 있습니다. 섹스를 위해 서로를 꼭 껴안는 순간에 사랑의 호르몬이라 불리는 옥시토신이 방출됩니다. 그런데 이 옥시토신은 아이들에게 젖을 먹이는 어머니들의 유선강을 수축시켜 젖의 분비를 촉진하는 역할도 합니다. 섹스는 원래 자애로운 모성애와 연관되어 있습니다. 사랑을 할 때 우리는 마치 서로의 마음에 모유를 먹이는 것과 같습니다.

반드시 해소해야 하는 욕정은 우리의 무의식적인 습관과 갈망을 이용합니다. 궁핍한 섹스에서 우리는 즐거운 충전, 무의식적인 흥분의 전율과 억누를 수 없는 설렘, 황홀감, '운명의 힘'을 기대합니다. 하지만 그것은 감정(신체적, 감정적, 지적 반응)이 아니라 감각(무의식적인 신체적 반응)입니다. 성욕을 해소하기 위한 섹스는 자극적이고 흥분을 불러일으키지만, 친밀한 관계에 필요한 감정의 진정한 깊이는 포함되지 않습니다. 우리는 때때로 상대의 성적 반응이 자신의 충족되지 못한 감정적 욕구를 채워주고 심지어 안도감까지 준다고 믿기 때문에 성적 관계를 추구합니다. 우리는 사실상 다섯 가지 열쇠를 받고자 하는 것임에도, 자신이 단순히 섹스를 원하는 거라고 생각할 수 있습니다. 이런 식으로 우리의 욕구에 성적 특성을 부여할 때, 우리는 생식기와는 무관한 임무에 생식기를 끌어들이고 있는 것입니다.

섹스는 책략꾼입니다. 섹스는 관계가 불안하고 괴롭다고 하더라도 좋은 기분을 느낄 수 있게 해줍니다. 심지어 학대나 분노의 와중에도 섹스는 아무 탈 없이 치러질 수 있습니다. 그것은 자기양육에 있어서 심각한 장애와 혼란의 증거일 수도 있습니다. 에우리피데스가 『메데이아』에서 냉소적으로 썼듯이, "밤 생활만 좋으면 모든 것을 다 가진 걸로 생각"하는 식이지요.

오로지 섹스 그 자체에 치중한 관계는 얼마 못 가 깨질 우려가 있습니다. 물론 그런 상태로 30년 동안 부부로 살아갈 수도 있습니다. 그러나 그런 관계는 애정 어린 돌봄과 배려를 찾아볼 수 없고 오로지 후회의 곰팡내를 풍기게 될 것입니다. 성숙한 사람은 욕정에 이끌리기보다는 스스로 선택하는 것에 매력을 느낍니다. 그는 욕정을 억누르기보단 욕정 때문에 멜로드라마에 빠지지 않습니다. 관계에서 정신생활이 따분할수록 스릴을 추구하는 강도는 더욱 세지고, 점점 더 교묘하게 흥분과 전율을 찾게 됩니다. 어떤 사람들은 단지 감각을 충족시키기 위한 섹스를 합니다(아마도 피상적인 관계가 바로 그런 것일 것입니다).

내면세계가 행복할 때, 우리는 더 이상 섹스에서 미친 듯이 행복을 찾지 않게 됩니다. 우리 몸에서 생식기가 차지하는 비중이 그렇듯이 섹스 역시 우리의 인생에서 그리 큰 영역을 차지하지 않게 되면서, 섹스가 평범해지는 것을 자연스럽게 받아들이게 됩니다. 이 모든 것은 다음의 이야기 속에 예시되어 있습니다.

마흔 살인 월터는 서른여섯 살인 완다와 결혼해 세 아이를 낳고 행복하게 살고 있는 중소기업 사장입니다. 완다는 월터가 꿈꿔오던 아내 상에 완벽하게 들어맞는 여자입니다. 지각 있고, 사려 깊고, 정숙하고, 자녀들을 자애롭게 돌보고, 알뜰하고, 살림도 흠잡을 데 없이 잘할 뿐만 아니라 섹스에서도 무난합니다. 그녀는 심지어 그의 어머니가 만들어주던 것과 똑같은 맛의 양배추 롤 스튜를 만들기까지 합니다. 그들의 가정생활은 평온하고 안정적이며, 특히 알코올중독, 폭력, 도박, 빚, 부부싸움 같은 것은 전혀 찾아볼 수 없습니다. 월터와 완다는 깊은 유대 관계를 맺고 있습니다. 그들 중 누구도 이혼이나 별거를 생각한 적이 없고 앞으로도 그런 일은 결코 없을 것입니다.

그러나 월터는 완다 모르게 지난 2년 반 동안 회사의 비서들 중 하나인 스물아홉 살의 월마와 아슬아슬한 불장난을 이어오고 있습니다. 그들은 밤늦게까지 시간을 함께 보내고, 숨죽인 목소리로 통화를 하고, 점심시간을 이용해 시내 외곽의 모텔에서 정사를 나누는가 하면, 한적한 해변에서 은밀한 데이트를 즐깁니다. 그들의 관계는 성적 자유분방함으로 불타오릅니다. 그들은 가끔 약물도 사용하면서 흥분을 한껏 끌어올립니다.

하지만 월마는 때때로 월터의 인생에서 그림자 같은 존재로 살아가고 있는 자신의 처지를 한탄하며 울부짖고 미친 듯이 화를 냅니다. 자신들의 관계를 폭로하겠다고 협박하여 월터의 심장을 철렁 내려앉게 만들기도 합니다. 하지만 월터 역시 그녀에 대한 독점욕과 편집광적인 질투로 가마솥에 기름을 들이붓습니다. 이 모든 긴박한 상황은 그들이 함께 있는 매 순간 아드레날린을 마구 솟구치게 해줍니다. 그것은 월터로 하여금 마흔 살이라는 자신의 나이를 실감하지 못하게 만듭니다. 그리고 월마는 월터의 인생에서 자신의 존재가 끝없는 스릴 같은 것이라고 느낍니다.

완다와 월마 두 사람 다 전혀 모르는 사실이지만, 월터는 군대 시절 이후로 몇 달에 한 번씩(때로는 더 짧은 간격으로) 포르노 영화관에 가서, 때 묻은 스크린에 나타난 아름답긴 하지만 정숙하지 못한 여자들의 영상, 자신들의 육체를 속속들이 보여주고 온갖 행위를 해주는 여자들의 영상을 황홀해하면서 바라보곤 했습니다. 그는 셰익스피어가 말하듯이 그 "어둑한 밤의 궁전"으로 들어가거나 거기서 나오는 자신의 모습을 누군가에게 들킬지도 모른다는 불안감을 느끼면서 그 은밀한 순간에 강박적으로 자위를 합니다.

월터는 잘 훈련된 신체 반응을 통해 심층적인 감정들로부터 자신을 보호하는 것으로 밝혀졌습니다. 말하자면, 외로움이나 절망감, 또는 두려움이 생길 조짐이 보이면 그 즉시 호르몬이 절박한 성적 욕구를 불러일으키면서 그를 구조하러 옵니다. 월터는 그것을 성욕이라고 생각하고 있지만, 사실 그것은 달갑지 않은 감정이 일어나려 하는 무시무시한 상황에 대한 조건반사적인 반응입니다. 월터가 할 일은 오직 선택하는 것뿐입니다. 윌마의 격정적인 포옹 속에서 괴로움에 떨며 온몸을 비틀거나, 포르노 영화관의 추잡한 사람들 속으로 슬그머니 숨어드는 것 중 하나를 선택하는 것이지요.

월터의 그러한 이중 삼중의 관계들은 그의 성생활과 그 외의 생활이 얼마나 심하게 분열되어 있는지를 보여줍니다. 하지만 그 자신은 전혀 그렇게 생각하지 않습니다. 그는 오히려 자기가 아직도 그토록 불타오를 수 있는 리비도를 갖고 있다고 자랑스러워합니다. 그에게 그것은 시들지 않는 남자다움의 징표입니다. 완다는 사회적 인정에 대한 욕구를 충족시킵니다. 반면에 윌마는 아직도 정력이 시들지 않았다고 느끼고 싶은 그의 욕구를 충족시켜줍니다. 그리고 그의 포르노 공주님들은 그에게 즉효약을 제공합니다. 이 세 가지 욕구 모두가 그에게는 완전히 실제적이고 절실한 것으로 느껴집니다. 완다가 아무리 그에게 많은 것을 베푼다 해도, 그의 다른 욕구들을 사라지게 할 수는 없습니다. 윌마가 아무리 많은 부분을 채워줘도 월터가 결혼 생활을 깨도록 만들 수는 없습니다. 월터도 그걸 잘 알고 있지만, 뭔가가 부족하다는 이유로 완다나 윌마를 비난하지 않습니다. 그는 그녀들 각자에게서 부족한 것을 원할 때면 언제라도 다른 곳에서 채울 수 있다는 걸 알고 있기 때문입니다.

가족 모임에 참석할 때 월터는 완다 같은 훌륭한 아내를 얻은 게 행운이라고 느끼지만, 한편으로는 그녀를 배신하고 있는 것에 대해 죄책감도 느낍니다. 모텔 숙박부에 엉터리로 이름과 주소를 기입할 때면 그는 이 나이에 그처럼 열정적인 연인이 있다는 게 행운이라는 생각도 하지만, 한편으로는 수치심도 느낍니다. 포르노 영화관에서 띄엄띄엄 앉아 시간을 죽치고 있는 인생의 낙오자들을 볼 때면, 자기는 적어도 돌아갈 현실의 관계를 갖고 있어서 행운이라고 느끼지만, 그곳을 나설 때는 그에 못지않게 자기혐오를 느낍니다.

그러나 월터는 죄책감과 수치심을 꾸역꾸역 삼키고, 자신이 진실되지 못하다는 생각은 하지 않습니다. 그에게는 절묘한 줄타기가 곧 순조로움을 의미하기 때문입니다. 자신의 세 세계를 계속 따로 유지하고 현실의 두 여자 모두를 계속 행복하게 해줄 수 있는 한, 그는 그 모든 것을 순조롭게 제어해나가고 있는 것입니다. 그는 정신적 건강이란 오직 얼마나 제어를 잘하느냐에 달려 있는 것이라고 생각하기 때문에, 자기에게는 도움 같은 것도 필요 없고 해결할 문제도 전혀 없다고 생각합니다. 그는 카드를 쌓아 올려 만든 불안정한 3층짜리 집 속에서 지금처럼 마음 편히 오랫동안 관계들을 유지하며 살아갈 수도 있습니다.

이 사례에서 한 가지 흥미로운 점이 있습니다. 나는 몇 년 동안 강의 때마다 이 이야기를 학생들에게 들려주었습니다. 그때마다 매번, 남자들은 대부분 월터의 행동에 문제가 될 게 없다고 생각하며 도리어 부러워하는 반면, 여자들은 용납할 수 없다고 생각합니다. 당신은 어느 쪽입니까?

누군가와 사랑에 빠지지 않거나 성관계를 하지 않는다면 인생이 무의미하다고 느낄 수도 있습니다. 만약 그렇다면, 그것은 스스로 자신의 가치를 떨어뜨리고 인생에서 그 외의 모든 것을 놓치는 것입니다. 그렇다고 관능적이고 친밀한 사랑이 추구할 가치가 없다는 뜻은 아닙니다. 단지 우리가 마음챙김과 함께 그런 사랑에 접근한다면 훨씬 더 도움이 될 수 있다는 뜻입니다. 그 순간 우리는 사랑을 완전하게 느끼고, 사랑에 대한 욕망이 어떻게 변하는지 그리고 그것이 나를 어디로 이끌고 가는지 목격하고, 그 욕망이 즉시 충족될 수도 있고 충족되지 못할 수도 있다는 사실을 받아들이면서 사랑을 알아가게 됩니다. 그 반대의 경우는, 욕망에 사로잡힌 나머지 객관적인 판단력을 잃게 되어 마치 감옥의 벽만 보고 세상이 네모진 것이라고 생각하는 죄수처럼 자신의 머릿속만 고통스럽게 보게 되는 것입니다. 그러면 욕망이 어떻게 작용하는지 또는 그것이 심리적 성장에 어떻게 도움이 되는지 깨닫지 못하게 됩니다.

자신의 갈망을 상대에게 드러내는 것은 상대가 그 갈망을 이해하고, 포용하고, 나를 되비쳐줌으로써 그 갈망이 완전히 정당한 것임을 확인시켜줄 거라고 믿는 것입니다. 그러한 정당성의 확인은 우리가 욕망의 충족보다 훨씬 더 갈망하는 것입니다. 때때로 우리의 갈망은 너무도 강렬합니다. 그리고 꿈에 그리던 상대를 만나는 것은 사실상 요원하기 때문에 그 사람이 나타나기까지 마치 섹스가 사랑인 것처럼 섹스에 안주하게 됩니다. 하지만 다행히, 사랑이 결여된 과도한 신체적 접촉은 쉽게 싫증을 느끼게 만듭니다. 싫증은 우리의 마음을 온전함의 길로 곧바로 돌려놓는 선물일 수 있습니다.

우리가 건강해질수록, 원 나잇 스탠드나 돈을 받고 섹스를 제공하는 낯선 이들과의 파행적인 관계가 아니라 오직 사랑과 포용의 진정한 결합을 원하게 됩니다. 자신의 성생활을 존중하면 할수록, 그것의 발전을 저해하거나 둔화시킬 가능성은 더 적어집니다. 우리가 사랑이라는 목적을 위해 섹스를 비축하고 사랑이 우리에게 도달하는 데 걸리는 시간만큼 오랫동안 섹스를 아껴둘 때, 섹스는 더 많은 사랑을 위한 수단으로 사용됩니다.

사랑을 운명으로 이끌어가는 무언가가 있다

동시성°은 운명을 향해 나아가도록 만드는 의미심장한 우연의 일치입니다. 그게 뭔지는 알 수 없지만 뭔가가 항상 작용하고 있습니다. 우리는 어떻게 해서 그런 것인지는 모르지만 왜 그런지는 알고 있습니다. 그것은 두려움에서 벗어나 사랑에 마음의 문을 열도록 우리를 도와줍니다. 그러므로 상대를 찾는 것은 우리의 노력만으로 이루어지는 것이 아닙니다. 우리가 통제할 수 없는 다른 힘들이 거기에 개입해 중요한 역할을 하고 있습니다.

제임스는 자신이 꿈꾸는 이상형을 만나기를 간절히 바라는 젊은이

○　　Synchronicity. 융이 제시한 개념으로 '의미 있는 우연의 일치'를 일컫는다. 융에 따르면, 동시성은 둘 혹은 그 이상의 의미심장한 사건들이 동시에 발생하는 현상으로, 여기에는 우연한 가능성 이상의 뭔가가 작용하고 있다. 다시 말해 동시성이란 인과적으로 무관한 '내적인 것'과 '외적인 것'의 '의미 있는 연결'이다.

입니다. 이를 위해 할 수 있는 건 뭐든지 다 하고 있다고 생각합니다. 싱글 전용 바를 드나들고, 구혼 광고를 보고 연락을 취해보기도 하고, 결혼중개소에 가입하기도 하고, 친구들의 결혼식에서 좌석 안내를 하거나 들러리를 서면서 신부 친구들에게 접근해보기도 하고……. 하지만 전혀 소용이 없습니다. 좌절해서 풀이 꺾인 그는 한동안 만남을 포기하고 되는 대로 내버려두기로 결심합니다.

그 도시의 또 다른 곳에서, 제이미 역시 자신의 이상형을 만날 수 있기를 바라고 있습니다. 그녀는 다정다감하고, 자신과 비슷한 관심사와 유머 감각을 갖고 있고, 수수하지만 빠지지 않는 외모에 정신도 올바르게 박혀 있는 남자를 원합니다. 요즘에는 정신이 올바르게 박혀 있다는 것이 전기톱 살인마가 아니라는 것을 의미하는 것 같으니까요. 그녀는 때때로 여자 친구들과 함께 싱글 전용 바에 가고, 결혼중개소에도 잠시 가입해봤고(운이 없었습니다), 친구들의 결혼식에 신부 들러리로 자주 참석했지만, 피로연에서 독한 술에 용기를 얻어 치근대는 남자들이 끔찍하게만 생각됩니다. 제임스와 마찬가지로, 제이미 역시 이상형 찾기를 포기하고 모든 걸 자연의 순리에 맡기고 있습니다. 그렇지만 운명이 그녀를 계속 비껴가는 것 같아 짜증이 납니다.

제임스는 매일 자전거를 타고 정해진 코스를 따라 해변을 달립니다. 그런데 어느 날, 그는 뚜렷한 이유도 없이 해변 도로가 아닌 식물공원이 있는 곳으로 노선을 변경했습니다. 게다가 평소에는 절대로 멈추는 일이 없는 그였지만 그날만큼은 왠지 꽃향기를 맡아보고 싶은 생각이 듭니다.

자전거를 끌고 공원 안을 걸으면서 제임스는 오솔길 양옆으로 길게 늘어서 있는 선인장의 아름다움에 빠려 듭니다. 그때 갑자기 한 선인장에 하얗고 황금빛이 도는 굉장히 아름다운 꽃이 피어 있는 것을 발견합니다. 그 품종은 1년에 한 번 딱 하루만 꽃을 피운다는 사실을 알고 있었기 때문에 그는 강렬한 호기심에 이끌려 꽃을 자세히 들여다보기 위해 몸을 숙입니다.

바로 그 순간, 길 맞은편에서, 향기에 취한 제임스가 알아차리지 못하는 사이에, 식물공원에서 일하는 한 젊은 여자 역시 달콤한 꽃향기를 맡기 위해 그 선인장으로 다가와 몸을 숙입니다. 두 사람의 머리가 부딪치면서 탁 하는 소리가 울려 퍼집니다. 그제야 두 사람은 선인장 향기 속에서 서로의 눈을 바라보고 있는 자신들을 발견합니다.

제임스가 말합니다. "음, 그러니까 이 녀석 때문에 우리가 이마를 부딪치게 된 거로군요, 그렇죠?"

제이미는 미소를 띠며 대답합니다. "맞아요, 잘하면 당신 입에서 운명적 만남이라는 말이 나올지도 모르겠군요!"

그들은 곧 자신들이 유머감각 말고도 여러 가지 공통점을 갖고 있다는 사실을 알게 됩니다. 둘 다 선인장을 아주 좋아하고, 집에서 선인장을 키우고 있으며, 다양한 품종의 라틴명을 모두 알고 있고, 선인장 가시에 자주 찔렸을 만큼 덜렁대는 면도 있습니다. 이것은 그들이 관계를 맺기 위한 준비가 되어 있다는 확실한 증거입니다.

1년 뒤, 제임스와 제이미는 마침내 결혼식을 올립니다. 결혼식에서 그들은 좌석 안내인도 신부 들러리도 아닙니다. 그 즐거운 날, 그들이 어떻게 만났는지도, 두 사람이 모두 식물에 관심이 많다는 사실도 전혀 모르는, 시를 사랑하는 사제가 토머스 그레이°의 「비가悲歌」에 나오는 다음과 같은 구절을 인용해 주례를 합니다.

수많은 꽃들이 보이지 않는 곳에서 홍조를 띠고 피어나
인적 없는 대기에 향기를 허비한다.

　하지만 제임스나 제이미에게 그 향기는 헛되이 쓰이지 않습니다. 그 향기는 그들의 남다른 로맨스를 넘어, 당연히 겪게 될 갈등을 거쳐, 마음 깊은 유대 속에서 지속됩니다.

　이 이야기 속의 사건들은 모두 우연의 일치입니다. 그러나 그 사건들은 동시성, 즉 어떤 의미심장한 우연의 일치 또는 기회의 예이기도 합니다. 왜냐하면 그 사건들은 두 사람의 운명을 거들기 때문입니다. 제임스와 제이미 두 사람 모두 비슷하게 데이트에서 운이 나빴던 건 우연의 일치일까요? 다시 말해 그들이 서로 이렇게 만나도록 하기 위해 미리 준비된 것이 아니었을까요? 제임스가 '뚜렷한 이유도 없이', 즉 왼쪽 뇌의 논리 때문이 아니라 더 깊고 직관적인 근원에서 비롯된 동요 때문에 평소와는 다른 길을 택하고 제이미가 일하는 곳에서 잠시 멈추기로 한 것은 그저 우연의 일치였을까요? 다시 말해 그것은 '무엇인지는 모르지만 뭔가가 항상 작용하고 있다'에 해당하는 것이 아니었을까요? 제이미가 식물공원에서 일하게 된 것은 오로지 제임스를 만나기 위한 것은 아니었을까요? 제임스가 자전거 타기에 관심을 가진 것은 장차 자신의 신부가 될 사람을 만나기 위한 준비가 아니었을까요? 두 사람 모두 어린 시절부터 선인장을 좋아했던 건 우연의 일치일까요? 그들의 관계는 그들이 만나기 오래전부터 눈에 보이지 않게 시작되었던 것은 아닐까요? 눈에 보이지 않는 미지의 뭔가가

○　　Thomas Gray(1716~1771). 케임브리지 대학에서 일생을 은거하며 학문 연구와 문필 활동을 한 영국의 시인.

조심스럽게 작용하면서 선량한 두 사람의 결합을 신비롭게 도모하고 있었던 것일까요? 우주는 정말 우리 편일까요? 그날, 그 두 사람이 선인장 꽃을 통해 만날 수 있도록, 자연의 섭리가 시시각각 정확한 눈금을 재어가면서 선인장에 꽃을 피운 건 아닐까요? 게다가 아주 많은 시를 알고 있던 그 사제는 어떻게 그 결혼식을 위해 하필이면 그 시를 골랐을까요?

이성과 논리는 이 모든 것은 아무런 의미 없는 단순한 우연의 일치에 불과하다고 단언합니다. 그러나 마음 깊은 곳의 두려움을 모르는 무한한 무언가가 이 모든 것은 우주의 더 큰 계획의 일부라고 말하면서 그것을 존중합니다. 이야기 속에서 자연의 섭리가 어떤 식으로 개입하는지 보십시오. 인간적인 방법들 — 결혼중개소, 구혼 광고, 기타 등등 — 은 실패했습니다. 그래서 자아가 구축할 수 없는 더 큰 무언가가 개입했습니다. 예나 지금이나 사람들이 왜 사랑은 우주를 지배한다고 믿는지 그 이유를 알 수 있습니다.

동시성은 이 세상에 그 무엇도, 그 누구도 별개로 존재하지 않는다는 것을 의미합니다. 제임스와 제이미의 과거는 현재에서 만났고 그들의 미래를 시작하게 했습니다. 그들이 서로 만나도록 이끌어준 일련의 우연의 일치는 시간의 층들을 결합합니다. 사실 동시성은 시간들이 합쳐지는 것을 의미합니다. 동시성은 오직 돌이켜 생각했을 때만 알아볼 수 있다는 사실을 잊지 마십시오. 우리는 동시성을 예상하거나 계획할 수 없습니다. 단지 그것을 묵살할 수 있을 뿐입니다.

이야기에 등장하는 젊은 커플의 이름이 서로 비슷해 보이지만, 그것은 동시성이 아닙니다. 그것은 단순한 우연의 일치입니다. 그들을 운명으로 이끌어가는 무언가가 아니기 때문입니다. 동시성이 일어나면 사건들과 자연의 섭리와 사람들이 다 함께 숨겨져 있던 것들을 드러나게 하고 무의식적인 것을 의식적인 것으로 만듭니다. 그리고 우리의 내면에 있던 것들이 우리를 빠져나오고 자아와 이해의 영역 너머에 있던 것들이 완전하고도 쉽게 이해될 수 있게 됩니다. 단 하나의 사건이 모든 것을 달라지게 할 수 있습니다. 그리고 그것은 심지어 사막에 꽃이 피게까지 합니다.

당신의 손바닥은 어디를 향하고 있습니까

당신과 상대는 서로 마주보는 관계입니까(혹은 그런 관계를 원합니까), 아니면 나란히 있는 관계입니까(혹은 그런 관계를 원합니까)? 손바닥이 서로 마주보도록 두 손을 맞붙입니다. 다음에는 양쪽 엄지가 서로 닿은 상태로 두 손바닥을 바깥으로 향하게 합니다. 두 유형의 관계를 시각적으로 확인할 수 있을 것입니다. 두 사람이 같은 방식의 관계를 원할 경우, 둘 사이는 순조롭습니다. 반면 두 사람이 다른 방식을 원할 경우, 갈등이 일어납니다. 한 손바닥은 안쪽을 향하게 하고 다른 손바닥은 바깥쪽을 향하게 해보십시오. 갈등의 상황을 시각적으로 확인할 수 있을 것입니다. 다음에는 두 손바닥을 모두 바깥쪽으로 향하게 해서 손등을 맞대어 보십시오. 서로 거리를 두는 관계를 볼 수 있습니다. 당신의 상황은 어디에 해당합니까?

만일 당신의 관계가 '두 손바닥이 제각기 바깥쪽을 향하고 있는 경우'에 해당한다면, 두 손의 양쪽 엄지가 여전히 서로 맞닿아 있습니까? 아니면 현재 당신과 상대가 함께하는 시간이 점점 줄어드는 만큼 두 손바닥의 사이가 멀어졌습니까? 이런 경우는 개인적인 자유에 역점을 두는 관계에서 자주 일어납니다. 관계에서 타협은 건강한 것입니다. 두 사람 간의 타협이 자율성을 선호할 때 거리는 점점 벌어질 수 있습니다. 반대로 타협이 결합을 선호할 때는 두 사람의 사이는 더욱 친밀해지게 됩니다. 당신은 이중 어디에 해당합니까? 이 질문에 대해 깊이 생각한 뒤 비난을 담지 않은 태도로 상대에게 당신의 대답을 들려주십시오. 그리고 앞으로 두 사람의 관계를 정립할 계획을 세우십시오. 만약 이것이 어렵다면, 치료 전문가에게 도움을 요청하는 것도 고려하십시오.

성숙한 사람들은 혼자 있는 시간과 누군가와 함께 있는 시간을 적절히 배분해서 생활을 설계합니다. 예를 들어 두 사람 모두 자신의 시간의 50퍼센트를 상대와 함께 보내고 싶어 한다면, 그것은 곧 각자 나머지 시간을 할애할 관심사를 갖고 있다는 것을 의미합니다. 당신의 일기장에 다음의 질문에 대해 대답해보십시오.

- 당신은 따로 시간을 할애하는 관심사와 취미를 갖고 있습니까?
- 당신은 상대가 어떤 것에 관심을 갖고 집중하는 것 때문에 화를 냅니까?
- 이런 것들이 당신들의 관계 방정식에 중요한 부분을 차지합니까?

비록 ······ 일지라도

다음 물음에 소리 내어 "예", "아니오"로 대답하십시오.

딸기에 심한 알레르기 반응을 일으킬 수 있다 할지라도 달콤하고 맛있는 딸기를 보면 먹겠습니까? 버섯에 독성이 있을지도 모른다고 해도 맛있어 보이면 먹겠습니까? 당신이 알지 못하는 언어로 쓰인 책일지라도 그것이 재미있다는 것을 알았다면 책을 읽으려 시도하겠습니까? 당신이 불행할지라도 사랑하는 사람을 떠나지 않고 관계를 그대로 유지하겠습니까? 그렇다면 당신에게 알레르기 반응을 일으켰다고 딸기를 비난하겠습니까? 당신에게 독이 올랐다고 버섯을 비난하겠습니까? 또는 당신을 혼란스럽게 했다고 그 책을 탓하겠습니까? 당신이 불행하다고 상대를 비난하겠습니까?

이 질문들을 좀 더 자세히 들여다볼까요? 위의 질문들에 언급된 각각의 대상은 여러 이점들을 제공하지만 한 가지씩 심각한 결함을 갖고 있습니다. 성숙한 사람들은 만약 어떤 한 가지 나쁜 점이 이점들보다 훨씬 더 크다면 좋은 것들을 버릴 수 있습니다. "비록 내가 당신에게 푹 빠져 있고 당신이 나에게 많은 것을 준다 할지라도, 당신이 그처럼 거짓말쟁이에다 고치려는 노력도 하지 않는다면 나는 당신과의 관계를 계속할 수 없어." 당신은 상대의 결점을 무시하거나 부인하거나 혹은 그 결점에 관해 자신을 속이면서까지 상대의 장점에 유혹됩니까? 아니면 그 사실을 인정하고 거기에 따라 행동합니까? 그 '비록 ……일지라도'를 무시하기 위해서는 자기 자신을 스스로 돌보고 슬픔을 참고 견디는 것이 정말로 많이 필요할 것입니다.

성숙한 사람은 다음과 같이 말합니다. "비록 당신이 성적으로 나를 완벽하게 만족시켜준다 할지라도, 비록 우리가 아주 오랫동안 함께 지내왔다 할지라도, 비록 내가 다른 누군가를 찾게 될지 어떨지 모른다 할지라도, 당신이 내가 바라는 성숙한 수준에 부응하지 못하기 때문에 나는 당신을 떠나보낼 수밖에 없어."

의존적인 사람은 다음과 같이 말합니다. "당신이 성적으로 나를 만족시키기 때문에, 우리가 아주 오랫동안 함께 지내왔기 때문에, 앞으로 다른 사람을 찾게 될지 어떨지 모르기 때문에, 비록 당신이 내가 바라는 성숙의 수준에 부응하지 못한다 할지라도 나는 당신을 보내줄 수 없어."

성숙한 사람의 방식을 이용해 당신 자신의 문장을 만들어보십시오. "비록 ……일지라도 ……때문에 그러므로 나는……." 우리는 누군가를 사랑할 수 있고 그 누군가가 자신을 사랑한다는 것을 알 수도 있습니다. 그러나 만일 그 사람이 당신과 비슷한 사람이 아니거나 심지어 당신이 열정을 갖고 있는 것에 관심을 보이지 않는다면, 끊임없는 외로움이 결국에는 그 사람과의 관계를 교살하고 말 것입니다.

창문 열기

정사각형 모양의 방을 그린 다음, 각각의 벽에 창을 하나씩 그리고 동서남북 방향을 표시하십시오. 해가 뜨는 곳인 '동쪽' 창 아래에 당신의 인생에서 지금 시작되고 있는 것 세 가지를 써넣으십시오. 해가 지는 곳인 '서쪽' 창 아래에 당신 인생에서 지금 끝나가고 있는 것 세 가지를 써넣으십시오. '북쪽' 창 아래에는 북극성이 그렇듯이 당신의 인생에서 당신의 마음을 안정시키고 길잡이가 되어주는 것 세 가지를 적으십시오. '남쪽' 창 아래에는 당신의 인생에서 자발성과 독창성 — 따뜻한 남쪽을 향할 때 생겨날 수 있는 자질 — 을 불러일으키는 것 세 가지를 적으십시오. 당신은 당신을 방해하거나 마음을 흩뜨리는, 또는 두려움을 느끼게 하는 것들이 사라진, 모든 가능한 방향으로 열리는 순수한 공간을 그림으로 그렸습니다.

그 방 한가운데에서 각각의 창문을 향해 방향을 바꿔가며 가부좌를 하고 명상을 하는 당신의 모습을 그리십시오. 여기서 중요한 것은 동쪽을 향할 때는 기꺼이 붙잡으려는 마음으로, 서쪽을 향할 때는 기꺼이 버리려는 마음으로, 북쪽을 향할 때는 수행하는 마음으로, 남쪽을 향할 때는 인생을 재창조하겠다는 열정과 창의성을 가지고 마주하는 것입니다.

이제 당신의 마음이 이처럼 창들이 뚫려 있는 하나의 방이라고 생각하고 다음과 같은 질문에 대답해보십시오.

- 당신은 각각의 창문을 어떻게 내다봅니까?
- 창문을 열도록 도와주는 사람은 누구이며 그것을 닫으려 하는 사람은 누구입니까?
- 당신이 "와, 신난다!"라고 말할 때 "어이!"라고 제지하는 사람은 누구이고 "파이팅!"이라고 외치는 사람은 누구입니까?

당신의 대답을 일기에 적고, 당신이 발견한 것을 상대에게 들려주십시오. 그리고 각각의 창문 바깥에서 손짓하며 서 있는 존재에게도 그것을 말해주십시오.

4장

로맨스의 세계를
항해할 때

아주 오래전 내 기억 속에

강렬한 아름다움을 남기고 사라진 꽃다발

[…]

나는 그것으로 이 새로운 꽃다발을

못살게 괴롭혔다.

—앙리 마티스

언젠가 아인슈타인은 "자연을 깊이 들여다보라. 우리의 인간사를 더 잘 이해하게 될 것이다"라고 말했습니다. 자연은 일정한 주기들로 이루어져 있고, 우리의 인생은 자연의 일부분입니다. 그러나 우리는 사랑을 있던 자리에 그대로 머물게 하기 위해, 사랑을 있는 그대로 또는 우리가 원하는 방식으로 머물게 하기 위해 아주 열심히 노력합니다. 그것은 한 송이 장미가 싹을 틔우거나 시들어 떨어지지 않고, 항상 만개해 있기를 바라는 것과 같습니다. 하지만 자연의 섭리는 태어나 살다가 죽고 부활하는 과정을 통해 존속하는 것입니다. 우리의 목표도 이와 흡사합니다. 싹을 틔우는 것에서부터 꽃을 피우고 그 꽃이 시들었다가 다시 싹을 틔우는 단계로 돌아가기까지 사랑의 모든 우여곡절 속에 사랑과 함께 머무는 것입니다. "이 사랑의 꽃봉오리는 여름날 바람에 한껏 부풀었다가, 다음에 만날 때는 아름답게 꽃을 피울 거야." 셰익스피어의 줄리엣은 그렇게 말합니다. 관계라는 장미는 로맨스 단계에서 꽃잎이 피고, 갈등 속에서 가시가 돋고, 헌신 속에서 뿌리가 자랍니다. 피고 지는 그 모든 꽃잎, 우리를 찌르고 상처 입히기도 하는 가시와 함께 그 장미를 받아들여야 합니다.

모든 경험과 관심의 정도는 종鐘 모양의 곡선을 그립니다. 상승, 절정, 하강이라는 이 흐름은 인간에게 주어진 기정사실입니다. 누군가에 대해 상승하는 관심은 로맨스 단계에서 절정에 이르러 갈등 단계에서 하강하며 마침내 헌신 단계에 다다라 휴식하게 됩니다. 사랑이 그 모든 변화 단계를 거쳐 온전히 머물 때, 그것이 바로 진정한 사랑입니다.

상승하는 단계는 당연히 정점, 즉 절정의 단계로 이어지며 그 속에서 우리는 이런 상태가 영원히 지속될 것이라고 착각하게 됩니다. 마음챙김은 강한 애착으로 인해 중단되고, 그렇게 해서 갈등 단계에 접어듭니다. 갈등 단계를 건강하게 극복하면 헌신을 향한 길이 열립니다. 한 단계는 자연스럽게 다음 단계로 발전합니다. 그 곡선은 다시 시작되면서 새로운 방식으로 다시 상승합니다.

관계가 이런 단계를 거친다는 것을 알면 위안이 됩니다. 만약 관계가 항상 똑같은 상태에 머물러 있다면 우리는 서로를 지겹게 하지 않을까요? 인간관계의 단계에는 출발점, 변화, 상실, 고뇌와 슬픔, 재기의 과정이 따릅니다. 그 단계는 직선을 이루며 차례로 이어지는 게 아닙니다. 우리는 그 단계를 오르락내리락하며 헤맵니다. 관계의 목적은 지속하는 것이 아닙니다(라틴어로 '지속하다endure'는 '굳다'입니다). 관계를 계속 붙들고 지속시키려 애쓸 때, 그 관계는 변화하면서 우리를 뒤에 남겨두고 가버립니다. 하지만 변화를 받아들이고 변화를 통해 노력해나갈 때, 우리는 그 관계와 함께 발전하게 됩니다. 변화를 즐기고 그것을 통해 성장하고, 그 변화를 개인적인 변화를 위한 용광로로 이용하는 것입니다. 변화를 함께 거쳐 나오지 않을 경우 그 관계는 용광로가 아닌 가마솥이 되어버립니다.

내밀한 관계뿐만 아니라 부모자식 간의 관계, 우정, 종교에 이르기까지 모든 인간 경험에는 반드시 이와 동일한 단계가 있습니다. 영웅적 여정 역시 이와 동일한 단계, 즉 떠남, 분투, 귀환이라는 단계를 바탕으로 합니다. 영웅은 자신이 속해 있던 곳을 떠납니다. 즉, 속박에서 벗어납니다. 그렇게 떨어져 나온 그는 분투의 과정을 겪은 후 더욱 성숙한 수준에서 재결합을 추구합니다. 그 과정을 일부러 거스르지 않는 한, 우리는 본능적으로 그것과 동일한 단계를 거쳐나갑니다. 그 단계는 우리 마음속의 청사진입니다. 누락되는 단계가 있으면, 우리의 내면에 빈틈이 생깁니다. 그리고 후일 이 빈틈은 채워지기를 요구하는 공백, 즉 구멍이 됩니다.

사랑의 여정이 완성되기 위해서는 왜 세 단계를 반드시 거쳐야만 하는 걸까요? 바로 다섯 가지 중요한 열쇠를 완전하게 주고받기 위해서입니다. 다섯 가지 열쇠는 향기를 내뿜으며 꽃을 피우고, 바람에 이리저리 날리다 단단하게 뿌리를 내리고, 끝없이 계속되는 미래를 위해 스스로 다시 씨를 뿌려야 합니다. 로맨스 단계에서는 이상적인 두 자아가 이상적인 사랑 안에서 만납니다. 갈등 단계에서 두 자아는 갈등을 겪는 사랑 속에서 만납니다. 헌신 단계에서 두 사람은 무아 상태의 사랑, 즉 이기심을 버린 사랑 속에서 만납니다.

로맨스의 순간, 우리는 생각한다

로맨스는 인생의 정점에 속합니다. 타인에게 소중히 여겨지고 진정으로 자신의 존재를 인정받는 더할 수 없이 감동적인 기쁨을 경험하게 됩니다. 그것이 그토록 기쁜 이유는 간단합니다. 다섯 가지 열쇠가 양 방향으로 흐르기 때문입니다. 우리는 상대와 동시에 그것을 주고받습니다. 로맨스가 아주 부드럽고 달콤하고 매력적으로 느껴지는 것은 바로 이 때문입니다. 그런데 로맨스의 세계를 항해할 때 우리는 스릴을 원하지만 난파당하는 것은 원하지 않습니다. 이것은 로맨스를 즐기는 순간에도 침착하게 나와 상대를 바라보는 것을 의미합니다. 서로에게 빠져들지만 어떻게 빠져들고 있는지 알아차리고, 동시에 더 깊이 빠져들지 않도록 자신을 붙듭니다.

　우리는 사랑에 빠집니다. 그러나 실제 대상과 사랑에 빠지는 것이 아니라 단지 자신이 투영된 대상과 사랑에 빠지는 것입니다. 그것은 '나와 그대I-thou'의 관계가 아니라, 오로지 '나와 나의 것I-mine'의 관계입니다. 상대의 그림자 부분은 이 시점에서 아직 나타나지 않습니다. 우리는 오로지 거울 부분, 즉 우리 자신이 투사된 것만을 봅니다. 다시 말해 자아가 자신의 자아 이상理想°을 발견한 것입니다. 정신의학자 어빈 얄롬°°이 말하듯이, "로맨스에서 우리는 자신의 애원하는 듯한 시선의 반영을 보게" 됩니다. 거울은 우리에게 오직 이미지만을 줄 수 있을 뿐입니다. 그것은 결국 현실이 아닙니다. "사랑은 맹목이다"라는 말은 바로 여기서 비롯된 것입니다. 그러나 사랑은 맹목이 아닙니다. 사랑은 모든 것을 보고 모든 것을 마주합니다. 맹목일 수 있는 것은 로맨스입니다. 보고 싶은 것만 보려고 할 때 맹목이 되는 것

○　　ego ideal. 개인이 도달하고자 하는 이상적인 자아상. '나는 이렇게 되어야 한다'라는 자신에 대한 요구를 의미한다. 자아 이상은 성장 과정에서 부모로부터 받은 칭찬이나 부모가 추구하는 가치를 내재화시키는 가운데 형성되는 것으로, 양심과 함께 초자아를 구성한다.
○○　　Irvin Yalom(1931~). 스탠퍼드대학교 교수이자 정신과 의사이자 베스트셀러 소설가. 실존주의적 관점에서 인간을 이해하고자 한다.

입니다. 그러므로 우리는 실제로 사랑하지 않고도, 즉 다섯 가지 열쇠를 주는 것에 헌신하지 않고도 사랑에 빠질 수 있습니다. 다섯 가지 열쇠를 주고받는 사랑은 오직 우리가 잘 알고 있는 현실의 사람과 할 수 있을 뿐입니다.

그러나 이러한 사실이 우리에게 어떤 결함이 있다는 것을 의미하는 것은 아닙니다. 이것이 우리가 사랑하는 방식일 뿐입니다. 투사는 필연적으로 원본을 변형시킬 수밖에 없습니다. 그리고 이미지는 실제에 이르는 도로 표지판입니다. 그림자가 빛보다 먼저 나타날 리 없습니다. 연애를 하면 눈에 콩깍지가 씐다고 하지만, 어쨌든 로맨스 단계에서 우리가 상대에게 최대한 매력적으로 보인다는 것은 사실입니다. 로맨스는 우리가 최대한 멋진 사람으로 평가받을 수 있는 기회입니다. 상대가 보는 나의 이상적인 모습이 가짜는 아닙니다. 그 모습은 내면 깊숙한 곳 나의 참모습이 비친 것입니다.

다른 한편으로, 첫 로맨스는 우리에게 매력적인 약속을 건넬 수도 있습니다. 충족되지 못한 원초적 욕구, 즉 다섯 가지 열쇠가 마침내 충족될 수 있으리라는 약속! 이것이 아마도 로맨스의 가장 잔인한 환상일 것입니다. "나는 완전한 자유를 얻을 수 있다. 이제 나는 과거에 잃어버렸던 것을 애도할 필요가 없다. 그 단계를 슬쩍 지나쳐 지금 여기 당신의 품속에서 내가 잃은 것들을 되찾을 수 있기 때문이다!"

로맨스가 일어날 때, 두 사람이 평정심을 잃지 않은 상태에서 사랑을 나눌 수도 있지만 한 사람이 다른 사람에게 완전히 빠져들 수도 있습니다. 마치 늪 속으로 빨려 들어가는 것처럼 말입니다. '빠진다fall'는 것은 상처를 입거나 위험에 처할 수도 있다는 말입니다. '사랑에 빠진다falling in love'는 말은 무력해지고, 제어할 수 없게 되고, 어리석어지고, 감정의 노예가 되고, 마치 어딘가 고장이 난 기계처럼 이성을 잃고 흥분하는 상태가 되는 것을 뜻합니다. 하지만 사랑은 의식이 없는 최면 상태가 아니라 의식적인 인연입니다.

진정한 사랑은 우연히 일어나지 않습니다. 그리고 우리는 사랑의 수동적인 피해자가 아닙니다. 사랑을 할 때 우리는 상대의 매력에 반응하게 됩니다. 물론 상대의 매력에 대한 최초의 반응은 우리 자신이 선택할 수 없습니다. 그러나 이후로 우리는 차례차례 반응을 선택하고, 그 선택들에 대해 책임을 집니다. 우리는 항상 책임감을 갖고 의식적으로 선택할 능력을 갖고 있습니다. 강렬한 감정을 주의 깊게, 마음을 다해 느끼면 그 감정은 강렬한 변화를 낳습니다. 이것은 어떤 감정에 사로잡히기보다는 그 감정과 관계를 맺는 것을 의미합니다.

로맨스는 소망 속에서 꽃을 피우고, 사랑은 의지 속에서 꽃을 피웁니다. 로맨스의 순간, 우리는 생각합니다. "나는 당신에게 속하고, 당신은 나에게 속한다. 우리는 원초적 관계에서 추구했던 다섯 가지 열쇠를 지금 서로에게서 발견하고 있다. 나는 언제나 이런 방식으로 사랑받고 싶었다. 이런 사랑을 찾은 이상, 이제 다시는 놓치고 싶지 않다. 우리 사이에 사랑이 쑥쑥 자라고 있음을 강렬하게 느끼고 있기에 우리가 이 사랑을 놓치는 일은 일어나지 않을 것이다. 이토록 강렬하니 진정한 사랑임에 틀림없고 결코 변하지 않을 것이다." 사실, 환상의 핵심이 이 마지막 말에 담겨 있습니다. 하지만 강렬함은 단지 강도가 세다는 것일 뿐, 변하지 않는다는 것을 의미하지는 않습니다.

로맨스는 활기 넘치는 소중한 경험이자, 관계를 시작하는 최고의 방법이며, 보다 성숙한 헌신의 단계로 이르는 다리입니다. 그러나 로맨스가 지속되지 않는다는 사실에 놀랄 필요는 없습니다. 로맨스는 관계를 만들어가는 단계이지, 그 자체로 성숙한 관계는 아니기 때문입니다. 이 단계에서는 성 에너지가 증가하고 아드레날린 수치도 높아집니다. 그러나 아드레날린 수치가 높은 상태를 계속 유지할 경우 면역력이 저하되고 결국에는 건강이 약화됩니다. 그렇기 때문에 건강을 최우선으로 고려해서, 로맨스는 섹스와 출산을 위해 필요한 시간만큼만 지속되는 것입니다.

로맨스 단계에서 콩깍지에 씌어 있던 우리는 시간이 흐름에 따라 시들해지고 상대가 원초적 두려움을 드러내고, 나보다 우선시하는 것들이 생기고, 억누를 수 없는 감정이나 충동을 내보일 때 배신감을 느낄 수 있습니다. 하지만 상대는 거짓말을 하고 있었던 게 아니라 단지 사랑에 빠져 있었고 그래서 평소의 성격과는 다르게 행동했던 것뿐입니다. 가면무도회가 끝나고 나면 그는 본래의 모습으로 되돌아갈 것입니다. 아울러 누군가가 로맨스 단계에서조차 가까워지는 것을 두려워할 때, 그 사람은 자신의 본능보다 더 강한 두려움을 갖고 있는 게 분명합니다. 우리가 무엇보다 경계해야 할 것은 바로 그것입니다.

청소년기 시절 우리는 '사랑에 빠졌다'라는 표현은 통제력과 의지를 상실했다는 것을 뜻하며 그렇게 빠져들지 않고는 못 배기는, 강렬한 느낌을 의미하는 말이라고 배웠습니다. 이처럼 사랑에 빠지는 것은 의식적인 선택, 판단력을 잃지 않은 애정, 서로의 경계를 존중하는 엄격한 명료성으로 '사랑 속에서 떠오르는rising in love' 것과는 대조됩니다. 우리는 마법에 걸린 어느 저녁, 특별한 누군가에게 매혹을 느끼고 속수무책으로 빠져들 거라고 배웠습니다. 그러나 그런 종류의 반응은 사실상 애정에 굶주린 내면 아이가 보내는 신호입니다. 그 신호는 우리를 구원해줄 대상에게로 가는 길을 가르쳐주는 게 아니라, 우리가 해결해야 할 것이 어떤 것들인지를 알려줍니다.

우리는 자신을 흥분시키는 그 관계가 특별한 것이라고 굳게 믿을 수도 있습니다. 우리는 말합니다. "이런 설렘은 한 번도 느껴본 적이 없어", "이런 환상적인 섹스는 처음이야", "우리의 만남은 운명인 것 같아", "당신이 남이라는 생각이 들지 않아. 그러니까 우리는 절대로 헤어지지 않을 거야" 또는 "우리는 하늘이 맺어준 인연임이 분명해". 이런 말들은 우리가 다음과 같은 것을 의미한다고 생각하면서 그럴 듯하게 갖다 붙이는 말들입니다. "이건 진정한 사랑이야. 그러니까 무조건 밀어붙여." 사실 이런 감정들은 우리에게 조심하라는, 우리가 해결해야 할 문제가 무엇인지를 알려주는 경고들입니다. 다섯 가지 열쇠를 모두 충족시킬 기회를 만났을 때 우리는 대부분 엄청난 착각을 합니다.

그러나 분명 착각하거나 실망하지 않고도 로맨스의 설렘과 흥분을 느낄 수 있습니다. 그 두 가지가 어떻게 다를까요? 건강한 관계는 상호의존적이지만, 건강하지 못한 관계는 한쪽이 일방적으로 의존적이거나 지배적입니다.

로맨스의 찬란함, 사랑에 빠진 상태를 부인하는 것은 결코 아닙니다. 사랑에 빠져 있는 상태는 극도로 충만한 상태입니다. 자신을 억압하는 것에서 벗어나 무조건적으로 사랑하고 쉽게 용서할 수 있기 때문에 더 높은 자기, 즉 진정한 자기를 만나러 나아갈 수 있습니다. 우리가 로맨스를 묘사하는 데 사용하는 어휘들은 종교적인 어휘들과 마찬가지로 초자연적인 것을 가리키는 어휘들에서 유래합니다. "그의 얼굴이 찬란하게 빛났다", "머리에 후광이 서렸다"라거나 "나는 그토록 아름다운 그녀의 모습을 본 적이 없었다" 같은 문장은 우리의 감수성을 초월하는 동시에 이를 감싸 안는 영적인 순간을 말하는 것입니다. 심지어 "다시 태어나도 함께"라는 진부한 표현에서조차 우리는 은총으로 가득 찬 강력한 뭔가가 우리 안에서 일어나고 있다는 단서를 직관적으로 느낄 수 있습니다. 로맨스는 우리를 영혼의 세계로 데려갑니다. 그러므로 어떤 상대가 소울 메이트 즉 영혼의 짝이라고 불리는 것도 이상한 일이 아닙니다.

따라서 로맨스가 끝나갈 즈음 큰 슬픔을 느끼는 것은 당연합니다. 그러나 우리는 대개 그 슬픔을 제대로 다루거나 해결하지 못합니다. 설렘과 흥분이 가라앉고 나면 그것은 흔히 비난과 실망, 심지어 분노로 변합니다. 그런데 역설적이게도 그 슬픔을 두 사람이 함께 느끼면 그들의 유대는 더욱 강화됩니다. 그래서 로맨스가 끝난다 해도 그들이 최초의 슬픔에 함께 맞서는 것은 그만큼 가치가 있을 수 있습니다. 단계를 넘어가는 과정에서 서로를 돌보고, 서로 감사하는 마음을 통해 우리는 헌신과 상호 존중감을 더욱 강하게 느낄 수 있습니다.

위대한 사랑, 위대한 중독

언뜻 보기에 관계중독은 로맨스 단계와 똑같아 보입니다. 그 차이는, 로맨스는 적절하게 단계를 밟아나가는 반면, 중독은 끊임없는 변화와 흐름을 거부하고 흥분의 절정에서 꼼짝하지 않는다는 점입니다. 로맨스는 계속 움직이며 나아갑니다. 반면에 중독은 우리를 꼼짝 못하게 마비시킵니다.

중독은 또한 무조건적인 사랑과도 똑같이 느껴집니다. "그녀가 아무리 나를 배신한다 해도, 나는 이 모든 세월이 지난 후에도 그녀를 계속 사랑할 것이다." 그러나 관계중독에서 두 사람은 결속되는 게 아니라 얽매여 있습니다. 『폭풍의 언덕』을 기억하십니까? 이 소설은 위대한 사랑 이야기로 알려져 있지만, 사실은 위대한 중독에 관한 이야기입니다. 캐시는 히스클리프가 그토록 빈번하게 자신의 마음을 아프게 하는데도 그를 버리지 못합니다. 히스클리프는 캐시를 놓아주지도 못하지만 그렇다고 그녀와 함께 머물지도 못합니다.

우리는 어른이 되어서도 유년기와 같은 방식으로 상대를 만납니다. 만일 어린 시절에 제대로 된 관계를 맺지 못했다면, 나중에 관계중독에 빠지기 쉽습니다. 어린 시절의 세포기억이 성인이 된 우리에게 영향을 미치는 것입니다. 우리는 과거라는 텅 빈 바다에서 낙원의 섬을 찾으려고 밖을 살핍니다. 우리는 그 섬을 발견하고, 과대평가하며, 따라서 버려진 채 고립된 자신의 진정한 욕구를 과소평가합니다. 그 욕구들이란, 마음을 다한 사랑에서 충족되어질 수 있는 다섯 가지 열쇠입니다. 관계중독에서 우리는 그 열쇠들 중 하나(예를 들어 섹스에 대한 욕구처럼 느껴지지만 실상은 애정이나 접촉에 대한 욕구)를 비정상적일 정도로 지나치게 추구합니다.

그런데 중독과 관련해서 또 하나의 문제가 있습니다. 거부와 수용 둘 모두 아드레날린에 불을 지피고, 그래서 그 둘은 중독에 빠진 이에게는 똑같이 흥분을 불러일으킨다는 점입니다. 그렇게 해서 아드레날린은 빠져나갈 구멍조차 주지 않고 우리를 궁지로 몰아넣습니다. 우리는 헤어질 때에도 여전히 중독되어 있습니다. 심지어 헤어질 때조차도 상대에게서 마약 주사를 맞을 수도 있습니다. 이런 종류의 중독은 흔히 '유혹하고 나서 거부하는' 패턴을 따릅니다. 처음에는 내가 당신을 유혹하고, 그러고 나서 당신을 거부합니다. 그러면 다음에는 당신이 똑같이 나를 유혹한 뒤 거부합니다.

관계중독은 투영을 통해서 만들어집니다.『바람과 함께 사라지다』에서 스칼렛 오하라는 이렇게 말합니다. "나는 내가 만들어낸 것을 사랑했어. 나는 옷 한 벌을 만들고 그것과 사랑에 빠졌어. 그리고 애슐리가 나타났을 때 그에게 어울리거나 말거나 그 옷을 입게 했지. 나는 그의 참모습을 보려고 하지도 않았어. 나는 예쁜 옷을 사랑했을 뿐이지 그를 사랑한 게 아니었어." 결말에 이르러 그녀는 이렇게 덧붙입니다. "나는 존재하지 않는 것을 사랑했어." 그녀는 이 말을 함으로써 용감하게 다음의 의미를 암시합니다. "나는 투영의 피해자가 아니었어. 그것을 창조하는 것도 유지하는 것도 바로 나야."

그렇지만 애슐리 또한 그 관계에 속박되어 있습니다. 섹스중독이나 관계중독은 결코 일방적이지 않습니다. 둘 중 한 사람이 다른 한 사람보다 훨씬 더 강하게 매료될 수는 있습니다. 하지만 상대가 자신을 갈망하면 갈망할수록 나는 더욱더 사랑받는 기분을 느끼게 되고 거기에 얼마나 응할지를 놓고 밀고 당기면서 점점 더 상대를 쥐락펴락하게 됩니다. 그처럼 고통스러운 결속(아니 속박)에서, 한 사람은 직접적인 접근을 하고 다른 한 사람은 '유혹과 거부'라는 간접적인 패턴을 취합니다. 우리는 무대 위에서 결코 혼자가 아닙니다. 상대 배역은 항상 자신의 역할을 하고 있습니다.

중독의 대상은 우리를 좌지우지하는 존재가 됩니다. 나의 의지와 삶을 상대에게 넘겨주었기 때문입니다. 우리는 한 사람에게 초점을 맞추고 어떻게 하면 그를 제압할 수 있을지 그 방법을 찾는 것에 온통 마음을 빼앗긴 채 오랜 세월을 보낼 수도 있습니다. 창의적인 것을 추구하거나 자유롭게 춤을 출 그 소중한 시간을 무가치한 집착에 매달려 허비하는 것입니다.

반면 건강한 관계에서 우리는 집착하는 것이 아니라 서로 이어져 있습니다. 우리는 우리를 소유하지 않는 것만을 소유할 수 있습니다. 이러한 사실은 우리를 중독적인 관계의 거대한 아이러니로 이끌어갑니다. 첫 번째 아이러니는, 중독적인 관계에서 우리는 집착하지만 그럼으로써 소유하지 못한다는 것입니다. 두 번째 아이러니는, 안정감을 느끼기 위해 누군가에게 의존하면 할수록 불안정해진다는 것입니다. 상대가 나의 삶과 생각에 얼마나 많은 영향력을 미치고 있는지 깨달을 때 우리는 아주 깜짝 놀라게 됩니다. 그럴 때 역공포반응°으로 오히려 상대와 더 가까워지려고 노력할 수 있습니다.

우리는 우리와 우리 자신 사이에 아무것도 없는 것을 두려워합니다. 우리는 내적인 삶이 실제로는 엄청나게 넓은 공간임에도 불구하고 무시무시한 빈 공간이라고 생각합니다. 마음챙김 명상은 우리를 그 공간으로 인도해 결국 그곳이 그렇게 무시무시하지 않다는 것을 보여줍니다. 마음챙김은 중독으로 몰아가는 두려움에서 벗어날 수 있는 방법입니다.

결함이나 질병 또는 약점 때문에 중독적인 갈망에 빠져드는 것은 결코 아닙니다. 누구나 중독적인 갈망에 빠져들 수 있습니다. 상대가 알아주지 않는 사랑, 다시 말해 짝사랑이 욕망을 부풀리는 것은 관계 맺기의 기정사실입니다. 사실, 중독적인 집착이라는 전형적인 주제

○　counterphobic reaction. 내면의 두려움을 극복하기 위해 오히려 공포스러운 상황을 스스로 찾는 것.

는 역사를 통틀어 되풀이됩니다. 고통과 함께하는 기쁨이라는 수수께끼는 어느 한 사람만의 것이 아닙니다.

중독은 권장할 만한 점이 별로 없는 듯이 보이지만, 사실 많은 긍정적인 측면을 갖고 있습니다. 어린 시절에 잃어버리거나 놓친 것은 어떤 것이며 충족되지 못한 욕구는 어떤 것인지, 아직도 치유되지 못한 고통은 무엇인지 중독을 통해 발견하게 됩니다. 자신이 얼마나 애정에 굶주려 있는지, 얼마나 상실감에 빠져 있는지 또는 얼마나 쓸쓸한지를 분명하게 발견하는 것입니다. 우리는 자신의 진정한 상태를 발견하고 아주 겸허해집니다. 이것은 중독이 영적 깨달음으로 가는 통로가 될 수 있는 또 하나의 방법입니다. 이를 통해 자신이 자아를, 다시 말해 자신의 감정, 소망, 욕구를 통제한다고 믿는 습관을 버릴 수 있습니다. 그렇다면 중독의 고통은 나쁘고 쓸모없기만 한 것이 아닙니다. 그것은 보다 깊이 있는 자기 이해로 우리를 인도합니다.

마지막으로, 중독은 원하는 것을 얻으려고 애쓰는 과정에서 자신의 인내, 지구력을 확인시켜줍니다. 그 대상이 설령 부적절하다 해도, 한 대상에 초지일관 초점을 맞추는 것은 세심한 주의를 기울이고 거기에 애쓸 역량이 자신에게 있다는 것을 증명해줍니다. 이는 진정한 친밀함을 위해 제대로 쓰일 수 있는 훌륭한 자질입니다.

사랑으로 착각하는 감정

상대가 집착을 따뜻하게 받아줄 때, 또는 상대에 의해 성적 욕구가 만족될 때, 또는 애정 결핍이 충족될 때, 우리는 그것을 사랑과 혼동할 수 있습니다. 사랑은 심지어 의존, 굴복, 정복, 패배, 지배, 만족, 매혹, 고통 또는 중독과 혼동될 수 있습니다. 나를 사랑한다거나, 내 곁을 떠나지 않을 거라거나, 외로움을 느끼지 않게 해줄 거라거나 그 어떤 부정적인 감정도 느끼지 않게 해줄 거라는 이유로 누군가를 사랑한다고 착각할 수 있습니다. 나의 욕구가 그를 통해 충족되는 방식에 내가 대부분 반응할 때 나는 열정적으로 그 사람을 사랑한다고 느끼고 사랑한다는 말을 할 수 있습니다. 그런데 "당신을 사랑해"라는 말은 단순히 "나는 당신에게 매여 있고 그래서 기분이 좋다"라는 뜻일 수도 있습니다.

우리는 사랑에 빠졌을 때 또는 상대를 소유한다고 믿으면서 생겨나는 기분 좋은 감정을 사랑과 착각할 수 있습니다. 그러나 진정한 사랑을 할 때, 나는 상대에 대한 무조건적인 관심을 느끼고 보여줍니다. 그리고 상대가 때로 나를 충족시키지 못할 때조차도 상대를 사랑합니다. 나의 사랑은 상대가 아무것도 줄 것이 없는 시기를 이겨낼 수 있습니다. 그런 사랑은 나 자신의 결핍이나 기대를 반영하는 게 아니라, 주고받는 것에 대한 헌신을 반영합니다.

우리는 처음 사랑받는 기분을 느꼈던 바로 그 방식대로 상대가 사랑을 보여주기를 평생토록 기대하고 요구하기도 합니다. 지나칠 정도로 관심을 보여주고, 나를 옹호해주고, 신체적인 애정을 보여주는 등 말입니다.

나의 가장 어릴 적 기억 중 하나는 할머니에 대한 것입니다. 어머니가 직장에 나가 있는 동안 할머니가 내 옆에 죽 함께 있어주셨기 때문에 나는 할머니에게 사랑받고 있다는 느낌을 받을 수 있었습니다. 할머니는 내가 '딕 트레이시° 퍼즐'에 열중하고 있을 때도 내 옆에 앉아 계셨습니다. 그리고 할머니는 나와 함께 라디오 시리즈 〈베이비 스눅스〉를 들었습니다. 엄마와는 달리, 할머니는 내 곁을 떠나지 않으셨습니다. 평생 동안 나는 가족 모임에서 나이가 지긋한 이모들 한가운데에 앉아 있는 나 자신을 발견하곤 합니다. 나이 든 여성적 존재에게서만 느낄 수 있는 그 친숙한 편안함을 찾아 나도 모르게 그녀들 옆으로 가는 것이지요. 나의 이성은 그녀들은 늙었고 그래서 움직이기가 힘들다는 것, 그녀들이 한자리에 앉아 아주 오래 머물러 있는 건 바로 그 때문이라고 말합니다. 그렇지만 내 몸의 세포들이 느끼는 감정을 이성이 지울 수는 없습니다. 영국 여행을 할 때 나는 티타임을 아주 좋아했습니다. 그 시간에는 아무도 자리를 뜨지 않으니까요. 심지어 그것은 나에게 사랑의 감정처럼 느껴졌습니다. 나는 항상 내가 기억하고 원하는 사랑을 얻기 위해 노력합니다. 어른이 되어서도 나는 여전히 왁자지껄한 그 분위기와 사랑을 동일시하고 있는 게 아닐까요?

사랑을 강요하거나 탐욕적으로 요구하는 것은 자신의 매력을 의심하고 있다는 증거입니다. 자신의 매력을 확신하지 못할 때 우리는 자꾸만 자신의 매력이 증명되는 것을 보고 싶어 합니다. 이것은 자기도취처럼 보이지만, 보다 연민 어린 관점에서 보면 자신을 과소평가하고 있음을 나타내는 것일 수도 있습니다. 특별한 존재로 보이고 싶어 하는 것은 사랑받지 못한다는 느낌에 대한 보상심리일 수 있는 것입니다.

이러한 자기회의를 어떻게 극복할 수 있을까요? 아주 간단한 실행, 즉 사랑스럽게 행동하는 것을 통해 극복할 수 있습니다. 사랑스러움

○　　주인공 형사 딕 트레이시가 범죄를 소탕하는 내용의 만화.

과 사랑하는 것은 동전의 양면과 같습니다. 자신이 사랑스럽다고 믿는 사람들은 남을 사랑하는 사람들입니다. 여기에는 자아 버리기가 수반되지만, 다음과 같은 특별한 마음가짐 또한 필요합니다. 즉, 자신과 타인 사이에 어떤 갈등이나 문제가 발생했을 때 어떻게 하면 상대를 이길 수 있는지 물을 게 아니라, 어떻게 하면 사랑하려는 마음을 불러일으키고 그 마음을 행동으로 옮길 수 있는지 물어야 합니다. 우리는 즉시 자신에게 이런 질문을 던져야 합니다. "이 상황에서 내가 어떻게 하면 최대한 사랑하는 마음이 될 수 있을까?" 우리가 상대에게 다섯 가지 열쇠를 보여줄 때, 상대는 사랑받는 느낌을 받고 그와 동시에 나를 사랑스러운 존재로 보게 됩니다. 상대를 이기려 하거나 자기변명을 하려는 태도에서 벗어나 상대에게 보다 다정한 사람이 되고자 하는 것에 관심의 초점을 두게 되면, 우리는 더없는 행복감을 느낄 수 있습니다. 그리고 그 행복감은 자아를 버리고 다섯 가지 열쇠를 풀어놓기 위한 최고의 조건입니다.

모든 생각과 말과 행동에서 사랑이 묻어나게 하는 법을 배우는 것에서 기쁨을 느낄 때, 자신이 사랑스럽고 매력적인 존재라는 것을 이내 깨닫게 됩니다. 새롭게 익힌 태도로 더욱더 자신을 사랑하게 되며, 그 결과 상대는 더욱더 나를 사랑하게 됩니다. 그러면 상대에게 나를 얼마나 많이 사랑하는지 보여달라고 더 이상 안달하지 않게 됩니다. 내면의 밑 없는 구덩이가 마침내 채워졌거나 아니면 드디어 그것이 덜 성가시게 된 것입니다. 이제 결핍은 풍요로움으로 바뀝니다. 자신이 놓친 것을 타인에게 베풀 때, 더 이상 그것을 아쉬워하지 않게 됩니다. 사랑에 목을 매지 않을 때, 사랑으로 이르는 길로 접어듭니다. 그러면 우리는 사랑을 강요하기보다는 그 답례로 사랑을 요청할 수 있습니다. 자신이 필요로 하는 것을 더 이상 가질 필요가 없을 때 그 것을 받고 있는 자신을 발견합니다.

애정결핍에서 벗어났을 때 그 한 가지 결과는, 사랑이 모든 사람들에게 가닿을 정도로 확장된다는 것입니다. 우리는 자신과 타인들이 내밀하게 서로 연결되기 때문에 그들을 사랑합니다. 그 어디에서도 분리된 자아를 찾아볼 수 없습니다. 연민 어린 사랑은 인간이 겪는 고난과 상호의존성이라는 인간적 진실에 대한 자연스러운 반응입니다. 그리고 그것은 특별한 사람을 찾아야 한다는 부담을 덜어줍니다. 타인의 욕구에 점점 더 관심을 보이면 결핍은 그만큼 더 채워지고 따라서 더 풍요로워집니다. 알렉산더 포프°가 말했던 것처럼 말입니다.

인간은 관대한 포도나무처럼 생명체들을 지원했다.

그가 얻는 힘은 그가 주는 포옹에서 온다.

○　　Alexander Pope(1688~1744). 18세기 영국의 신고전주의시대 시인, 수필가. 인용문은 그의 장편 철학 시 「인간론」 중 한 구절이다.

$$\text{수행}$$

중독은 강박관념

중독은 마음속에서는 강박관념이고 행동에서는 강박충동입니다. 강박적인 생각이 강박적인 행동으로 이어지게 놔둘 때 중독을 키우게 됩니다. 그런 생각을 허용하되 그 생각에 따라 행동하지 않는 것은 중독을 끊어내는 데 있어서 가장 중요한 부분입니다. 고속도로에서 차를 몰면서 끊임없이 상대를 생각할 수 있지만, 당장 만나러 가기 위해 다음 출구에서 방향을 틀고 나와 전화를 걸 필요는 없습니다. 중독에서 벗어나는 것은 중독 물질을 주입할 수 있는 기회를 거부하는 것입니다.

유혹하고 거부하는 상대에게

유혹하고 나서 언제 그랬느냐는 듯 거부하기를 일삼는 사람은 외로움과 버려지는 것에 대한 두려움 때문에 유혹하고는 가까워지는 것, 즉 '삼켜지는' 것에 대한 공포 때문에 거부합니다. 고통에 휩싸여 반사적인 반응을 일으키는 것입니다. 커다란 두려움에 사로잡힌 상황에서, 그의 유혹은 거짓된 행동이 아니며 거부하는 것 또한 상대를 벌주려는 것이 아닙니다. 이런 식으로 행동하는 사람에게는 보복이 아니라 연민으로 대응해야 합니다. 자신에게 조용히 물어보십시오. 판단하려 하지 말고 단순히 목격자로서 한쪽으로 비켜서서, 그 사람이 자신의 두려움을 헤쳐나오기 위해 도움을 구할 때 그에게 손을 내밀 수 있습니까? 만일 당신 자신이 바로 그런 사람이라면, 12단계 프로그램°이나 치료를 통해 도움을 구하는 것이 어떨까요?

강박적인 사랑에서 벗어나기

나는 치료 전문가로 활동하면서 중독에서 벗어나기 위해서는 거의 언제나 순리적인 과정을 거쳐야 한다는 사실을 거듭 확인하고 있습니다. 강박적인 사랑은 "매혹의 순간이 지나갈 때까지 무력한 상태에 빠져 있는 사람에 관한 동화 속에 나오는 악마의 주문"과도 같다는 마르셀 프루스트의 말은 내 생각을 뒷받침해주는 듯합니다. 치료와 수행은 큰 도움이 됩니다. 그러나 왕성하게 분비되는 아드레날린과는 견줄 수 없습니다. 중독성이 있는 관계는 대부분의 사람들이 '진정한 살아 있음'이라고 생각하는 흥분을 약속하고 제공합니다. 그것을 버리기는 어렵습니다. 특히 그 자리를 대신할 대체재가 없는 경우에는 더더욱 어렵습니다.

　그렇다면 이를 극복하기 위한 효과적인 방법이 있을까요? 12단계 프로그램은 관계나 연애 또는 특정한 사람에게 중독된 사람들을 위한 강력한 영적 수단입니다. 이 프로그램에서는 알코올중독자협회에서 채택한 단계들을 모두 거친 뒤 한 명의 후원자를 가지게 될 때 마침내 중독에서 벗어날 수 있습니다. 당신이 혼자서 아무리 노력한다 해도 그런 노력만으로는 이런 종류의 고통에서 벗어나기 힘들다는 사실을 인정해야만 합니다. 당신 자신보다 더 큰 힘에 의지할 필요가 있습니다. 그것은 과연 무엇일까요? 불교에서 자아를 초월하는 것은

○　　알코올중독치료를 위한 회복 프로그램.

바로 우리 안과 우리 너머의 의식, 즉 부처의 마음입니다. 유대교에서 그것은 신의 숨결입니다. 기독교에서는 그리스도 의식입니다. 이것들은 모두 우리를 도와주는 은총의 원형, 우리의 노력이나 통제를 넘어선 곳에서부터 우리에게로 오는 도움의 손길입니다. 12단계 프로그램은 중독의 덫을 피해 피신하는 곳인 자아보다 더 높은 힘과 연결되도록 도와줍니다.

영적 수행은 타인을 통제하고 세상을 자신의 뜻대로 복종시키려는 자아의 허약하지만 고집스러운 시도를 좌절시킬 수 있습니다. 필요한 것은, 우리 존재의 세 가지 특징에 대해 명상하는 것입니다. 덧없음, 고통 그리고 견고한 자아란 결국 환상일 뿐이라는 사실이 바로 그 세 가지 특징입니다. 우리는 누군가의 도움 없이는 이것 중 어떤 것도 볼 수 없습니다. 특히 중독에 빠져 있는 동안에는 더더욱 도움이 필요합니다. 그렇기 때문에 후원자가 있는 프로그램, 지도자와 함께하는 수행, 그리고 치료 과정이 필요한 것입니다.

중독은 수치심을 가지고 접근할 게 아니라 탐구심을 가지고, 어떻게 해서 욕망에 사로잡혔는지 알고자 하면서 접근해야 합니다. 판단, 두려움, 비난, 집착, 편견 또는 방어 같은 고질적인 정신적 습관들 없이, 즉 마음을 다해 자신을 받아들이는 방법을 발견하는 것을 의미합니다. 상대를 부처라고 생각하십시오. 당신이 노력해야 할 지점이 어디인지, 당신이 얼마나 정도正道에서 벗어나 있는지, 어떻게 하면 정도로 되돌아올 수 있는지를 보여주기 위해 당신에게로 온 부처라고 생각하십시오.

짝사랑, 또 다른 중독

누군가에게 아주 강렬한 매력을 느끼지만 그 사람은 나에 대해 같은 감정을 느끼지 않거나 심지어 나의 존재를 알아차리지도 못합니다. 처음에는 그 사람에게 빠져드는 것이 즐겁고 활기를 북돋아주는 것처럼 느껴집니다. 그러나 그 즐거운 환상은 어느덧 강박적이 되고, 수줍음을 타는 욕망은 과열된 욕구로 변합니다. 갈망의 즐거움은 갈망의 괴로움에 자리를 내줍니다. 열망은 고통으로 변합니다. 하지만 이 사실을 알기 전에, '그/그녀'가 없으면 내 삶은 지옥이고 '그/그녀'와 함께라면 천국이라는 생각에 아주 철저히 중독됩니다. 그리고 상대와 함께하려는 갈망을 충족시키기 위해 상대나 상황을 조종하게 됩니다. 이제 나는 자존감을 잃습니다. 자기를 점점 비하하게 되는 이러한 중독 과정을 알코올중독자협회 요람은 "교활하고 당혹스러우면서도 참기 어려운 것"이라고 설명하고 있습니다. 나는 자신이 얼마나 정신없이 빠르게 휩쓸려들고 있는지를 보고 당황하게 됩니다. 나의 행복은 이제 완전히, 내가 소유하고 싶어 하는 그 사람의 손에 놓여 있습니다. 다른 상황을 바라면서도 자기도 모르게 스스로 현재 상황에 머물러 있습니다.

중독은 자아의 힘을 초월하는 영적 문제일 뿐만 아니라, 건강한 자아의 힘을 유예시키는 심리적 문제이기도 합니다. 따라서 중독에서 빠져나오기 위해서는 영적 노력과 심리적 노력이 모두 필요합니다. 일기를 쓰면서 다음의 질문을 검토해보십시오.

- 당신은 다섯 가지 열쇠 중 어떤 것을 추구하고 있습니까?
- 당신은 어쩌다가 짝사랑이라는 이 극적인 상황에서 자신을

돌보지 못하게 되었습니까?

- 지금 당신의 감정은 무엇입니까?
- 그 감정은 당신이 오랫동안 회피해왔던 바로 그 감정입니까?
- 평온하면서도 차분한 지금의 이 감정을 어떻게 느끼고 있나요?
- 지금이 치료를 받아야 할 시기라는 생각이 듭니까?

짝사랑을 하는 사람들을 위한 몇 가지 실질적인 팁을 소개합니다. 그저 이런저런 얘기나 나누고 싶어 할 뿐인 그에게 둘이 함께 보낼 구체적인 시간 계획을 제시하지 마십시오. 겉으로는 순수하고 정중해 보이지만 사실은 더 많은 접촉을 유도하려는 의도가 담긴 만남을 기도해서는 안 됩니다. 접촉이 많아질수록 중독에서 벗어나려는 당신의 건강한 노력은 물거품이 됩니다. "나는 그와 만나고 싶은 열망을 버리는 중이다", "나는 그에 대한 애착을 버리는 중이다"와 같은 단언을 자주 반복하십시오. 12단계 프로그램에 참여하십시오.

지금 여기에 존재하기

사랑은 감정이라기보다는 지금 여기에 존재하는 방식입니다. 우리는 다섯 가지 열쇠를 마음껏 건네는 동시에 판단, 두려움, 통제 등과 같은 고질적인 자아의 나쁜 습관을 내보이지 않고 한결같이 적극적으로 지금 여기에 현존함으로써 사랑을 보여줍니다. 그리고 이와 동일한 방식으로 사랑을 받습니다.

우리는 주고받는 사랑이 어떻게 인생의 목적이 되고 진정한 충족이 될 수 있는지 깊이 인식할 수 있습니다. 그리고 보편적인 사랑에 일생을 바칠 수 있습니다. 그렇게 하기 위한 한 가지 방법은 매일 아침 그리고 하루 종일, 다음과 같은 긍정적 단언을 각각의 단어에 집중하고 그런 식으로 행동하는 자신의 모습을 마음속에 그리면서 소리 내어 말하는 것입니다. 다음에 소개하는 문장은 특히 누군가와 교류하거나 어떤 두려운 상황에 직면하기 전에 마음의 준비를 하기 위한 침묵의 기도로 이용하면 강력한 효과를 낳을 수 있습니다.

나는 나의 모든 절대적인 관심, 수용, 인정, 애정, 허용과 함께 지금 이곳에 완전히 현존하고 있다. 이것은 모든 사람에게 나의 사랑을 보여주는 방법이 된다. 나는 나에게로 오는 사랑에 언제나 마음의 문을 열 수 있다. 나는 사랑을 두려워하는 사람에게 연민을 느낄 수 있다. 모든 존재들은 이 사랑의 길을 발견할 수 있다.

내밀한 순간의 기억

내밀한 순간의 몇몇 특징은 다음과 같습니다. 포근함, 신체적인 친밀함, 정중한 접촉, 시선 맞추기, 아무런 비밀도 없는 절대적인 현존, 자신이 불완전하다는 인식, 솔직함, 열린 마음, 편안함, 유머, 빛나는 기쁨, 긴장이나 요구에서 벗어남, 상대가 원할 때는 언제든 옆에 있어줄 수 있음, 준비나 계획 없이 편안하게 많은 시간을 함께 보냄, 시간이나 스케줄에 신경을 쓰지 않음, 누군가가 다른 어디도 아닌 이곳에 나와 함께 있고 싶어 한다는 느낌, 마지막으로 고질적인 자아 습관들 중 어떤 것도 개입하지 않음. 내밀한 순간에 모든 것은 당연히 '비공개적'이며 그런 순간에 걸맞게 거의 모든 것이 허용됩니다.

일기에서 다음 질문에 대답하십시오. 지금의 관계에서 경험하는 친밀함은 어떤 특징이 있습니까? 결여되어 있는 것은 무엇입니까? 어떤 사람들은 관계가 위태로워질 때에만 친밀하게 행동하곤 합니다. 그런 순간이 당신에게는 언제인지 스스로 물어보십시오. 상대와 당신이 깨달은 것을 서로 이야기하십시오. 단, 어떤 식으로든 상대가 잘못이라는 투로 이야기해서는 안 됩니다.

5장

갈등, 모르는 것을
사랑할 수 있을까

사랑은 쫓아오고 싶어 했지만

두려움이 비켜 달아나려 하지 않았습니다.

— 프랜시스 톰슨

사랑의 두 번째 단계이자 일반적으로 가장 긴 단계는 바로 갈등 단계입니다. 이제 로맨스의 빛은 긴장의 그림자로 대체됩니다. 로맨틱한 이미지들은 현실에 자리를 내어줍니다. 우리는 우리 자신을 모릅니다. 자신의 그림자를 만나 싸우면서 친해지기 전까지는 자신의 경험을 통합할 수도 없습니다. 상대의 경우도 마찬가지입니다. 그의 그림자를 만나 싸워서 친해지는 과정을 거치지 않고 어떻게 그를 알 수 있을까요? 모르는 것을 어떻게 사랑할 수 있을까요? 만일 진정으로 자신을 안다면, 도저히 이해할 수 없거나 용서할 수 없는 행동은 아무것도 없을 것입니다.

로맨스는 사랑하는 대상의 밝은 면, 긍정적인 그림자, 즉 우리가 이상화하는 사람에게 투영하는 장점들의 무한한 잠재력을 보여줍니다. 반면에 갈등은 사랑하는 대상의 어두운 측면, 부정적인 그림자, 즉 비열하거나 잔혹하거나 이기적인 성향을 드러내 보입니다(그런데 그것들은 사실 그런 행동을 보이는 사람에 대한 강한 반감으로서 우리가 투사하는 우리 자신의 성향입니다). 한때 로맨스로 눈이 멀었던 우리는 이제 상대의 모든 측면을 자유롭게 봅니다. 치졸함, 배려 없는 행동, 자기본위적인 선택, 자기만 옳고 뭐든지 자기 마음대로 하고 복수심에 불타는 오만한 자아를 마주하게 됩니다. 이제 참고 견딜 수도 없고 감출 수도 없는 상대의 모든 것을 알아차릴 수 있게 됩니다. 로맨스 단계에서 매력적이었던 것이 갈등 단계에서는 심각한 문제가 되기도 합니다.

갈등은 지속적인 관계를 만들어가는 과정에서 지극히 정상적이고 필수적이며 또한 유용한 단계입니다. 이 단계에 수반되는 대립과 분투가 없다면, 우리는 서로에게 '빠져들' 것이고 그로 인해 길을 잃을 수도 있습니다.

인간의 경험이란 오직 관계를 통해서만 겪을 수 있고, 과거에 겪었던 특별한 갈등들 역시 관계에서 기인한 것입니다. 성인이 되어 관계를 맺을 때 우리는 부모와 지냈던 시절을 생각보다 훨씬 더 생생하게 떠올릴 수 있습니다. 갈등 단계에서는 어린 시절의 망령들과 맞닥뜨리지 않을 수 없기 때문입니다. 우리는 아주 오래전에 부모에게서 들었던 말을 상대와 자녀에게 똑같이 되풀이하고 있는 자신을 발견하게 됩니다. 이 단계는 어린 시절 가슴에 사무쳤던 실망, 상처, 상실을 재현하는 것을 도와달라고 상대를 조심스럽게 길들이는 시기입니다. 이때 우리는 애도하고 재연할 필요가 있는 과거를 본능적으로 불러냅니다. 자신에게 일어났던 일들을 보여줌으로써 신뢰하는 사람의 '거울반응'의 도움을 받아 그것을 극복하기 위해서입니다. 갈등을 겪는 관계에서 매 순간 우리는 환상에서 벗어나게 됩니다. 그것은 우리의 마음이 새롭게 드러나는 진실에 계속 적응해나가기 때문입니다.

중심부에 이르는 길은 극단들을 거쳐 나타납니다. 자연의 흐름 역시 풍요로운 여름에서 죽음과 같은 겨울을 향해 이동해갑니다. 그래야 비로소 봄의 생기를 누릴 수 있습니다. 헌신이라는 중심부에 도달하기 위해서는 정반합의 변증법에 따라 로맨스의 극단에서 갈등의 극단으로 나아가야 합니다.

로맨스에서 갈등으로 나아가는 여정은 다음과 같은 세 가지 상태를 거칩니다.

- 이상적인 상태: 모든 가능한 상황 중에서 최상의 상황. 나의 상태는 최상. 상대는 나를 다정하고 연민 어린 사람이라고 생각할 것이다. 나 자신의 문제를 해결하기 위해 노력할 필요가 별로 없다.
- 정상적인 상태: 큰 스트레스나 기복이 없는 일상. 정상적인 활동을 함. 나는 명쾌하고 신뢰할 만한 사람이며 문제를 검토하고 다루고 해결하는 것에 헌신한다.
- 침체된 상태: 과도한 스트레스, 결렬, 깊은 우울. 나의 상태는 최악. 상대는 나의 야비한 면모, 자기연민, 편집증을 보게 된다. 이 상태에서는 둘이 함께 노력하는 것이 거의 불가능하다. 따라서 우선 개인적인 노력이 요구된다.

성숙한 사람들은 몇 번이고 최상의 상태에서 최악의 상태로 갔다가 중심부로 돌아옵니다. 이것을 기정사실로 받아들이면, 우리는 상대의 행동을 지나치게 개인적으로 받아들이거나 비난하는 태도에서 벗어나게 될 뿐만 아니라, 두려움에서도 벗어나게 됩니다. '항구를 떠나지 않는 배'라는 신화적 주제처럼 침체된 상태에 빠져 있을 때는 특단의 조치를 취할 필요가 있습니다. 뭔가를 힘들여 시도하기보다는 가만히 있는 것이 더 안전하고 편하다는 생각에 길들여질 수 있기 때문입니다.

인생에는 온갖 격변과 파경, 변화가 필연적으로 따릅니다. 과거와 현재가 뒤섞인 상황, 낡은 형식이 해체됨으로써 혼란스러운 현재는 건강한 발전의 징표입니다. 자연은 싹을 틔우는 봄이 오는 것을 크게 기뻐하지만 더 풍요로운 또 다른 봄을 약속하는 가을에도 똑같이 흥분합니다. 우리도 이처럼 낙관적으로 우리의 갈등을 볼 수 있을까요?

"사랑의 목적은 고통을 참는 것이 아닙니다"

사랑의 힘든 순간들은 알고 보면 온전함과 성숙을 위한 중요한 조건입니다. 상황이 더 나아지도록 상대와 협력할 수 있을 뿐만 아니라, 상대가 부족한 경우 스스로 자기를 보살피는 능력을 얻을 수 있기 때문입니다.

관계에 대한 헌신은 개인적인 문제를 비롯해서 상대와의 문제들을 유심히 살펴보고 해결해 나아가는 과정을 수반합니다. 만약 진정한 친밀함을 두려워한다면 문제를 끄집어내서 해결하려는 생각 자체를 회피할 것입니다. 스스로 숨겨왔거나 상대가 무의식적으로 언급을 피해왔을 수 있는 문제들을 바라보는 것은 충분히 안전하다고 느낄 때에야 가능합니다. 물론, 우리는 고통스럽게 대응해야 하는 골치 아픈 문제들을 모른 체 외면하는 요령을 알고 있습니다. 그러나 그렇게 무시하고 부인할 경우, 감정은 무뎌지고, 자신의 취약성을 인정하지 않게 될 수 있습니다.

물이 새는 수도꼭지는 수리 방법을 알고 도구도 갖고 있는 집주인에게는 큰 문제가 되지 않습니다. 서로를 존중하고, 자기가 옳다는 것을 증명하기보다는 함께 해결하려 노력한다면 갈등은 놀라운 결과를 낳을 수 있습니다. 문제를 함께 해결하면서 갈등은 헌신으로 바뀝니다. 사실, 헌신은 어려운 고비를 회피하거나 분노를 품고 있기보다는 기꺼이 그것을 해결하려는 자세에서 분명히 표현됩니다. 문제를 해결하는 것은 친밀함으로 이르는 여정에서 하나의 문턱, 즉 변화로 이끄는 힘겨운 난관입니다. 성공적으로 이 문턱을 넘어섰을 때, 우리는 장애물을 다리로 변모시키게 됩니다.

두 사람이 함께할 때 우리는 대부분 그처럼 힘든 시기를 겪습니다. 그럼에도 사랑은 이 모든 것을 함께 헤쳐나가기로 선택한 것입니다. 그것을 거부하거나 마지못해서 할 때, 우리는 더 이상 진정으로 사랑하지 않는 것입니다. 함께 보낸 시간 또는 의무감 때문에 관계를 계속 유지해나가면서 유대감을 느낄 수도 있습니다. 하지만 그것은 사랑이 아니며, 행복하고 유용한 관계도 아닐 것입니다.

관계가 알기 어렵고 복잡한 것은 논리적이고 논증적인 사고가 아니라 도무지 종잡을 수 없는 모호하고 혼란스러운 감정과 욕구에 기반하기 때문입니다. 사랑은 때로는 저절로 잘 풀려나가기도 하지만, 대부분 노력을 기울여야 순조롭게 풀려나갑니다. 그리고 저마다 노력을 기울여야 하는 부분을 갖고 있기 때문에, 노력하기를 거부하는 것은 성숙한 인간으로서 관계 맺기를 꺼리는 것과 같습니다. 한편, 만일 적지 않은 노력을 기울였음에도 아무런 변화가 일어나지 않았다면, 그 관계는 이미 금이 간 상태이고 따라서 쌍방이 모두 결별을 준비할 수도 있습니다. 어떤 관계는 결코 제대로 풀리지 않기도 합니다. 그래서 관계를 회복하기 위해 노력하면서 에너지를 낭비하다 보면 결국 감정이 고갈되는 상태에 처하게 될 뿐입니다.

그러므로 행복하지 않은 관계를 끝내고 싶어 하는 것은 이기적인 것이 아닙니다. 관계의 목적은 고통을 참는 것이 아닙니다. 고통이 인생의 한 부분이라 할지라도, 성숙한 인간인 우리가 해야 할 일은 셰익스피어가 『타이투스 앤드로니커스』에서 말하듯이 "무시무시한 스틱스° 강가를 맴돌기"보다는 고통을 이겨내고 빨리 다음 장으로 넘어가는 것입니다. 고통이 시작될 조짐이 보이는 즉시 관계를 끝내라는 얘기가 아닙니다. 대하소설처럼 끝없이 계속되는 고통과 한 챕터에 불과한, 드문드문 찾아오는 고통의 차이는 누구라도 느낄 수 있습니다. 전자는 허용할 수 없습니다. 그것을 받아들인 쪽은 희생자가 되고 말 뿐입니다. 후자는 고통을 헤치고 나아가면서 고통을 통해 변화하는 영웅에게 주어지는 난관입니다. 단기적으로 볼 때는 변동 요인이 있지만 장기적으로 봤을 때는 상승 국면이다, 라는 주식시장의 좌우명은 건강한 관계에도 그대로 적용됩니다.

자아 권능감°° ─ 관계는 이래야 한다, 상대는 내게 이런 것들을 줘야 하고, 상대의 외모나 행동은 이래야 한다 등등 자신이 미리 생각해놓거나 기대한 것들 ─ 을 버리도록 가르치는 영적 수행 프로그램을 따를 때 우리는 관계 속에서 성장합니다. 다른 사람들을 조종하고 자신을 숨기는 옛 습관들을 버리고, 자신의 참모습을 드러내기 시작합니다. 결과적으로 상대를 정복하는 게 아니라 상대와 함께할 수 있습니다. 변화하기로 약속할 수 있으며, 그 약속을 지키는 것은 관계가

○   그리스 신화에 나오는 저승과 이승의 경계를 이루는 강.
○○   ego entitlement. "나는 이 정도 대우는 받아야 한다"라는 생각을 매우 강하게 가지고 있는 경우를 말한다. 이런 마음이 생기게 되는 경로는 여러 가지가 있지만 대표적으로 '나르시시즘'이나 '피해의식'에서 기인한다.

순조롭게 풀려나가는 가장 확실한 징표입니다.

갈등 해결의 핵심은 함께하는 것입니다. 각자 관계에서 주도권을 잡으려 하지 않고, 건강하고 행복한 관계를 위해 함께 노력합니다. 동양의 무술에서처럼 조화로운 움직임이 적대적인 싸움을 대신합니다. 무저항적이고 비지배적이며 비수동적이고 비폭력적인 사랑은 무조건적인 무장해제에서 생겨납니다. 이때 "나는 좋고 너는 나쁘다"라거나 "내가 옳고 너는 그르다"를 위한 자리는 없습니다. 그런 이원론에 사로잡힌다면 상대에게 적의 얼굴을 투영할 것이고, 그렇게 되면 두 사람 모두 이미 패배한 것입니다. 이런 생각에서 벗어나, 선생과 학생 그리고 친구와 친구로서 교류해야 합니다. 거기에 도달하는 유일한 방법은 그 어느 때보다 더 겸허하게 사랑하는 것뿐입니다. 만약 두 사람 모두 서로에 대해 그저 공정하기만 하다면, 사랑은 지속되기는커녕 시작조차 되지 못할 것입니다. 누군가가 먼저 관대해져야 합니다.

이것은 굴복하는 것처럼 보일 수도 있습니다. 그러나 강한 것이 반드시 자신감을 의미하는 것은 아닙니다. 성숙한 인간은 자신의 자율성과 상대와의 상호의존성 사이에서 균형을 발견합니다. 마고라는 한 여성을 예로 들어 보겠습니다.

마고는 사랑하는 남자 이반과 결혼했습니다. 그런데 이반은 "아니오"라는 말은 무조건 자기 뜻을 거절하는 것이라고 받아들이는 남자였습니다. 처음에는 대수롭지 않게 생각했지만 결혼하고 몇 년 지나자 문제가 심각해지기 시작했습니다. 그녀는 항상 돌려서 말을 해야 했고, 그를 화나게 하지 않으려고 살얼음 위를 걷듯 늘 조심조심 그의 눈치를 보았습니다. 그러나 노력을 기울인 끝에 마고는 더 강해졌습니다. 그녀는 이반의 두려움과 무의식적인 자기방어를 간파하고 그에게 연민을 느꼈습니다. 거절당했던 과거의 충격으로 인해 이반은 거절에 아주 민감했고, 그래서 곳곳에서 거절을 발견하지 않을 수 없었던 것입니다. 마고는 한마디 말이라도 좀 더 신중하고 조심스럽게 표현한다면 그에게 도움이 될 거라는 사실을 깨달았습니다. 이전에는 이반이 집 안을 지저분하게 어지럽힌다고 나무라곤 했습니다. '당신'이라고 분명하게 지적하면서 이렇게 투덜댔습니다. "당신은 항상 어질러놓고는 치울 줄을 몰라." 그러면 이반은 화를 벌컥 냈습니다. 이제 그녀는 '나'라는 말을 이용해서 그의 습관에 대한 자신의 생각을 알립니다. "당신이 내가 싫어하는 걸 알면서도 이렇게 집을 엉망으로 어질러놓으면 나는 무시받는 것 같아서 상처를 받아." 이반은 비난받는다는 기분을 느끼지 않고 메시지를 받아들입니다. 이처럼 서로 이해하는 환경에서 행동의 변화는 더욱 쉽게 일어납니다. 그녀는 자신의 두려움을 그의 두려움에 맞추면서 그의 주위를 발끝으로 조심조심 걸어 다니는 행동을 더 이상 하지 않게 되었습니다. 그녀는 그의 주파수를 알아차렸습니다. 이제 그녀는 그의 두려움에 동화되거나 위축되는 감정을 느끼지 않고 그의 두려움을 수용할 수 있습니다. 이것은 마고가 자신의 자아를 버리고, 자신에게 딱 맞는 짝이 때마침 나타났음을 알아차리고는 사랑에 문을 열어주었기 때문에 일어났고, 그래서 그녀는 더 이해심 많은 성숙한 사람이 될 수 있었습니다.

마고와 이반은 아주 빠르게 많은 면에서 긍정적으로 변화했습니다. 두 사람의 관계에서 한쪽은 문제가 발생하면 이를 처리할 준비가 되어 있는 반면 다른 한쪽은 잠시 뜸을 들인 후에 반응을 보일 수 있습니다. 우리는 누구나 각자의 타이밍이 있다는 것을 존중해야 하며, 만일 상대가 내가 바라는 만큼 빠르게 반응하지 않는다 해서 이를 나

에 대한 비난이나 감정적인 반응이라고 받아들여서는 안 됩니다. 그
것은 자동응답기에 메시지를 남겼을 때 상대가 답을 보내오는 속도
와 같습니다. 그 속도는 메시지의 수신자가 나를 얼마만큼 존중하는
가를 반영하지 않습니다. 그것은 오직 그 사람의 타이밍 문제입니다.
어떤 사람은 메시지를 받는 즉시 답신 전화를 하고, 또 어떤 사람은
하루 이틀 정도 뜸을 들입니다. 이는 개인적인 행동 방식일 뿐이지,
나를 무시하거나 존경해서가 결코 아닙니다. 어떻게 보면 느린 응답
은 좋은 징조입니다. 시간을 갖고 천천히 계획적으로 일을 처리하고
있다는 증거일 수도 있으니까요.

경험을 처리하는 것은 경험을 의식하는 것을 의미합니다. 그렇지
않다면 인생은 경험을 통해 새로운 통찰과 성장을 향해 나아가는 것
이 아닌 그저 차례차례 일어나는 일련의 에피소드들에 지나지 않게
될 것입니다. 만약 알코올중독자의 딸이 세 명의 알코올중독자들과
연이어 결혼했는데, 그녀의 세계관이 후자와 같다면, 그녀는 자신의
실패한 결혼들을 우연의 일치로 생각하고 자신의 불운을 통탄할 것
입니다. 그러나 자신의 인생을 전후맥락 속에서 바라본다면, 그녀는
자신의 패턴을 인정하고 그것이 자신의 어린 시절과 연결되어 있다
는 사실을 받아들일 것입니다. 그럴 경우 그녀는 자신의 인생을 지배
하는 원칙을 탐사하고 그것을 바꿔나갈 방법을 찾기가 더 쉬워집니
다. 그렇게 함으로써 더 건강한 관계를 맺을 수 있게 될 것입니다.

자신과 자신의 과거를 전후맥락 속에서 연속성을 가지고 볼 필요
가 있습니다. 과거를 이런 식으로 바라보는 것은 지금 노력해야 할 지
점이 어디인지를 알아보는 것입니다. 무엇보다 먼저 자신의 문제를
알아보고 해결하는 데 온 힘을 쏟아야 합니다. 특히 우리 중에는 개인

적으로 아주 심각한 문제를 안고 있어서, 자신의 문제를 해결하기 위해 오랜 시간 노력을 기울이고 나서야 비로소 다른 누군가와 친밀한 관계를 맺을 수 있는 사람들도 있기 때문입니다.

문제를 해결하려고 노력하는 것은 일방적이거나 독단적인 결정을 내리지 않으려고 노력하는 것을 의미하기도 합니다. 그것은 관계가 흘러가는 방식에 관해 각자 느낌을 이야기하고, 마음에 드는 점과 그렇지 않은 점은 어떤 것인지, 순조롭게 풀려나가는 것과 변화를 필요로 하는 것은 어떤 것인지, 어떤 상황에서 어떤 기분을 느끼는지, 그리고 관계가 어떤 식으로 전개되어야 두 사람이 모두 더 행복해질 수 있는지에 대해 이야기를 나누는 것입니다. 머리, 마음, 직관 그 모든 곳에서 기분 좋은 느낌이 들 때, 어떤 필요가 진정으로 충족되고 있는 것입니다.

문제를 해결하는 것은 다음의 두 단계를 포함합니다. 두 사람이 각자 자기가 경험하는 진실을 분명하게 표현하는 단계, 그리고 그 진실에 부합하게 행동하는 단계(말만 앞서고 행동이 뒤따르지 않을 때 불만이 싹틉니다). 당신의 진실은 당면한 문제에 관한 당신의 감정뿐만 아니라 당신의 성격 유형, 그림자 부분, 욕구와 소망, 도덕적인 기준, 인생 목표, 적성과 재능, 한계, 집안 내력, 개인적인 역사, 그리고 당신의 과거 경험이 현재 생활에 미치는 영향을 모두 포함합니다. 개인적인 진실에 부합하게 행동한다는 것은 자신의 한계를 감안하고 자신의 재능을 이용하기 위해 잠재력을 활성화하는 것, 그리고 자신의 기준, 가치관, 도덕성이 반영된 선택을 하는 것을 의미합니다.

상대가 자신의 말을 귀담아듣고 있다고 느끼고, 자기가 원했던 것을 받고, 변화로 이끄는 약속을 할 때, 문제는 해결로 이어집니다. 만일 당신과 당신의 상대가 이것을 함께할 수 없다면, 치료 전문가나 중재할 수 있는 객관적인 친구에게 도움을 요청하십시오(여기서 "내가 알아서 다 해결할 수 있어"라고 생각하는 것은 도움을 요청하는 것에 대한 두려움을 합리화하는 것일 수도 있습니다). 건강한 관계에서는 두 사람의 노력만으로는 역부족인 갈등을 해결하기 위해 치료를 이용합니다. 치료는 또한 규칙적인 점검을 의미하기도 합니다. 우리는 신체적인 건강을 위해서는 정기 검진을 빠뜨리지 않지만, 행복을 위한 정기 검진은 종종 빠뜨리곤 합니다.

슬픔이 처리되지 않은 과거

인간은 자신의 과거를 추억하고 기념합니다. 그러나 결국 해묵은 욕구들이 미납금을 내라고 청구서를 들고 들이닥칩니다. 과거의 문제가 현재의 관계에서 되풀이되지 않도록 하기 위해서는 그 문제를 처리해야 합니다. 과거를 의식하지 않는 것은 겉보기에는 성숙한 관계를 맺고 있는 듯이 보일 수 있지만 사실은 오래전부터 어떤 시나리오를 연기演技하고 있는 것일 수 있습니다. 과거의 기억은 관계가 깊어질수록 그에 정비례해서 나타날 것입니다. 이것은 과거와 현재 모두 우리가 항상 갈망했던 것들, 즉 관심, 수용, 인정, 애정 그리고 자신을 있는 그대로의 모습으로 허용받고 격려받을 기회를 주었거나 주고 있기 때문입니다.

관계에서 자신을 고통스럽게 하는 문제가 현재의 문제인지 아니면 과거의 여파인지 어떻게 알 수 있을까요? 그것을 알려면 마음을 다한 자기반성이 필요합니다. 만약 어머니가 여성에 관한 나의 경험에 압도적인 악영향을 미쳤다면, 내가 지금 이 여자를 있는 그대로 볼 가능성이 얼마나 될까요? 익숙한 공포심을 느끼거나 스스로도 깜짝 놀랄 분노를 느끼거나 스스로도 왜인지 알 수 없이 상황에 어울리지 않는 격한 반응을 보일 때, 사실 나는 상대의 얼굴이 아니라 어머니의 얼굴을 보고 있는 것임을 짐작할 수 있습니다. 해결되지 않은 문제들, 지금까지도 분노하게 되는 과거의 문제들이 현재에 영향을 미쳐 과잉 반응을 보이는 것일 수 있습니다(그리고 어떤 의미에서 그것은 사실상 과잉반응이 아닙니다. 내면의 아이가 여전히 마음속에서 부글부글 끓어오르는 과거의 트라우마에 반응하고 있는 것이니까요).

누구나 무력감, 두려움, 덫에 걸린 듯한 기분, 강요당하는 기분, 제어할 수 없는 기분을 경험합니다. 그럴 때 우리는 관심과 성숙한 중재를 호소하는 내면 아이의 목소리를 듣고 있는 것입니다. 내면 아이는 자기주장을 하는 방법을 모르기 때문에 가련할 정도로 서투른 감정을 통해 자신의 메시지를 더듬더듬 알립니다. 이것을 의식적으로 이해하면, 우리는 저절로 자신에 대해 더 어른스러워지고 더 많은 연민을 느끼게 됩니다.

직장에서는 조리 있고 성숙하게 행동하지만 집에서는 동반자에게 통제 불가능한 어린아이처럼 행동하는 것은 현재의 힘과 과거의 힘이 우리를 어떻게 점화시키는지 그 차이를 보여줍니다. 과거의 불꽃이 다시 불타오를 때, 우리는 문제와 갈등을 강박적으로 다룹니다. 그리고 과거의 불꽃은 타협이나 협상의 기회를 가로막습니다. 일상적인 관계에서 여전히 고통을 실어 나르는 원초적 시나리오가 재현될 수 있습니다. 우리는 대개 그것이 자신의 과거와 연결되어 있다는 사실을 모릅니다. 우리의 합리적인 정신은 현재의 관계는 지금 여기에서 벌어지는 일이라고 믿으면서 스스로를 속입니다. 하지만 현재의 관계는 우리를 슬픔에 빠트리는 동시에 완성되기를 기다리는 과거의 유물입니다.

슬픔을 처리하는 것은 인생에서 가장 힘든 일입니다. 그래서 우리는 과거의 상실을 그저 현재의 불편함으로 치부하면서 그 일을 피하려 애씁니다. 불편함이 지금의 상대와 관계된 것이라고 생각하는 한, 자신의 해묵은 슬픔을 직면할 필요가 없으니까요. 정신적 외상을 초래할 정도의 기억, 항상 존재하지만 결코 모습을 드러내지 않는 그 기억은 우리의 정신이 아니라 몸속에 살고 있을 수 있습니다. 예를 들어, 우리는 학대를 견뎌내야 한다는 의무감을 느끼고 자기를 비하하는 메시지를 믿도록 프로그래밍되었을 수도 있습니다. 그 메시지는 세포 속에 저장되어 현재의 행동을 조종하는 무의식적인 반응으로 나타납니다. 성적으로 학대당하거나 억눌려왔을 경우 성인이 된 지금 누군가 포옹을 하거나 심지어 살짝 만지기만 해도 저절로 긴장하게 됩니다. 공항으로 마중 나오기로 한 사람을 무작정 기다리고 있을 때 우리는 성인임에도 불구하고 버려지는 것에 대한 두려움을 느낄 수 있습니다. 제대로 할 수 있는 일이 아무것도 없다는 어린 시절의 믿음이 성인이 된 지금 결별의 시기에 나타나 계속 어른거립니다. 우리는 그 믿음을 회피할 수 없습니다. 그것은 '7×7'을 볼 때 '49'가 자동으로 머릿속에 떠오르는 것처럼 멈출 수 없는 세포의 반사적인 반응이기 때문입니다.

오래된 믿음과 반응은 피할 수도 영원히 벗어날 수도 없습니다. 그러나 실체가 무엇인지 확인하고 명명할 수는 있습니다. 그리고 마침내 그것들에 빛을 비출 때 그것들은 유령처럼 슬그머니 물러설 수도 있습니다. 그렇다면 어떤 식으로 그렇게 할 수 있을까요? 과거의 문제들은 마치 지금 이곳의 문제들인 것처럼 나타납니다. 과거의 정신적 폴더 안에 그것들을 재정리해놓는 것이 좋습니다. "나는 완전히 해결하지 못한 채 잊고 있었던 오래전의 일 때문에 이런 감정을 느끼는 것이다." 그러면 다음번에는 과거의 문제들과 직면하는 것이 훨씬 더 쉬워질 것입니다. 그리고 해묵은 생각과 반사적 반응은 우리를 해방시키는 의식의 빛에 점차 자리를 양보하게 될 것입니다.

우리는 아직 오지 않은 미래나 결코 다시 오지 않을 과거가 아닌 지금 여기에 살고 있습니다. 감동적이었거나 깜짝 놀랐거나 무시무시했거나 굴욕스러웠던 일들은 평생 기억 속에 남아 있게 됩니다. 우리는 과거와의 관계를 결코 끝낼 수 없습니다. 단조로웠던 어제는 끝낼 수도 있습니다. 그러나 저 먼 과거의 어느 날, 누군가가 아주 갑자기 자신을 떠났던 그날 아침, 누군가가 마음을 다해 옆에 있어주었던 그날 오후, 누군가가 자신을 학대했던 그날 저녁, 누군가가 진심으로 함께 울어주었던 그날 밤과의 관계는 결코 끝낼 수 없습니다. 과거는 우리와 관계를 끝내지 않습니다. 아니, 그때의 모든 것은 결코 사라지지 않고, 그 모든 것은 계속 빛이 바라지 않을 것입니다.

남자가 여자를 이해할 때

정반대는 서로 단절된 것이 아니라 한 스펙트럼의 양끝입니다. 그러므로 남성과 여성은 마음과 몸이 그렇듯 양분할 수 없습니다. 한 남자로서 나는 여성성이 포함된 성 정체성을 갖고 있습니다. 모든 여자들 또한 남성성이 포함된 성 정체성을 띱니다.

구분은 마치 동베를린과 서베를린 사이의 벽처럼 인간이 만들어낸 것일 뿐입니다. 하늘의 새 한 마리, 구름 한 점도 그 벽을 인정하지 않았지만 인간의 마음속에는 그런 구분을 없애는 것에 대한 두려움이 있었습니다. 그렇지만 마음이 거기에 가담하자, 두려움을 깨부술 대담무쌍한 용기가 생겨났습니다. 남자와 여자 또는 동성애자와 이성애자 또는 흑인과 백인 같은 첨예한 이분법은 마치 벽처럼, 겁에 질려 두려움에 떠는 인간의 그림자 부분을 억지로 짜 맞춘 것입니다. 마음챙김에서는 구분을 거부합니다. 차이는 단순히 유사성의 장식물들로 여겨지고, 따라서 차이에 대한 두려움이 사라지게 됩니다.

남성 - 여성 커플에게 성별에 따른 구분은 특히 조화로운 관계에 치명적입니다. 남자와 여자 사이의 균열은 그 차이 때문이 아니라, 그들이 어린 시절의 수수께끼를 헤쳐 나오려는 노력을 하지 않았다는 사실에서 기인합니다. 또는 자신들의 문제를 검토하고 해결하는 법을 배우지 않았기 때문일 수도 있습니다. 로마 신화에서 비너스와 마르스는 인간 심리의 중심축을 이루는 두 가지 힘인 사랑과 분노가 결합한 결과물로 하모니라는 이름의 신성한 아이를 낳습니다. 이것은 관계에서 비너스(사랑)와 마르스(분노)를 용인하면 하모니(조화)가 이루어질 수 있다는 것을 알려줍니다.

그러나 그런 관용은 노력을 필요로 합니다. 인간이 두 가지 성적 성향을 지니고 있다 하더라도, 우리는 흔히 이성異姓이 갖고 있는 힘을 두려워하고 이성을 소유하거나 또는 이성에게 소유되고자 합니다. 아울러, 두려움과 탐욕에 사로잡힌 자아는 사랑에 관해 고정관념에 얽매여 있으며, 완고하고, 방어적이고, 조건적일 수 있습니다. 영적 수행을 통해 우리는 두려움과 욕망에 빠져 있는 상태에서 벗어날 수 있습니다. 두려움과 욕망은 내가 그것을 포기하기 때문이 아니라 그것이 더 이상 나를 지배하지 않기 때문에 약해집니다. 두려움과 욕망에서 벗어난나는 것은 강박관념이나 충동에 휘둘리지 않는 것을 의미합니다.

"우리의 몸 안에 남편과 아내가 있다"고 13세기 중국 원나라의 도교 도사 이도순은 말했습니다. 융의 용어로, 남자의 콘트라섹슈얼 에너지는 아니마anima, 여자의 콘트라섹슈얼 에너지는 아니무스animus라고 합니다. 아니마에 대한 남성의 두려움은 장구한 역사적 기록에서 알 수 있듯이 분노와 가학성으로 변할 수 있습니다. 남성 지배적인 중세와 르네상스 사회에서는 지혜를 타고난 여자들을 마녀로 몰았습니다. 반면에 현대를 사는 여자들은 강간과 온갖 종류의 폭력에 노출되어 있습니다. 남성다움을 지배와 연관 짓는 여성 혐오자들은 여자에 대해 복수심에 불타는 분노에 사로잡히고, 그 과정에서 그들 자신의 아니마를 훼손합니다.

진정한 남자는 온화함, 배려, 유머, 자신의 감정이나 취약성을 보여주는 용기를 지니고 있으며, 성적이지 않은 접촉을 두려워하지 않습니다. 진정한 남자는 다섯 가지 열쇠를 보여주는 법을 배웁니다. 항상 자신을 통제하고, 항상 강하고, 항상 우위에 있으려 하지도 않습니다. 폭력적이거나 보복적일 필요도 없습니다. 남자가 되는 것은 할 수 있는 만큼 많이 사랑하는 것입니다. 그런데 스스로를 통제하는 한, 풍부한 남자다움을 발견하지 못합니다.

갈등을 검토하고, 처리하고, 해결하는 방법은 여자와 남자가 각기 다룰 수 있습니다. 남자들에게 검토한다는 것은 지금 그 문제를 언급하고 곧장 본론으로 들어가는 것, 핵심으로 직행하는 것을 의미하곤 합니다. 그와 유사하게, 처리한다는 것은 그 문제를 해결하는 것을 의미할 수 있으며, 이는 종종 그 문제를 무시하고 지나가는 것을 의미하기도 합니다. 빠른 해결이 우선될 경우, 상대의 감정을 무시할 수도 있습니다.

한편, 여자들에게 검토한다는 것은 자기가 무엇에 관해 말하고 있는지 알 때까지 되풀이해서 말하는 것을 의미하곤 합니다. 이것은 회피의 수단이 아니라 관심을 기울이는 방법으로서 계속 되짚어보는 것입니다. 아울러 처리한다는 것은 현재의 문제와 과거의 문제 모두에 감정을 느끼는 것을 의미합니다. 이것은 또한 상대가 내 말에 관심을 가지고 귀담아 들어준다고 느낄 때, 상대가 사랑으로 자신을 '거울 반응' 해주고 있다고 느낄 때 쉽게 따라올 수 있습니다. 그러므로 여자들의 경우 문제를 해결하는 것은 가장 나중의 일이고, 감정이 '거울 반응'되는 것이 우선 사항일 수 있습니다.

내향적인 사랑, 외향적인 사랑

성 차이는 분명히 존재하지만, 그럼에도 상대의 성별 탓이라고 생각하는 몇 가지 특징은 사실 상대의 성격이 내향적이냐 외향적이냐를 반영하는 것일 수도 있습니다. 따라서 내향성과 외향성의 차이점을 고려해야 상대를 이해할 수 있습니다. 이 두 가지 선천적인 심리적 유형은 똑같이 건강한 것들입니다. 갈색머리가 검은머리보다 우성이지 않은 것과 마찬가지로 이 두 유형 중 어느 하나가 다른 하나보다 더 우월하지 않습니다. 사실, 세상은 창의적으로 기능하기 위해 이 둘 모두를 필요로 합니다. 그러나 다섯 가지 열쇠는 다음의 묘사에서 볼 수 있듯이 외향적인 사람과 내향적인 사람에게 다르게 주어지고 받아들여집니다.

외향적인 사람은 사람들 앞에서 활기에 넘치는 반면 내향적인 사람은 활기를 잃습니다. 외향적인 사람은 교류할 사람들을 적극적으로 찾는 반면, 내향적인 사람은 타인들과의 교류를 피합니다. 외향적인 사람은 당장의 경험을 우선시하지만, 내향적인 사람은 경험을 이해하는 것을 가장 중요하게 생각합니다. 내향적인 사람에게 내면의 경보 신호는 다음과 같이 울립니다. "나는 여기서 나가야 해." 외향적인 사람에게는 다음과 같은 경적이 울립니다. "나는 누군가와 같이 있어야 해." 이 두 반응 모두 상대에게 강박적으로 느껴질 수 있습니다.

관계에서 이 상반되는 스타일은 갈등을 초래할 수 있습니다. 나는 외향적인 사람입니다. 그런데 당신은 내향적인 사람입니다. 나는 보지도 않고 뛰어들고, 당신은 그것을 어리석다고 생각합니다. 당신은 우선 보고 나서 잠시 뜸을 들입니다. 당신의 그런 행동은 내게 자발성과 자신감이 부족한 듯 느껴집니다. 기분이 나쁠 때 나는 사람들을 만나 기분을 풉니다. 그런데 당신은 혼자 있고 싶어 합니다. 나는 당신이 나를 거부한다고 생각하고, 당신은 내가 당신의 사생활을 침해한다고 생각합니다. 나는 밖으로 나가고 싶어 하고, 당신은 머물러 있고 싶어 합니다. 나는 대화를 하기 위해 집으로 돌아오고, 당신은 대화를 피하기 위해 집으로 돌아옵니다. 나는 질문을 환영하고 이를 나에 대한 관심의 표시로 받아들입니다. 당신은 질문에 분개하고 그것을 침해라고 생각합니다. 나는 나의 소망과 감정을 쉽게 드러내지만, 당신은 그런 나의 행동을 경솔하거나 위험하다고 여깁니다. 당신은 뭔가를 혼자 속에 담아두고, 나는 당신의 그런 행동을 비밀스러운 것, 나를 신뢰하지 않는 표시로 받아들입니다. 나는 내 생각을 명확히 하기 위해 계속 대화를 할 필요가 있습니다. 당신은 오랫동안 심사숙고한 후에야 결정을 내리고 반응을 보입니다. 어느 낯선 도시에서, 나는 사람들에게 길을 묻습니다. 당신은 길을 찾기 위해 지도를 봅니다.

만약 내가 내향적인 사람이라면, 당신은 내가 당신처럼 많은 친구와 사귀고 싶어 하지 않는다고 화를 낼 수도 있습니다. 그러나 나의 내향성을 내 성격의 기정사실로 받아들인다면, 당신은 나에게 혼자 있는 시간이 필요하다는 것을 이해할 것이고, 내가 당신 곁에 없다고 해서 감정적으로 반응하지 않을 것입니다. 요컨대, 개인의 성격 유형은 결함이 아니라 하나의 사실입니다.

외향적인 사람이 보기에 내향적인 사람의 도피 욕구는 거부처럼 느껴질 수 있습니다. 내향적인 사람은 자신만이 할 수 있다고 생각하는 프로젝트를 추구할 수도 있고, 아니면 TV를 보거나, 담배를 피우거나 술을 마시기 위해 밖으로 나가거나, 컴퓨터 앞에 앉는 것들을 통해 잠시 벗어나 있는 시간을 찾는 법을 터득했을 수도 있습니다. 내면의 경보 신호가 "사람들이 있는 곳에서 벗어나야 해"라고 알려줄 때, 그는 꾸벅꾸벅 졸거나 딴생각에 빠져들게 됩니다. 그러면 상대는 거부당하거나 버림받았다고 생각할 수도 있습니다. 심지어 몇 시간째 계속 책을 읽고 있는 것조차 외향적인 상대에게는 일종의 거리두기처럼 느껴질 수 있습니다.

극단적으로 내향적이어서 차라리 관계를 맺지 않는 것이 더 편한 사람도 있습니다. 내향적인 사람과 결혼하는 외향적인 사람은 혼자 있고 싶어 하는 배우자의 욕구가 함께 있고 싶어 하는 자신의 욕구보다 더 강할 수 있다는 사실을 깨닫게 될 수도 있습니다. 내향적인 사람은 자립성에는 잘 훈련되어 있지만 협동에는 훈련이 덜 되어 있습니다. 그 때문에 그리고 자기만의 시간을 갖고 싶은 욕구 때문에 죄책감을 느끼곤 합니다. 내향적인 사람은 소수집단이며 오른손잡이들 세상의 왼손잡이와 같습니다. 그러므로 그는 항상 어느 정도 불편합니다. 모든 소수집단과 마찬가지로 그에게는 바꿀 수 없는 특이한 점들이 있고 따라서 다른 사람들과 좋은 관계를 맺어야 할 경우 선택의 문제에 맞닥뜨리게 됩니다.

내향적인 사람은 쉽게 오해를 받습니다. 그러므로 그는 자신의 행동에 대해 자주 해명해야 할 것입니다. 그러지 않으면 자신이 이방인처럼 느껴질 테니까요. 벗어나야겠다는 생각이 들 때 일방적으로 자리를 뜨기보다는 타임아웃을 요청해야 합니다. 일방적으로 자리를 뜨는 것은 상대에게 거부로 받아들여질 수 있습니다. 내향적인 사람은 또한 자신의 본모습을 지키기 위해 싸워야 할 필요도 있을 것입니다. 상대가 있는 그대로의 그가 아닌 다른 사람이 되기를 요구할 때, 그는 사랑받기 위해 거짓으로 행동해야 한다는 압박감을 느낄 것입니다. 내향적인 사람은 극심한 외로움을 느끼기도 하고 홀로 있는 것을 몹시 두려워하기도 합니다. 그래서 그는 상대에게 받아들여지기 위해 마치 외향적인 사람처럼 행동하는 법을 배웁니다. 그의 진정한 자아 속에서 그는 내향적인 사람이지만, 그의 거짓 자아 속에서는 외향적인 사람이 되는 법을 터득하는 것입니다.

자신의 심리적 유형을 알고 난 다음 그 유형과 일치하는 선택을 하는 것은 건강한 삶을 살기 위한 노력에 속합니다. 만약 자신이 내향적이라면, 하루 종일 사람들과 함께 일하지 않아도 되는 직업이 필요할 것입니다. 만약 재빨리 반응하지 못하는 사람이라면, 어떤 결정을 내리거나 의견을 제시하기 위해 시간을 요구할 필요가 있습니다. 내향적인 사람은 무의식적으로 대부분의 사람들보다 더 적극적이어야 합니다. 관건은 자기주장을 하는 것과 자기 자신에게 진실한 것 사이의 균형을 찾는 것입니다.

여기서 다음과 같은 의문이 생겨납니다. 내향적인 사람과 외향적인 사람이 일상생활에서 그처럼 서로 다른 반응을 보인다면, 사랑받는 것 역시 그처럼 제각기 다른 방식이 필요한 것 아닐까요? 다음의 내용이 도움이 될 것입니다.

A=내향적인 사람을 사랑하는 법
B=외향적인 사람을 사랑하는 법

관심 A: 그가 감시나 간섭을 받는다고 오해하지 않을 정도의 관심과 충실함을 보여줍니다
B: 그의 행동과 일에 주목하고 적극적인 관심을 가집니다

수용 A: 거리를 두려는 그의 욕구를 거부로 받아들이지 않고 인정해줍니다
B: 당신이 그의 편이라는 것을 보여주고 그의 곁에 있어 줍니다

애정 A: 그가 자기만의 방식으로 친밀함의 신호를 보낼 수 있 게 해줍니다

B: 말이나 신체적인 언어로 당신의 사랑을 자주 드러내 보입니다

인정 A: 당신에게 기꺼이 맞추어주려는 그의 마음과 다정함 을 인정하고 감사함을 표현합니다

B: 당신이 인정하고 감사한다는 것을 자주 표현하고, 특 별한 경우에는 특별하게 당신의 감사와 인정을 언급 해야 합니다

허용 A: 그가 함께 있고 싶다고 말하기 전까지 혼자 있고자 하 는 그의 욕구를 존중해줍니다

B: 어떤 식으로든 가능한 한 자주 그의 관심사를 함께 나 누고 거기에 참여합니다

A′=내향적인 사람이 사랑을 보여주는 법

B′=외향적인 사람이 사랑을 보여주는 법

관심 A′: 많은 것을 알아차리지만 전부 말로 표현하지는 않습 니다

B′: 뭔가를 알아차리면 당신에게 전부 말합니다

수용 A′: 비판적이지 않습니다

B′: 당신이 있는 그대로의 당신 모습을 지켜나가기를 진심으로 원합니다

애정 A′: 스스로 충분히 준비가 되었다고 느낄 때만 가까이 다가갑니다

B′: 항상 당신과 신체적으로 접촉하고 싶어 합니다

인정 A′: 항상 감사함을 느끼지만 그것을 표현하는 것이 난처할 때나 강압적인 분위기에서는 표현하지 않습니다

B′: 당신의 반응을 불러일으킬 수 있는 말과 행동으로 감사함을 표현합니다

허용 A′: 당신과 당신의 생활방식에 자유를 허용합니다

B′: 중요한 일에 당신이 함께해주기를 제안합니다

(수행)

관계 속에서 나는 얼마나 행복한가

관계에서 불행할 때, 그것은 상대의 잘못이 아닐 수도 있습니다. 당신이 행복할 자격이 있다는 것을 스스로 믿지 않기 때문일 수도 있습니다. 그런 믿음에 대한 다음과 같은 징후를 곰곰이 생각해보십시오. 당신에게 어떤 것이 해당합니까? 각 진술에 대해 어떨 때 그런 것들을 느끼는지 3분 동안 글로 쓰십시오. 그런 다음 해당 진술의 반대 진술을 쓰고, 당신에게 어떻게 적용될 수 있는지 쓰십시오.

- 내 인생의 목적은 즐기는 것이 아니라 참고 견디는 것이다.
- 항상 상대를 먼저 생각한다.
- 상대에게 충실하기 위해 나 자신을 희생한다. 나는 마음의 빚, 살아온 내력, 죄책감, 동정심에 의해 동기를 부여받는다.
- 나의 자기보호 본능을 계속 부인한다.
- 상대에게 상처를 줄까 두려워서 소리 높여 거리낌 없이 말하거나 관계를 끝내거나 떠나지 못한다. 나 자신에게 이렇게 말한다. "내가 뿌린 씨는 내가 거둬야 해."
- 나의 권리를 주장하거나 욕구를 충족시키기 전에 우선 다른 사람들을 행복하게 해주어야 한다.
- 상대가 계속 행복해하는 한 나의 관계는 성공적이다.
- 상대가 내 마음에 상처를 입혀도 묵묵히 받아들인다.

모든 감정은 정당하다

당신의 관심사를 무시하거나 감추지 말고 말로 표현할 수 있도록 최선을 다해 노력을 기울이십시오. 문제를 언급하고 검토하는 것은 암시적인 것을 분명한 것으로 만듭니다. 속에서 당신을 괴롭히고 있는 것 또는 당신이 계속 느끼고 있지만 밖으로 내뱉지 못하는 것도 여기에 포함됩니다. 모든 감정은 정당합니다. 서로가 느끼는 감정이 옳다고 받아들이는 것은 자기변명을 하거나 따지고 들지 않고 그 감정을 귀 기울여 들어주는 것입니다. 문제를 검토하는 것은 더욱 사랑하기 위한 선택입니다. 이는 서로의 진실을 존중하겠다는 약속이자 그 약속을 최선을 다해 지키는 것이기 때문입니다.

문제를 처리하는 것은 사건과 당사자의 행동 이면에 함축된 의도를 탐사하고 헤쳐나가는 것을 의미합니다. 이것은 감정에 관심을 가지고 변화를 추구하는 두 가지 행동 모두에서 일어납니다. 사건을 처리하기 위한 간단한 3단계 방법은 다음과 같습니다. 일어났던 일을 당신이 본 대로 말하십시오. 그때 당신이 느꼈던 감정과 지금 느끼는 감정을 표현하십시오. 해결해야 할 남은 것들과 뒤따라올 것들을 탐사하십시오. 이 방법을 매일 반복하면 문제가 줄어들고 스트레스 역시 줄어들 것입니다.

상대가 나에게 미치는 영향

상대의 행동이 나에게 어떤 감정을 불러일으킬 때, 그 감정을 상대에게 말하고 내게 어떤 영향을 미치는지에 관해서도 알려야 마땅합니다. "당신이 이렇게 했을 때/이런 말을 했을 때, 나는 이런 느낌이었어." 이것은 단순히 정보일 뿐입니다. 즉, 비난하거나 예단하지 않고 말하는 것입니다. 상대는 바로 해결책을 제시하려 하거나 방어적인 태도를 보이지 않고 그저 귀 기울여 듣고는 이렇게 묻습니다. "당신이 두려워하는 게 뭘까? 내가 어떻게 해주는 게 좋을까?" 상대와 함께 이 질문을 서로 번갈아가면서 되풀이해 물어보십시오. 자기 자신에 대해 노력을 기울이는 데 전념할 때, 우리는 이 책에서 제기된 질문과 그 질문에 대한 자신의 대답으로부터 알게 된 우리 자신에 관한 정보를 기꺼이 받아들이게 될 것입니다. 당신은 그것을 기꺼이 받아들일 준비가 되어 있습니까?

에너지에 다시 불을 댕기기

당신의 지금 삶에 관해 조용히 자문해보십시오. 나는 나의 에너지를 고갈시키는 사람과 함께 있는가? 아니면 나의 에너지에 즐거워하고 그것을 발산하도록 격려하는 사람과 함께 있는가? 만일 그렇지 못하다면, 당신의 에너지를 재점화하도록 도와줄 몇 가지 방법을 제안합니다.

- 타인을 통제하려는 태도를 버리십시오. 타인을 변화시키기 위해 에너지를 소비할 때마다 본인의 활기찬 에너지는 두 배로 줄어듭니다. 나쁜 일이 일어나지 않도록 애쓰기보다는 자신이 슬픔이나 분노, 실망을 느끼지 못하도록 스스로를 억압하고 있을 수도 있습니다.
- 매 순간 원하는 것을 요청하십시오. 스스로에게 "아니오"라고 말하는 것보다 두 배로 더 자주 "예"라고 말하되 기꺼이 절충하려 하십시오.

- 당신을 실망시키거나, 기를 죽이거나, 통제하려 하거나, 학대하거나 겁을 주는 사람은 맞서거나 외면하십시오. 당신과 아무리 가까운 사이라 해도.
- 당신의 창의성을 발산하십시오. 머릿속으로 상상만 했던 것들을 행동으로 옮기십시오.
- 일상생활에서 타인의 행동이나 당신 자신의 행동에 재치 있게 반응하면서 유머 감각을 기르십시오.
- 자기표현과 결정에 대담해지십시오.
- 감정이나 일상의 사건을 글이나 노래로 표현하십시오.
- 마음속에 간직하느라 당신의 삶을 복잡하게 만든 비밀을 털어놓으십시오.
- 이 목록을 읽을 때 마음속에 떠오르는 모든 "그렇기는 하지만"을 떨쳐버리십시오.

때로는 알 필요 없는 것도 있다

유명한 그림 〈용과 싸우는 성 게오르기우스〉는 분투에 대한 최고의 상징이 아닐지 모릅니다. 오늘날 우리의 '용'들은 대부분 모호하고 정신적입니다. 그중에는 아주 혼란스러운 형태를 띠고 있어서 한참을 들여다보고 고민해야 겨우 알아보고 맞설 수 있는 것들도 있습니다. 그러므로 문제가 발생할 때 언제나 즉시 그 문제에 맞설 수는 없습니다. 문제를 해결하는 데 혼란은 지극히 자연스러운 단계입니다. 모호하거나 불확실한 시간을 거쳐야만 비로소 현재 진행되고 있는 것을 제대로 볼 수 있는 경우도 많습니다. 혼란에 집착하거나 혼란을 통제하려 하거나 또는 혼란을 불식시키자고 주장하는 것이 아닙니다. 혼란은 그 자체의 주기가 있습니다. 시간이 필요합니다. 밀가루 반죽이 부풀어 오르기까지 어둠 속에서 참을성 있게 기다려야 하는 것처럼 말입니다. 무조건 서두른다고 될 일이 아닙니다. 인내는 빵과 사랑의 필수조건입니다. 18세기 영국 문필가 시드니 스미스 경은 다음과 같은 아주 유쾌한 제안을 했습니다. "우울할 때는 저녁식사 시간이나 티 타임보다 더 멀지 않은 가까운 미래를 생각하라."

서로에게 물어보십시오. 당신은 문제를 서둘러 매듭지으려 하지 않고 긴장을 유지하면서 융통성 있게 함께 머무를 수 있습니까? 당신은 긴장이나 혼란에 떠밀리거나 겁먹지 않고 문제를 받아들이고 이해할 수 있습니까? 두 사람이 똑같이 준비가 되었을 때 문제를 검토하고 처리하겠다고 약속하십시오. 만약 둘 다 전혀 준비되지 않았다면, 그것은 문제에 앞서 선결해야 할 또 다른 문제입니다.

때로는 감정을 제어하지 않고 그 감정이 일어나도록 그대로 내버려둘 필요가 있습니다. 그리고 감정을 참는 것이 발산하는 것보다 나의 성장에 더 유익할 때도 있습니다. 이는 감정을 통제하지 않고 그 감정에 올라타서 감정이 가거나 머무는 곳으로 따라가는 것을 의미합니다. 그렇게 하면서 나는 나 자신의 타이밍을 존중하고 나 자신을 신뢰합니다. 당신이 당신의 감정에 굴복한 경우 또는 굴복하지 않고 스스로의 타이밍을 존중했던 경우를 일기에 적어보십시오.

순수한 고통

파이 차트를 만들기 위해 원을 하나 그리십시오. 원의 중심에 가능한 한 간단명료하게 당신이 직면하고 있는 문제를 객관적으로 서술하십시오. 예를 들어, "그(그녀)가 떠났다"와 같은 서술입니다. 군더더기 없이 사실만을 언급한 이 한 문장은 그 자체로 슬픔을 불러일으킵니다. 여기에 두려움, 결과에 대한 집착, 통제하려는 욕구, 비난, 버림받은 느낌 등이 덧붙으면서 자아가 어떻게 개입하는지 숙고해보십시오. 이들은 모두 불필요한 고통의 부가적인 원인입니다. 이제 각각의 감정 혹은 느낌의 크기에 맞게 원을 나누십시오. 당신이 상대가 떠났다는 그 단순하고 순수한 사실에 얼마나 몰입하지 못하고 있는지 가시적으로 볼 수 있을 겁니다. 이제 중앙에 그 간단한 문장과 함께 다시 원을 그리고, 그 결과 생겨나는 공간감에 주목하십시오. 이것은 마음챙김을 통해 경험을 거리를 두고 바라봄으로써 그 경험이 왜곡되지 않고 순수하게 있는 그대로 받아들여질 수 있도록 하는 방법입니다. 결과적으로 이는 마음에서 비롯되는 부가적인 고통 없이 어떤 상황의 고통 ― 예를 들어 상실감 ― 을 순수하게 느끼게 해줍니다.

그림자, 자아, 어린 시절의 문제

아마도 과장되거나 예민하게 반응하지 않고 객관적으로 다룰 수 있는 문제는 과거와 아무 연관이 없는 문제들뿐일 것입니다. 당신의 문제에는 당신의 과거를 뒤돌아보게 만드는 요소가 있다는 사실을 받아들이십시오. 과거가 현재를 방해할 정도로 당신이 그 과거를 어떤 식으로 계속 살려두고 있는지 그 목록을 일기에 적어보십시오. 에밀리 디킨슨은 다음과 같이 썼습니다. "우리가 매장한 형체들은 곳곳에 살고 있다/집 안 여기저기에, 익숙한 모습으로."

누군가의 행동이나 말에 예민하게 반응하는 자신을 발견했을 때, 그에 대해 적절하게 행동할 수도 있고 과잉반응을 할 수도 있습니다. 이런 일이 일어날 때 'S. E. E.' 기법을 이용해 다음과 같은 물음을 스

스로에게 던져보면 많은 도움이 됩니다. "그건 나의 '그림자Shadow'일
까? '자아Ego'일까? '어린 시절의 문제Early life issues'일까?"

- 그림자: 우리는 자신이 알아차리지 못하는 자신의 모습을 상
  대에게서 보는 것을 몹시 싫어합니다. 그림자는 자신도 모르
  게 타인에게 투영하면서도 억누르고 부인하는 자신의 일부입
  니다. 자신이 하려고 했던 뭔가를 상대가 하고 있는 것을 알
  아차렸지만 정작 자신이 하는 것은 받아들일 수 없을 때 그것
  은 자신의 그림자가 말하고 있는 것일 수도 있습니다. 우리가
  해야 할 일은 상대에게 투영된 자신의 모습을 인정하고 그것
  을 자신의 것으로 되찾음으로써 자신의 그림자와 친해지는
  것입니다.
- 자아: 앞에서 이미 보았듯이 상대에게 받아들여지지 않을지
  도 모른다는 두려움이나 오만함, 보복심, 권능감에 쫓길 때
  자아는 매우 예민해지고 비상식적으로 행동합니다. "당신이
  감히 나한테 어떻게 이럴 수 있어?", "똑같이 갚아주겠어!",
  "내가 누군지 몰라?" 같은 말을 할 때 우리 내면에는 상처 입
  은 자아가 있습니다.
- 어린 시절의 문제: 다음과 같이 생각하는 자신을 발견한다면
  그것은 어린 시절에 미해결된 채 남아 있는 뭔가에 반응하고
  있는 것일 수 있습니다. '당신은 어린 시절 내가 겪었던 것을
  그대로 재연하고 있다. 나에게 엄청난 짐으로 남아 있는 과거
  의 시나리오를 당신이 재연하고 있는 것이다. 나는 과거의 어
  떤 자극에 대해 지금 반응하고 있다.'

지금 이 순간에 일어나고 있는 것처럼 보이는 관계는 대부분 과거에 그 뿌리를 두고 있습니다. 당신에게 고통을 안겨주었고 당신이 격렬하게 반응했던 사람과의 최근 경험을 떠올려보십시오. S. E. E. 기법을 통해 스스로에게 질문을 던진 다음, 당신이 발견한 진정한 원인을 당신을 힘들게 한 그 사람에게 털어놓으십시오. 그리고 당신 자신에게 다음과 같이 물어보십시오.

- 내게 화를 내는 그의 모습은 내가 그에게 투사한 나의 그림자, 나의 최악의 부분일까?
- 권능감에 빠져 있는 내 자아가 분노하기 때문에 내가 이런 식으로 반응하는 걸까?
- 어린 시절의 뭔가가 되살아나고 있어 내가 이런 감정을 느끼는 것일까?

이와 같은 S. E. E. 기법은 우리의 태도, 믿음, 반응, 편견 또는 분개하는 이유를 탐사하는 데 유용합니다. 내면의 용의자들에 계속 전념하면서 그것들을 밖으로 끌어내려고 노력하십시오.

때때로 우리는 화를 터트립니다. 하지만 그것은 그림자나 자아가 아니며, 심지어 어린 시절의 문제도 아닙니다. 화는 슬픔을 의미하기도 합니다. 우리는 뭔가가 사라졌거나 누군가 또는 뭔가가 마음을 아프게 했거나 실망시켰기 때문에 슬퍼합니다. 슬픔은 흔히 스스로 인지하거나 인정하지 못하고, 심지어는 느끼지 못합니다. 우리는 분노를 이용해 그것을 덮어 감추는 것을 더 좋아합니다. 예를 들어, 상대가 나에 대한 자신의 감정을 말해주지 않아서 항상 그의 반응을 짐작해야 하는 것에 화를 낼 수 있습니다. 상대가 진실하지 못하고 솔직하게 마음을 터놓지 않는 것에 슬픔을 느낄 때, 우리는 화를 내는 것으로 반응하기도 합니다. 관계에서 가장 빈번하게 위장되는 감정은 바로 슬픔입니다. 그러므로 고통스러운 자극에 대해 무엇보다 먼저 내면의 진정한 반응을 찾아보는 것이 유용합니다. 상대와 슬픔을 주고받으십시오. 두 사람이 번갈아가며 다음의 문장을 완성하십시오. "나는 당신이 ……할 때 슬프다." 당신은 이런 문장을 덧붙이고 싶을 수도 있을 것입니다. "그리고 나는 ……때문에 나의 슬픔을 감춘다."

6장

두려움,
자신을 믿는 법을
배우는 여행

두려움에 있어서 최악은 당신이

두려움을 숨기려 할 때

두려움이 당신에게 가하는 결과이다.

— 니콜라스 크리스토퍼

우리는 친밀한 관계에 두려움을 느낍니다. 자신이 상대와 진정으로 가까워지는 것을 허용할 경우 어떤 일이 일어날지 두렵기 때문입니다. 친밀함을 두려워하는 것은 우리가 사는 이 불확실한 세상에서 지극히 정상입니다. 심지어 그 두려움에 휩싸이거나 쫓기지 않는 한 두려움은 유용하기까지 합니다. 그러나 두려움이 나를 따라다니게 둘 수는 있지만 그것이 나를 인도하게 해서는 안 됩니다. 우리는 배신, 상처, 사랑, 자아의 대립, 자기폐쇄, 버려짐, 삼켜짐 등과 같은 관계의 위험한 기정사실을 두려워합니다. 이중 마지막 두 가지는 관계에서 핵심적인 두려움입니다.

버려지는 것과 삼켜지는 것

삼켜지는 것을 두려워하는 것은 누군가가 신체적 또는 감정적으로 지나치게 가까워질 때 숨이 막히거나 구속감을 느끼는 것을 의미합니다. 이는 지나친 관심이나 애정 그리고 충분하지 않은 수용과 허용에 해당합니다. 자신이 상대에게 삼켜지고 있는 것을 느낄 때 우리는 "날 내버려둬"라고 말합니다. 한편 버림받는 것을 두려워하는 것은 누군가가 나를 떠날 때 감정적으로 견디지 못할 정도로 상실감에 빠지는 것을 의미합니다. 이는 관심이나 인정 또는 애정의 상실에 해당합니다. 버림받는 것에 두려움을 느낄 때 우리는 "내 곁에 있어줘"라고 말합니다. 이 두 경우에서, 힘이 우리 안이 아니라 "저 밖에" 있는 것처럼 보일 때 우리는 두려움을 느낍니다. 그럴 때 우리는 상대에게 휘둘리면서 덫에 빠지고 조종당하는 듯한 기분을 느끼게 됩니다.

건강한 사람도 버려지는 것과 삼켜지는 것에 두려움을 느낄 수 있습니다. 그런데 어떤 사람 또는 어떤 관계에서 둘 중 하나가 지배적인 경향이 있습니다. 우리는 그런 감정이 정확히 무엇인지 규정하지 못하거나 어디서 비롯되는 것인지 모르는 채 두려움을 느끼곤 합니다. 더욱이 그 두려움은 머리보다는 몸으로 기억되고 유지되기 때문에, 평범한 의지력으로는 물리치기 어렵습니다. 그 두려움은 자극에 자동적으로 반응합니다. 예를 들어, 삼켜지는 것에 강한 두려움을 갖고 있는 사람에게는 포옹이 위협적으로 느껴질 수 있습니다.

우리는 상대와 가까워지고 싶은 욕구와 가까워지는 것에 대한 두려움을 번갈아가며 느낍니다. 요람기와 유아기 때 부모가 관심이나 애정으로 숨 막히게 했다면 우리는 자신의 정체성이 위험에 처했다고 느꼈을 수도 있습니다. 그 결과 자신의 정체성을 잃는 것에 두려움을 느끼고, 견고한 울타리를 확고하게 세우는 법을 터득했습니다. 포옹을 거부하면서 그 요구에 "아니오"라고 말하고 상대의 관심을 외면했습니다. 그렇게 해서 위험한 사랑뿐만 아니라 안타깝게도 그 어떤 사랑도 들어오지 못하도록 벽을 세웠습니다. 거부의 감정이 심할수록 더욱더 철저하게 벽 뒤에 틀어박혀 몸을 웅크렸습니다. 이것을 이해하면 상대 또는 자신의 거부와 웅크림에 연민을 느끼게 됩니다.

부모가 자신의 욕구를 충족시키려고 부적절하게 우리를 이용하려 했던 결과로 삼켜지는 것에 대한 두려움을 갖게 되었을 수 있습니다. 이것은 신체적으로든 성적으로든 감정적으로든 학대의 형태를 띠었을 수도 있습니다. 아동학대를 당한 사람은 후일 누군가가 자신에게 다가오고 싶어 할 때, 그것이 타당한 욕구라 할지라도 두려움을 느낍니다. 반면에 버림받는 것에 대한 두려움은 실제로는 버려지는 것과 전혀 상관이 없는 애꿎은 사건에서 기인하기도 합니다. 예를 들어, 엄마가 잠시 병원에 입원해 있는 동안 아이는 버림받았다고 느낄 수 있는 것입니다. 아이에게 상황을 설명해준다 해도 잠복해 있는 두려움이 완전히 사라지지 않는 경우가 많습니다. 그것은 엄마의 부재를 자신에 대한 거부로 받아들인 그 사건에 대한 아이의 원초적인 감정이나 감각을 설득하지 못하기 때문입니다. 만일 친밀함이 좋지 않은 기억과 결부되었다면, 그 기억은 외상 후 스트레스 반응으로 남아 있을 수 있습니다. 친밀함과 삼켜지는 것에 대한 두려움은 감지하기 힘들며 또한 오래 지속됩니다. 그 두려움을 헤치고 나아가 되풀이해서 무시하는 연습을 할 때 비로소 벗어날 수 있습니다.

우리를 두렵게 하는 것은 결국 친밀함 그 자체가 아니라 그것이 불러일으키는 감정입니다. 삼켜지는 것에 두려움을 갖고 있는 사람은 누군가와 가까워지려 할 때면 친밀함이 결국 방치나 학대로 귀결되었던 과거의 익숙한 경험을 떠올리게 됩니다. 그래서 누군가와 가까워질 경우 그 사람이 결국 자기를 버릴 거라고 생각하게 됩니다. 머리로는 그렇게 생각하지 않더라도 몸으로 그렇게 믿는 것입니다.

친숙한 밀항자, 두려움

벌레는 익은 사과만 좋아합니다. 마찬가지로 두려움은 대개 변화를 위해 무르익어 있을 때 그 추한 고개를 쳐듭니다. 친숙한 밀항자처럼 두려움은 알아차리고 해결할 준비가 되었을 때 불쑥 나타납니다. 만약 이 장에 소개된 프로그램이 효과적이라면 당신은 두려움을 극복할 준비가 되어 있는 것입니다. 하지만 그렇지 않다면 뒤로 물러나 다른 방식으로 자신에게 노력을 기울이라는 신호입니다. 우선 내적인 힘을 길러 좀 더 준비가 되었을 때 두려움을 해결하는 식으로 말입니다. 만일 이 프로그램이 효과가 없더라도 수치심이나 좌절감을 느낄 이유가 없습니다. 그저 타이밍을 재고하기만 하면 됩니다. 두려움을 해결하는 과정은 영적으로뿐만 아니라 심리적으로도 도움이 될 수 있습니다. 왜냐하면 스스로 자책하는 '사랑에 대한 심각한 무능력'이 사실은 극복할 수 없는 장애나 이기주의 때문이 아니라 살아오면서 익힌 습관일 뿐이며 따라서 극복할 수 있다는 사실을 깨달을 때 자신에 대해 연민을 느끼게 되기 때문입니다. 상실에 대한 두려움에 대해서도 이와 비슷하게 접근할 수 있습니다. 그런 두려움이 인생을 지배하는 원칙이 되어 자신이 소유한 것을 지나치게 꽉 움켜쥐고 있을 수도 있습니다. 우리는 인색함의 이면에 가슴 아픈 상실에 대한 공포가 있다는 사실을 발견합니다. 지갑을 꽉 움켜쥔 손을 연민의 마음으로 부드럽게 풀어주는 것이 그 손을 철썩 내리치며 비난하는 것보다 더 바람직합니다.

두려움은 평생토록 우리를 쫓아다닙니다. 그것은 인간 조건입니다. 두려움은 때때로 우리의 발목을 잡습니다. 그것은 가끔씩 일어나는 곤경입니다. 그러나 두려움이 결코 우리를 막아서는 안 됩니다. 그것이 우리가 도달해야 할 목표입니다. 그렇게 노력해나가다 보면 유년기의 힘이 우리에게 영향을 적게 미칠수록 성인이 되었을 때 더 가치 있는 선택을 하게 된다는 사실을 발견하게 됩니다. 그리고 변화와 과도기를 더 유연하게 거쳐 나오게 된다는 것도 알게 됩니다. 더욱이 더 이상 상대 또는 자신에게 완벽할 것을 고집하지 않게 됩니다. 근사치도 받아들일 만한 것이 되고, '요구'의 자리에 '선호'가 들어섭니다. 현실에 대한 의문과 논쟁은 인정과 합의로 바뀝니다. 우리에게 일어난 일 또는 우리에 대한 사람들의 반응을 뒤집을 수 없는 판결이 아니라 단순히 정보로 받아들입니다. 우리는 우리의 극적인 경험을 다음과 같이 재구성할 수 있습니다. "그가 나를 버렸다"는 "그가 떠났다"가 됩니다. "그녀는 나를 집어삼킨다"는 "그녀는 때때로 나를 불편하게 한다"가 됩니다. "배신당했다"는 "속아 넘어갔다"가 됩니다. "속이 텅 빈 것 같다"는 "내 안에서 더 큰 공간을 발견하고 있다"가 됩니다.

질투, 상처 입은 연인의 지옥

밀턴은 질투를 "상처 입은 연인의 지옥"이라고 했습니다. 그러나 질투에 대한 애도 작업을 통해 그것을 좀 더 나은 것으로 바꿀 수 있습니다. 이를테면 연옥으로. 질투는 상처, 분노, 두려움이라는 세 가지 감정의 결합입니다. 상대의 배신을 알아차린 우리는 상처를 받고 분노합니다. 애정 어린 돌봄과 배려의 원천을 잃을지도 모른다는 사실과 이후로 다시는 그런 원천을 찾지 못할지도 모른다는 사실 때문에 두려워합니다. 그리고 바로 그런 편집증적인 믿음이 너무도 비통한 질투를 만들어냅니다. 질투는 슬픔의 입구에 있습니다. 하지만 그곳에는 우리의 자아가 버티고 서서 우리가 문턱을 넘어서지 못하게 가로막습니다. 모욕을 당한 오만하고 소유욕 강한 자아는 슬픔과 두려움 속에서 울고 있는 게 아니라 설욕을 위해 싸움에 뛰어듭니다. 그래서 건강한 반응, 가령 상대의 배신에 얼마나 분노를 느끼는지 말로 표현하기보다는 상대를 학대하려 들면서 맹렬히 비난하고 질책하게 됩니다.

질투는 소유욕, 의존성, 상대의 자유로움에 대한 분개, 상처받고 싶지 않은 마음을 나타냅니다. 그러나 우리는 마음속으로는 알고 있습니다. 자신이 관계에서 실제로는 권위적이고, 때때로 관계의 가혹한 조건 — 버려지거나, 삼켜지거나, 배신을 당하는 것 — 을 대면하기 두려워한다는 사실을 인정할 준비가 되어 있지 않아서 그런 반응을 나타낸다는 것을. 자아는 상대가 자신을 구해주기를 원합니다. "나는 슬퍼하고 싶지 않으니까 이제 그런 짓은 더 이상 하지 마." 처음에 이는 지극히 정상적인 반응입니다. 그러나 자신의 진정한 감정에 직면할 때, 우리는 자신이 해야 할 일이 무엇인지 알게 됩니다. 우리는 자신의 고통을 인정해주고 '거울반응' 해주며, 고통이 해결될 때까지 함께 있어줄 사람을 찾습니다. 상대가 도움을 주지 못할 수도 있습니다. 그러나 친구나 상담의 도움을 받아 잠시 자아를 한옆으로 치우고 자신의 취약성에 직면할 수 있습니다. 그리고 이 취약성이야말로 사랑의 가장 귀한 선물입니다.

자제하려는 와중에도 질투라는 감정은 마음을 열고 중심을 잃지 않으려는 노력을 방해합니다. 하지만 결국 질투는 버려야만 성장할 수 있다는 교훈을 얻게 해주는 경험입니다. 처음에는 자신을 이런 상황에 놓이게 만든 사람을 미워할 수도 있습니다. 그러나 감정이 해소되었을 때, 상대와 자신에 관해 아주 많은 것을 알게 된 것에 감사하게 됩니다. 질투는 아무리 자신이 꿋꿋하다고 생각해도 속으로는 여전히 약하고 어린아이 같다는 사실을 스스로에게 보여줍니다.

외도, 관계의 진실을 드러내는 연두교서

"규칙을 지키기만 하면 충실한 배우자와 안정된 관계를 가질 자격이 있다"는 것이 전통적인 사고방식이었습니다. 그런 약속은 권능감을 낳습니다. 배우자에게 항상 충실했던 사람은 상대가 자신을 버리거나 부정을 저질렀을 때 대처하기가 더더욱 힘들 것입니다. 그 사람의 자아는 모욕당한 기분을 느낄 뿐만 아니라, 상대에 대한 불만과 쓰라린 고통에 아주 오랫동안 시달리게 됩니다.

외도는 관계의 진실을 보지 않을 수 없게 만드는 연두교서입니다. 둘의 관계가 난관에 처하면 마음속에 세 번째 각이 형성되는데, 이는 상대를 버리고 싶어서가 아니라 그저 힘든 상황에서 숨통을 틔울 수 있는 뭔가를 찾고자 하기 때문입니다. 그 세 번째 각은 섹스 파트너, 중독 등의 형태를 띨 수 있습니다. 그렇다면 또 다른 각을 만들어내지 않고 둘의 문제에 직면할 수 있을까요?

외도는 한 개인의 문제가 아니라 언제나 두 사람의 문제입니다. 둘 중 한 사람이 일방적인 피해자 또는 가해자가 될 수 없습니다. 외도는 둘 사이에 새롭게 가해진 타격이 아니라 이미 타격을 입고 있었던 상태를 드러내는 하나의 징후일 뿐입니다. 그 '다른 남자/여자'는 둘 사이에 거리를 유발하는 원인이 아니라 점점 벌어지고 있던 거리를 확실히 벌어지게 하는 데 이용되고 있는 것입니다. 외도는 외도에 빠진 상대의 부족한 점을 나타내는 듯이 보이지만, 사실은 우리가 잘 표현하지 못하는 것들 — 예를 들어, 자신의 취약성, 다정함, 장난기, 관대함, 성적 자유분방함 — 이 무엇인지를 드러내는 것입니다. 불만을 느낀 상대는 빈 공간에 대해 언급하거나 슬퍼하기보다는 그 빈 공간을 채워줄 다른 사람을 찾습니다.

스스로 떠날 힘이 없다고 느끼는 사람에게 새로운 연인은 기존의 관계를 벗어날 유일한 방법이 되기도 합니다. 아니면 기존의 관계에서는 채울 수 없었던 욕구를 충족시킬 방법일 수도 있습니다. 안정적인 가정생활에 대한 욕구와 불륜 관계에서의 짜릿한 스릴을 동시에 만족시키려 할 수도 있습니다. 현재 상대가 보여주지 않는 어떤 감정이나 잠재력의 '거울반응'을 새로운 상대에게서 찾을 수도 있습니다. 그 새로운 상대가 나의 긍정적인 그림자 측면, 즉 전에는 인정받지 못한 채 묵고 있었을 감춰져 있던 잠재력을 불러일으킬 수도 있습니다.

두 사람의 관계가 버티기 힘들 정도로 악화되는 것처럼 보이거나 두 사람 사이의 친밀함이 영원히 불가능해 보일 때 외도는 그 관계를 견딜 수 있게 하는 대담하고 극단적인 대책일 수도 있습니다. 그러나 원래 상대와의 친밀함을 피하던 사람은 새로운 상대와의 친밀함 역시 계속 피할 것입니다. 게다가 외도라는 극적인 상황에서 비밀을 유지하고 시간에 쫓기느라 새로운 관계에서도 친밀한 관계는 결과적으로 불가능해집니다. 그래서 결국 두 사람의 상대가 있는 건 차라리 하나만 있는 것보다 못하게 됩니다. 삼각관계에서는 누구도 온전한 자기를 내어주지 않기 때문입니다.

결별이나 외도의 위기에서, 둘 중 한 사람이 다른 사람에게로 떠나는 것과 같이 뭔가 엄청난 행동을 할 때, 나머지 한 사람 역시 맞바람을 피우거나 새로운 상대를 만나는 행동으로 대응할 수 있습니다. 그런데 상대의 그 엄청난 행동에 내가 과격한 반응이나 앙갚음으로 대응하는 것이 아니라 나 자신을 바라보는 계기로 만든다면 더없이 유익할 것입니다. 보복을 하면 기분이 좀 나아진 듯 느껴지지만, 보복하고자 하는 반사적 반응은 깊은 슬픔을 잠재우려 하는 증거입니다. 아울러 주의를 딴 곳으로 돌려 슬픔을 회피하기 위해 새로운 관계를 이용할 때 그 관계 역시 건강한 방식으로 시작될 수 없습니다. 또한 건강한 사람은 자신과의 관계가 그런 식으로 이용되는 것을 알 때 관계를 시작하려 하지 않을 것입니다.

흔히 상대가 외도를 할 때, 이런 궁금증을 품게 됩니다. "어떻게 그렇게 쉽게 다른 사람에게로 갈 수 있을까? 나와 함께한 지가 몇 년인데, 그런 나는 이제 조금도 상관없다는 듯이 고작 두 달 사귄 사람을 자신의 전부라고 하다니!" 그러나 이것은 이해하기 그리 어렵지 않습니다. 당신에 대한 상대의 연애감정은 단지 이상적인 상대에 대한 그의 소망을 당신에게 투사한 것이었을 수도 있습니다. 그리고 이제 그가 그 소망을 당신이 아닌 다른 사람에게 투사한 것뿐입니다. 새로운 애정은 당신이냐 그 사람이냐의 문제가 아닙니다. 그는 마치 부엌에 있는 램프에서 백열전구를 빼내 침실 램프에 갈아 끼우는 것처럼 단지 그 자신의 것, 그 자신의 투사를 다른 곳으로 옮기고 있을 뿐입니다. 그리고 그의 새로운 상대는 그가 자신을 투사하면서 얻고자 하는 과장된 소망을 이뤄주지 못할 수도 있습니다. 하지만 안타깝게도 그는 당신, 그리고 당신과 함께하는 삶, 두 사람의 자녀와 같이 많은 소중한 것을 잃을 때까지 이런 사실을 발견하지 못할 수도 있습니다.

남겨진 상대는 비록 몸은 "난 견딜 수 없어"라고 반응할지라도 "그가 다른 사람을 만날 수도 있다는 걸 받아들여야 해"라고 말할 수도 있습니다. 하지만 이것은 지난날의 사고방식입니다. 이런 식의 '자유연애'는 스스로를 돌보고 보살피는 성숙한 사람들에게 별 이득이 되지 않습니다. 관계는 고통을 참아내는 것이 아니라 정직과 행복을 위한 것임을 기억하면서 당신의 몸이 알려주는 정보를 따라가십시오.

실망, 깨달음에 이르는 가장 빠른 마차

기대는 우리의 생활과 관계에 활력을 불어넣습니다. 기대는 평범한 것에 만족하기보다는 최선이 무엇인지 발견하도록 도와줍니다. 건강한 마음은 기대를 갖지 않는 것이 아니라 기대에 사로잡히지 않는 것을 의미합니다. 무엇보다 기대한 결과에 실망할 수도 있다는 사실을 받아들일 때 활기찬 기대를 맞아들일 수 있습니다.

우리의 내적 삶은 광활한 원시림처럼 복잡하고 다면적입니다. 걷거나 달려야 할 때도 있지만, 때로는 머물러 앉아 있어야 할 때도 있습니다. 라일락 덤불이 생존하기 위해서는 빛과 온기만큼이나 추위가 반드시 필요한 것처럼, 실망은 우리의 내적 삶에 확실성만큼이나 중요합니다. 부처가 최초의 숭고한 진리는 삶에 대한 불만족이라고 가르쳤을 때, 그것은 재앙을 예언한 것이 아니라 모든 인간에게 공통되는 필수적인 요소를 가리킨 것이었습니다. 인간은 풍요로운 열대에서 끝없는 만족을 누리면서 꽃을 활짝 피운 상태로는 영원히 머물 수 없습니다. 인간으로서 완전한 경험을 하기 위해서는 사계절이 모두 필요합니다. 그림자가 있는 세계에서만 내적 삶이 꽃을 피울 수 있습니다. 중요한 것은 삶의 사계절을 받아들이고 이를 따르는 것입니다. 여기에는 상실, 포기 그리고 자신이 선택하지 않은 어쩔 수 없는 결별이 포함됩니다. 다섯 가지 열쇠를 받는 것은 만족스러운 일이지만, 실망 역시 하나의 은총, 티베트 속담에서 말하듯이 "깨달음에 이르는 가장 빠른 마차"일 수 있습니다.

한평생을 살아가노라면, 겨우 눈에 띌까 말까 한 사소한 실망을 포함해서 실낱같은 수많은 실망이 마음속에 복잡한 태피스트리처럼 걸려 있게 됩니다. 상대나 관계에 대해 한 번쯤은 참담하고 치명적인 실망을 느끼기도 하고, 살아가는 동안 소소한 실망을 수없이 경험하기도 합니다. 실망은 일종의 상실입니다. 자신이 이랬으면 하고 바랐던 것을 잃어버리거나 놓치는 것이니까요. 하지만 실제로는 매달리거나 의지하고 있었던 것에 대한 환상을 잃는 것입니다. 잃어버리는 것은 결국 환상일 뿐입니다.

실망은 체념, 즉 달리 방법이 없다는 착각을 불러올 수 있습니다. 그러나 실망을 의식적으로 경험하는 것은 실망을 포용하고 그것으로부터 배우고 계속 사랑하며, 모든 인간은 모순의 결합체라는 사실을 받아들이는 것입니다. 누구나 상대에게 만족과 불만을 불러일으킬 수 있고, 뭔가를 해내거나 실패할 수 있고, 만족하거나 실망할 수 있습니다. 언제나 만족을 주는 사람은 이 세상 어디에도 없습니다. 그럼에도 불구하고 우리는 타인에게 기대하는 것을 단념하지 않습니다.

타인에게 거는 완벽함이나 믿음직함에 대한 기대는 성장해서 현실을 알게 될 때 무너집니다. 오즈의 마법사가 평범하고 어설픈 ─ 좋은 뜻이긴 하지만 ─ 노인이라는 것을 알게 되었을 때, 도로시는 깊은 실망을 느꼈습니다. 그러나 그것은 그녀의 여행을 자신을 믿는 법을 배우는 여행으로 탈바꿈시키는 계기가 되었습니다. 커튼을 끌어당긴 도로시의 애완견 토토는, 유일하게 믿을 수 있는 마법사는 다른 누구도 아닌 바로 그녀 자신이라는 사실을 보여주었습니다(그런 발견을 하는 것은 대개 우리의 동물적인 본능입니다). 도로시가 알게 되었듯이 붙잡고 매달릴 옷자락은 없습니다. 산꼭대기로 쉽게 올라갈 수 있는 지름길은 없습니다. 그녀를 위해 뭔가를 대신해줄 존재는 없습니다. 실망은 그녀가 성년기로 이르는 길에서 불가피하게 거쳐야 하는 단계, 즉 타인과 계속 도움을 주고받으면서 동시에 자기 자신을 돌보는 성숙한 상태로 이르기 위한 하나의 과정이었습니다.

누군가의 결함을 보고 실망하는 것이 누군가의 제자가 되어 배우는 것보다 훨씬 더 큰 깨달음이 되기도 한다는 사실을 도로시를 통해 알 수 있습니다. 실망은 '환상이 깨어지는 것', 즉 환영이나 투사, 기대로부터 벗어나는 것입니다.

마법사가 없다는 사실을 알았을 때, 도로시는 분명하게 깨닫습니다. "내가 여기라고 확신했던 곳은 여기가 아니야. 모든 걸 나 혼자 해나가야 해." 이것은 분명히 관계가 끝날 때 우리 모두가 배우는 것입니다. 실망은 도로시에게 존재의 기정사실, 즉 나 혼자 내 힘으로 모든 책임을 진다는 사실에 직면하기 위해 필요한 것이었습니다. 타인들 ─ 세 친구들과 착한 마녀(세속적이고 영적인 동반자들) ─ 은 그녀를 도와줄 수 있습니다. 그러나 오직 도로시 자신만이 자신의 구두 뒤축을 부딪쳐 자신의 능력에 접근할 수 있습니다.

실망은 상대와 관계를 맺고 있는 동안 자신의 정확한 위치와 자신을 믿는 법을 배울 수 있도록 도와줍니다. 그러나 실망은 분명 힘을 앗아가기도 합니다. 그와 같은 상대를 사랑하다니 얼마나 어리석었던가 후회할 때나 기대를 저버렸다고 상대를 비난할 때가 바로 그런 경우입니다. 실망에 후회로 반응할 때 우리는 더욱더 힘이 빠지게 됩니다. "시작하지 말았어야 했어" 또는 "내가 다르게 행동했더라면 그가 날 배신하지 않았을 텐데". 이런 후회는 수치심이 되고, 수치심은 실망의 온전한 과정 ― 깨닫고, 통탄하고, 그로 인해 성장하는 것 ― 을 경험하지 못하게 합니다. 이 책에서 되풀이해 지적했듯이, 어떤 경험이건 그 경험이 진정으로 완성되기 위해서는 성장이 필요합니다.

그러므로 실망을 느낄 때 슬픔에 노력을 기울일 필요가 있습니다. 다른 사람의 도움을 받을 수도 있습니다. 누군가가 자신의 실망 또는 또 다른 고통을 이해하고 공감을 보여줄 때, 우리는 마음의 위안을 얻고 활기를 되찾습니다. 그런 사람으로부터 관심과 이해를 받는 것은 만족감보다 더 강력한 힘이 됩니다.

수행

자신의 두려움 알기

다음에서 당신에게 해당하는 것을 찾아보십시오.

A=버림받는 것에 대한 두려움("뒤쫓는 사람")
B=삼켜지는 것에 대한 두려움("거리를 유지하려는 사람")

A: 상대가 거리를 두고 싶어 한다고 느껴도 쉽게 뒤로 물러서주
지 못한다
B: 상대가 확신을 필요로 한다고 느껴도 쉽게 답을 주지 못한다

A: 늘 접촉이 부족하다고 생각하거나 매달린다
B: 충분한 거리 또는 공간을 갖지 못하는 느낌을 받는다

A: 관심이 지나치고, 과도하게 수용적이거나 허용적이다
B: 상대의 관심을 당연시하거나 그 관심 때문에 숨이 막히는 듯
한 느낌을 받는다

A: 감정과 정보를 기꺼이 나눈다
B: 비밀이나 은밀한 생활을 유지하고, 질문을 받으면 화를 내기
도 한다

A: 자신보다 상대를 더 많이 위하고 배려한다

B: 상대에게 보살핌받을 자격이 당연히 있고 거기에 대해 보상을 할 필요는 없다고 느낀다

A: 상대가 자기에게 충분히 주지 못한다고 느낀다

B: 주고받는 것을 숨 막히는 것, 상대에게 강요당하는 것으로 받아들인다

A: 상대의 의도나 타이밍에 따른다

B: 항상 통제하려 하고 일방적으로 결정을 내리려 한다

A: 경계가 빈약하고 학대나 외도를 용인한다

B: 엄격한 경계를 유지하고 학대나 불성실 또는 결함을 용인하지 않는다

A: 상대에게 중독되고 계속 더 많이 준다

B: 상대를 유혹하고 나서 외면한다

A: 끊임없는 애정과 애정의 표현을 갈망한다

B: 관계를 확신하는 상대의 말에 당황하거나 화를 낸다

A: 상대의 활력에 고무된다

B: 상대의 활력에 위협을 느끼거나 성가셔한다

A: 섹스를 사랑의 증표로 받아들이거나 안전감을 얻는 데 이용
하곤 한다

B: 친밀함의 표현 대신 빈번한 섹스를 하고, 상대를 조종하기
위해 섹스를 거부하기도 한다

A: 상대를 즐겁게 해주기 위해 적절한 성적 경계를 허물고 상대
가 원하는 대로 완전히 맡길 수 있다

B: 성적으로 관심을 보이지 않거나 거리를 둠으로써 독립성을
유지하려 하거나 상처받지 않으려 방어한다

A: 상대가 변함없는 동반자가 되어주기를 원한다("내 곁에 있어
줘")

B: 자신이 일상 속에서 바쁠 때 상대가 가만히 있어주기를 바란
다("날 내버려둬")

A: 관계를 원하고 친밀함을 추구한다

B: 관계를 원하지만 친밀함은 추구하지 않는다

A: 상대가 눈앞에 없으면 어찌할 바를 모른다

B: 함께 있는 시간이 길어지면 불안해한다

A: 합리화, 즉 변명한다

B: 합리성을 추구하고, 감정을 논리로 대체한다

A: 두려움은 내보이고 분노는 숨긴다

B: 분노는 내보이고 두려움은 숨긴다

A: 항상 타협하면서 상대의 눈치를 살핀다

B: 거리를 유지하기 위해 적대적으로 행동하거나 분란을 일으
키거나 시비를 건다

A: 상대가 늘 곁에 있지 않은 것에 괴로움을 느낀다

B: 주고받는 것에 대해 괴로움을 느낀다

A: 욕구가 곧잘 결핍이 된다

B: 욕구를 기대로 바꾼다

A: 손을 뻗어 접근하는 사람처럼 보인다. 그것은 사랑처럼 보이
지만 사실은 두려움일 수 있다

B: 냉정한 사람처럼 보인다. 그것은 애정이 없는 것처럼 보이지
만 사실은 두려워하는 것일 수 있다

A: 둘 중에서 떠날 가능성이 더 큰 사람일 수도 있다!

B: 홀로 남겨졌을 때 '버림받는 것에 대한 두려움'이 일어난다
는 것을 아는 사람일 수 있다(삼켜지는 것에 대한 두려움 이면에는 거
부당하는 것에 대한 두려움이 있습니다).

두려움에 "3A 접근 방법" 이용하기

'인정하고Admit, 허용하고Allow, 마치 ……처럼 행동하라Act as if.'

당신이 버림받거나 삼켜지는 것, 또는 두 가지 모두를 두려워한다는 사실을 인정하십시오. 두려움을 인정한다는 것은 자신과 상대에게 두려움을 공언하고 밝히는 것을 말합니다. 이는 누구도 탓하지 않고 자신의 두려움을 명명하는 것입니다. 만약 당신이 누군가가 당신 곁에 있을 때 사랑받는 기분을 느끼거나 누군가와 함께 있기 때문에 사랑받는다고 느끼는 사람이라면, 버림받는 것은 당신에게 훨씬 더 심각한 영향을 미친다는 것을 명심하십시오. 그것은 당신에게 비할 데 없이 중요한 의미를 지니는 소중한 사랑을 잃게 된다는 고통이 가중되기 때문입니다. 만일 그것이 사실이라면 당신 자신과 상대에게 그 사실을 인정하십시오.

두려움을 나쁜 것으로 치부하면서 판단하려 하지 말고 온전하게 느끼면서 허용하십시오. 그리고 그 감정과 친해지십시오. 이것은 어떤 특별한 감정에 동감하라는 의미가 아니며, 그 감정을 부정하라는 의미도 아닙니다. 그런 감정이 나타나는 것을 허용하고, 그 두려움을 처음부터 끝까지 온전하게 체험한 뒤 흘려보내라는 뜻입니다. 자신의 감정과 이렇게 친밀해지면, 그 감정도 우리 자신도 정당해지고 따라서 우리는 자유로워집니다.

두려움을 허용한다는 것은 마음을 졸이고, 땀을 흘리고, 부들부들 떨기도 하면서 두려움이라는 감정을 처음부터 끝까지 완전하게 느끼는 것입니다. 또한 당신 안의 어른이 당신 안의 아이를 보살피는 것이기도 합니다. 산산조각 날 만큼 힘이 들지만 당신은 스스로를 지탱해 나갑니다. 이것은 남에게 그 두려움을 퍼붓지 않고, 자존감을 잃거나 중독에 빠지지 않는 것입니다. 두려움은 당신의 일부입니다. 두려움의 불쾌함을 견딜 수만 있다면 두려움을 지배할 수 있습니다.

두려움이나 우울을 느끼기 시작할 때, 우리는 그 이유를 궁금해하면서 벗어나려고 애씁니다. 그러나 그것은 동시성, 즉 어떤 감정 상태와 우리 의식 속의 어떤 새로운 변화의 의미 있는 우연의 일치일 수도 있습니다. 그런 의미에서, 마음을 어지럽히는 그 감정은 마치 올빼미 한 마리가 우리의 떡갈나무로 갑자기 날아와 앉아 한동안 머물려 하는 것과 같습니다. 올빼미는 우리의 정원에 벌레가 많은 것을 알아차리고 이곳으로 왔습니다. 그리고 올빼미에게 벌레는 먹이가 됩니다. 어두운 존재처럼 보이는 그 올빼미는 그러므로 사실상 우리의 동맹입니다. 마음챙김은 그 감정이 찾아와 훼를 틀도록 놔두고, 저 하는 대로 내버려둡니다. 그러면 우리는 점차 그 감정이 불러오는 은총을 알아차리게 됩니다.

불교의 가르침에 따르면, 인간은 욕망의 탐닉을 통해 만족을 얻는 것이 아니라 움켜쥐고 있는 것을 놓아버림으로써 만족에 도달합니다. 따라서 이 영적 수행은 버림받는 것에 대한 두려움을 직접적으로 겨냥합니다. 마음챙김 명상을 통해 수행하면서 판단하거나 고치거나 변화시키려 하지 말고 당신의 내면에 끈질기게 매달리는 아이를 부드럽게 안아주십시오. 이것은 자신을 포기하는 것이 아닙니다.

마찬가지로, 당신이 어떻게 타인을 감정적으로 버리는지에 대해 더 세심하게 신경 쓰십시오. 그들의 상처, 특히 당신이 불러일으켰을 상처 안에서 그들과 함께 어떻게 머물지, 어떻게 지속적으로 포옹할지 고심하십시오. 나 또는 타인을 부드럽게 안아주는 것은 지지적 환경, 즉 성장을 위한 최적의 환경을 만드는 것입니다. 성장하기 위해서는 자신의 욕구를 존중하고 세심하게 돌봐주는 지지적 환경을 발견해야 합니다.

마치 전혀 두려워하지 않는 것처럼 행동하십시오. 버림받는 것을 두려워한다면, 견딜 수 있는 시간보다 1분만 더 상대가 당신 곁을 떠나 있도록 허용하십시오. 필요하다고 느끼는 시간보다 1분만 덜 매달리십시오. 만약 삼켜지는 것을 두려워한다면, 견딜 수 있는 거리보다 1인치 더 상대가 당신에게 가까워지는 것을 허용하십시오. 상대와 떨어져 있는 시간을 당신이 필요하다고 생각하는 시간보다 1분만 더 줄이십시오. 이런 식으로 행동함으로써 서서히 고통을 조절할 수 있게 됩니다. 이것이야말로 상황을 너무 심각하게 받아들이는 사람들이 자주 등한시하는 치유 도구입니다.

3A 수행 중에서 각각의 A는 개인적인 변화를 격려합니다. 그러나 더 깊이 파고들면, 각각의 A가 당신과 상대 사이에 친밀감을 낳기도 한다는 사실을 발견할 것입니다. 상대에게 다음과 같은 제안을 곰곰이 생각해보라고 요청하십시오. 당신이 두려워한다는 것을 인정할 때, 당신의 상대는 열린 마음으로 정중하게, 즉 당신을 비난하거나 바꾸거나 중단시키려 하지 않고 당신의 두려움을 허용할 수 있습니다. 이것은 고통스러운 감정을 듣고 즉시 위안의 말로 반응하는 게 아니라, 적극적으로 귀담아듣는 것을 의미합니다. 현실의 고통을 전부 다 털어놓을 수 있는 사람은 아무도 없습니다. 우리는 단지 그 현실을 존중할 수 있을 뿐입니다. 그럴 경우, 당신이 상황을 변화시키기 위해 행동하기 시작할 때 상대는 당신의 타이밍을 존중하여 그 과정을 서두르거나 늦추려 하지 않습니다. 이런 과정에 당신과 동참할 수 있는 상대는 친밀함을 위한 준비가 진정으로 되어 있는 사람입니다. 당신

이 두려움을 표현할 때 상대는 당신이 그 두려움을 마음 놓고 표현할 자리를 마련해줄 수 있습니다. '자리를 마련하는 것'은 상대가 다섯 가지 열쇠를 보여주면서 당신의 감정을 함께 느끼며 옆에 있어주는 것을 의미합니다.

두려움과 취약성

우리는 신체적인 친밀함을 두려워하는 게 아니라 친밀함 그 자체를 두려워합니다. 대부분의 사람은 자신을 사랑하는 사람들과의 신체적 접촉을 간절하게 원합니다. 하지만 상대와 너무 가까워지게 될 경우 느끼게 될 감정 또한 두려워합니다. 따라서 진정한 두려움은 자신에 대한 두려움입니다. 그런 두려움을 느낀다고 해서 자신을 질책해서는 안 됩니다. 그 두려움은 우리의 가장 뿌리 깊은 취약성이며, 그러한 취약성이야말로 우리를 가장 매력적으로 만들어주는 특성입니다. 자신을 가장 매력적으로 만들어주는 것을 스스로 숨기려 하다니 얼마나 아이러니한 일인가요? 아니면 그 두려움은 내면의 자아 책략꾼이 친밀함을 방해하기 위해 만들어낸 또 다른 술책일까요? 다음 질문을 곰곰이 생각한 뒤 일기에 적어보십시오.

- 나는 내가 사랑하는 사람들과 가까워지는 것을 어떤 식으로 회피하는가?
- 나의 행동 유형은 내 부모의 행동 유형과 어떻게 닮아 있으며, 어린 시절 그들이 나를 대한 방식 또는 서로를 대한 방식과 어떻게 닮았을까?

주기적인 고독

집을 떠나 결혼을 하고 또 다른 가정을 갖게 될 경우, 우리는 완전한 마음의 성숙을 위해 반드시 필요한 고독을 빼앗기게 됩니다. 복잡한 존재인 우리들은 자신의 특성과 운명의 깊이를 탐사하기 위해 타인들로부터 물러날 필요가 있습니다. 자신을 재충전하고, 창조력과 자기인식의 새로운 원천을 찾아내고, 타인과 함께 있을 때는 보이지 않는 영혼의 가능성을 발견하기 위해 주기적인 고독이 필요합니다. D. W. 위니코트는 "아이가 혼자 놀 수 있을 때 치료는 완성된다"고 했습니다. 주기적으로 고독한 시간을 갖는 것은 내향적인 사람이든 외향적인 사람이든 자신의 가장 중요한 발전의 기회를 발견하는 방법입니다. "우리의 관계는 혼자만의 시간을 포함하고 허락하고 격려하는가?" 이 질문에 대해 일기에 대답하고 상대와 함께 이야기 나누십시오.

돈과 우리가 놓쳤던 감정들

여러 차례 버림받은 느낌을 경험한 아이는 감정적인 것을 포기하고 그 대신 물질적인 것에 집착하게 됩니다. 장난감은 자신을 실망시키지 않기 때문입니다. 성인이 되어서도 여전히 그런 것에 집착하고 있지는 않습니까? 애정 어린 보살핌을 받을 희망이 없을 때, 물건에 주의를 돌리면서 스스로를 달랩니까?

건강한 유년기를 보내는 아기는 믿을 수 있는 어른에게 부드럽게 안기고 위로를 받음으로써 감정을 완전하게 경험할 수 있습니다. 후일 이 아이는 기분전환과 위안을 물질적인 것이나 중독이 아니라 관심과 위로 속에서 찾을 것입니다. 어른이 되어서도 우리는 울고 싶을 때 누군가에게 안기고 싶은 욕망과 필요를 그대로 갖고 있습니다. 아무리 나이를 먹어도 접촉에 대한 욕구는 우리 안에서 사라지지 않습니다. 우리는 단지 충족할 가망이 없는 욕구를 숨기는 법을 배웠을 뿐입니다. 자신의 어떤 욕구가 자포자기라는 헛된 괴로움과 함께 은닉처에 묻혀 있는지 곰곰이 떠올려보십시오.

부모가 우리를 위로하거나 따뜻하게 안아주는 대신 물건을 사주거나 뭔가를 해주는 것으로 사랑을 표현하려 했을 수도 있습니다. 그런 경우 후일 관계에서 그것이 사랑의 모든 것이라고 생각할 수 있으며, 상대의 사랑을 확인하기 위해 뭔가를 주거나 해주게끔 상대를 조종할 수도 있습니다. 하지만 이것으로는 사랑받는다는 느낌이 들지 않습니다.

돈은 교환, 즉 일종의 기브 앤드 테이크에 사용됩니다. 친밀함이 정확히 그런 것입니다. 그러므로 돈은 쉽게 사랑을 상징할 수 있습니다. 우리가 건강해질 때, 돈은 생활을 위한 도구나 베풀기 위한 도구에 지나지 않게 됩니다. 더 이상 우리가 놓쳤던 감정적인 것들의 상징이 아닙니다. 돈은 마치 낚싯대처럼 원하는 것을 얻기 위해 이용하는 것일 뿐입니다. 그러고 나서 우리는 얻은 것을 기쁜 마음으로 관대하게 함께 나눕니다.

당신이 사거나 파는 것, 기증하거나 소비하는 것, 빌리거나 빌려주는 것, 저축하거나 빚지는 것, 벌거나 절약하는 것, 지불하거나 지급받는 것, 잃거나 낭비하는 것, 고용하거나 임대하는 것, 나눠주거나 나눠받는 것, 대접하거나 대접받는 것에 어려움을 느끼는지 생각해보고 일기에 그 대답을 적어보십시오. 당신은 상대가 사랑의 표시로 당신에게 뭔가를 해주거나 주기를 바랍니까? 당신은 뭔가가 부족하거나 넉넉한 것에 영향을 받습니까? 당신의 상대와 함께 이 사항들을 확인해보십시오. 자기가 돈을 어떻게 다루는지 살펴보면 자기가 친밀한 관계를 어떻게 다루는지 알 수 있습니다. 가령, 뭔가를 공짜로 얻고자 하는 성향은 관계 속에서 자신은 헌신하지 않으면서 상대의 헌신을 바라는 경향이 있음을 의미할 수 있습니다.

자아도취적인 자아는 외형적으로 자신의 지위를 드러내는 것을 즐깁니다. 부모, 동반자, 자기 자신에게서 얻어야 할 것들, 즉 다섯 가지 열쇠를 물건을 통해 얻으려 헛되이 시도하곤 합니다. 번쩍이는 신형 자동차는 그것을 지닌 사람을 매력적인 사람으로 부각시켜줄 것을 약속합니다. 패션에 민감하게 반응하고 최신 유행을 따르는 것은 사람들의 관심을 끌고 부와 계층을 드러냅니다. 그러나 이런 효과를 낳는 물건들은 늘 그 의미나 중요성이 과장됩니다. 진정한 의미는 영혼, 즉 '영적인 나'의 자아를 초월하는 힘에서 비롯됩니다. 그렇다고 깨어 있는 마음으로 살아가는 것이 물질적인 풍요나 화려함을 거부해야 한다는 말은 아닙니다. 물질 이면의 게임에 희생물이 되지 말아야 합니다. 우리는 그 반짝이 장식물들을 꿰뚫어 인생에서 정말로 중요한 신분 표지들을 간파합니다. 그 표지들은 바로 선善, 진실성, 관대함, 무조건적인 사랑입니다. 우리 모두로 하여금 반짝이는 기쁨을 소유하게 만드는 특징이며 관대함을 위한 매개물입니다.

상대의 위협감과 질투 다루기

당신이 다른 사람과 나누는 우정에 상대는 위협감을 느낄 수 있습니다. 어떤 사람과 친밀한 유대를 갖고 있는 경우, "나는 관계를 추구할 자유가 있어"라는 말은 곧 "나는 관계를 추구할 자유가 있어. 하지만 그 사람의 반응을 생각해서 신중하고 적절하게 관계들을 꾀해야 해"

가 됩니다.

상대에게 당신이 맺는 관계에 대해서 느끼는 두려움을 1에서 10까지 점수를 매겨보라고 하십시오. 만약 상대가 5 이상의 두려움을 느낀다면, 상대를 더 이상 두려워하지 않게 하는 것이 관계에서 최고의 관심사가 되어야 할 것입니다. 당신은 상대의 감정에 대해 연민과 존중을 바탕으로 자유롭게 선택해서 그 일을 해야 합니다. 상대가 느끼는 두려움이 5 이하라면, 지금처럼 해나가되 항상 확인하는 것이 좋습니다.

어떻게 해야 더 가까워질 수 있을까

관계가 지속된다거나 더욱 친밀해질 거라고 보장해주는 사람은 아무도 없습니다. 그러한 목적을 함께하는 팀은 바로 당신과 상대, 두 사람입니다.

어렸을 때는 어른들이 우리를 보살펴주었지만 성년이 되면서 우리는 자신의 활동을 스스로 감독합니다. 관계가 계속 예정된 방향으로 나아가도록 조종하는 것은 바로 우리 자신의 몫입니다. 예를 들어, 두 사람 중 한 사람은 복학을 하고 나머지 한 사람은 직장생활을 계속 이어갑니다. 그럴 때 두 사람 사이에 틈이 벌어지면서 친밀함에 위기가 찾아올 수 있습니다. 이 경우, 두 사람이 서로의 후원자이자 감독관이 되어 친밀함을 유지할 수 있으려면 어떻게 해야 할까요? 바로 어떤 계획에 착수할 때면 언제든 다음과 같은 질문을 하는 것입니다. "이일을 어떤 식으로 하면 우리가 더 가까워질 수 있을까?" 보통 그 대답에는 두 요소가 포함됩니다. 다섯 가지 열쇠를 보여주는 것, 그리고 어떤 식으로든 그 계획에 함께 참여하는 것입니다. 한 사람은 복학을 하고 다른 한 사람은 학비를 대주기 위해 기꺼이 열심히 일합니다. 이 경우 두 사람은 함께 그 계획에 참여하고 있고, 각자의 희생을 인정받을 수 있습니다. 인정은 감사의 한 형태입니다. 일을 하는 쪽은 상대의 학교생활에 관심을 갖고 물어보고 학교 행사에 참석도 하는 한편 학교에 다니는 쪽은 상대가 직장에서 어떤 일을 겪고 있는지 진심으로 관심을 기울입니다. 상대가 학교에 갈 때 또는 직장에 갈 때, 등을 두드려주거나 포옹을 해줌으로써 애정이 생겨납니다. 상대가 원망하지 않고 그 계획에 찬성할 때, 그리고 상대가 타임 오프를 요청하거나 둘이 함께 시간을 보내기를 원하면 흔쾌히 좋다고 말할 때 수용과 허용이 일어납니다.

마지막으로 우리는 타인에 대한 헌신을 우려하는 말은 자주 듣지만, 자신에 대한 헌신을 등한시할 수도 있다는 사실에는 유의하지 않습니다. 우리는 가정과 직장에서의 과중한 의무들로 자신의 몸을 홀대하곤 합니다. 위에서 간단하게 밝힌 수행을 확장시켜 이렇게 자문해볼 수 있습니다. "어떻게 하면 나 자신을 계속 돌보면서 이 일들을 실행해나갈 수 있을까?" 이것은 이기심이 아니라 자기양육입니다.

7장

사랑, 가장 건강한 형태의 '나'가 되는 것

기꺼이 지워지고, 말소되고, 완전히 잊히고,

무시당하겠는가?

그렇지 않다면, 당신은 결코 진정으로

변화할 수 없을 것이다.

—D. H. 로렌스

두 사람이 서로 자신이 옳다는 것을 증명하는 것에 주로 관심을 둔다면, 자아가 그 관계를 지배하게 됩니다. 반면에 어떻게 하면 관계가 잘 돌아가게 만들지에 관심을 둔다면, 서로 협력하는 사랑이 그 관계를 지배합니다. '나'를 의미하는 자아는 '우리'를 암시하는 친밀함의 가장 큰 장애물입니다. 사실, 견고하고 독립적인 '나'는 없습니다. 우리는 모두 서로 연결되고 서로에게 좌우됩니다.

자아는 의식적이고 이성적인 삶의 중심을 관례적으로 지칭하는 단어입니다. 건강한 자아는 인생에서 목표를 완수하도록 도와줍니다. 기회나 위험을 가늠하고 그에 맞춰 행동하게 하는 것도 건강한 자아입니다. 가장 깊은 욕구, 가치, 소망을 충족시키며 살아가는 데 필요한 선택을 하는 것도 바로 건강한 자아입니다. 가장 놀라운 것은, 건강한 자아는 인간의 모순을 받아들인다는 사실입니다. 즉, 동일한 사람이 선할 수도 나쁠 수도 있고, 가깝게 느껴질 수도 멀게 느껴질 수도 있으며, 충실하지만 배신할 수도 있고, 공정하지만 부당할 수도 있고, 정중하지만 퉁명스러울 수도 있으며, 욕구를 충족시키지만 동시에 욕구에 굶주릴 수도 있다는 사실을 인정하는 것입니다. 건강한 자아는 그런 인간 행동의 전제조건을 받아들입니다. 그리고 그 행동이 유쾌하지 못하다 해도 여전히 사랑할 수 있는 우리의 일부입니다.

용기를 내어 있는 그대로의 자신을 공유할 때, 우리는 관심을 받게 됩니다. 자신을 받아들이고 자신의 참모습에 자부심을 가지는 동시에 자신의 실수를 인정할 때, 비로소 우리는 받아들여질 수 있습니다. 관대함과 연민과 진실성을 보여줄 때, 더 쉽게 인정받을 수 있습니다. 애정 어린 접촉과 배려를 베풀 때, 그 보답으로 애정을 받을 수 있습니다. 그리고 서로의 경계를 지키고 상대의 권리를 존중하면서 확신 있게 행동할 때, 우리는 있는 그대로의 자신을 허용받습니다.

자아는 목표에 도달하는 것을 도와줄 때 제대로 기능하는 것입니다. 목표에서 주의를 돌리게 하거나 목표에 도달하려는 시도를 방해할 때 자아는 제대로 기능하지 않는 것이며, 이때의 자아를 '신경증적 자아'라고 부를 수 있습니다. 모든 신경증의 이면에는 결코 다루어지거나 해결되지 않은 미묘한 두려움이 있습니다. 사실 '신경증적'이라는 것은 그런 두려움으로부터 자신을 보호하기 위해 케케묵고 불필요한 방법을 헛되이 반복하는 것을 말합니다. 어떤 사람들은 직장에서는 건강한 성인 자아를 보여주고 집에서는 애정이 결핍된 아이의 신경증적 자아를 보여줍니다. 에드나 수의 이중생활을 예로 들어볼까요?

은행 대출담당부서 책임자인 에드나 수는 업무를 수행하기 위해 정시에 출근해 직원들로부터 존경심에서 우러난 아침 인사를 받으며 하루 일과를 시작합니다. 오늘도 그녀는 감정에 치우치지 않는 명석한 판단으로 대출을 승인하거나 거부할 것입니다. 속으로는 연민을 느끼면서도 대출에 담보권을 설정하고, 부하직원의 실수를 합당한 선에서 눈감아주면서 효율적으로 그들을 감독할 것입니다. 그러나 점심시간이 되면 에드나 수는 직원들 모르게 미친 듯이 집으로 달려갑니다. 버림받을지 모른다는 두려움과 중독적인 집착에 사로잡혀 남자친구 얼 조에게 달려가는 것입니다. 자기를 떠나겠다고 위협하는 그에게 제발 떠나지 말아달라고 애걸하기 위해서입니다. 코카인 중독자인 얼 조는 지난 한 달 동안 그녀의 생활비를 훔쳤고, 손목을 부러뜨렸으며, 수의 사춘기 아들을 전남편에게 보내라고 집요하게 윽박질렀습니다. 직장에서 수는 완벽한 커리어우먼입니다. 하지만 관계에서는 오히려 점점 더 하찮은 존재가 되어가고 있습니다. 직장에서 그녀는 기능적인 자아의 영향 안에서 행동합니다. 반면 관계 속에서는 신경증적 자아가 지시하는 대로 행동하고 있습니다.

인간의 정신은 자아와 더불어 자기Self, 즉 불심佛心과 유사한 "신의 원형"을 갖고 있다고 칼 융은 말합니다. 이 자기는 마음의 중심과 그 중심을 두르고 있는 주변으로, 무의식적인 부분과 의식적인 부분을 모두 갖고 있습니다. 자기는 개성으로 경계 지어지거나 규정되지 않는 '객관정신'입니다. 무조건적인 사랑, 영원한 지혜, 그리고 자신과 타인을 치유하는 능력으로 이루어져 있으며, 모든 사람이 공히 갖고 있습니다. 요컨대, 진정한 자기Self는 우리의 전일성과 결부되고, 자아ego는 우리의 유일성과 결부됩니다.

무의식으로 남아 있는 것들을 의식의 세계로 끌어올리는 것이 우리의 사명입니다. 융이 "미욱한 존재의 암흑에 빛을 밝히기 위해서"라고 했듯이 말입니다. 우리는 심리적인 노력을 통해 그곳에 다다릅니다. 자아가 진정한 자기의 활동을 도와 우리 안의 사랑, 지혜, 치유를 드러낼 수 있도록 우리의 생각, 말, 행위를 설계하는 것입니다.

이러한 노력에서 가장 강력한 도구가 되는 것이 관계입니다. 관계 속에서 보내는 하루하루가 자기중심주의를 가차없이 지우고 오만함을 무너뜨립니다. 진정한 사랑의 가치를 계속 발견하고 자아를 버리는 것이 알고 보면 더없이 행복하다는 사실을 깨닫게 됩니다. 이는 관계에서 자아가 옆으로 물러나면서 두려움도 함께 데려갈 때, 상대에게 더 쉽게 다섯 가지 열쇠를 줄 수 있다는 것을 마침내 알아차리기 때문입니다. 소심하고 겁 많은 자아는 항상 갈망했던 바로 그것을 쓸데없이 두려워합니다. 강건한 자아는 더 이상 애써 노력하지 않고 인생이 나름대로 흘러가도록 믿고 놔둘 때 한없이 자유로워집니다. 역설적인 사실은, 자아가 적게 개입할수록 당면한 문제들을 더 잘 처리할 수 있다는 점입니다.

마르틴 루터는 사랑을 두 종류로 구분했습니다. 그에 따르면, 인간은 사랑을 하기 위해 사랑할 가치가 있는 대상을 찾습니다. 그에 반해 신의 은총은 사랑을 실천하기 위해 사랑할 가치가 있는 대상을 창조합니다. 이 구분에서 우리는 하나의 원형적 진실을 발견할 수 있습니다. 조건적이고 자아중심적인 사랑에서 우리는 오직 우리가 정해놓은 기준에 부합하는 사람에게만 사랑을 보여줍니다. 그러나 조건 없는 절대적 사랑에서 우리는 다섯 가지 열쇠를 아낌없이 줌으로써 사랑스러움을 만들어냅니다. 여기에서 사랑할 대상에게 부과하는 기준 같은 것은 없습니다. 달리 말해서, 사랑의 범주는 무한하며 누구라도 사랑받을 수 있습니다. 따라서 다섯 가지 열쇠는 사랑이 만들어지는 방식일 뿐만 아니라 실제로 사랑을 만드는 것일 수 있습니다.

오만한 자아의 얼굴 걷어내기

오만한 스핑크스는 자기가 낸 수수께끼를 오이디푸스가 풀자 스스로 목숨을 끊었습니다. 그와는 달리, 율리시즈를 만난 키르케는 그가 자기보다 우월하다는 것을 알게 되었지만, 그 때문에 더욱더 그에게 관심이 끌렸습니다. 그녀는 심지어 자신의 신성을 그에게 나누어주겠다는 약속까지 하면서 그의 성적 동반자를 자청했습니다. 그렇게 함으로써 그녀는 죽음 대신 삶을 겸허하게 선택했고, 심지어 율리시즈에게 더 위대한 삶을 살 기회까지 제공했습니다. 키르케는 자아가 비켜설 때 관계가 영적으로나 성적으로나 발전한다는 것을 보여주었습니다.

자아는 "내가 옳아", "내 방법이 옳은 방법이야, 나는 완벽해", "나는 변화할 필요가 없어" 같은 진술에서 나타납니다. 우리는 변화를 두려워합니다. 우리가 틀렸다는 것을 인정하거나 어떤 상실을 슬퍼하는 것을 의미할 수 있기 때문입니다. 이는 결국 친밀함에 대한 두려움으로 귀결됩니다. "내가 마음을 터놓고 다정하게 대하면 그들은 너무 가까워지려 들 거야", "당신은 나에게 아무 말이나 함부로 할 수 없어"는 "당신은 나에게 영향을 미칠 만큼 충분히 가까워질 수 없어"와 같은 뜻입니다. 우리는 친밀함에 대한 두려움을 완고함, 자기가 꼭 이겨야 한다거나 반드시 옳아야 한다는 완강한 욕망, 자기가 틀렸다는 것을 인정하지 못하거나 사과하지 못하는 것과 같은 행동으로 나타냅니다.

오만한 자아는 내밀한 사랑을 내칩니다. 체면을 잃지 않으려고 계속 애쓰기 때문입니다. 이 오만한 자아의 얼굴F. A. C. E.은 친밀함의 가장 지독한 적들인 두려움Fear, 애착Attachment, 통제Control, 권능감Entitlement입니다. 특권의식에서 비롯되는 자기중심주의는 누군가에게 관심을 갖거나 감사를 표현하지 못하도록 계속 방해합니다. 통제가 평등보다 우선시될 때 또는 현실에 대한 자신의 견해에 지나치게 집착할 때, 우리는 수용과 허용을 보여줄 수 없습니다. 두려움에 사로잡혀 있을 때, 우리는 진정한 애정을 좀처럼 보여줄 수 없습니다.

우리는 동의를 얻지 못하거나 생각대로 못하게 되지나 않을까 두려워합니다(대개는 무의식적으로). 자신이 정해놓은 인생과 타인의 모습에 집착하고, 그래서 완고해질 수 있습니다. 우리는 타인과 상황을 통제하고 싶어 합니다. 자신이 모든 사람들에게 사랑받고 존중받을 자격이 있으며, 만일 누군가에 의해 기분이 상한다면 그에 상응하는 보복을 할 권리가 있다고 믿습니다.

자아는 견고한 정체성이 아닙니다. 두려움이나 애착, 통제, 권능감으로 대응하는, 상처나 사랑에 근거한 가짜 정체성입니다. 이 반응 중 어느 한 가지가 습관적으로 자주 일어나기 때문에 우리는 그것이 우리의 참모습이라고 착각합니다. 우리의 행동방식은 대상에 순수한 주의를 기울이는 마음챙김의 공간에서 관찰할 수 있습니다. 이때 공간을 채우려 하는 행동이 우리의 본모습이 아니라 그 공간이 곧 우리의 본모습입니다. 따라서 마음챙김에서 우리는 고통이나 사랑을 새로운 방식으로 이용할 수 있습니다. 바로 우리의 자아를 초점으로 데리고 가는 것입니다. 커튼 뒤의 인간에게로 관심을 옮겨가는 것이 우리가 마침내 자아의 마법사를 최면에 걸린 듯 넋을 잃고 바라보는 눈길을 거두고 제정신을 차리는 방법입니다.

오만한 자아의 얼굴을 걷어내면 두려움마저도 흥미진진한 것이 됩니다. 그러면 우리는 '두려움 때문'이 아니라 '두려움과 함께' 행동할 수 있으며, 더 이상 자신의 두려움이나 취약성을 보여주는 것을 두려워하지 않게 됩니다. 자기가 취약하다는 사실에 대해 수치심이나 부족함을 느끼지 않게 되고, 그래서 타인들 앞에 그러한 취약성을 수치심 없이 보여줄 수 있다고 믿을 때, 건강한 취약성이 훨씬 더 쉽게 나타날 수 있습니다.

무조건적인 사랑은 자아의 조건(두려움, 애착, 통제, 권능감)이 없는 사랑입니다. 그런 사랑은 두려움에서 벗어나 있습니다. 우리가 무조건적으로 사랑할 때, 애착은 건강하고 헌신적이고 지적인 유대가 됩니다. 인연을 맺고 유지하지만, 소유욕이 강해지거나 소유당하지 않습니다. 상대를 통제하려 애쓰는 대신 상대의 경계를 존중하고 상대의 존중을 얻습니다. 권능감은 원하는 것을 항상 얻을 수는 없다는 사실을 의연하게 받아들이는 자기양육적인 자신감에 자리를 양보합니다.

티베트 불교학자 로버트 서먼은 자아를 가장 잘 관찰할 수 있는 때는 자기가 "부당한 대우를 받았다고 느낄 때"라고 말합니다(또 다른 때는 운전을 하다가 분통이 터질 때입니다). 어떤 상황에서 나는 제외되어야 한다는 특권의식을 드러낼 때, 그것은 우리 안의 자아 에너지가 활동한다는 증거입니다. 이런 종류의 에너지는 스트레스, 상처, 강박감, 불만, 좌절, 위협감을 느끼게 하기 때문에 건강하지 못하다는 사실을 우리는 이미 알고 있습니다.

자아 권능감과 정당한 권리의 차이는 무엇일까요? 권능감은 기대, 애착, 요구입니다. 그것은 고통을 유발하는 것이며 마음챙김과 정반대인 고질적인 자아 습관입니다. 어떤 기대가 충족되지 못하면, 우리는 보복하는 것이 당연하다고 느낍니다. 보복은 정의가 아닙니다. 그것은 분개하는 자아를 비열하게 위로하는 것이며 인간적 변화와 은총의 힘을 포기하는 것입니다. 그에 반해, 거부당할 경우 보복을 가하는 게 아니라 직접적이면서도 비폭력적인 방법으로 정정당당하게 싸우는 것은 우리의 권리를 정당하게 요구하는 것입니다. 보복하는 대신 법정과 같은 더 높은 권위를 찾아가 적법한 절차 내에서 권리를 위해 싸웁니다. 만일 법 자체가 부당하다면, 우리는 비폭력적인 저항을 시작합니다. 항상 관계된 모든 사람들에 대한 사랑을 가지고 저항하며, 그럼으로써 마음챙김과 도덕적 진실성을 결합합니다.

한 가지 유념할 것이 있습니다. 자아는 결코 괴멸되지 않습니다. 자아는 단지 더 완전해지기 위해 해체되고 재건됩니다. 그런 다음에야 비로소 친밀함이 가능해집니다.

신경증적 자아를 이루고 있는 것들은 모두 고통의 원천입니다. 두려운 나머지 경계를 늦추지 않지만 그럼에도 늘 상처를 입는 것은 가슴 아픈 일입니다. 타인을 끊임없이 통제하려 드는 것은 여간 피곤한 일이 아닙니다. 모든 관계에서 악착같이 위신을 세우고 싶어 하는 것은 비극적인 일일 것입니다. 그러나 우리의 뭔가가 아무리 나쁘다 해도, 그 뭔가는 긍정적인 차원 역시 가지고 있습니다. 신경증적 자아의 각 요소에는 다음과 같은 미덕의 핵심, 아직 개발되지 않은 잠재력이 있습니다.

- 두려움: 위험에 대한 주의와 지적인 판단
- 애착: 힘든 시기에 함께 있어주는 인내와 헌신
- 통제: 일을 처리하는 능력, 문제를 검토, 처리, 해결하는 데 있어서의 유능함

- 권능감: 건강한 자존감. 자신의 권리를 주장하지만 때때로 상황이 불공평하다는 사실도 기꺼이 받아들일 줄 아는 태도

자기 자신을 믿는다고 해서 반드시 두려움이나 애착, 통제, 권능감 없이 삶과 마주할 수 있는 것은 아닙니다. 자기 자신을 믿는 것은 매 순간 자신의 참모습이 되는 것을 받아들이고, 깨어 있는 의식으로 고질적인 자아 습관에서 벗어나 긍정적인 태도를 보여줄 수 있는 것을 의미합니다.

신경증적 자아에서 벗어나기

오만하고 우쭐한 자아와는 정반대의 자아가 있습니다. 제대로 기능하지 않는 신경증적 자아의 또 다른 유형으로, 바로 기가 꺾이고 궁핍한 자아입니다. 이는 두려움을 바탕으로 하는 순종적 또는 피해자 유형으로, 그 특징은 다음과 같습니다.

- 피해자 유형: "나는 내 삶을 조절할 수 없다. 나는 사람들과 상황의 피해자다. 나에게 일어나는 일은 모두 다른 누군가의 소행 때문이다." 이런 태도의 이면에는 성인으로서 책임을 지는 것에 대한 두려움이 숨어 있습니다. 자기연민. 자신이 피해자라는 믿음은 곤경에서 벗어날 대안이 없다는 환상에 사로잡히면서 절망의 형태를 띨 수 있습니다.
- 추종자 유형: "모든 사람들이 자기가 무엇을 해야 할지 알고

있지만 나는 그렇지 않다. 나는 다른 사람을 따라야 한다. 뭘 어떻게 해야 하는지 무엇을 믿어야 하는지 말해달라. 그대로 믿고 따르겠다."이런 태도의 밑바닥에는 자신의 인생을 책임지는 것 또는 실수를 범하는 것에 대한 두려움이 깔려 있습니다.

- 자책하는 유형: "나는 늘 틀리거나 나쁘다. 나쁜 일이 일어나면 나는 늘 내 탓으로 돌린다. 나는 나 자신이 부끄럽고, 죄책감에 시달린다."이런 태도의 이면에는 책임에 대한 두려움이 깔려 있습니다.

- 자신이 자격이 없다고 생각하는 유형: "나는 풍요로움도, 사랑도, 존경도, 아무것도 받을 자격이 없다."이런 태도의 이면에는 받는 것에 대한 두려움이 있습니다.

- 자신을 하찮은 존재로 생각하는 유형: "아무도 나에게 관심을 갖지 않는다. 나는 중요하지 않다. 나는 있으나 마나 한 존재다."이런 태도의 저변에는 사랑받는 것에 대한 두려움, 다섯 가지 열쇠에 대한 두려움이 깔려 있습니다(자기비하 이면에 이 두려움이 숨어 있다고 볼 수 있습니다).

하지만 다행스럽게도, 궁핍한 자아의 이런 요소들 각각에는 긍정적인 가치로 변화할 수 있는 잠재력이 들어 있습니다.

- 피해자 유형: 연민 어린 사랑을 불러일으키는 능력
- 추종자 유형: 자신의 한계를 인정하고 협조하는 능력
- 자책하는 유형: 자신의 결함을 가늠하는 능력

- 자신이 자격이 없다고 생각하는 유형 : 겸손에 부합하는 능력
- 자신을 하찮은 존재로 생각하는 유형 : 우선권을 적절하게 선
  별하는 능력

궁핍한 자아를 완전히 변화시키기 위해서는 자존감, 자신감, 그리고 협조하는 능력을 구축하는 것이 필요합니다. 항상 자신감을 유지하면서 타인과 계속 연결되어 있는 것이 관건입니다. 그것은 성인이 되기 위한 심리적인 노력이자 친밀한 관계를 이루기 위해 반드시 선행되어야 할 일입니다.

오만한 자아와 궁핍한 자아는 사실 동전의 양면입니다. 실제로 신경증적 자아는 '킹 베이비King Baby'라고 불려왔습니다. 마치 왕처럼 거만한 자아는 자기가 완전한 통제권을 가지고 있으며 만인에게 사랑과 존경을 받고 모든 일에 자기가 중심이 될 신성한 권리를 가지고 있다고 믿습니다. 궁핍한 자아는 마치 아기처럼 무력해 보이지만, 자신의 욕구 주위로 사람들을 끌어 모으는 힘을 갖고 있습니다. 결국, 아기는 관심의 중심이기 때문입니다. 아기는 타인의 행동을 마음대로 조종합니다. 아기는 특별한 대우를 받을 자격을 가집니다. 도덕적(그리고 심리적) 성년기는 '왕의 자아'를 퇴위시키고 '아기의 자아'는 성장시키는 것을 의미합니다. 자기팽창과 자기수축은 신경증적 자아의 양극단입니다. 건강한 자아는 여느 미덕과 마찬가지로 두 극단의 중앙에 있습니다.

오만한 자아는 건강한 자아에 비해 타인에게서 다섯 가지 열쇠를 끌어내기가 어렵습니다. 그런가 하면 위축된 자아는 지나치게 상처를 입고 불안정해서 다섯 가지 열쇠를 요구할 수 없습니다. 두 자아

모두 다섯 가지 열쇠를 보여주거나 받기 어렵습니다. 다섯 가지 열쇠를 주고받는 것이 친밀함을 위한 근간인 이상, 변화하지 않는 자아가 과연 사랑의 기회를 얼마나 얻을 수 있을까요?

그렇다면 자아를 어떻게 변화시켜야 할까요? 피해자 유형은 자신의 능력을 인정함으로써 변화합니다. 추종자 유형은 독립적인 결정을 내림으로써, 자책하는 유형은 책임을 짐으로써 변화합니다. 자신이 가치 없다고 생각하는 유형과 하찮은 존재라고 생각하는 유형은 자신의 진가를 인정하고 타인의 호의적인 평가를 받아들이는 법을 배움으로써 변화합니다.

변화는 마치 자신의 생각이나 태도와는 정반대되는 것이 진실인 것처럼 행동하는 것에서 시작됩니다. 실천해나감에 따라 태도는 점차적으로 새로운 행동에 맞춰 변해갑니다. 피해자 입장에서 벗어나기 위해서는 자신의 선택에 대해 책임을 지고 자신이 선택하지 않았지만 변화시킬 수 없는 것을 어떻게든 극복할 방법을 찾으십시오. 추종자 역할에서 벗어나기 위해서는, 현재 당신을 방해하고 있는 어떤 상황이나 관계에서 주도권을 쥐고 당당하게 말할 수 있도록 노력해야 합니다. 더 이상 자책하지 않기 위해서는 자신의 행동에 대한 책임을 인정하는 동시에 당시에 자신이 가지고 있던 관점에 따라 그렇게 행동했다는 것을 이해하고 인정해야 합니다.

하지만 절대로 바꿀 수 없는 다섯 가지

궁핍한 자아는 겸손을 가장합니다. 반면 오만한 자아는 자존, 긍지,

명예를 가장합니다. 그러나 건강한 자아는 진정한 자존감을 보여주며, 타인에게 다섯 가지 열쇠를 줌으로써 무조건적인 사랑을 보여줍니다.

무조건적으로 사랑하려면 마음챙김이 필요합니다. 보통 우리는 자신에게 가장 중요한 '진정한 자기'를 무시하거나 불신하거나 부인합니다. 순간의 곤경에 얽매이고 극적 상황과 중독에 휘말려드는 자아가 실존적인 반면, 우리의 진정한 자기/본질은 실존적 상황이나 개인적인 애착에 영향을 받지 않습니다. 그러므로 진정한 자기는 텅 빈 구멍처럼 느껴지며, 그 때문에 우리는 그것을 두려워합니다. 우리가 진정한 자기 안의 구멍과 함께 지낸다면, 그럼에도 우리는 그 구멍을 통해 완전함에 이르게 됩니다. 그 텅 빔은 우리가 놓치고 있었던 더 다양한 풍요로움으로 가는 입구가 됩니다. 자아의 드라마로부터 벗어나는 것은 우리 자신의 영혼, 비길 데 없는 영혼의 짝과 접촉하는 자유입니다.

현실과 변화가 맹공격을 해오는 가운데, 고질적인 자아 습관은 기분전환과 위안을 제공하면서 어떤 신경증적인 목적에 쓰이는 반면, 마음챙김은 일시중지, 즉 기분전환과 위안 사이의 의도적인 휴식을 제공합니다. 오직 마음챙김만이 강박감과 충동을 끝낼 수 있습니다. 그리고 그런 장애물이 없을 때, 비로소 사랑은 번성합니다. 우리의 사랑하는 능력이 여전히 온전하다면, 모든 것이 적시적소에 일어난 것입니다.

신경증적 자아로부터 벗어나는 것은 결국 존재의 조건을 받아들이고 자신을 주어진 현실의 피해자가 아니라 현실을 정직하게 직시하는 성숙한 인간이라고 생각하는 것입니다. 주어진 현실이란 바로 이

것입니다. 모든 것은 끊임없이 변하고 때가 되면 끝이 납니다. 세상이 항상 공정하지는 않습니다. 우리는 성장에 대한 대가로 고통을 겪습니다. 인생이 계획대로 되지는 않습니다. 사람들이 항상 사랑스럽거나 충실하지는 않습니다.°

주어진 현실, 즉 존재의 조건을 받아들이는 것은 무엇보다도 그 조건에 대한 우리의 취약성을 인정하는 것입니다. 나는 예외라는 권능감을 버리는 것은 그러므로 사랑할 준비가 되어 있다는 것입니다.

주어진 현실이 아무리 잔인하다 할지라도 그것이 형벌이 아니라 깊이, 사랑스러움, 인격의 요소들임을 깨달을 때, 자신만큼은 예외라는(또는 예외여야 한다는) 믿음을 버릴 수 있습니다. "그런 일이 내게 일어날 리 없어"라든가 "감히 내게 그런 짓을 하다니"는 "다른 사람에게 일어나는 일이면 나에게도 일어날 수 있다. 그리고 나는 그것을 해결하기 위해 최선을 다할 것이다"로 바뀝니다. 난관을 극복하는 힘은 사실 권능감을 얼마나 버리느냐에 정비례합니다.

일단 상황과의 싸움을 멈추고 그저 상황에 직면하고 대처한다면, 평정을 느끼면서 변화될 수 있는 것을 변화시키고 변화될 수 없는 것들은 그 자체로 인정하게 됩니다. 그렇게 함으로써 자존감을 위한 튼튼한 토대를 만들 수 있습니다. 이는 무엇보다 타인에게 이용되지 않도록 자신의 경계를 확립하고 유지하는 것을 의미합니다. 이때 자존감은 결핍과 박탈에 대한 두려움을 제압하는 힘이 됩니다.

융은 존재의 기정사실을 저항하거나 비난하지 않고 무조건 긍정하

○　저자는 자신의 저서 『절대로 바꿀 수 없는 다섯 가지The Five Things We Cannot Change』(펜더노트 역간)에서 인간이라면 누구나 예외 없이 겪을 수밖에 없는 다섯 가지 삶의 조건을 설명하며 행복으로 가는 길은 불행과 고통에 대한 이해 속에 숨어 있다고 말한다.

고 받아들이라고 제안합니다. 그렇게 함으로써 우리는 종교의 정수와 심층심리학°을 만나게 됩니다. 예를 들어 다음과 같은 것입니다.

- 모든 것은 끊임없이 변하고 때가 되면 끝이 난다. 그러나 다시 시작될 수 있다.
- 고통을 겪는 것은 성장의 일부다. 그러나 우리는 끊임없이 악에서 선을 가져오는 방법을 발견한다.
- 인생이 계획대로 되지는 않는다. 그러나 현재의 상황을 긍정적으로 받아들이고 과거의 상황에 감사하는 평정을 발견할 수 있다.
- 세상이 항상 공정하지만은 않다. 그러나 우리는 공정할 수 있고 심지어 관대할 수도 있다.
- 사람들이 항상 사랑스럽고 충실한 것은 아니다. 그러나 우리는 보복해서는 안 되며, 타인을 결코 포기하지 않으면서 사랑하고 충실할 수 있다.

그러므로 우리의 가장 깊은 두려움의 발생지인 이 인생의 기정사실들은 개인적인 진화와 연민의 필요조건임에 분명합니다. 이 인생의 조건들은 엄격하지만 가혹하지는 않은 법과 같습니다. 무조건적인 긍정은 선동적이고 유혹적인 자아 습관들에 굴복하지 않고 현실에 충실한 것을 의미합니다. 각각의 기정사실들을 받아들이는 것은 우리의 여정에 있어서 한 단계입니다. 그 각각의 기정사실들과 싸우

○   depth psychology. 무의식적인 인간의 행동과 심리를 이해하는 심리학적 접근을 광범위하게 이르는 용어.

는 대신 그것들을 처리하는 것은 우리의 소명인 영웅적 여정을 위한 채비를 갖추게 합니다. 우리는 성장함에 따라, 이러한 인간의 보편적 유산을 나만큼은 물려받지 않겠다는 자아의 요구를 버리게 됩니다. 고통을 겪는 것은 우리가 존재의 조건들에 대해 맹렬히 전투적인 입장을 취할 때 일어납니다.

우리는 때때로 자신이 혼자라고 생각합니다. 그런 생각이 들 때 삶의 조건들이 무시무시하게 느껴지면서 위축됩니다. 상황이 왜 변하는지, 무고한 사람이 왜 고통을 겪는지, 사람들이 왜 내게 상처를 입히는지 그 이유를 물을 때, 우리는 절망과 비통함을 느낍니다. 그러나 삶의 조건들을 긍정할 때, 우리는 그것들이 운명이 아니라 단지 현실이며 또한 현실의 풍부한 잠재력이라는 것을 알아차리게 됩니다. 그 조건은 이 세상의 모든 타인들과 우리를 연결시킵니다.

삶의 조건을 흔쾌히 받아들이는 자세는 어떤 위기가 닥쳐도 평정심을 잃지 않고 침착하게 헤쳐나가게 합니다. 그러한 자세가 곧 마음 챙김입니다. 유한한 삶의 조건 앞에서 "예"라고 말하는 것은 인생의 가능성을 무조건 긍정하는 것과 같습니다. 이런 의미에서 인생을 무조건 긍정적으로 받아들이는 것은 유한한 삶에서 영원성을 발견하는 한 방법입니다.

인생의 기정사실에 어떻게 "예"라고 답할까요? 다섯 가지 열쇠를 마음을 다해 보여줌으로써 그렇게 할 수 있습니다. 현재의 증인으로서 우리는 변화와 결말, 실패한 계획, 부당함, 고통, 인생 역정에서 때때로 일어나는 배신에 관심을 기울입니다. 우리는 그 모든 것을 다양한 인간적 삶의 일부로 받아들입니다. 우리는 그 모든 것을 우리의 발전에 어떤 식으로든 도움을 주는 소중한 것으로 인정하고 감사합니다. 현재의 것과 과거의 것을 애정을 가지고 바라봅니다. 사건과 사람이 참모습이 되는 것을 허용합니다.

이는 우리가 한눈을 팔거나 현실을 윤색하지 않고 있는 그대로 받아들일 수 있다는 것을 보여줍니다. 그리고 그것은 친밀해지는 능력에 기여합니다. 왜냐하면 진정으로 관심을 기울이고 받아들이고 인정하고 허용하는 자세야말로 지금, 여기에 존재하는 방법이기 때문입니다. 이것이 우리를 더욱 현실적으로 만들어줍니다. 우리가 원하고 조종할 수 있는 차원을 넘어선 세계가 존재한다는 것을 인정하기 때문입니다. 그것은 순간을 사랑하는 법과 순간 속에서 온 마음으로 사랑하는 법을 가르쳐줍니다.

그러므로 존재의 조건들을 긍정하는 자세는 실존적 소외를 넘어서고 친밀함을 이루기 위한 최고의 도약판이 되어줍니다. 자아는 진정한 자기의 발치에서 발버둥을 치고 비명을 지르면서 끌려가는 게 아니라, 자아를 기다리고 있는 진정한 자기의 품속에서 기쁨에 겨워합니다. 자아는 두려움, 애착, 통제, 권능감으로 인해 겪었던 고통에 대안이 있다는 것을 알고 안심합니다.

마지막으로, 우리는 두 가지 길이 우리에게 열리는 것을 알아차릴 수 있습니다. 불교의 어떤 종파들이 제안하듯이 이승에서 행복을 발견하고 완전한 깨달음을 얻는 것입니다. 그러나 융은 우리가 아무리 건강해진다 하더라도 고통과 그림자를 피할 수는 없다고 말합니다. 관건은 바로, 서로 반대되는 이것들을 흔쾌히 껴안는 것입니다.

모호함과 친해지기

자아는 불확실성을 아주 싫어하기 때문에 사물이나 상황을 흑백 또는 승패의 관점으로 보기를 고집합니다. 상반되는 것들을 포용할 때, 어느 하나를 선택하지 않고 자신 안에 다 함께 존재하게 할 때, 우리는 자신이 처한 곤경의 모호성과 친해집니다. 이것은 마음을 다한 신뢰의 한 형태입니다. 오만한 자아가 설정한 극단에 사로잡히면 두려움 속에서 살게 됩니다. 그에 반해 자아가 없는 상태, 즉 '무아'는 모든 것을 차별 없이 포용하는 사랑이 들어오게 합니다.

예를 들어 통제를 버릴 때, "나는 책임을 져야 한다. 그러지 못하면 모든 것이 허물어질 것이다"는 "나는 결과가 어찌되건 그냥 놔둔다"로 변합니다. 이것은 자연스러운 것을 두려워하는 태도에서 두려움을 환영하고 통제를 넘어 일어날 수 있는 모든 것을 흔쾌히 받아들이는 태도로 바뀌게 함으로써 우리를 해방시킵니다. 당신의 일기에, 왼쪽에는 당신 인생에서의 '이것 아니면 저것'을 나열하고, 오른쪽에는 그것들이 '두 가지 다 동시에' 또는 '이것 그리고 저것'이 될 수 있는 방법을 나열하십시오. 이것을 당신의 상대나 친구에게 보여주고 '두 가지 다 동시에/이것 그리고 저것'을 실천할 방법에 대해 이야기 나누십시오. 도움을 구하십시오. 당신에게는 조금 두려운 일일 수 있으니까요.

과거에 관한 모든 후회들은 아마도 '이것 아니면 저것'이라는 생각과 선택에서 직접적으로 기인할 것입니다. 후회 속에는 수치심이 있을 수 있습니다. 우리가 해야 할 일은 자신의 수치심과 후회를 인정하고 스스로를 용서하는 것입니다. 과거에 대한 후회로 당신이 얼마나 많이 피폐해졌는지 생각해보십시오. 그 모든 것을 통과시키는 데 필요한 노력을 함으로써 스스로에게 행복의 기회를 주겠습니까? 당신의 일기에 후회하는 과거의 일을 적고, 그것을 어떻게 통과시킬 것인지 상대 혹은 친구와 이야기를 나누십시오. 필요하다면 다른 사람에게도 도움을 청하십시오.

보복에 관하여

훌륭한 행동이 으레 그렇듯이, 자신감은 선Zen에서 말하는 것처럼 "머무른 흔적을 남기지 않습니다". 그와는 대조적으로 자아는 원한을 남기고 반목과 불화를 낳습니다. 자아 소멸을 위한 기독교적 방안이라고 할 수 있는 산상수훈에서 예수는 이 문제를 직접적으로 거론하며 다음과 같이 말합니다. "누구든 억지로 네게 1마일을 같이 가자고 하거든, 2마일을 함께 가라." 건강한 사람은 부당한 일이 발생했을 때 개인적인 해석(즉 모욕)에 초점을 맞추는 게 아니라 객관적인 사실(즉 부당함)에 초점을 맞춰 그것을 바로잡으려고 분명하게 말하는 법을 배웁니다. 모욕감을 느낀다는 것은 신경증적 자아가 영향력을 미쳤음을 나타냅니다. 사실 '모욕'이라는 단어는 성숙한 자아를 가진 사람에게는 아무 의미도 없습니다. 성숙한 사람은 모욕을 상대의 공격적인 분노에 관한 정보로 생각하면서 비폭력적으로 받아넘기고, 그 사람이 가진 불만에 대해 오히려 연민을 느끼기까지 합니다. 보복적인 태도를 버리고 화해를 창출하는 방법을 찾는 데 전념하십시오. 먼저 말없이 속으로 이것을 결심한 다음, 상대에게 소리 내어 말해주십시오.

원통해하는 자아는 교활합니다. 상처받고 실망한 것에 대해 간접적인 보복을 추구할 수 있습니다. 실제로 당신은 상대가 불행하기를 바라는 자신을 발견할 수도 있습니다. 만일 이런 류의 간접적인 응징을 바라는 자신을 간파했다면, 사실을 인정하고 용서를 구하십시오. 그처럼 마음에서 우러나오는 겸허한 자세는 교묘한 형태의 보복을 추구하는 것으로부터 당신을 벗어나게 해줄 수 있습니다. 이런 고백을 한다는 것이 민망하거나 난처하게 생각될 수도 있지만 자아 없는 사랑은 바로 그런 자기폭로에서 피어납니다.

만일 내가 틀린다면

나는 반드시 옳아야 한다는 태도는 상대에게 받아들여지지 못할까 두려워하는 마음에서 비롯됩니다. "만일 내가 틀린다면, 나는 주체성을 잃을 것이고 그렇게 되면 결국 인정받지 못하게 될 것이다"라고 생각하는 것입니다. 나는 반드시 옳아야 한다는 생각은 비판을 받아들이지 못하는 옹졸한 태도로 나타나곤 합니다. 우리는 보통 비판을 모욕과 동일시합니다. 그것은 또한 책임을 추궁받을 때마다 자신의 결정과 행동이 타당한 것이었음을 일일이 설명하는 태도로 나타나기도 합니다. 상대에게서 사과를 받아내려고 집요하게 물고 늘어지는 것도 여기에 포함될 수 있습니다. 많은 사람들이 무의식적으로 이런 반응을 보입니다. 달리 말해, 의식적으로 이런 반응을 보이는 것이 아닙니다. 그러나 어른이 되는 것은 자신의 행동, 생각, 동기의 저변에 얼마나 많은 자아가 깔려 있는지를 의식하고자 부단히 노력하는 것을 의미합니다. "내 방법이 옳다"는 "나는 우리 두 사람 다 성공할 수 있도록 일을 처리한다. 무엇이 진실인지를 찾고 그 진실을 기반으로 삼는다"로 바뀔 수 있습니다. 상대가 옳다는 것을 흔쾌히 받아들이는 자세는 또한 우리가 두려워했던 바로 그 친밀함으로 이끌고, 그 친밀함 속에서 안전함을 느끼게 해줍니다.

비난을 넘기는 법

다음과 같이 확언하십시오. "나는 사람들이 내게서 받은 인상을 바꾸려 하거나 사람들에게 좋게 보이려 하지 않고, 나에 대한 그들의 의견을 받아들입니다. 또한 일어난 사건을 비난을 섞지 않고 사실 그대로 말하려 합니다('나를 떠나다니, 그녀가 잘못했고 온당치 않은 일이다'는 '그녀가 나를 떠났다'로 대체됩니다)."

이런 식으로 자아를 변화시킬 때, 우리는 더 이상 욕설과 비방에 빈정거림으로 되받아치지 않게 됩니다. 오히려 비열한 말들 이면의 고통과 방어심리에 주의를 기울이고 그 원인에 연민을 느낍니다. 설사 농담이라 할지라도 빈정대는 말대꾸는 표현되지 않은 분노를 슬쩍 흘려 내보내는 일종의 배설구이며, 그것은 보복의 또 다른 형태입니다. 건강한 성인은 자신이 상대에게 고통을 가한다는 사실 또는 자신에게 고통을 가하는 상대의 행동 이면에 어떤 아픔이 숨어 있다는 사실을 민감하게 알아차리고 화해의 행동을 취하려고 합니다. 건강한 성인은 인정받으려는 욕구를 버립니다. 따라서 인정을 받으려는 시도 역시 줄어들게 됩니다. 외부가 아니라 진정한 자기가 있는 내면에서 자기 자신을 평가합니다. 만약 당신이 빈정거리고 조롱하거나 짓궂은 장난을 하고 약 올리거나 때때로 가시 있는 농담을 한다면, 상대나 다른 누군가에게 그런 수동공격적인 무기를 더 이상 휘두르지 않겠다고 다짐하십시오. 우선 혼자서 마음속으로 맹세한 다음, 당신의 상대에게 분명하게 말하십시오.

내게 그런 일은 일어날 수 없다는 믿음

다음 물음에 마음속으로 대답하십시오. 당신은 "나는 모든 것을 내 생각대로 할 권리가 있다. 나는 진실을 들을 권리가 있고, 모든 사람들로부터 사랑받고, 관심받고, 인정받을 권리, 나에게 약속된 것들이 반드시 지켜질 권리, 그리고 내가 하는 모든 것에 특별한 대우 또는 배려를 받을 권리가 있다"라고 믿습니까? 이 믿음의 저변에는 "나는 특별하다", "내게 그런 일은 일어날 수 없다", "어떻게 감히 내게!" 같은 논거가 깔려 있습니다. 이런 믿음은 박탈에 대한 두려움을 감추고 있을 수 있습니다. "나는 충분히 얻지 못할 거야", "나는 당연한 내 몫을 받지 못할 거야", "만일 내가 다른 사람들처럼 되어야 한다면 나의 개성은 완전히 사라질 거야". 이런 식으로 생각하는 것은 존재의 한 조건, 즉 '세상이 항상 공정하지만은 않다'라는 조건을 무시하는 것입니다.

권능감은 기대, 이용당할지 모른다는 과잉반응, 응당 받아야 할 것을 받지 못하고 있다는 느낌, 또는 속고 있다는 믿음의 형태로 나타날 수 있습니다. 자아의 이런 특징을 가장 잘 보여주는 예는 도로에서 앞차가 계속 차선을 가로막을 때 우리가 나타내는 반응입니다. "감히 나한테 이런 짓을!"이라는 감정이 복수심에 불타오르는 광란의 추격전으로 변하지는 않습니까? 그날 이후로 내내 그 화가 목에 걸려 있습니까? 복수심에 사무치는 것과 원통해하는 것은 거만하고 자아도취적인 — 그리고 궁극적으로는 잔뜩 겁을 먹은 — 자아가 존재한다는 증거입니다. 그러나 모욕감으로 화가 난 이면에는 사랑과 존경 — 우리가 모든 사람들로부터 받을 자격이 있다고 믿는 것들 ─ 을 받지 못했다는 슬픔이 있습니다. 누군가가 도로에서 진로를 방해할 때 정말로 하고 싶었던 말은 "당신이 어떻게 감히 나를 존중하지 않는 거요! 당신이 어떻게 감히 나를 사랑으로 대하지 않는 거요!"입니다.

만약 그들이 나의 본모습을 안다면

이기심은 건강한 자기인정과 자기애로 변할 수 있습니다. 자신의 모든 행동과 말에서 자신의 참모습이 드러나게 하려는 건강한 욕망도 여기에 포함됩니다. 우리는 "만약 그들이 나의 본모습을 안다면 결코 나를 좋아하지 않을 거야"라고 느끼기도 합니다. 그런데 사실은 이런 감정은 그들이 나에 관해 무엇을 알게 되었는가가 아니라 어떻게 알게 되었는가에서 비롯합니다. 사람들은 나에 관해서가 아니라 내가 숨기고 있는 것 때문에 나를 싫어합니다. 사람들은 내가 나의 한계와 결함을 털어놓음으로써 그들을 무장해제시킬 때 나를 좋아하고 존경합니다. 이것을 아는 것은 나의 진실을 분명히 밝히고 가식에서 벗어날 기회를 줍니다. 건강한 성인은 가식을 버리고 안정을 택합니다. 자기가 만들어낸 이미지를 보호하거나 꾸며낼 필요를 더 이상 느끼지 않고 자유롭게 행동하기 위해 자신을 드러내고 싶어 합니다. 자아로부터 벗어나고자 하는 여정에서 당신은 스스로에게 가혹할 수 있습니까?

우리가 자기폭로를 두려워하는 이유는 다섯 가지 열쇠 중 하나와 직접 연관이 있습니다. 우리는 자신의 무언가를 내보였을 때 타인이 불쾌하게 느끼거나 부적절하다고 생각한다면 그들에게 받아들여지지 않을까 봐 두려워합니다. 그 열쇠를 계속 받으려면 눈살을 찌푸리게 하는 것을 숨기고 인정받을 수 있는 것들만 보여주어야 한다고 일찍이 결심했을 수도 있습니다.

앞에서 기술된 내용이 혹시 당신을 말해주고 있습니까? 유년기와 최근의 예들을 일기에 써보십시오. 그리고 상대와 함께 가식을 벗겠다고 마음속으로 약속하고, 가식을 벗어던졌다고 생각할 때 얼마나 편안한 기분이 드는지 1점부터 10점까지 점수를 매겨보십시오. 이것은 관계에 대한 당신의 신뢰가 어느 정도인지 알려줄 것입니다. 상대와 그 정보를 공유하십시오.

자아에 대한 피드백 요청하기

이 책 전체를 통해 나는 자신의 행동과 태도에 관해 타인들로부터 피드백을 구하라고 권했습니다. 성숙한 사람들인 우리는 모든 사람들을 자신의 스승으로 생각하며 그 누구도 경쟁자로 생각하지 않습니다. 따라서 방어적으로 행동하는 것은 유용한 조언이나 정보를 놓치는 것을 의미합니다. 현재의 자신을 방어하는 것은 현재의 자신으로 머물러 있게 되는 것을 의미하며, 그것은 곧 개인적인 발전과 친밀함의 기회를 가로막는 결과를 낳습니다. 따라서 그런 태도를 버리고, 유용한 진실을 얻기 위해 상대의 피드백에 귀를 기울여야 합니다. 수용적인 태도만큼 상대를 무장해제시키는 것은 아무것도 없습니다. 피드백을 기꺼이 받아들이는 것은 그만큼 더 사랑받을 수 있는 방법입니다. 당신의 자아 반응에 관해 타인의 피드백을 요청하고 마음을 터놓고 듣겠다고 다짐하십시오. 혼자 속으로 다짐하고 나서 상대에게 분명하게 말하십시오.

비난하는 태도 버리기

우리는 자신이 표현하지 못한 욕구, 충족되지 않은 욕구를 덮어 가리기 위해 비난과 비판을 이용하기도 합니다. 우리의 본질적인 욕구는 두려움, 애착, 통제, 불평, 방어 같은 감정 이면에서 충족되기를 기다립니다. 진정한 친밀함에 이르려면 충족되지 못한 욕구에 대해 타인을 비난하기보다는 자신의 욕구를 말로 분명하게 표현하는 태도가 필요합니다. 이러한 인식을 바탕으로, 비난하고 싶은 충동이 인다면 어떤 욕구가 충족되지 못한 증거로 받아들이고, 비난하는 대신 그 욕구를 분명하게 말로 표현하십시오. "당신이 그렇게 하는 건 잘못된 거야"를 "나는 당신의 관심, 수용, 인정, 애정, 허용이 필요해"로 바꾸십시오.

당신의 동반자나 친구에 관해 비판적으로 생각하고 있는 자신을 발견할 때("당신은 담배를 끊어야 해"), 그런 생각을 긍정적으로 바꾸고 진심 어린 소망("당신이 담배를 끊을 용기를 낼 수 있기를")으로 변화시키도록 노력하십시오. 자기 자신을 비난하고 싶은 마음이 들 때도 같은 방법을 이용하십시오. "내가 알고 있는 나의 내면의 힘을 이용해 이 습관을 버릴 수 있게 해주소서." 심지어 뉴스에 나오는 어떤 범죄자 또는 당신이 몹시 혐오하는 어떤 사람을 볼 때, 기도하듯이 마음속으로 말하십시오. "그가 부처의 길로 들어서게 해주소서. 그가 위대한 성자가 되게 도와주소서." 이것은 아무도 포기하지 않음으로써 자아의 보복 충동으로부터 벗어날 수 있는 가장 좋은 길입니다. 타인들이 그들의 행동에 합당한 결과를 맞이하건 그렇지 않건 관여하지 않고 그대로 묵인해야 합니다. 우리는 거기에 대해 판결을 내리지도, 판결을 선고하지도 않습니다. 우리는 판사나 배심원이 아니라, 오직 공정하고 조심성 많은 증인들일 뿐입니다. 우리는 "그들은 뿌린 대로 거둔 것뿐이야"를 달가워하지 않습니다. 우리는 오직 그들이 깨어나기를 희망합니다.

관계의 정의

관계에서 애정이 담긴 진심 어린 정의正義는 응징하는 것이 아니라 회복시키는 것입니다. 그것은 우리를 소외된 상태에서 벗어나 개선된 분위기 속에서 다시 결합하게 해줍니다. 또한 자신의 취약성을 건강하게 인정하게 하고 자아를 축소시킵니다. 영적으로 성숙한 사람은 자신의 의식을 자주 점검하고 적절한 순간에 자신의 잘못과 실수를 만회하거나 보상하려는 마음을 갖고 있습니다. 그에 반해, 잘못은 오직 타인에게 있다는 태도는 보복하고 응징하는 해로운 행동을 낳습니다.

자신이 완벽하지 않다는 것을 인정할 때 우리는 신뢰를 쌓습니다. 관계에서 두 사람은 다음의 여섯 단계를 통해 서로에게 고백하는 기회를 가질 수 있습니다.

- 당신이 상대에게 관심, 수용, 인정, 애정, 허용을 주는 것에 의도적으로 인색하게 굴었다는 것을 스스로 인정하십시오. 당신은 관계의 관심사들을 검토하고 처리하고 해결하는 것을 거부했습니까? 이기적인 관심사를 그보다 우위에 두었습니까? 무례한 태도를 보였습니까? 거짓말을 했습니까? 배신했습니까? 다정한 감정들을 무시했습니까? 비판적이었습니까? 고마움을 표현하지 않았습니까? 상대를 실망시켰습니

까? 약속을 어겼습니까? 당신의 행동과 선택에 대해 책임을 거부했습니까? 조종하거나 통제했습니까? 탐욕적이었습니까? 보복했습니까? 이밖에도 스스로에 대한 많은 질문이 이어질 수 있습니다. 이와 관련한 당신만의 목록을 작성하려면 의식에 대한 신중한 검토, 자신의 부족한 부분들을 기꺼이 알고자 하는 태도, 그 부분들에 대해 노력하려는 마음가짐이 필요합니다.

- 당신의 부족함을 말로 인정하십시오. 잘못된 행동을 시인하는 것은 자긍심과 겸손을 감동적으로 결합하는 것입니다. 잘못된 행동에 관한 두려움이 유해한 것이 아니라, 당신이 그 행동을 남몰래 간직하고 있다는 그 자체가 유해합니다. 그 행동을 비밀로 간직하는 것이 당신에게 더 해롭습니다. 고통을 숨기면 숨길수록 그만큼 더 평온함에서 멀어지게 된다는 것이 바로 비극입니다. 셰익스피어가 이렇게 말했듯이 말입니다. "슬픔을 말하라. 고통스러운 감정을 말하지 않으면 근심이 점점 커져 심장이 터져버린다."

- 슬픔과 후회의 감정을 보이십시오.

- 당신의 상대에게 보상을 해주십시오(자기파괴적인 뉘우침-예를 들어 자기 눈을 찔러 스스로 눈을 멀게 한 오이디푸스-은 사실 자기 자신에게로 향한 보복, 또 다른 자아의 교묘한 눈가림입니다).

- 그 행동을 되풀이하지 않겠다고 다짐하십시오. 여기에는 스스로를 점검할 계획을 세우거나 상대로부터 피드백을 요청하는 것이 포함됩니다.

- 이런 기회를 맞이한 것에 대해 서로에게 감사하십시오.

이 여섯 단계는 감정이 상한 상대를 무장해제시키고, 뉘우침에 대한 자연스럽고 무의식적인 반응인 용서를 끌어냅니다. 자신의 행동으로 상대가 고통을 받을 때 우리는 슬픔을 느끼고 미안하다고 말합니다. 쉽지 않은 일이지만, 우리가 해야 할 일은 자아의 반응보다 애정 어린 반응이 먼저 나오게 하는 것입니다.

누구보다 사랑이 필요한 사람

자아감이 무너져 내리면서 소멸하려 하는 위기 앞에서 과장과 권능감('매우 강한 자존심')은 공황 상태에 사로잡혀 어떻게든 자아감을 떠받치려는 방편이 될 수 있습니다(프로이트에 의하면 "자아는 진정한 불안의 장소"입니다). 거만하게 행동하는 사람을 볼 때, 당신은 그 사람이 전능함이라는 가면 아래 어떤 고통과 두려움을 숨기고 있는지 알아차리고 그에 대해 연민을 느낄 것입니다. 오만한 자아가 흔히 평탄치 않은 가정환경이나 제대로 양육받지 못한 유년기에 그 뿌리를 두고 있다는 사실을 알게 될 때에도 우리 내면에 연민이 생깁니다. 어린 시절에 모욕과 멸시를 당하고, 창피당하고, 무시당하고, 비꼬는 투의 놀림과 비난을 받는 등의 경험을 한 사람은 후일 타인에게 자기도 똑같은 식으로 행동할 수 있습니다. 그것은 그가 어떻게 — 그리고 얼마나 깊이 — 상처를 입었는지 세상 사람들에게 보여주는 가슴 아프고 애처로운 방법입니다. 당신 주변에서 가장 자아도취적이거나 자기중심적으로 보이는 사람에게 연민을 갖고 대할 수 있도록 노력하십시오. 그들은 누구보다도 사랑을 필요로 할 수 있습니다.

티베트 불교의 마음 훈련인 로종 법문을 따를 때 우리의 자아는 줄어들고 모든 사람들이 우리의 소중한 친구가 됩니다. 로종은 12세기에 게체 랑리 탕파가 불교의 개념들을 요약하기 위해 만든 것입니다. 이 가르침들의 핵심은 다음의 진술에 담겨 있습니다. "다른 이가 질투심에서 나를 모욕하거나 비방하여도 손해는 모두 내가 가지고 이득은 모두 그들에게 주게 하소서." 연민을 기르고 독자적인 자아에 대한 환상을 극복함으로써, 우리는 그처럼 겸허하게 사랑할 수 있습니다. 친밀한 관계를 위한 이 고양된 가르침의 함축적 의미는 사랑은 타인을 염려하는 것이고, 사랑에는 계급이 없으며, 사랑은 개인적인 자율성을 주장하지 않고, 자기변호를 하려 애쓰지 않는다는 사실을 먼저 깨달으면 선명하게 다가옵니다.

로종 법문을 요약한 글을 소개합니다. 날마다 한 줄 한 줄 명상의 시간을 가지면서 천천히 소리 내어 읽으십시오.

모든 것을 소중히 여기게 하소서.

항상 자존감을 유지하면서도 타인을 더 높이 존중하게 하소서.

나의 내면의 어두움을 직면하고 그것을 선으로 만들게 하소서.

타인이 나에게 보여주는 악의 이면에 숨어 있는 고통에 대해 연민을 가지게 하소서.

타인으로 인해 내가 상처를 입었을 때, 항상 부당함과 싸우면서도 보복을 삼가게 하소서.

나를 배신하는 사람들을 성스러운 스승으로 여기게 하소서.

모든 존재에게 기쁨을 주고 그들의 고통을 은밀히 떠맡게 하소서.

모든 존재와 내가 손실과 이득이라는 자아의 관심사로부터 벗
어나게 하소서.

그리고 나의 조건

존재의 다섯 가지 조건에 대해 숙고하면서 당신 자신의 조건을 덧붙
이십시오. 그리고 그에 해당하는 예를 적은 뒤 각각에 대해 다음과 같
이 긍정적으로 말하십시오.

"예. 그 일은 일어났습니다. 그리고 나는 그 일을 있는 그대로
허용합니다. 나는 이 경험을 통해 내가 성장했다는 사실에 감사
합니다. 그리고 지금 그 일을 겪고 있는 사람들에게 연민을 느낍
니다. 모두가 현재의 삶에서 행복하기를."

그런 다음, 다음의 서술을 글로 쓰거나 소리 내어 말하십시오.

"거기에 도달하기까지는 오랜 시간이 걸립니다. 이 모든 조건
들은 나에게 적용되기 때문입니다. 언제나 특별한 거래는 없을
것입니다. 내가 어디를 가건 얼마나 선하건 상관없이 나는 삶의
조건들 앞에서 완전히 취약합니다. 이것을 깊이 이해할 때, 나
는 비로소 환상과 권능감에서 벗어나게 됩니다. 존재의 바꿀 수
없는 조건들을 긍정함으로써 나는 자유로워집니다."

8장

누군가 당신을
떠날 때

우리는 관계를 맺고 관계를
흘려보내는 것을 통해 완전해진다.

　　　　　　　　　　　—지그문트 프로이트

관계가 끝나는 방식 그리고 관계를 끝낼 때 보이는 태도만큼 관계의 실체를 알 수 있는 더 나은 방법은 없는 것 같습니다. 모든 관계는 결국에는 끝이 납니다. 어떤 관계는 결별로, 어떤 관계는 이혼으로, 어떤 관계는 죽음으로. 우리는 관계를 시작할 때 상대가 나를 떠나거나 내가 상대를 떠날 것임을 암묵적으로 받아들입니다. 따라서 결별의 아픔은 관계를 맺기로 서명 날인한 내용 속에 이미 포함되어 있습니다. 그러나 고통스러운 사건, 변화, 상실로 말미암아 슬픔은 이미 인생에 새겨져 있습니다.

관계가 끝날 때의 비통한 슬픔은 더 이상 다섯 가지 열쇠를 얻지 못하는 것에서 기인합니다. 우리는 이별에 도달해서야 비로소 그런 슬픔을 느낀다고 생각하지만, 아마도 관계가 지속되는 동안에도 느꼈을 것입니다. 관계가 끝난 후, 우리는 관계의 끝에 느꼈던 슬픔만이 아니라 관계가 지속되는 동안 느꼈던 슬픔을 기억합니다. 아마 그 전에는 알아차리지 못했을 것입니다. 자녀들을 돌보고, 저녁식사를 하고, 잠자리를 같이하고, 극장에 가고, 칵테일을 함께 마시고, 커튼을 다느라 말입니다. 그런데 아이러니하게도 끝낸 관계가 나빴을수록 슬픔 또한 더 격해집니다. 그 까닭은 아주 고통스러운 관계를 끝낼 때 상대를 놓아주는 것만이 아니라 이미 오래전에 끝냈어야 할 관계를 유지하기 위해 헛되이 투자한 모든 희망과 노력까지 한꺼번에 놓아 버리기 때문입니다. 우리는 슬프게도 다섯 가지 열쇠가 상대의 내면 어딘가에 있다고 착각했고, 그래서 오로지 그 열쇠들을 불러일으키기 위해 계속 노력했습니다. 이제 우리는 마침내 그 '언젠가'가 결코 오지 않을 거라는 사실을 인정해야만 합니다.

그러나 무엇보다 불가피한 결말에 하릴없이 맞서 싸울 때 가장 극심한 고통을 느낍니다. 우리는 사랑을 흘려보내기 전에 고통스럽게 사랑을 붙듭니다. 이 관계는 애초 생각한 그런 관계가 아니었고, 노력한 대로 되지 않았으며, 결국 바라는 대로 되지도 않았고, 그곳에 있다고 믿었던 것은 전혀 없었습니다. 비통한 슬픔의 가장 고통스러운 점은 기대했던 것을 얻을 수 없었다는 마지막 깨달음일지도 모릅니다. 만일 유년기에 그와 똑같은 경험을 했다면, 너무도 익숙해서 더욱 고통스러울 것입니다.

에밀리 디킨슨은 다음과 같이 썼습니다. "나는 언제나 상실감을 느꼈다/내가 기억할 수 있는 가장 처음부터, 나는 아무것도 없었다." 그 결핍, 외로움, 그리고 어른이 된 후에도 내면에서 집요하게 일어나고 있는 갈망을 스스로 인정할 때, 진정으로 성장한 것입니다. 언제나 더 많은 것을 원하는 내면의 아이가 있습니다. 그 아이는 양배추를 사려고 가게에 들렀을 때 초콜릿 칩 쿠키를 집어 들게 하는 존재입니다.

유년기의 상실에 대한 애도의 단계('덧붙여' 참조)가 관계의 끝에도 적용되는 것은 바로 그런 이유입니다. 만일 관계가 계속되는 동안보다 관계가 끝난 뒤에 더 강렬한 감정을 느낀다면, 그것은 슬픔이 과거의 상실을 닮았고 그 상실을 되살리고 있다는 증거입니다. 우리는 단지 관계가 끝나는 것을 슬퍼하기보다 과거의 상실을 더 슬퍼하고 있는 것입니다. 눈물을 흘리며 슬퍼해주기를 바라는 많은 결말들이 관심을 받을 기회를 엿보면서 우리의 내면에 수북이 쌓여 있습니다.

고통스러운 결별의 과정 동안 또는 외도나 배신으로 인한 위기의 한복판에서 영적 수행이나 그 외의 모든 정신적 노력이 평정을 되찾는 데 전혀 도움이 되지 않을 수도 있습니다. 이것은 수행에 결함이 있어서가 아닙니다. 모차르트와 〈모나리자〉의 진가를 알아보지 못한다고 해서 예술이 쓸모없다는 것을 의미하지 않습니다. 누군가가 우리에게 상처를 입힐 때 모든 것이 백지로 돌아갑니다. 그처럼 완전한 상실 앞에서 자아는 자신의 진실한 얼굴을 직면합니다. 좌절감을 느끼고, 겁을 집어먹고, 고통스러운 애착에 사로잡히고, 상대를 변화시키지 못했다는 무력한 얼굴입니다.

이런 상황에서는 위험 부담이 있는 방안이 우리가 선택할 수 있는 유일한 합리적 조치가 되기도 합니다. 즉 완전히 놓아버리는 것입니다. 자아가 계속 목소리를 내고 힘을 되찾고 싶어 하기 때문에, 이것은 엄청난 수련을 요합니다. 그 점에서 결별은 영웅적 여정의 분투 단계와 비슷합니다. 그러나 결별의 시기 동안 해야 할 일은 무척 간단합니다. 사랑의 한복판에 뛰어들기보다는 상황을 지켜보는 것입니다. 상황이 흘러가는 대로 내버려두고, 사랑이 우리에게 남긴 조각들을 다음에 올 사랑에 쓰는 것입니다.

마지막으로, 떠난다고 해서 관계를 끝내고 싶은 것이 아닐 수도 있습니다. 잠시 자기만의 시간과 공간을 갖거나 침체에서 벗어나기 위한 시도일 수도 있습니다. 단지 타임아웃을 원한 것뿐인데 그것을 이해하지 못해 관계가 끝이 나는 경우는 아주 흔합니다.

　이 장의 수행들은 이 책 전체를 통해 강조하고 있는 내용이라는 점을 유의하십시오.

우아하게 끝내고 다음 장으로 넘어가기

　첫날, 나는 주체할 수 없을 정도로 흐느껴 울었고, 출근을 할 수 없었다. 둘째 날, 나는 아주 우울했고, 너무 많이 울어서 결국 출근하지 못했다. 셋째 날, 나는 울기는 했지만 출근해서 한나절 동안 일했다. 지금은 회사에 늦게까지 남아 일하고 있다.

　나는 울부짖었다. "그녀가 날 버렸어!" 그다음에는 이렇게 슬퍼했다. "그녀가 나를 떠났어!" 오늘 나는 이렇게 말했다. "그녀는 이제 이 집에서 살지 않아."

　관계를 끝낼 것인가 지속할 것인가 고민하고 있다면, 이런 고민을 상대와 의논하는 것은 매우 중요합니다. 우선 스스로에게 다음의 질문을 물어보고 자신의 대답이 대체로 "그렇다"인지 "아니다"인지 확인해보는 것이 유용합니다. 다음의 질문에 두 사람이 따로따로 대답해보십시오. 그런 다음 서로의 대답을 비교해보십시오.

　• 당신과 상대는 다섯 가지 열쇠를 주고받으면서 사랑, 존경, 지원을 서로에게 보여주고 있습니까?

- 둘이 함께 있을 때 즐겁고 편안한 기분을 느낍니까?
- 주기적으로 서로를 위한 시간을 만듭니까?
- 현재 관계가 당신의 가장 절실한 욕구, 가치, 소망과 완전히 일치합니까?
- 성생활은 만족스럽습니까?
- 서로에게 변함없이 충실합니까?
- 상대를 신뢰합니까?
- 갈등을 해결하기 위해 기꺼이 함께 노력하려 합니까?
- 서로 합의한 사항을 지키고 있습니까?
- 당신이 항상 원해왔던 친밀한 관계가 상대와 가능합니까?
- 두 사람의 조건 또는 결별할 경우 발생할 불편함이나 결별에 대한 두려움 때문이 아니라 두 사람의 선택에 의해 함께합니까?
- 처음에 어떻게 만났는지 또는 사랑에 빠졌다는 것을 처음에 어떻게 알게 되었는지 묘사할 때, 그것이 일생일대의 행운이었다는 느낌으로 상세하고 열광적으로 묘사합니까?
- 내면의 트리오 — 머리, 마음, 직관 — 가 이 관계를 지속하는 것에 찬성합니까?

관계가 결별이나 이혼으로 끝날 때, 도움이 될 수 있는 몇 가지 실천적 제안이 있습니다. 우선 홀로 슬퍼하고 흘려보낼 시간과 공간이 필요합니다. 이 과정을 건너뛰고 곧바로 새로운 관계를 시작하는 것은 자연의 순리에 어긋납니다. 애도 과정은 더 높은 차원의 의식으로 나아가도록 도와줌으로써 성장을 위한 추진력을 제공합니다. 관계를 끝내자마자 새로 만난 사람은 이전 상대와 비슷한 성숙도를 갖고 있을 확률이 높습니다. 한동안 혼자만의 시간을 보내며 곰곰이 돌이켜 생각하는 과정을 거치면서 성장할 기회를 가지고 난 뒤에 새로운 사람을 만날 때 그는 이전의 상대보다 더 성숙한 사람일 가능성이 큽니다. 새로운 관계로 인해 애도 과정을 방해받지 않고, 필요한 시간만큼 애도하고 깨닫는 데 전념하는 것이 좋습니다.

애도 과정 동안에는 타인에게 시간을 내어줄 수 없습니다. 아이들은 부모 중 부재하는 쪽을 그리워합니다. 따라서 아이 역시 당신과 똑같이 애도 과정을 겪고 있습니다. 그래서 결국 아이의 슬픔이 당신의 슬픔과 뒤섞이게 될 것입니다. 왜냐하면 당신이 아이의 슬픔을 '거울 반응'하고 있기 때문입니다. 이것은 한 가족 안에서 무척 슬픈 일이 일어났을 때, 특히 가족이 해체된 경우, 지극히 당연한 것입니다.

잠을 잘 자지 못하는 것은 당연합니다. 일반적인 자기파괴적 양상, 예를 들어 신경성 거식증, 어떤 물질에 대한 중독 또는 자살 충동 등에 빠질 수도 있습니다. 애도 과정에는 엔딩, 즉 어린 시절 이래로 우리 안에 묻혀 있었던 죽고 싶은 소망과 관련된 신체적 반응이 따라옵니다. 이 시기에 치료는 아주 중요합니다. 치료는 문제를 검토하고 해결하는 과정 또는 변화를 계획할 때 도움을 줄 수 있습니다. 오로지 당면한 문제만을 애도하고 있는 것이 결코 아니기 때문에, 깊이 묻혀 있던 과거의 문제를 해결하는 데 치료가 도움이 될 것입니다. 스스로에게 이렇게 물어봅시다. "이런 상실이 일어나는 이유는 무엇일까? 우주가 나에게 과거의 무덤으로부터 다시 살아날 기회를 주고 있는 것일까?"

관계가 끝날 때, 우리는 자신의 사랑스러움을 의심하게 됩니다. "그는 사실 나를 사랑하지 않았어(이제 나는 깨닫습니다)", 그러므로 "나는 사랑스럽지 않아(나는 자책합니다)" 또는 "그는 누구도 사랑할 수 없는 사람이야(나는 그를 비난합니다)". 그러나 "나는 사랑스러워. 그는 사랑할 수 있어. 그리고 그는 나를 사랑하지 않아"는 어떨까요. 성숙한 사람들은 이 마지막 현실적인 시각을 받아들입니다. 누구나 사랑할 수 있습니다. 또한 사랑스럽지 않은 사람은 아무도 없습니다. 하지만 모든 사람이 나를 사랑하지는 않을 것입니다.

누군가 귀 기울여 들어줄 사람이 있을 때 우리는 자기의 이야기를 털어놓게 됩니다. 이는 애도의 정상적인 단계입니다. 그 사연을 세세하게 되풀이해 말하는 것은 충격과 스트레스를 흡수하도록 도와줍니다. 그러나 어느 날, 당신이 얼마나 옳았고 그 사람이 얼마나 나빴는지 이야기하는 동안 당신은 문득 지겨워질 것입니다. 그것은 그런 스토리텔링이 더 이상 아무 의미가 없다는 본능적인 신호입니다. 그러면 당신은 그만둘 것입니다.

언젠가는 그 모든 일들이 그저 과거의 일화에 지나지 않게 될 것입니다. 거기에 도달하기까지는 인내가 필요합니다. 어느 날 누군가가 불쑥 이렇게 말할 것입니다. "당신들은 함께 있을 때 둘 다 불행했어. 그 관계는 당신에게 전혀 도움이 되지 않았어. 하지만 결국 서로 헤어졌으니 이제부터는 행복하게 살아갈 수 있을 거야." 그리고 그 사람이 아무렇지도 않게 솔직하게 내뱉은 그 말은 당신의 내면에 쿵 하고 떨어지면서 진실의 소리를 울릴 것입니다.

스트레스는 명확한 사고를 방해합니다. 이 시기에는 중요한 재정적 또는 법적 문제, 주거지나 직장을 옮기는 문제, 자녀 양육권 등 심각한 일들에 관해 모라토리엄을 선언하는 것이 현명합니다. 대부분의 사람들은 결별 과정 동안 다른 곳으로 거처를 옮기고 고통에서 벗어나 새로운 삶을 시작하겠다고 생각합니다. 그것이 그렇게 쉽게 될 수 있다면 얼마나 좋을까요! 이런 시기에 치료나 친구들의 피드백 없이 어떤 새로운 모험에 착수하는 것은 위험합니다. 한 달 정도 시간 여유를 두고 스스로 계속 그렇게 하기를 원하는지 지켜본 후 결정하는 것이 좋습니다.

아마도 당신의 마음을 아프게 한 상대에게 복수하고 싶은 욕망이 솟아날 것입니다. 이는 애도 과정을 피하려는 자아의 술책입니다. 어떤 감정, 어떤 생각도 그대로 허용하되 그것을 행동으로 옮기는 것은 삼가십시오. 다음은 나의 친한 친구가 힘든 이혼 과정을 거치면서 나에게 보내온 편지입니다.

나는 예전보다 더 친절한 사람이 된 것 같아. 다른 사람들을 마음 아프게 하고 싶지 않거든. 하지만 그녀 생각만 하면 아주 잔인하고 포악한 사람으로 돌변해버려. 물론 그런 생각들을 행동으로 옮기지는 않지. 그녀도 속이 시끄러울 거야. 그리고 언젠가 정신을 차리고 지금과 달라질 수도 있겠지. 하지만 이젠 내가 상관할 일이 아니야.

이것은 마음이 열리고 자아가 와해되는 소리입니다. 앞으로 영원히 다른 사람을 만나지 못할 것이고 아무도 당신을 원하지 않을 거라는 두려움을 느낄 수도 있습니다. 이런 종류의 피해망상은 그 자체로는 무시되어야 하겠지만, 다른 한편으로 애도 과정에 도움이 되기도 합니다. 당신이 자신의 참모습을 볼 준비가 되기 전에 다른 사람을 찾아 나서지 못하게 해주기 때문입니다.

당신은 상대와 그의 배신을 머릿속에서 떨쳐버리지 못할 수도 있습니다. 자아는 양극 중 어느 한쪽을 선택하고 다른 한쪽을 무시하고 싶어 합니다. 바로 그 때문에 오직 한 가지 선택에만 초점을 맞추는 강박적인 생각들이 비롯되고 그런 생각들이 그토록 집요하게 지속되는 것입니다. 당신은 관제탑 안에 있는 게 아닙니다. 오히려 당신은 활주로가 되라는 도전을 받습니다. 감정이나 생각이 무사히 착륙하게도 허용하고 당신과 충돌하게도 허용하십시오. 그것들은 정상적이며, 시간이 흐르면 저절로 사라집니다.

헤어진 후 상대와 너무 빨리 다시 접촉하는 것은 어리석은 행동입니다. 두 사람이 우호적인 감정으로 다시 만날 수 있는 이상적인 시기는 언제쯤일까요? 아마도 당신이 강박감에 더 이상 시달리지 않게 되고, 더 이상 상대를 변화시키거나 상대에게 앙갚음하고 싶은 생각도 그럴 필요도 없어진 때일 것입니다. 당신이 더 이상 접촉을 원하지 않고 관계를 정상으로 올려놓을 준비가 되었을 때가 다시 접촉해도 좋은 시기입니다. 상대를 비난하는 마음이 사라지면 그를 다시 만나 관계를 정상으로 올려놓을 수 있습니다(관계를 정상화하는 것은 특히 자녀 문제를 협상해야 할 때 매우 중요합니다). 비통한 슬픔은 인간의 의지로 해소될 수 있는 것이 아닙니다. 그 감정을 의도적으로 버리려 하지 말고 그냥 내버려두는 것이 가장 현명합니다. 그 슬픔을 '극복하는' 데 너무 오래 시간을 끈다고 친구들이 뭐라고 말하건 상관하지 말고, 이젠 됐다 싶을 만큼 충분한 시간을 가져야 합니다.

떠나는 상대가 관계를 회복하고 싶어 기회를 엿보는 것처럼 보일 때 헛된 희망이나 기대가 일어나는 것을 조심하십시오. 그것은 상대가 재결합을 원한다는 표시가 아닐 수도 있습니다. 어떤 결별에서든 양면적인 감정이 병존하게 마련입니다. 누구라도 보통 결별 선언과 실제 결별 사이에서 우물쭈물하는 모습을 보이게 됩니다. 그 관계에 정말로 온당한 희망이 있는지 없는지는 시간이 말해줄 것입니다.

남겨진 사람은 상대가 친절을 베풀거나 자기를 측은히 여겨 다시 받아들여주기를 기대하는, 어린아이가 된 듯한 기분이 들 수도 있습니다. 이는 지극히 정상적인 감정입니다. 마음은 단단한 껍질을 벗어던지고 빛이 안으로 스며들게 하는 법을 배우기 위한 다양한 방법을 가지고 있습니다. 그와 동시에, 친절이나 연민을 애걸하는 그 어린아이는 당신이 타인으로부터 너무 많은 것을 기대했다는 사실을 깨닫도록 도와줍니다.

예레미야서(30장 12절)에 "네 상처는 고칠 수 없고 네 부상은 중하도다"라는 말씀이 있습니다. 모든 비통한 슬픔에는 가눌 수 없는 부분이 있습니다. 깊은 상실에는 해결되지 못한 것, 뿌리 뽑을 수 없는 뭔가가 항상 있을 것입니다. 그처럼 달래기 어려운 슬픔은 어린 시절과 관련이 있습니다. 바로 그것이 완벽한 짝에 대한 갈망을 부채질합니다. 하지만 불행히도 그 슬픔은 자신이 사랑스럽지 못하다는 생각으로 귀결되곤 합니다. 그래서 성년기에 이르러 자신에게 찾아오는 사랑을 완전히 받아들이지 못하게 됩니다.

슬픔으로 인한 상처는 오랜 세월이 흘러도 보기 흉한 상흔으로 남아 있을 수도 있고, 적당히 잘 아물 수도 있습니다. 마치 몸에 난 흉터들이 우리를 치료한 의사들의 다양한 의술 수준을 보여주듯이, 그 결과는 우리가 애도를 얼마나 잘해내느냐에 달려 있습니다.

만약 상대가 새로운 사람을 만나 관계가 끝난 것이라면, 당신이 그 불청객에게 편지를 쓰는 건 어떨까요? 그것은 단지 배신으로 인해 당신이 어떤 감정을 느끼고 어떤 일을 겪었는지를 알리기 위한 것입니다. 당신은 먹지도 자지도 않고, 몇 날 며칠을 계속 울었을지도 모릅니다. 이 편지의 목적은 뭔가를 변화시키려는 것이 아닙니다. 그저 아직 끝나지 않은 관계를 가진 상대와 기꺼이 관계를 시작하려 하는 그 불법침입자 때문에 당신에게 무슨 일이 일어났는지를 알리는 것입니다. 답장을 기대하거나 누군가를 아프게 하려는 거라면 편지는 쓰지 마십시오. 한 가지 대안은 편지를 쓰되 부치지 않는 것입니다. 더불어 당신이 바라는 반응을 얻어내려는 의도로 상대의 가슴에 못을 박을 수 있는 이야기를 흘리거나 그동안 마음속에 담아두고 있던 말을 마지막으로 쏟아붓고 싶은 욕구를 꾹꾹 눌러야 합니다.

다음 글을 천천히 읽고 난 뒤, 조용히 명상하십시오. 이 글은 결별과 같은 커다란 위기에 적용해온 영적 과정을 요약하고 있습니다.

> 자아의 신경증적 유희들 — 두려움, 애착, 비난, 불평불만, 기대, 판단, 결과에 대한 집착, 상황을 바로잡으려는 욕구, 통제, 끌림, 혐오, 선호 — 은 결국 우리에게 방해가 됩니다. 마음챙김 수행은 그 장애물로부터 벗어나게 해주고 나의 경험을 두려움 없이 있는 그대로 직면하도록 도와줍니다. 만일 나의 세계가 무너져 내려 아무런 기반도 없어진다면 내 삶을 재창조하라는 해방의 초대입니다. 마음챙김은 주의를 흩뜨리는 자아의 침해 없이 처음으로 뭔가를 똑바로 바라보는 것과도 같습니다. 그런 이유로 마음챙김을 '초심'이라고 부르기도 합니다. 그것은 현실에 맞서기보다는 현실과 공존하는 방법을 알려줍니다.

수행의 관건은 내면의 폭풍우를 잠재우는 것이 아니라, 폭풍우 속에 조용히 자리 잡고 앉아서 그것을 '거울반응'하고 그 에너지를 받는 것입니다. 고통스러운 붕괴를 어떻게든 막아보려고 발버둥치는 것은 그러한 가능성으로부터 달아나려는 것일 뿐입니다. 나의 곤경은 바로 나 자신입니다. 그것이 아무리 부정적이거나 무시무시하더라도 말입니다. 그것을 피하려는 시도들은 현재 내 삶의 모든 충격을 회피하려는 것이며 그것이 나에게 전해줄 가르침을 피해 달아나는 것입니다. 달아나지 않는 것이 지혜로운 태도입니다. 마음챙김의 관건은 침착해지는 것이 아니라, 어지러운 마음을 완전히 가라앉히면서 자신의 당면한 현실을 진정으로 '거울반응'하는 것입니다.

살아가노라면 때때로 삶이 무의미하게 느껴지기도 합니다. 그것을 받아들이고 그렇게 느껴지는 대로 놔두고 있다 보면, 어느 순간 나 자신이 더 가벼워지고 뭔가를 깨우친 느낌이 들 것입니다. 허용하는 것은 거기에 빠져 있는 것이 아닙니다. 내가 나의 생각의 제물이 될 때, 나는 거기서 헤어 나오지 못하게 됩니다. 잡념을 버리고 공간으로 가득 찬 내 몸 속에서 캄캄한 어둠이 체감되는 것을 허용하십시오. 이것이 몸 마음챙김입니다. 내 몸 구석구석에 쌓여 있는 긴장을 모두 풀면서 발바닥에서부터 정수리까지 모든 부분에 말없이 관심을 기울이십시오.

현재 나의 부정적인 생각이나 감정이 어떤 것이건 깨어 있는 의식으로 받아들일 때, 그것은 견딜 만해집니다. 그러면 나는 선정禪定에 들어가 순수한 경험을 하게 됩니다. 그것은 라일락 한 송이를 바라보며 더 많은 꽃송이들을 바라지 않고 사과의 맛을 음미하며 모자랄 것을 걱정하지 않는 것입니다.

'나'에 관한 이야기

셀레네는 이제까지 '삼켜지는 것'에 대한 견딜 수 없는 두려움을 간직한 채 살아온 사십대 중반의 정신과의사입니다. 그녀는 몇 년째 치료를 받다 말다 반복해오면서, 이 책과 유사한 책들을 탐독하고 있습니다. 그럼에도 새로운 관계를 시작할 때마다 두려움이 덩달아 수면 위로 떠올라 그녀를 사로잡습니다. 그녀가 상대인 제시에게 거리를 두는 것 때문에 두 사람 모두 고통을 받았습니다. 삼십대 초반의 엔지니어인 제시는 셀레네가 '삼켜지는 것'을 두려워하는 것만큼이나 '버림받는 것'을 두려워합니다. 그는 이런 책을 한 줄도 읽지 않으려 합니다. 셀레네가 자신만의 시간과 공간을 요구할수록 제시는 그녀에게 더욱더 집착합니다. 그리고 그가 집착할수록 그녀는 거리를 유지하고 싶어 합니다.

5년의 만남 끝에, 제시는 한동안 그녀 몰래 다른 여자를 만났다고 털어놓고는 셀레네를 떠났습니다. 그들의 관계는 오랜 시간 둘 중 누구에게도 이롭지 않았습니다. 둘 중 누구도 상대에게 애정 어린 보살핌의 원천이 되지 못했고, 누구도 상대와 감정을 공유할 수 없었습니다. 사실 헤어질 생각을 먼저 한 건 셀레네였습니다. 하지만 지금 그녀는 갑자기 그 어느 때보다 이 관계를 원합니다. 제시라는 이름이 버림받는 것과 연관되자, 그녀에게 그 이름이 수천 배 더 소중해졌습니다. 삼켜지는 것에 대한 그녀의 두려움은 버림받는 것을 용납하지 못하는 것으로 바뀌었습니다.

셀레네는 지금 5개월째 치료를 받고 있습니다. 그녀가 계속 쓰고 있는 일기에서 몇 부분을 발췌해 소개합니다. 그중 어떤 것들은 제시와 관련된 내용이고, 어떤 것들은 그에게 쓴 편지이지만 보내지는 않은 것들입니다. 셀레네는 그 글들이 사실은 자신에 관한 것임을 알고 있으니까요.

제시는 더 이상 제시가 아니라 나의 내면에서 벌어지고 있는 드라마의 주인공이다. 그는 애정에 굶주리고 절망에 빠진 내가 간절히 필요로 하는 애정 어린 보살핌을 결코 줄 수 없는 남자다. 그는 그 사실을 거듭 증명해 보였다. 현실의 제시는 우리 관계에서 신뢰가 중요하다는 나의 확고한 감정과 신뢰가 사라졌을 때 내가 보이는 반응을 이해하지 못했다. 제시와 나는 서로에게 상처만 안겨주었다. 그렇기에 헤어지는 것이 최선이었음을 나는 잘 알고 있다. 그를 내 사랑의 여정에서 하나의 상징이 아니라 현실의 존재로 생각하는 한, 나는 내가 안고 있는 문제를 직면하지 못할 것이다. 그런데 떠난 사람이 내게 더 이상 현실의 존재가 아닌 단순히 상징적인 존재로 남는 것이 가능할까?

내 드라마에서 다른 남자들은 단순히 내 상대 역을 맡을 뿐이지만 제시하고라면 『햄릿』을 상연할 수 있다. 내 드라마의 주제는 '아버지에게 버림받음'이다. 신기하게도 제시는 나를 버리고 다른 사람에게로 갔다. 나의 지혜로운 직관은 첫 키스 때부터 이런 일이 일어날 줄 알고, 나를 버린 아버지와 똑같은 느낌을 주는 상대를 선택하게 했던 게 분명하다. 현실의 제시가 내 곁을 떠나는 순간, 상징적인 제시가 내 드라마와 내 마음속으로 걸어 나왔다. 나는 그 차이를 깨닫지 못한다! 나에게는 단 한 명의 제시밖에 없다고 생각한다. 하지만 현실의 제시뿐만 아니라, 나의 내면에는 내가 오랫동안 공들여 만든 또 다른 제시가 있다. 사실 현실의 제시는 이 엄청난 고통의 원인이 아니다. 이 상실의 고통은 내가 평생 동안 찾아 헤매다 마침내 발견한 사랑, 즉 '그'라는 환상을 잃는 고통이다. 사실 나는 단지 나의 충족되지 못한 소망들 — 이것은 나의 삶을 관통하는 외로움의 본질이다 — 의 옷을 입힐 수 있는 마네킹으로 그를 계속 이용할 기회를 잃어버리는 것뿐인데 말이다.

당신과 이 쓰라린 슬픔은 나를 눈뜨게 했어. 하지만 내가 정체성을 찾을 수 있도록 당신이 도와주기를 바라는 나의 바람을 당신은 이뤄주지 못했어. 당신은 나를 눈뜨게 하지만 나를 충족시키지는 못해. 이건 당신 잘못이 아니야. 내 문제지.

상실과 갈망은 평생 내 안에 자리 잡고 있었다. 나는 그의 도움을 받아 치유될 수 있을 거라 생각했다. 이제 나는 스스로 치유해야 하고 마침내는 이 일에 나와 함께해줄 사람을 발견해야 한다. 그가 떠난 지금, 나는 그가 내 곁에 있어줬더라면 모든 게 순조로웠을 거라는 환상을 만들어낸다. 이것은 그가 내 마음속에 봉인된 문을 우연히 발견했기 때문일 것이다. 그리고 그와의 관계가 의미 있는 것이었기 때문에 지금 그를 충족과 결부시키고 있는 것이다. 사실 그는 내게 의미 있는 사람이기보다는 의미 있는 도화선이었다. 이제 그는 내게 도화선에 불을 붙이는 이미지로 남아 있다.

그와 함께 있어도 외로움에서 안전하지 않았던 것을 어떻게 그토록 쉽게 잊을 수 있을까? 나는 그에게 나를 예의 그 감정들로부터 보호해주기를, 어린 시절에 생긴 빈 공간 속으로 떨어지지 않게 도와주기를 부탁했다. 물론, 이제 쓸쓸하고 외로울 때마다 내 마음속에서 자동적으로 그가 나타난다. 무서움을 느낄 때, 나는 내 스토리의 영웅 역을 직접 맡기보다는 영웅적인 힘이 부여된 그를 투입한다. 이제 그만 그를 물러나게 하고 성숙한 인간으로서 혼자 그 싸움에 맞서야 한다.

내가 잃은 제시는 지금까지 내가 사랑했지만 결국 잃어야 했던 그 모든 사람들이다. 사실 나는 제시 한 사람만을 사랑했던 것이 아니다. 나의 그물은 훨씬 더 멀리까지 드리워졌다. 지금까지 내가 잃었던 그 모든 사랑을 원했다. 제시라면 그렇게 해줄 수 있을 것 같았다. 그로 인해 사랑에 관한 나의 모든 희망과 필요가 마침내 충족될 것처럼 보였다. 하지만 그가 그렇게 해줄 수 없는 것이 분명해졌을 때, 나는 그를 내 인생에 훨씬 더 단단히 뿌리내리게 하면서 그에게 나머지 사람들을 투영했다.

나는 현실의 제시로부터 편지를 받았고, 그래서 희망과 당혹감이 뒤얽힌 강렬한 감정을 느꼈다. 그가 떠나면서 입은 상처가 치유되려면 혼자 있는 시간이 필요하다는 것을 안다. 하지만 나는 그가 그립고 그를 만나고 싶다. 내가 단지 실제의 제시를 그리워하고 있는 것이라고 생각해본다(나에게 그 제시는 없는 것이 더 낫지만). 하지만 사실 나는 아버지를 그리워하고, 나를 버리고 떠났던 그 모든 남자들을 그리워하고 있는 것이다. 그리고 이 편지를 보낸 남자는 그들의 화신이자 밀사일 뿐이다. 만약 내가 답장을 쓴다면, 이 감정을 액면 그대로 받아들이는 것이다. 마치 나의 감정이 실제의 제시에 대한 감정인 것처럼 말이다. 만약 내가 답장을 내 일기에만 쓰고 그에게 보내지 않는다면, 나는 내 자리를 찾기 위한 노력의 일환으로 내 안의 제시와 유익하게 협력하는 셈이 된다. 제시가 나를 집에 홀로 데려다놓기 전까지 나는 실종자였다. 그가 집을 떠났을 때 비로소 나는 집으로 돌아왔다.

나는 내가 그에게 부적합했다는 것도 알고 있다. 그가 처음으로 내 곁을 떠나겠다고 했을 때 나는 그의 마음을 돌려보려고 그에게 뭐든 다 약속했다. 그러나 나 자신을 속일 수는 없다. 일단 연막이 걷히고 우리가 이전 상태로 다시 돌아가게 되었을 때 나는 그에게 조금도 더 나아진 게 없는 상대였을 것이다.

내가 그에 관해 절대로 용납할 수 없었던 사실들을 이제 와 부인하다니! 나는 그가 완벽했다고 생각하면서 스스로를 계속 속이고, 내가 지녔던 최고의 것을 엉망으로 만든다. 나는 그의 장점들을 과장하고 미화한다(아마도 그가 나의 악덕들을 과장하듯이). 엄청난 상실의 전면적인 공격으로부터 나를 보호해주는 부인否認. 거기에서 내 슬픔은 시작된다. 그러한 부인은 올바른 판단력을 마비시킨다. 나는 내가 잃어버린 것의 가치를 과장하고 왜곡하고 미화한다. 그럼으로써 나는 그가 돌아오기를 그토록 필사적으로 갈망하는 것이다.

나는 최소한의 희생으로 최대치를 얻기를 갈망한다. 내가 그런 모순, 말도 안 되는 애정 결핍을 아무 문제 없이 내 모습으로 받아들여도 되는 걸까? 그에게 전화를 걸어 이런 나의 결핍을 행동으로 옮기지 않는 한, 괜찮을 것이다. 왜 나는 그에게 전화를 하고 싶은 걸까? 나는 친밀함을 간절히 원한다. 나는 결코 그렇게 해줄 수 없는 사람에게서 내가 필요로 하는 것을 얻으려 하는 중독자다. 그가 할 수 없다고 해서, 아무도 할 수 없는 건 아니다. 나는 지금의 이 처참함을 혼자 이겨내야 한다. 내 안의 나약하고 궁핍한 존재를 똑바로 목격하면 내가 너무 오랫동안 방치해두었던 나 자신에 대해 연민을 가질 수 있겠지. 그 연민이 이 상황을 헤쳐 나갈 방법이 될 수 있을까?

나는 당신을 사랑스럽게 안아주고 당신 말에 귀를 기울이고 당신의 소소한 결점들까지 껴안으려 했던 때를 떠올려. 내가 당신을 위해 한 일은 나 자신이 필요로 하고 갈망했던 것들이었어. 나는 그렇게 당신을 사랑함으로써 당신에게 내가 어떤 식으로 사랑받고 싶어 하는지를 보여주었지. 당신이 나와 같은 방식으로 사랑을 되돌려주지 않는다는 것은 알아차리지 못했어. 당신이 돌아오기를 바라는 나의 일부는, 이야기를 들어주고 따뜻하게 안아주기를 간절히 원하는 겁에 질리고 애정에 굶주린 어린아이야. 나의 다른 일부인 어른은 지금은 그 모든 걸 내려놓아야 할 때임을 알고 있어. 다정하고 힘 있는 나의 또 다른 일부는 당신을 떠나보내고 나를 계속 살아가게 해.

나의 방어적인 성향은 많이 누그러졌다. 그래서 이전보다 더 매력적으로 보인다는 말을 듣는다. 나에게 비옥한 시간들이다. 지금 같아서는 자기 패배적인, 친밀함을 방해하는 옛 습관들을 기꺼이 버릴 수 있다. 이 상태를 얼마나 유지할 수 있을까?

내가 앞으로 어떻게든 제시와의 관계를 잘 풀어나가기 위해 우리가 주고받을 가상의 대화를 머릿속에 떠올리는 지금은 애도의 협상 단계°이다. 그 대화들이 또한 내가 힘을 어느 정도 되찾도록 도와주는 것 같다.

제시, 이렇게 고통스러워하는 나를 보고도 어떻게 아무것도 하지 않을 수 있지? 당신이 해야 할 일은 내게 돌아오는 것뿐이야. 알고 있어. 내가 우리 관계를 회복하고 싶어 하는 건 오로지 이 슬픔을 끝내기 위해서지 정말 가치 있는 무언가를 회복하기 위해서는 아니란 걸. 나는 우리 관계 자체에 슬픔을 느끼면서 그 관계가 끝난 것을 슬퍼한다고 생각하고 있는 거야.

○   엘리자베스 퀴블러 로스는 저서 『죽음과 죽어감On Death and Dying』에서 죽음과 상실을 맞이하는 사람들이 거치는 반응을 애도의 다섯 단계로 설명했다. 네 번째 단계인 협상은 자신의 다른 부분을 희생해서라도 상실을 되돌릴 방법을 계속해서 떠올리는 것을 말한다.

당신이 떠나버린 지금, 나는 버려진 느낌이야. 우리 관계가 지속되는 동안에도 내내 버림받은 느낌이었지만 그렇게 생각하지 않았지. 지금도 나는 그것을 인정하는 대신 당신과 함께해온 시간을 미화하고 있어. 당신 책임이라는 건 아니야. 이 모든 게 다 내 문제이고 내가 맹렬하게 환상에 매달리기 때문이야. 제시, 당신은 지금 그대로 완벽해.

내가 쓰는 글 속에서 내가 기적이 일어나기를 바라고 있는 것이 보여. 어떻게든 당신의 반응을 얻어내려고 보내는 편지나 글들은 응답받지 못하거나 아무 소용도 없겠지. 마치 다른 사람과 한창 통화하고 있는 사람에게 계속해서 전화를 거는 것처럼. 나는 더 이상 나자신을 속일 수 없어. 당신과 접촉하려는 나의 욕구가 순수하게 그저 당신을 보고 싶고 목소리를 듣고 싶어서가 아니라 도리어 당신을 설득하고 조종하기 위한 것임을 나는 알고 있어. 나의 자아는 이기고 싶어 해. 이것이 당신을 만나지 않고 지내야 하는 이유야. 이기기 위해 당신을 돌아오게 한다면 나의 패배한 자아에게 힘을 실어줄 뿐일 테니까.

나는 이 끔찍한 관계에서 절대 벗어날 수 없었을 거야. 그런데 당신과 당신의 새로운 상대가 내가 벗어날 수 없었던 이 관계에 끼어들었어. 이제 내가 질질 끌고 있던 것을 당신이 끝내고 있어. 당신이 떠나서 슬프고 동시에 우리가 그토록 오랫동안 관계를 지속해왔던 것이 슬퍼.

결국엔 끝나고 말 희망 없는 옛 관계를 갈망할 것인가, 아니면 옛 관계를 버리기 전까지는 결코 시작할 수 없는, 미래가 있는 새로운 관계를 꿈꿀 것인가? 셀레네, 자유로워질 이 기회를 헛되이 날려버리지 마!

나의 오래된 소꿉친구가 내가 아닌 다른 새 친구와 놀고 있다는 사실에 가슴 아파하는 어린아이가 된 기분이다. 지금의 이 상실은 친구에게 거부당한 어린아이가 받은 충격과 똑같이 내 마음을 강타한다. 애정 어린 돌봄에 대한 나의 해묵은 욕구는 내가 마지막까지 이토록 처절하게 매달리고 있는 이유이다.

섹스는 내게 자기기만을 위한 최고의 기폭제였다. 섹스는 좋은 관계를 가늠하기 위한 믿을 만한 지표가 아니다. 관계가 완전히 깨어진 상태에서조차 섹스는 더없이 좋을 수 있기 때문이다. 우리의 경우처럼. 제시, 이건 조금도 당신 잘못이 아니야.

제시는 내가 연인에게서 받고 싶어 한 것을 내게 주지 않았다. 그러나 그런 희망마저 없었다면 나는 절망을 이기지 못했을 것이다. 그래서 그토록 매달렸다. 지금까지도 그는 내게 사랑의 갈망에 대한 모든 신성과 아우라를 지닌 우상 같은 존재다. 내 마음 속에서 아무리 그는 석고상에 지나지 않는다고 외친다 할지라도. 이 두 이미지가 마침내 분리될 때, 사랑받으려는 나의 시도는 원래의 힘을 되찾을 것이고, 그의 존재감은 차차 줄어들어 그저 '한때 내가 알았던 사람'이 될 것이다. 이 노력을 계속하면서 그와 만나지 않는 이 상태를 유지하는 것이 우상을 파괴하고 자유로워질 최선의 길이다. 내가 얻고자 하는 것을 위해 이 순간을 이겨내는 대신, 이전의 악순환을 되풀이하는 것으로 끝낼 것인가? 나는 이런 실수를 또다시 할 수도 있다. 새로운 사람은 새로운 사람처럼 보이지만 여전히 똑같은 투사일 수 있다. 내 오래된 드라마의 똑같은 배역에 새 배우를 캐스팅하는 것과도 같다. 내가 갈망하는 것은 결국, 아직 개봉되지 않은 자기양육 능력일 것이다. 나의 갈망은 다른 누군가에게서 나의 미래를 찾는 게 아니라, 묻혀 있는 나의 보물을 발견할 수 있는 장소에 대한 실마리를 찾는 것이다.

시들어가는 장미를 지켜보듯 이 관계가 끝나는 것을 지켜봐야 한다. 비난하지도 슬퍼하지도 않으면서. 그리고 나는 내가 깨닫고 있는 모든 것에 대한 감사의 뜻으로 이 세상에 선물을 줄 것이다.

9장

사랑은 어떻게
깊어가는가

가장 가까운 사람들 사이에도

무한한 거리가 계속 존재한다는 것을

받아들이면, 우리는 나란히

멋진 삶을 살아갈 수 있다.

서로 간의 거리를 사랑할 수 있다면,

우리는 하늘을 배경으로 서로를

온전히 바라볼 수 있다.

—라이너 마리아 릴케

집으로 돌아올 때, 영웅적 여정의 주인공은 자신과 세상에 관해 '더 높은 의식'에 도달했음을 보여줍니다. 이 경우 '집으로 돌아오는 것'은 우리가 필요로 하는 모든 것은 우리 안에, 그리고 주위 사람들의 마음속에 있다는 사실을 깨닫는 것을 비유하는 말입니다. 관계에 대한 욕구를 느끼는 것은 그러므로 귀향 본능이며, 우주의 의도에 부합되는 것입니다.

관계가 막을 내리는 시점에서 사랑은 한 사람에게 한정되지 않고 온 세상으로 뻗어나갑니다. 우리는 한 사람을 사랑하는 경험을 통해 우주적인 연민에 도달할 수 있습니다. 어떻게 그것이 가능할까요? 헌신을 통해 가능합니다. 즉, 다섯 가지 열쇠를 주고받고, 문제들을 해결하고, 약속을 지키는 것에 헌신함으로써 보편적인 연민에 다다를 수 있습니다. 현재의 동반자 관계에서 이 모든 것을 행할 경우, 타인들과도 그렇게 할 수 있을 만큼 마음이 유연해지고 온화해집니다. 현재의 관계에서 그것을 이뤄냈을 때, 우리는 그것이 어디서든 가능하다고 믿게 됩니다.

세상을 향해 마음의 문을 열기 위해서는 우리 안에서 정확히 어떤 변화가 일어나야 할까요? 헌신적인 관계에서는 자신만이 옳아야 하고, 자기 마음대로 해야 하는, 경쟁하고 이기려 하는 자아의 끈질긴 고집을 마침내 버리게 됩니다. 여전히 언쟁을 할 수도 있지만, 그런 말다툼은 그리 오래 지속되지 않으며 결국 해결이 됩니다. 그리고 말다툼에서 과거를 재연하는 빈도도 줄어듭니다. 언쟁의 내용을 분노의 돌절구에 넣고 마구 찧어낼 알갱이들이 아니라 그저 정보로 받아들입니다. 자신의 기대가 충족되기를 요구하는 게 아니라 동의를 구합니다. 이제 우리는 싸우긴 하지만 사랑을 멈추지는 않습니다. 우리는 서로의 자아를 보다 부드럽게 받아들일 수 있습니다. 서로에게 영향력을 행사하는 것을 멈추고 그 대신 관계의 공통 목표들을 위해 그 힘을 이용할 방법을 찾습니다.

갈등 앞에서 자신이 강구하는 태도에는 우스꽝스럽게도 내실이 없다는 것을 알아차리기 시작합니다. 일단 연민과 지혜가 그러한 태도를 완전히 씻어내면, 자신의 태도가 타협이 전혀 불가능한 게 아니라는 것을 깨닫게 됩니다. 이전에는 아주 엄청나 보였던 것을 이제 조금은 재미있어하면서 바라봅니다. 그리고 심각함은 고통의 한 형태라는 것을 깨닫고, 심각한 태도를 버립니다. 이제 고통은 새로운 방식으로 열리면서 책망과 수치가 아니라 연민과 변화로 이끕니다.

타인이 하는 행동을 자신도 할 수 있다는 것을 깨닫고 나면, 자신의 마음을 아프게 하는 타인의 행동에 그다지 위협감을 느끼지 않게 되고, 연민이 더욱 깊어지게 됩니다. 로맨스 단계에서 저항할 수 없는 힘에 이끌렸다면, 실제적인 약혼 단계에 이르러서는 결정을 재촉하게 됩니다. 바로 이때가 결혼을 하기에 가장 적합한 때입니다.

두 사람은 이제 서로를 완벽한 존재로 받아들입니다. 그러나 단지 오래된 옷이 편한 것과 마찬가지일 뿐입니다. 현실의 사랑은 관계의 각 단계마다 다르게 보입니다. 떡갈나무가 봄, 여름, 가을, 겨울에 따라 각기 다르게 보인다 해도, 그것은 언제나 떡갈나무입니다. 우리는 로맨스 단계에서는 낭만적으로, 갈등 단계에서는 극적으로, 헌신 단계에서는 침착하고 확실하게 다섯 가지 열쇠를 건네줍니다(또한 그것을 세상으로 전합니다). 이 책에 나와 있는 수행들은 단지 나의 관계만을 더 나은 것으로 만드는 것이 아니라 모든 관계들을 더 낫게 만들기 위한 것입니다.

내밀한 사랑에서 주고받는 것

우리 몸속에는 선천적으로 유기적인 지혜가 있습니다. 이 지혜는 우리 마음과 몸속에서 일어나는 불균형을 스스로 고치는 항상성을 갖고 있습니다. 카이로프랙틱(척추지압요법)의 창시자 데이비드 팔머는 이 지혜를 몸의 '선천적인 지능'이라고 불렀습니다. 이 용어는 균형과 치유와 재생을 촉진하는 각 세포 내의 본능, 즉 자연치유능력을 의미하는 것입니다. 더 나아가 그는 우주 내의 '우주적 지성'에 대해 언급했습니다. 그리고 마침내 이 지성과 우리의 신체적 지혜가 하나라는 것을 깨달았습니다. 이는 우리의 신체 지혜가 무한하고, 얼마든지 가용하며, 우리의 핵심과 세계의 핵심이 동일하고 신성의 핵심 역시 마찬가지라고 말하는 것과 같습니다.

이를 유념한다면, 우리는 우리의 욕구를 실현할 수 있습니다. 다섯 가지 열쇠는 우리의 취약성을 드러내는 것이 아니라 오히려 우리의 생명력이기 때문입니다. 자신을 믿는 것은 자신의 욕구와 감정이 현실을 견뎌내고 삶의 조건을 극복하고 그에 맞춰 반응할 수 있게 하는 천하무적의 힘이라는 사실을 믿는 것입니다. 만일 내가 현실에서 달아나거나 현실을 감추고 왜곡한다면, 나의 활기찬 에너지는 등한시될 것입니다. 그것은 결국 낮은 자존감, 피해의식, 그리고 어린아이 같은 애정 결핍을 의미합니다.

활기찬 에너지는 사람마다 각기 독특한 형태를 띠고 있습니다. 만약 내가 일정 기간 부모나 동반자 없이 혼자 시간을 보낸 적이 한 번도 없다면, 나는 나의 개인적인 활기를 결코 발견하지 못했을 수도 있습니다. 나는 결코 나의 더 깊은 감정들을 느끼지 못하고 그 감정들에 편안해지지 못하게 되었을 수도 있습니다. 나 자신의 활기찬 에너지를 관계에서만 찾을 수 있다고 — 또는 유지할 수 있다고 — 믿을 수도 있습니다. 이러한 결핍감은 내가 나 자신과의 접촉을 얼마나 잃었는지를 알려주는 신호가 되기도 합니다. 이것은 다음과 같은 식으로 바꿔 말할 수도 있습니다. "나는 언제나 내 곁에 누군가를 둠으로써, '진정한 나'가 모습을 드러내는 것을 허용하지 않으려 했다. 나는 나의 참모습을 발견하기 위해 관계들을 이용한다. 이것은 내가 결코 나의 참모습을 발견하지 못했다는 것을 의미한다."

활기찬 에너지는 자신을 점점 더 신뢰하게 만듭니다. 자기를 신뢰하는 사람은 건강한 관계가 다른 누군가에 대한 절대적인 신뢰를 바탕으로 하는 것은 아니라는 사실을 압니다. 믿을 수 있는 사람은 아무도 없습니다. 성숙한 관계는 엄격한 신뢰를 바탕으로 하는 게 아니라 인간은 언제라도 오류를 범할 수 있다는 사실을 받아들이는 것에서 출발하며, 배신에 대해 화를 내는 것을 허용하지만 상대가 사과하고 보상하고 진정으로 변화할 때 그 배신을 용서할 수 있는 아량을 베풀 수 있는 유연하고 무조건적인 사랑을 바탕으로 합니다.

누군가에게서 다섯 가지 열쇠를 발견할 때, 우리는 그 사람을 신뢰하고 그에게 지원받는 기분을 느낍니다. 그와 똑같은 다섯 가지 열쇠를 자신에게 줄 수 있을 때, 우리는 우리 자신을 믿게 됩니다. 누군가를 신뢰한다는 것은 그의 사랑을 받아들이고 그의 결점을 감당하는 것이며, 그 두 가지 모두를 두려움 없이 행하는 것입니다. 이것은 성인이 져야 할 쉽지 않은 임무입니다.

나는 다섯 가지 열쇠를 주고받습니다

우리가 내밀한 관계에서 주고받는 것, 즉 다섯 가지 열쇠는 정확히 생애 초기의 욕구와 성인이 되었을 때의 영적 성장에 모두 부합합니다. 우리는 어린 시절에 본능적으로 필요로 했던 바로 그것과 똑같은 사랑을 상대에게 주고 또한 받습니다. 차이는, 이제 우리는 그것을 우리를 풍요롭게 하는 선물로 생각한다는 점입니다. 다섯 가지 열쇠는 어린 시절 우리가 자기 개념을 확립하는 데 필요했던 것처럼, 현재의 우리가 자존감을 드높일 수 있도록 도와줍니다.

다섯 가지 열쇠를 어떻게 주고받아야 할까요? 첫 번째 방법은 간단하면서도 쉽지 않습니다. 당신이 원하는 것을 요청하고 상대의 말을 귀담아들으십시오. 당신이 원하는 것을 요청할 때 상대는 당신이 어떤 사람인지, 당신이 필요로 하는 것은 어떤 것들인지, 당신이 어떤 면에서 취약한지를 알게 됩니다. 이것은 또한 당신이 상대의 반응을 받아들이는 것을 의미하기도 합니다. 이 두 가지 모두 위험부담이 따르며, 따라서 이 두 가지 모두 당신을 더욱 성숙하게 해줍니다.

상대에게 무엇을 원하는지 물어보면서 다정하게 귀를 기울인다면 상대의 요청 이면에 어떤 감정과 욕구가 있는지 알아차릴 수 있습니다. 다시 말해 상대의 그러한 요청이 무엇에서 비롯된 것인지 제대로 이해하고 그 뒤에 숨어 있을 수도 있는 고통에 대해 연민을 느끼는 것입니다. 또한 상대가 거부나 오해의 위험을 무릅쓰고 용기를 내고 있다는 것을 인정하는 것이기도 합니다. 우리는 귀로 듣습니다. 그렇지만 한편으로 직관과 마음으로 듣습니다. 다섯 가지 열쇠를 주고받는 것은 상대가 지닌 모든 두려움과 약점을 수용하는 능력, 그리고 충족되리라 기대할 수 있는 욕구와 기대할 수 없는 욕구를 식별하는 능력을 요합니다.

두 번째 방법은 서로가 동의한 섹스와 성적 유희를 통해 주고받는 것입니다. 둘 중 한 사람이 아니라 두 사람 모두 원할 때 성관계를 가집니다. 물론 성적이지 않아도 내밀해질 수 있습니다. 아마도 당신과 상대는 함께 즐길 수 있는 방법을 알고 있을 겁니다. 이때 서로에게 상처를 입히지 않고, 빈정거리거나 비웃지 않으며, 서로의 결점을 웃음거리로 삼지 않는 게 중요합니다.

마지막으로 서로 동등하다고 인정하면서 주고받습니다. 타인이 아니라 오직 건강한 자아만이 당신의 인생을 주관할 수 있습니다. 진정으로 친밀한 관계에서는 결정을 내릴 때 두 사람이 동등한 목소리를 냅니다. 한 사람이 다른 한 사람을 지배하겠다고 고집하지 않습니다.

나의 분노에는 사랑의 열의가 담겨 있습니다

친밀함은 애정과 공격성, 사랑과 미움 모두를 불러일으킵니다. 이러한 상반된 감정들의 병존은 정상적인 것입니다. 우리는 서로 반대 방향으로 나아가는 말에 끌려가는 것처럼 분열되기도 하고 양가적인 그 감정들을 인간관계의 기정사실로 받아들이기도 합니다. 헌신적인 내밀한 관계에서, 나는 당신에게 화를 내면서도 여전히 당신을 사랑할 수 있습니다. 당신이 화를 내도록 두면서도 나는 당신에게 화를 내지 않을 수 있습니다. 실제 관계에서 우리는 함께 나아가기도 하고 대립하며 서기도 합니다. "당신은 화를 낼 수도 있고 내 의견에 반대할 수도 있어. 하지만 그러는 동안에도 당신이 나를 계속 사랑한다는 것을 알아. 나도 당신과 마찬가지야. 우리는 분노를 느낄 뿐 분노에 지배당하지 않아. 불쑥불쑥 화가 치민다고 해서 그 때문에 우리의 사랑이 혼란스러워지거나 끝나버려선 안 돼."

성숙한 '나'는 인간이 느끼는 모든 다양한 감정을 인정하고 경험합니다. 분노해서는 안 된다고 말하는 것은 세상의 부당함과 맞서 싸우게 하는 공격 성향을 부인하는 것입니다. 인간으로서 우리의 능력을 두려워하거나 금지할 때 우리는 스스로와 타인을 피폐하게 만듭니다. 만약 인간의 모든 극단적인 감정을 완전하게 느끼지 못한다면, 자기실현에 절대적으로 필요한 평정을 어떻게 경험할 수 있을까요?

분노와 아주 밀접한 보복 욕망은 우리 안에 깊이 뿌리 박혀 있습니다. 이것은 도덕적 타락의 징표가 아니라, 위협과 학대에 대한 자연스럽고도 무의식적인 생존 반응입니다. 따라서 우리가 해야 할 일은, 보복 욕망을 인간 본성의 기정사실로 받아들이되 행동으로 옮기지는 않기로 선택하는 것입니다. 이는 타인에게 상처를 주지 않고 분노를 표현하는 방법을 발견하는 것을 의미합니다. 그러한 저항은 본능보다는 '더 높은 의식'에서 생겨납니다.

어떤 이들은 의식적으로건 무의식적으로건, 복수의 신에게 충성을 맹세합니다. 증오는 복수하고 싶은 욕망에 빠진 신경증적 자아가 강하게 느끼는 분노입니다. 증오와 복수심에 사로잡힌 사람들은 자아감이 불확실하고 망가져 있습니다. 물론 증오는 '내적 자기'가 손상되었을 때 유익한 기능을 하기도 합니다. 분열된 기분을 느낄 때 일관성을 느끼게 해주고, 살아 있다는 느낌, 내가 내 일과 환경을 통제할 수 있다는 느낌을 갖게 해줍니다. 그러나 증오와 복수심은 궁극적으로 고통스러운 전략입니다.

우리가 성숙한 사람이라면, 표면상 모순된 것처럼 보이는 감정들이나 조건들을 포용하고 경험할 수 있습니다. 어떤 사람에게 헌신하면서도 자신의 경계를 유지할 수 있고, 어떤 사람과 갈등을 겪어도 그것을 해결하기 위해 노력할 수 있으며, 분노를 느끼면서도 사랑할 수 있습니다. 우리는 버림받은 느낌을 받아도 여전히 헌신적으로 사랑을 보여줄 수 있습니다. 사실 우리는 어떤 곤경에서건 계속 사랑할 수 있는 존재입니다. 타인을 좋고 나쁨으로 보는 것은 사랑을 불러일으키는 사람들과 증오를 불러일으키는 사람들로 세상을 갈라놓는 것입니다. 우리를 친밀한 관계로 나아가게 하고 그 관계를 유지하게 하는 것은 사랑이며, 사랑이 있을 때 우리는 다른 감정들도 편안하게 느낄수 있게 됩니다. 그럴 때 분노는 가끔씩 일어나는 지극히 정상적인 반응이며, 따라서 분노 때문에 사랑이 깨지는 일은 결코 일어나지 않습니다. 무슨 일이 일어나도 사랑은 멈추지 않습니다.

거리낌 없이 표출되는 자연의 분노와 불만을 품은 이웃 사람의 억눌린 분노를 비교해보십시오. 사납게 내리치는 자연의 위대한 번개는 이웃 사람의 불분명한 웅얼거림과 투덜거림, 의기소침한 얼굴과 아주 다릅니다. 성숙한 어른들인 우리는 두려워하지 않고 분노를 마음껏 표출해야 합니다. 왜냐하면 분노는 관계를 바로 잡기 위해 도움을 청하는 솔직하고 진지한 외침이기 때문입니다. 그러므로 오직 배려할 줄 아는 사람만이 진정한 분노를 보여주며, 그 분노가 다섯 가지 열쇠와 함께 받아들여질 때 사랑으로 이르게 됩니다. 그렇게 해서 분노는 친밀함과 공존하면서 관계가 성장하도록 돕습니다.

나는 당신과 지내는 동안에도
여전히 나의 경계를 유지합니다

경계는 우리 자신을 보호합니다. 경계가 없는 사람은 관계를 발전시키기 위해 노력하기보다 관계를 유지하는 데 급급합니다. 그와는 달리, 명확한 경계를 가진 사람은 관계가 순조롭지 않을 때 두 사람이 함께 노력해야 할 때가 언제인지 압니다. 상대가 동의하고 함께 노력을 기울인다면, 우리는 힘을 얻습니다. 만약 상대가 협조하려 하지 않는다면, 더 적극적으로 부탁해야 합니다. 혹은 그 거부가 요지부동이고 용인할 수도 없다면, 그 과정을 뛰어넘고 다른 조치를 취합니다.

나는 다섯 가지 열쇠 이상으로
당신을 소중하게 생각합니다

욕구가 충족되지 못함에도 불구하고 계속 관계를 유지하는 것은 다섯 가지 열쇠를 지속적으로 받고 있건 아니건 상대를 그 자체로 인정하고 있다는 것을 의미합니다. 이는 상대가 나약하거나 의존적이거나 때때로 당신 옆에 있어주지 않는다 해도 당신에게는 그런 것이 전혀 상관없다는 것을 의미하며, 역으로 상대에게도 그런 것들이 상관없다는 것을 의미합니다. 그러나 그런 일이 너무 자주 일어난다면 — 가령, 상대가 무언가에 중독된 사람이라면 — 당신은 검토해봐야 할 문제가 있습니다. 나는 동반자인가 관리인인가? 사랑하는 관계의 당사자들은 각자 상대가 다섯 가지 열쇠를 주는 동반자 역할을 이행할 수 있도록 도움을 줄 책임이 있습니다.

나의 욕구를 충족시켜주지 못하는 사람과의 관계를 유지하기로 결정하는 미성숙한 선택과 잠정적으로 그 상황을 용인하는 성숙한 선택은 종이 한 장 차이입니다. 다만 건강한 사람은 그 상황이 간헐적인 것인지 지속적인 것인지, 정황적인 것인지 확실한 것인지를 분별합니다. 거의 언제나 부정적인 성향을 나타내는 패턴을 받아들이거나 어떤 충족감도 행복도 없는 상태를 참고 견디는 것은 자신을 존중하지 않는 행동입니다. 그러나 간헐적인 결함을 참고 견디는 것은 헌신을 존중하는 것입니다. 사실 성장에는 상실과 변화를 애도하는 과정이 반드시 따르기 때문에, 둘 중 어느 한쪽 또는 두 사람 모두가 슬프거나 화가 나거나 우울하거나 두려워하게 되어 상대에게 진심으로 전념하지 못하는 시기들이 있기 마련입니다. 상대가 어둠의 터널을 빠져나와 내게로 돌아오기도 하지만 그러지 않을 때도 있음을 인정하는 것, 상대의 고통과 그 마음속의 손상된 영역을 존중하는 것은 연민을 향해 나아가는 관용의 한 형태입니다. "나는 당신이 어떤 심정인지 알거나 적어도 짐작할 수는 있기에 이 상황을 허용합니다."

"당신을 사랑하지만 당신을 떠날 수 있습니다"

본질적인 것은 고유하고 변치 않는 것을 의미합니다. 본질적인 유대는 내밀한 성인 관계 — 육체적, 심리적, 영적인 관계 — 의 기정사실 중 하나입니다. 모든 에너지와 마찬가지로, 그것은 만들어질 수도 파괴될 수도 없습니다. 본질적인 유대는 관계의 갈등 단계에 이르러서야 비로소 완전히 입증됩니다. 로맨스 단계에서의 유대는 흥분, 결핍, 그리고 어떤 이상理想에 대한 집착으로 이뤄집니다. 갈등 단계와 갈등을 이겨내는 과정에서 발전하는 유대는 지속적인 것이며, 두 사람이 잘 지내느냐 계속 함께하느냐에 좌우되지 않습니다. 종교의 유대처럼 관계의 본질적 유대는 그 관계를 떠나서도 지속될 수 있습니다. 심지어 이혼한 뒤에도 계속됩니다. 그것은 해체될 수 있지만 결코 파괴될 수 없습니다.

우리는 실존적인 헌신을 통해 그러한 본질적인 유대를 드러내 보입니다. 실존적인 헌신이란 문제들을 검토하고 처리하고 해결하는 매일의 선택, 그리고 그 문제들에서 비롯되는 약속을 지키겠다는 매일의 선택입니다. 더 매력적인 새로운 사람이 나타났을 때, 그것은 이 관계를 떠나도 된다는 허락이 아니라 하나의 정보가 됩니다. 두 사람이 자신들의 관계에 노력하는 한, 그들은 함께하겠다는 약속을 지키고 그것에 헌신하는 것입니다.

굳은 결심은 헌신이 아닙니다. 결혼은 헌신이 아닙니다. 함께 사는 것은 헌신이 아닙니다. 건강한 사람은 거리낌 없이 사랑하되, 거리낌 없이 헌신하지는 않습니다. 건강한 사람은 자신의 헌신의 범위를 결정합니다. 그러지 않는다면, 헌신은 굴종이며, 경계도 자존심도 자아감도 없는 것을 의미할 것입니다.

성숙한 사람은 함께하는 것이 가능하거나 가능할 만한 사람에게 헌신을 약속합니다. 함께하는 것이 더 이상 가능하지 않을 때 그는 그 약속을 철회합니다. 약속과 달리 맹세는 함께하는 것이 가능하건 아니건 그 관계에 계속 속해 있겠다는 약속입니다. 관계의 목적은 결혼과 같은 어떤 제도의 준수가 아니라 인간적인 행복이기 때문에, 약속은 타당하지만 맹세는 위험합니다. 약속의 관건은 실행 가능성입니다. 반면에 맹세의 관건은 시간입니다("죽음이 우리를 갈라놓을 때까지"). 더욱이 맹세는 인간관계의 고통스러운 기정사실들, 즉 상대가 배신하거나 상처를 주거나 떠날 수도 있다는 사실들을 회피하려는 교묘한 술수일 수 있습니다. 성숙한 사람들인 우리는 맹세나 계획이 사실은 소망 이외에 아무것도 아니라는 사실을 알고 있습니다. 관계는 분명 맹세나 계획에 준해 움직이지 않습니다.

친밀함은 실존적 헌신으로 본질적인 유대에 활기를 불어넣을 때 완성됩니다. 이때 약속은 언제나 지켜져야 하고 장애물 역시 언제나 해결되어야 합니다. 이는 성숙한 인간의 헌신에 있어서 핵심입니다. 성숙한 사람들은 한 사람의 동반자를 계속 사랑할 수 있지만, 그 관계가 제대로 작동하지 않게 되었을 때 그 관계에 계속 머물지 않습니다.

그들은 이렇게 생각합니다. "나는 당신을 사랑한다. 하지만 당신과 살 수는 없다." 여기서 본질적인 유대와 실존적인 헌신을 식별하는 것이 대단히 중요합니다. 성숙한 사람은 무조건적인 사랑을 하지만 조건적인 헌신을 합니다. 이는 중독적인 집착이 아니라 건전한 포용에 해당합니다. 부모는 자식을 무조건적으로 사랑하고 무조건적으로 헌신합니다. 성인은 자신의 상대를 무조건적으로 사랑하지만 조건적으로 헌신합니다. 우리는 무조건적인 것, 즉 타인의 내면에 있는 기본적인 선善에 대한 무조건적인 사랑을 보여줍니다. 우리는 조건적인 것, 즉 자아의 다양한 인성에 대해 조건적인 사랑을 보여줍니다.

"당신을 사랑하지만 당신을 떠날 수 있다"라고 말하는 것은 "나는 뭔가를 두려워하지만 그것을 해낼 수 있다"라고 말하는 것만큼이나 건강한 것입니다. 의존적인 관계에서는 다섯 가지 열쇠를 덜 받을수록 그것을 더 많이 줍니다. 사랑을 주면 상대가 더 많은 사랑을 줄 거라고 기대하기 때문입니다. 한편 충분히 사랑받고 있다고 느끼지 못하기 때문에 충분히 줘서는 안 된다고도 생각합니다. 충분히 사랑받는 느낌이 들지 않기 때문에 더 이상 주지 않아야 한다고 생각하는 것입니다. 이는 평등한 교환으로 서로 나누는 게 아니라, 상대에게 줌으로써 얻으려 하는 것입니다. 그 결과는 죄책감입니다.

"누군가 우리에게 보여주고 말해줘야 합니다"

오만한 자아는 자신의 참모습에 대해 단편적인 지식만을 건넵니다. 자아에 매달리는 것은 무조건적인 사랑, 순수한 관심, 수용, 인정, 애정, 허용을 주고받을 수 있는 잠재력을 숨기고 가명으로 살아가는 것과 같습니다.

다양한 사람들이 다섯 가지 열쇠를 우리에게 주기 위해 나타납니다. 우리는 존 혹은 메리가 자신의 나머지 반쪽이라고 생각하면서, 자신의 나머지 반쪽, 다시 말해 내면에 있는 남성 에너지와 여성 에너지, 즉 원형적인 아니무스와 아니마에 대한 헌신을 저버립니다. 우리는 자신 안에 의협심과 영웅주의의 화신인 로빈 후드를 간직하고 있습니다. 그런데 무의식적으로 존 혹은 메리가 바로 그 로빈 후드라고 생각합니다. 자신의 힘을 구현하는 내면의 그 은유적 존재를 현실의 외부인으로 대체하는 것입니다. 그렇게 함으로써 자신의 잠재력을 위축시킵니다. 우리는 관계에 관련된 필요들과 자신의 내면에 대한 작업을 혼동합니다. 타인과의 결혼과 완전한 자기와의 연대 그 두 가지 결합이 모두 필요함에도, 타인과의 결혼을 위해 완전한 자기와의 연대를 깨뜨립니다. 그러나 오직 우리 안의 로빈 후드만이 결코 사라지지 않는 활기찬 에너지를 갖고 있습니다.

이 매혹적인 상대의 이미지는 꿈속에서 우리를 찾아오거나 사기가 가장 저하되어 있는 새벽 3시에 우리를 깨울 것입니다. 그 혹은 그녀는 하나의 이미지로 우리를 지배합니다. 마치 그녀가 오직 자신의 '여성적 자기'에서만 구할 수 있는 충족을 제공하는 듯이 보입니다. 마찬가지로 그가 자신의 '남성적 자기'에서 구할 수 있는 충족을 제공하는 것처럼 보입니다. 우리는 이렇게 생각합니다. "그가 지금 여기 나와 함께 있다면 마음이 훨씬 편안해질 텐데." 그러나 실제로는 지금 이 순간 그와 함께 있기 때문에 결핍감과 상실감을 느끼곤 합니다. 그 순간에 느끼는 공허감은 완전한 자기의 부재입니다. 공허한 구멍은 내가 혼자 힘으로 이곳에 존재할 때가 아니라 다른 누군가가 나를 구원해주기를 바라고 그에게 구세주와 같은 힘이 있다고 믿을 때 생겨납니다. 그 구멍은 나의 빈자리입니다.

그러나 한편으론 우리의 아니마/아니무스는 대게 어떤 특정한 사람의 말로 표현되지 않고는 접촉될 수 없기 때문에 이 과정은 지극히 역설적이고, 불가사의하고, 당혹스럽습니다. 이는 우리가 타인의 '거울반응'을 통해서 존재하기에 그렇습니다. 유아기에 부모가 우리에게 다섯 가지 열쇠를 줌으로써 우리는 자신을 사랑하는 것을 배웁니다. 그들의 마음은 우리의 사랑스러움을 인정한다고 표현했고, 따라서 우리도 자신의 마음에서 그것을 느낄 수 있었습니다. 그렇게 우리는 자신을 보살피고 성장시키는 방법을 외부에서 찾아냈습니다.

그러나 부모 또는 상대에게서 이를 확인할 때, 우리는 상대와 자신의 아니무스/아니마를 혼동합니다. 부모나 상대가 우리의 마음속에 그처럼 거대하게 자리 잡고 있는 것은 바로 그런 까닭입니다. 상대는 우리의 '더 높은 자기', 즉 '진정한 자기'를 가리키기보다는, 상대가 곧 우리의 '진정한 자기'가 되고 맙니다.

그러나 내적인 파트너, 즉 소울 메이트는 우리가 누군가에게서 사랑을 발견하지 않고서는 자신의 존재를 알릴 수 없습니다. 누군가가 우리에게 보여주고 말해줘야 합니다. 그래야 비로소 자기 자신을 발견하고, 자신을 사랑하고, 내면의 아니무스/아니마와 결합할 수 있습니다. 우리가 소울 메이트와 실재하는 특정 상대를 혼동하는 것은 사실 놀랄 일이 아닙니다. 우리는 깃털을 보고 우리를 안내할 독수리라고 오인합니다.

성숙한 사람들은 충족이 일시적이고 심지어 순간적이라는 사실을 받아들입니다. 그들은 다섯 가지 열쇠가 완벽하게 주어지는 순간, 온전하게 행복을 느끼는 순간, 또는 무조건적인 사랑을 받는 순간, 이 모든 순간들에 만족합니다. 이 순간들이야말로 우리를 살아가게 하며 그것만으로도 충분하다고 여깁니다. 인간 존재를 특징 짓는 유한성을 마침내 받아들이면, 우리는 더 이상 상대에게서 영원함이나 완벽함을 추구하지 않게 되고, 요구하거나 조종하지 않게 됩니다. 그 대신 매 순간을 진심으로 감사하게 생각합니다. 하지만 평생 동안 제대로 된 관계를 맺지 못했다고 해서 우리를 비난할 수 있는 사람은 아무도 없습니다. 우리의 마음은 논리적으로는 설명할 수 없는 복잡하고 미묘한 즐거움으로 이루어져 있습니다. 그 모든 것의 요점을 이해하고 완전함에 이르는 길고 구불구불한 길을 따라가기 위해서는 사려 깊은 용기와 유머가 필요합니다.

마음챙김의 관건은 자신의 자아가 상연하는 슬라이드 쇼에 이끌리는 마음을 버리고 자신의 마음 깊숙한 곳으로부터 뜻하지 않게 계속해 나타나는 이미지들의 가장행렬에 경탄하는 것입니다. 이 이미지들은 꿈과 상상 속에 나타나면서 흔히 어떤 메시지를 전하거나 치유를 가져옵니다. 우리의 주의를 끄는 원형적인 차원의 이미지들은 '자기Self'가 우리에게 주는 선물일 수 있습니다. 우리의 영혼은 이미지이며 우리의 소울 메이트입니다.

수행

당신의 두려움은 무엇입니까

아래의 두 단락 중 한 단락은 주는 것에 대한 두려움을, 다른 한 단락은 받는 것에 대한 두려움을 묘사하고 있습니다. 당신은 어느 쪽에 해당합니까? 만일 당신이 어느 한쪽에 해당한다면, 그 단락을 상대에게 소리 내어 읽어주십시오. 그리고 이제부터 점점 덜 두려워하는 것처럼 행동하겠다고 다짐하십시오. 이 과정에서 상대에게 도움을 요청하십시오.

> 나는 주는 것이 너무 두렵습니다. 그렇게 주다가는 내가 손해를 볼 수도 있으니까요. 내가 주면 줄수록 당신은 더 많은 걸 원할지도 모르고, 그렇게 되면 나에게 남는 건 아무것도 없을 것입니다. 나는 당신에게 나에 관해 말할 수는 있지만 내 감정을 보여줄 수는 없습니다. 나는 항상 뭔가를 감추게 됩니다. 사랑을 나눌 때 나는 눈을 감습니다. 당신이 내 겁먹은 영혼을 알아챌까 봐서요. 나는 당신의 말에 귀 기울이고 재빨리 조언합니다. 내게는 낯설고 위험하게 느껴지는 당신의 감정과 상태와 욕구, 당신의 눈동자를 마주하지 않기 위해서입니다. 나는 아주 조심스럽고 소심하고 겁먹은 내 마음으로부터 가장 안전하게 지킬 수 있는 것들을 잘 꾸려내면서, 사랑의 정점에서 살고 싶습니다.

나는 받는 것이 너무 두렵습니다. 나는 당신이 나를 너무 깊이 들여다볼지도 몰라 당신의 눈을 피합니다. 나는 깜짝 파티나 깜짝 선물도 좋아하지 않습니다. 당신이 주려고 미리 정해놓은 뭔가를 받는 그 상황이 나를 겁먹게 합니다. 나는 전혀 준비되지 않았으니까요. 그래서 자꾸만 별나게 굴고 당신에게 기뻐하는 모습을 보여주지 못합니다. 또 당신이 나에게 뭔가를 준다면, 나도 그에 상응하는 것으로 당신에게 보답해야 하겠죠. 당신이 나를 안으면 나는 긴장합니다. 나는 신체적인 접촉은 성적인 행위로 이어지는 것이 더 편안하게 느껴집니다. 섹스 상대인 동시에 친구가 된다는 건 나에게는 가능하지 않습니다. 나는 당신에게 나의 충동을 드러낼 수 있을 뿐 나의 요구는 절대로 드러낼 수 없습니다. 당신이 나를 따뜻하게 격려하는 의미로 안아줄 때 나는 기분이 복잡해집니다. 나는 당신의 도움을 필요로 하는 나 자신을 결코 용납하지 않습니다. 나는 절대로 당신의 사랑에 휘둘려서는 안 되며 언제나 당신을 돌보는 사람이어야 합니다. 그러므로 나의 자립 능력은 일종의 보호 장치입니다. 나는 당신에게 의존하게 될까 두렵습니다. 의존하게 되면 친밀해질 수밖에 없기 때문입니다. 엄격하고, 위축되고, 폐쇄적이며, 자아로 무장한 나는 나를 인정하는 말도 건설적인 비평도 받아들일 수 없습니다. 나는 당신에게 헌신하기 전에 당신이 완벽하기를 요구합니다. 그리고 나는 더 젊고 '완벽한' 사람들에게 항상 마음이 끌립니다. 당신은 내가 저녁 식사가 끝나자마자 식탁을 치우기 위해 자리에서 벌떡 일어나는 것을 알아차렸을 것입니다. 먹는 것에 신경 쓸 일이 사라지면 당신과 나는 어쩔 수 없이 서로를 처다보고 있어야 할 테죠. 그런 난처한 상황을 피하기 위해 재빨리 식탁에서 일어납니다. 그렇게 하지 않으면 우리는 가까이에서 그저 서로를 멀뚱히 바라보고 있어야 할 겁니다. 아니면 내가 컴퓨터, TV 같은 것에 신경을 돌릴 수도 있겠지요. 그것도 아니면 궁여지책으로 담배를 피우러 밖으로 나가겠지요. 그런데도 나는 당신에게 당신의 모든 사랑과 관심을 내게 보여줄 것을 요구합니다.

자각 있는 분노

자각 있는 분노와 상대에게 상처를 입히는 학대는 둘 다 강렬한 감정에 따른 것으로, 언성이 높아지고, 몸짓이 거칠어지고, 상기된 얼굴로 험악한 시선을 주고받게 됩니다. 그러나 이 둘 사이에는 차이점이 있습니다. 자각 있는 분노는 상대에게 화가 났다는 것을 알려서 주의를 기울이게 만들고 상대의 변화를 요청하기 위한 것입니다. 상대를 사랑하는 마음을 잃지 않고 상대와의 유대를 강화하는 것에 중점을 둡니다. 반면 상대에게 상처를 입히는 학대는 공격적이며 일종의 병적인 발작으로 자기가 얼마나 옳은지 혹은 정당한 사람인지 인정할 것을 상대에게 요구합니다. 상처 입고 분개하는 자아의 모욕감에서 비롯되며 관계를 위험에 빠뜨리는 거친 행위를 자행합니다. 슬픔이 내포되어 있지만 그것을 부인하거나 감정을 숨깁니다.

화가 날 때면 자각 있는 분노를 보여줘야 한다는 것을 상기할 수 있도록 충분한 시간을 가지십시오. 어떤 반응을 하기 전에 조금 더 시간을 가진다면 더 분별력 있고 책임감 있는 선택을 할 수 있습니다. 즉각적이고 무의식적인 반응은 흔히 두려움과 무지에서 비롯되며 자신과 타인에게 고통을 안깁니다. 맹렬하게 화내는 것의 아이러니는, 언뜻 보기에는 감정이 봇물처럼 터져 나오는 것 같지만, 실제로는 오히려 분출할 방법을 찾지 못해 꽁꽁 막혀 있는 상태라는 사실입니다.

어른 대 어른의 관계

우리의 인간적인 권리를 단 한 가지라도 앗아가도 괜찮은 관계는 이 세상에 없습니다. 진정한 관계는 대가를 지불하지 않습니다. 둘 중 어느 한쪽이 계속 상대의 승인을 구하는 관계는 어른 대 어른의 관계가 아니라 아이와 부모의 관계입니다. 어른 대 어른의 관계에서 우리는 상대에게 멋지게 보여서 사랑을 얻으려는 시도, 가식적인 태도를 버립니다. 우리는 우리의 참모습 그대로 사랑받습니다.

더욱이 우리가 어른으로서 살아갈 때, 누군가가 우리를 미워할 수는 있지만 그 누구도 우리에게 위해를 가할 수는 없습니다. 우리는 학대의 피해자가 되기를 거부해야 합니다. 우리는 단호하고 분명하게 말해야 합니다. "당신은 나를 미워하는 것 같아. 그리고 나는 우리 두 사람이 이런 고통을 겪고 있는 게 정말 슬퍼. 그렇지만 당신이 폭력을 행사할 때 나는 어떻게든 당신을 멈추게 할 거야. 당신이 느끼는 감정들을 나한테 말하는 건 얼마든지 괜찮지만, 나에게 상처를 입히거나 나를 학대하는 건 그냥 놔둘 수 없어."(단지 신체적인 공격뿐만 아니라 욕설과 모욕 역시 폭력에 해당합니다) 폭력적인 상황에 맞닥뜨렸을 때, 다음과 같은 3단계 접근 방법을 권합니다.

- 당신의 고통을 보여주고 당신이 어느 선까지 참을 수 있는지 그 한계를 말로 표현하면서 당신의 입장을 견지하십시오.

- 상대가 마음을 열고 순순히 태도를 바꾼다면 그의 곁에 머무
  십시오.
- 상대가 태도를 바꾸려 하지 않는다면 그 곁을 떠나십시오.

이 단계들은 친밀함의 가장 중요한 요소들을 포함하고 있기 때문에 깊은 관계를 구축하는 데 도움이 됩니다. 자신의 입장을 견지하면서 자신의 고통을 보여주는 것은 자신의 취약성을 보여주는 것입니다. 그러나 그것은 약한 사람이 아닌 강한 사람의 취약성입니다. 자신의 한계를 말로 표현하는 것은 경계를 유지하고 자기 의사를 분명히 밝히는 것입니다. 상대 곁에 머무는 것은 학대를 받아내겠다는 뜻이 아닙니다. 문제를 검토하고 처리하고 해결하려고 노력하겠다는 뜻입니다. 극심한 고통에 시달리는 사람 곁을 끝까지 떠나지 않는 것은 상대가 나를 고문하게 놔두지 않으면서 그와 연결된 상태로 머무는 것을 의미합니다. 당신이 고통을 받으면서도 자신을 버리지 않는 것을 볼 때, 상대는 당신을 신뢰할 수 있게 되고 결국에는 꽉 쥐고 있던 증오의 주먹을 풀 수 있습니다. 그러나 머무는 것은 상대를 변화시키기 위한 전략이 아닙니다. 우리는 질책보다는 마음챙김을, 자아보다는 연민을 우선시하겠다는 약속 때문에 머뭅니다. 우리는 응징이 아닌 연민을 추구하면서 미움에 대해 사랑을 돌려줍니다. 타인과 친밀한 관계를 이룰 때 우리는 행복합니다. 만일 그것에 시간이 걸린다면, 우리는 그렇게 될 때까지 머뭅니다. 만일 끝끝내 그렇게 되지 못한다면, 우리는 관계를 떠나보냅니다.

직접적으로 표현하기

성숙한 관계에서는 분노를 간접적으로 표현하지 않습니다. 서로에게 분노를 직접적으로 표현하십시오. 이를테면 당신을 괴롭히는 것이 무엇인지 솔직하게 말하고 거절합니다. 현재 계속되고 있는 것 또는 과거에 일어났던 일들에 관해 당신이 느끼는 불만을 표현합니다. 한편 함께 동의한 사항을 이행하지 않는 것은 분노를 간접적으로 표현하는 것입니다. 짓궂게 괴롭히거나 약속 시간에 늦는 것, 부루퉁하게 있거나 입을 다물고 있는 것, 함께 있으려 하지 않는 것도 수동공격적인 행동입니다. 또는 섹스를 거부하거나 외도를 무기로 이용하기도 합니다. 무엇보다도 어떤 요구나 설명도 없이 다섯 가지 열쇠를 더 이상 주지 않는 것이야말로 분노를 간접적으로 표현하는 것입니다.

분노 이면에는 어떤 요구가 은연중에 내포되어 있습니다. 상대의 충족되지 못한 요구가 무엇인지 찾아내십시오. 감사하는 감정의 이면에는 대부분 똑같이 감사받고 싶은 마음이 은연중에 내포되어 있습니다. 그 사실을 인정하십시오. 죄책감은 흔히 분노를 밖으로 터뜨리지 못하고 속으로 삼킨 것입니다. 당신의 죄책감 이면에도 분노가 숨어 있습니까?

혼자 노력하기

만일 혼자서 분노하고 있거나 그렇게 하고 싶다면, 가급적이면 야외로 나가 "아니오!"라고 되풀이해 말하면서 원을 그리며 걸어보십시오. 아니면 당신이 화난 이유를 설명하는 짧은 문장, 가령 "당신은 도대체 내 말을 들으려 하지 않아!"에 발을 맞춰 걸어보십시오. 당신이 강조하고 싶은 단어가 나올 때는 힘차게 발을 구르십시오. 그런 다음

강조하고 싶은 단어를 바꿔가며 발을 굴러보십시오.

분노를 표현할 때

분노를 표현할 때 다섯 가지 열쇠를 염두에 둔다면 사랑은 분노와 공존할 수 있습니다. 예를 들어, 누군가의 반응에 주의를 기울이면서 분노를 보여주는 것은 분노를 조절하는 것을 의미하며, 그렇게 했을 때 상대는 거부감 없이 분노를 받아들일 수 있습니다. 그렇게 함으로써 우리는 또한 상대의 한계를 인정하고 수용합니다. 이는 애정의 한 형태로서 내가 느끼는 감정에 상대가 마음의 문을 열게 해줍니다. 다음 질문을 상대에게 하고 나서, 당신에게도 똑같이 물어봐달라고 부탁하십시오.

- 나는 분노를 느낄 권리가 있습니다. 당신은 내가 화를 낼 수도 있다는 걸 받아들일 수 있습니까?
- 나는 솔직하게 분노를 표현할 권리가 있습니다. 당신은 그것을 허용할 수 있습니까?
- 화가 났을 때 나는 나를 괴롭히는 것이 무엇인지 당신에게 알리려 애씁니다. 당신은 내가 무엇 때문에 화를 내는지 관심을 기울일 수 있습니까?
- 나는 화가 났을 때도 여전히 당신을 사랑합니다. 당신 역시 내게 화를 내는 동안에도 여전히 나를 사랑할 수 있습니까?

나의 진실

이 책에서 밑줄을 긋거나 일기장에 옮겨 적은 문장으로 되돌아가십시오. 그 문장들이 당신의 진실이기 때문에 당신에게 감동을 준 것인지도 모릅니다. 문장들을 일인칭 현재형 시제로, 마치 당신의 진실인 것처럼 바꾸어 말함으로써 긍정적인 확언으로 만드십시오. 예를 들어, "성숙한 헌신은 현재 진행 중인 사랑에 대한 완전히 진실하고 성숙한 행동입니다"는 "나는 진실하게 사랑할 것을 약속한다"로 바꿀 수 있습니다. "두려움은 당신의 일부이기 때문에 다섯 가지 열쇠와 함께해야 합니다. 그러면 그 두려움에 지혜와 목적이 담겨 있다는 것이 드러날 것입니다"는 "나의 두려움에 관심을 기울이고 그것을 받아들이고 인정하고 허용하며, 애정을 가지고 나의 겁먹은 자기를 다룰 때, 나는 내 두려움에서 지혜와 목적을 발견한다"가 됩니다.

우리가 함께한 여정의 핵심적인 주제를 다시 한 번 확인하면서 끝맺으려 합니다. 그것은 '관계'라는 춤에 서툴러 멈칫거릴 때마다 다시 떠올리기를 바라는 생각과 도구입니다. 다섯 가지 열쇠는 관심, 수용, 인정, 애정, 허용입니다. 우리는 부모로부터 다섯 가지 열쇠를 받아야 할 필요에서 영웅적 여정을 시작했습니다. 어른이 되어 동반자에게서 다섯 가지 열쇠를 찾으면서 여정을 계속해왔으며, 영적 수행의 실천으로서 그것을 세상에 되돌려주는 것으로 여정을 끝냅니다.

어린 시절에 사랑이 충만한 양육을 받았다면 그것은 성인이 되어 관계를 맺는 데 긍정적인 영향을 미치게 됩니다. 만일 상실감, 버림받은 감정을 느끼면서 어린 시절을 보냈다면 그 유년기는 성인이 된 우리의 관계에 부정적으로 영향을 미칠 수 있습니다. 그러나 그 감정들은 애도 작업을 거쳐 흘려보낼 수 있습니다. 유년기에 우리 안에 남겨진 텅 빈 구멍은 심지어 자신만의 특질과 연민의 감정으로 이르는 통로가 될 수 있습니다. 우리는 문제들을 검토하고 처리하고 해결함으로써 성년기의 난관에 얼마든지 대처할 수 있습니다.

오만한 자아의 얼굴을 버릴 준비가 되었을 때, 우리는 심리적으로, 영적으로 성큼 나아갈 수 있습니다. 이는 우리의 노력과 은총이 결합될 때 가능해집니다. 그때, 우리는 동반자와 세상을 사랑하는 요령을 얻습니다. 다음은 서로에게뿐만 아니라 우리가 사는 이 세상에 헌신하는 애정 어린 동반자들의 확언입니다.

우리는 우리 모두가 세상에 사랑을 가져올 수 있는 풍부한 가능성을 가지고 있다고 믿습니다. 우리에게 상처를 입히는 사람들과 화해하기를 원하고, 친구들이 서로 화해하도록 돕고 싶습니다. 만일 그들이 서로 불화한다면 우리는 마음에 상처를 입습니다. 우리는 언제나 관계에서 어긋난 점을 바로잡을 방법을 찾습니다.

우리의 능력은 개인적인 것이 아니라 관계적인 것입니다. 우리는 결과의 공적이 누구에게 돌아갈 것인가보다는 좋은 결과 그 자체에 관심을 가집니다. 우리는 각자가 얻을 명예보다는 우리가 힘을 합할 때 어떤 일이 일어날지에 관심을 기울입니다.

우리는 타인을 버리지 않습니다. 그들이 부족하고 미숙하고 어리숙하다면, 그럴수록 우리는 마음속에 그들을 위한 공간을 더 많이 가집니다. 그들을 비방하기보다는 보호하는 데 시간을 할애하고, 그를 위한 더 많은 관용과 동기가 우리의 내면에 있음을 알아차립니다. 우리는 고통에 대해 옳고 그름을 판단하지 않습니다. 그저 고통에 관여할 뿐입니다. 우리는 타인이 우리를 싫어하거나 불안하게 하거나 좌절시켜도, 우리의 사랑의 원 안에 변함없이 그들을 간직합니다.

우리는 무책임한 행동, 해로운 행동을 하는 사람들을 경시하지 않습니다. 우리는 자아에 지나치게 사로잡히거나 중독에 빠져 자신의 행복을 위태롭게 하는 사람들에게 연민을 느낍니다. 그들은 열등한 사람이 아니라 형제이며 자매입니다. 우리는 그들이 다시 일어서도록 도울 방법을 찾습니다.

우리는 타인이나 우리 자신을 포기하지 않습니다. "절대로 변하지 않을 것이다"라고 생각하는 것은 일종의 절망이며, 예기치 않은 기적의 가능성을 부정하고 차단하는 선택입니다. 우리는 인생에 대한 파괴적인 믿음을 견뎌냅니다. 힌두교 스승 니사르가다타 마하라지가 말하듯이, "우려했던 일이 결코 일어나지 않을 수는 있지만, 예기치 않은 일은 반드시 일어날 것"입니다.

우리는 인생의 고난과 모순에 대해 답을 얻기를 고집하지 않습니다. 최상의 대답은 앎이 아니라 행동으로부터 나옵니다. 우리는 변함없이 타인을 위할 뿐입니다. 우리는 다음과 같은 질문을 받을 수 있습니다. "사랑이 세상을 다스린다면 왜 아이들이 굶주리는가?" 우리가 할 수 있는 대답은 그저 이것입니다. "우리는 굶주리는 아이들에게 먹을 것을 줍니다." "왜 그토록 많은 선량한 사람들이 고통스럽게 죽어가는가?"에 대한 대답은 "우리는 죽음과 함께 살아갑니다"입니다. 우리는 인생을 살아감으로써 인생의 의미를 발견합니다. 우리가 세상 모든 사람들, 모든 사물들과 항상 강하게 연결되어 있음을 깨달을 때, 연민만이 우리의 유일한 답이 될 것입니다. 우리의 모든 생각, 말, 행위는 반드시 연민으로 이어지며 연민으로 넘칩니다.

우리는 사랑 때문에 절망하지 않고 사랑을 향해 나아갈 것입니다. 우리의 인생은 그 자체가 사랑의 여정, 즉 사랑이 무엇인지 발견하고 그 사랑을 주고받는 것을 배우는 여정입니다. 이 책을 읽고 함께 노력하는 과정에서, 우리는 사랑이 어떤 것인지에 대해 더 풍부한 감각을 갖게 되고, 사랑이라는 관계 속에서 더 어른스럽게 사랑하는 법을 깨닫습니다.

두려움과 욕망에서 벗어나면 '받을' 수 있게 됩니다. 우리가 일단 받으면 우리 역시 '줄' 수 있습니다. 친밀한 관계에서 주고받음은 이제 더 큰 목적을 갖습니다. 사랑 속에서 '떠오르는' 것이 바로 그 목적이며, 거기에 필요한 것은 오직 사랑에 '빠지는' 것을 거부하고 그 속으로 '뛰어드는' 것을 선택하는 것입니다.

이 책을 덮기 전에 여러분이 답해야 할 한 가지 물음이 남았습니다.

'나는 사랑 앞에서 점점 더 좋아지고 있는가?'

: 애도, 슬픔을 잘 떠나보내는 법

마음을 다한 애도 작업은 기대, 두려움, 견책, 비난, 수치심, 통제 같은 것 없이 과거를 슬퍼하고 흘려보내는 것을 의미합니다. 그처럼 마음을 다한 애도 작업을 하지 않고서는 과거도 사람도 잠재울 수 없습니다. 마음을 다해 슬퍼할 때, 우리는 돌이킬 수 없는 과거의 실망, 모욕, 배신을 모두 애도하게 됩니다. 우리는 부모가 우리를 원하지 않았거나 사랑하지 않았던 것, 또는 자신들의 욕구를 넘어서서 우리를 있는 그대로의 사랑스러운 존재로 생각하고 우리의 독특한 자아가 나타나는 것을 허용해주지 못했던 것을 애도합니다. 우리가 그들에게 주고자 했던 선물, 즉 우리가 그들을 만족시키거나 보호하기 위해 만들어내야 했던 '자기'가 아니라 우리의 '진정한 자기'를 완전히 드러내는 것을 그들이 다양한 방식으로 거부한 것을 애도합니다. 우리가 얼마나 겁먹고 쓸쓸하고 슬픈지를 보았으면서도 그들이 언제나 모른 체하거나 무시하거나 사과하지 않았던 것을 애도합니다. 우리는 그토록 오랜 세월이 흐른 지금도 그들이 우리를 학대한 것에 대해서나 충분한 연민을 가지지 않은 것에 대해서 인정하지 않는 것을 애도합니다.

우리가 결코 가지지 못했던 것을 애도하는 이유는 무엇일까요? 우리는 훌륭한 양육에 깃든 다섯 가지 열쇠와 그것이 없는 삶을 본능적으로 느낄 수 있습니다. 우리는 우리가 처음부터 응당 누렸어야 할 것에 대해 슬퍼합니다. 우리는 우리의 부모가 우리와 똑같이 느끼면서도 어떤 이유에서인지 그것을 무시했기 때문에 슬퍼합니다. 우리는 우리를 사랑했던 사람들에게서 상처를 받았기 때문에 슬퍼합니다.

애도는 하나의 과정입니다. 애도는 우리가 과거에 느꼈던 고통과 상실에서 새로운 차원을 발견하기 때문에 평생토록 계속됩니다. 모든 것을 흘려보내려면 한평생으로도 모자랄지 모릅니다. 그러므로 과거에 집착하는 에너지들이 현재에 재투자될 수 있도록 고통을 풀어놓는 데 최선을 다하는 것으로 충분합니다.

슬픔이 가장 좋아하는 자세는 등에 올라타는 것입니다. 만일 내가 현재 버림을 받고 그 버림받음을 슬퍼하는 것을 나 자신에게 허용한다면, 차례를 기다리고 있던 과거의 모든 '버림받음'들이 슬퍼하고 있는 나의 등에 풀쩍 올라탈 것입니다. 여기에는 로마의 시인 비르길리우스가 서사시 『아이네이스』에서 "인간사 속의 눈물"이라고 불렀던 인간 공동체의 슬픔들 또한 포함됩니다. 뭔가가 결핍된 듯한 느낌, 덧없는 친밀함, 불가피한 결말, 그것들은 관계의 기정사실입니다. 우리는 마음속으로 그 모든 것을 느낄 수 있습니다. 우리는 그런 기정사실을 민감하게 느낄 준비가 되어 있으며, 그래서 개인적으로 슬픔을 겪을 때 그것들을 떠올리게 됩니다. 그리고 그것을 통해 우리는 혼자가 아니라는 것을 발견합니다.

융은 유년기의 문제를 해결하려 노력을 기울이는 것은 영적 자각을 위해 반드시 필요한 첫 단계라고 말합니다. 그가 말한 것처럼, "개인적인 무의식은 언제나 가장 먼저 처리되어야 합니다……. 그렇지 않으면 우주적 무의식으로 이르는 문은 열릴 수 없"습니다.

이제 소개할 애도 단계는 많은 내담자들과의 상담을 통한 연구 결과와 유년기의 상실과 학대를 애도하는 것에 관한 강의 내용을 바탕으로 고안, 수정된 것입니다. 이 내용은 또한 죽음이나 결별 또는 살아가면서 겪을 수 있는 다양한 상실을 애도하는 데 도움이 될 수 있습니다. 상실을 만회할 수는 없지만, 상실을 인정하고 수용하는 법을 배울 수는 있습니다. 이것이 바로 영혼이 깃든 애도의 여정입니다.

애도는 무언가를 처리해 없애버리는 것이 아니라 의식을 치르는 것입니다. 그것은 혼자만의 임무이며, 따라서 우리는 부모를 포함해서 우리에게 상실을 안겨준 가해자들과 함께 애도 작업을 하지 않습니다. 우리의 부모에게 우리가 그들을 얼마나 미워했는지 여전히 말해야 하는 한, 우리는 자신을 치유할 수 없습니다. 다만 우리에게 어떤 일이 일어났는지를 묻는 것은 적절한 행동입니다. 만약 당신의 애도 작업에 관해 부모에게 말할 경우, 그들이 잘못했음을 깨우쳐주려 하거나 마음을 아프게 하거나 보복하려 하는 것이 아님을, 단지 정보를 공유하기 위해 말하고 있음을 명심하십시오.

어떤 이들은 자신에게 실제로 일어난 일과 대면할 준비가 아직 되어 있지 않습니다. 우리는 고통스러운 결론에 도달할 때까지 그 과정을 밟아나갈 수 없을 거라고 스스로를 의심하거나, 심지어 그럴 능력이 없다고 확신합니다. 이 망설임을 존중하고 자신의 타이밍을 존중하는 것이 중요합니다. 어떤 눈물은 현재 흘려질 수 있고, 어떤 눈물은 내년에, 또 어떤 눈물은 30년 후에 흘려질 수 있습니다. 과거의 내면 아이는 우리가 한꺼번에 모든 것을 다루기 어려울까 봐 한 번에 조금씩 자신의 이야기를 들려줍니다. "서두르는 것도 미루는 것도 장애물"이라고 D. W. 위니코트는 말합니다. 슬픔이 해결되기까지 아주 오랜 시간이 걸린다는 사실은 우리가 능력이 없다는 증거가 아닙니다. 오히려 그것은 우리 영혼의 깊이를 나타냅니다.

1단계: 기억하는 것을 스스로 허용하기

과거에 있었던 어떤 사건에 대한 집요한 기억이 마음속에 남아 있다 하더라도, 그 기억들이 항상 쉽게 떠오르는 것은 아닙니다. 그러나 과거에 일어났던 어떤 일에 관한 감정이나 직감, 즉 기억의 흔적만으로도 애도 작업을 시작하기에 충분합니다. 자신의 욕구가 어떤 식으로 충족되지 못했는지를 기억하는 것만으로 충분합니다. 만일 구체적인 기억이 떠오르지 않는다면 슬픔의 감정만으로도 충분합니다.

슬픔의 원인이 기억난 경우, 신뢰하는 사람과 그에 관해 이야기 나눌 수 있습니다. "만약 친구들한테까지 슬픔을 보이지 않으려 한다면 그건 분명히 자네 스스로 자유의 문에 빗장을 지르는 걸세." 로젠크란츠는 햄릿에게 그렇게 말합니다. 과거에 당했던 학대를 누군가에게 설명하는 것은 자신의 경험을 인증하는 것이 됩니다. 그리고 모든 증언들이 그렇듯이, 그것은 그 이야기를 진심으로 들어줄 수 있는(즉 판단하거나 바로잡으려 하거나 과장하거나 축소하지 않고 들어줄 수 있는) 증인(학대의 가해자가 아니라 공정하고 명석하며 신뢰할 수 있는 사람, 치료 전문가나 친구)을 필요로 합니다. 그런 사람과 함께 기억을 논의하면 '거울반응', 즉 자신의 감정을 이해하고 수용하고 허용하는 타인의 애정 어린 반응을 얻을 수 있습니다. 그런 '거울반응'은 자신의 감정들이 정당한 것임을 깨우치고, 그 감정들을 수치심이나 봉인된 상태에서 해방시켜줍니다. 어린 시절 부모가 자신의 슬픔을 '거울반응'해주지 않은 경우, 후일 슬픈 일이 닥쳤을 때 슬픔에 압도당하여 중심을 잃고 비틀거리면서 어찌할 바를 모르게 됩니다. 이제 마침내 그들이 나를 되비쳐줌으로써 '거울반응'을 받지 못했던 감정들을 되찾습니다.

기억하는 것에 관해 한 가지 더 유의할 점이 있습니다. 과거에 관해 인지적으로 진술하는 것은 그것이 신체적인 감정과 긴밀하게 연결되지 않는 한, 기억에 대한 기억에 지나지 않을 수도 있습니다. 왜냐하면 우리 몸의 세포 하나하나가 어린 시절 우리에게 영향을 미쳤던 모든 사건들을 기억하고 있기 때문입니다. 몸은 정신 이상으로 인간의 진정한 무의식이며, 고통에 대한 기억과 그것을 피하려는 시도 그 두 가지 모두를 간직하고 있습니다. 따라서 우리가 해야 할 일은 감각을 통해 느꼈던 정확한 감정을 찾아내는 일입니다. 어떤 일이 일어났는지 정확한 줄거리를 반드시 기억해낼 필요는 없습니다.

실제로 우리는 과거에 우리에게 정말로 일어났던 일을 결코 모를 수도 있습니다. 그 일이 망각 속에 깊이 잠겨 있기 때문이 아니라, 우리의 기억 속에서 계속 변화하기 때문입니다. 인생의 각 단계에서 과거의 일은 변화하는 우리 자신과 세상에 맞춰 스스로 재배열됩니다. 기억은 과거로부터의 선택입니다. 그러므로 우리가 해야 할 일은 기억을 재건하는 것이 아니라, 우리의 변화하는 욕구에 맞추기 위해 과거에 대한 우리의 전체적인 의식을 재구성하는 것입니다. 마크 트웨인은 다음과 같이 희화적으로 말했습니다. "나이가 들수록, 결코 일어난 적이 없는 일을 더욱더 선명하게 기억한다."

수행

과거로 옮겨가기

오른손을 높이 들어 올리십시오. 그런 다음 그 손을 수평으로 뻗으십시오. 이제 왼손을 높이 들어 올린 다음 수평으로 뻗어보십시오. 눈을 감은 채로, 그 네 가지 손 위치 각각에서 다음의 어린 시절의 경험을 순서대로 하나씩 상상하면서 천천히 네 가지 동작을 차례차례 반복하십시오. (1) 내가 길을 건너갈 때 어떤 어른이 내 손을 잡고 있다. (2) 나는 음식을 더 먹으려고 식탁 너머로 손을 뻗고 있다. (3) 나는 수업 중에 처음으로 손을 들고 질문을 하고 있다. (4) 나는 나의 최초의 친구가 될 아이를 향해 손을 내밀고 있다.

이 경험들 각각을 기억할 때, 어떤 기분이 드는지 살펴십시오. 그 원초적 경험들이 고통이나 양육과 결부된 것이었습니까? 예를 들어, 당신은 그 사람의 손에 이끌려 그 길을 건너갔습니까? 원하는 음식을 건네받았습니까? 수업 시간에 질문을 할 때 창피했습니까? 손을 내민 친구에게 거부당했습니까? 그 일들이 현재 당신의 자존감과 관계에 미치는 영향을 찾아보십시오.

기억해내기

생애 초기의 학대 중 어떤 것들은 지나치게 위압적이어서, 직접적으로 또는 안전하게 다뤄지기가 어렵습니다. 그래서 그 학대와 자신을 분리하여 생각했을 수도 있습니다(그 사실을 잊어버렸을 수도 있고, 그것에 무감각해졌을 수도 있습니다). 자신이 피해자이고 상황을 바꿀 힘이 전혀 없을 때, 그것은 효과적인 대처법입니다. 기억을 치유하기 위한 첫 단계는 그 과거를 거쳐 나와 흘려보낼 수 있도록 자신의 고통을 객관적으로 바라볼 수 있는 자신의 성숙한 능력에 의지하면서 과거와 자신을 다시 연결하는 것입니다.

우선 과거의 어떤 환경을 기억해내고, 그 환경 속에 있는 당신의 모습을 마음속에 그려보십시오. 그런 다음, 그곳에서 일어난 일들을 묘사하십시오(소리 내어 말하거나 글로 쓰면서). 분위기가 어땠는지, 당신은 어디에 앉아 있거나 서 있었는지, 당신이 뭐라고 말했는지, 무슨 말을 들었는지, 당신이 어떤 대우를 받았는지, 어떤 것이 허용되었고 어떤 것이 금지되었는지 기타 등등. 회상 속에서, 당신이 어떤 느낌이었는지 기억이 날 때까지 계속 말하거나 글로 쓰십시오. 그런 다음 당신이 현재의 삶에서 그런 느낌을 느낄 때가 언제인지 살피십시오. 이것은 그 원초적인 상처가 어떻게 당신을 아프게 하는지 보여줍니다. 과거에 당신은 당신에게 상처를 입히는 상황을 변화시킬 힘이 없었습니다. 하지만 이제 당신은 옛날의 당신에게 고통을 불러일으켰던 그때와 닮아 있는 현재의 상황에서 과거와는 다르게 반응할 수 있습니다.

예를 들어, 수업 중에 질문을 너무 많이 한다고 조롱당한 기억이 있다고 가정해봅시다. 지금 당신은 사람들의 말이나 행동에 대해 너무 깊이 캐물을 경우 거부당하지 않을까 여전히 두려워합니다. 당신은 당신이 원하는 정보를 적극적으로 요구하는 것을 스스로에게 허락하지 않습니다. 당신은 아직도 비난을 두려워하는 어린아이처럼 행동합니다. 유년기와 성년기의 경험을 한데 모으십시오. 그리고 거기서 나타나는 감정을 표현하십시오. 분노, 슬픔, 두려움, 아니면 그 세 가지 모두. 이 감정을 존중해줄 사람에게 표현하십시오. 당신은 가해자를 비난할 필요가 없습니다. 단지 당신의 현재 감정을 자유롭게 표현하기만 하면 됩니다. 이처럼 감정의 자유를 스스로에게 승인함으로써, 당신은 우선 그 누구의 허락도 필요로 하지 않는다는 것을 깨닫습니다. 둘째, 이제 당신은 감정을 숨기는 게 아니라 드러냅니다. 셋째, 당신은 그 감정을 억누름으로써 계속 붙잡고 있는 게 아니라 감정을 표현함으로써 흘려보냅니다. 과거에 당신은 이런 감정을 느껴서는 안 되고 저런 감정을 느껴야 한다고 지시하는 타인들의 말을 들었지만, 지금은 당신이 실제로 느끼는 것들을 타인들에게 말하게 되었습니다. 이 단계에서 도움이 될 만한 몇 가지 팁을 소개합니다.

- 당신의 사연을 되풀이해 말하십시오. 이것은 충격을 흡수하는 정상적인 방법입니다. 만일 당신의 경험을 말로 표현하는 것이 쉽지 않다면, 그림을 그리거나 콜라주를 만들어 표현하십시오. 한편, 당신이 그렇게 하는 것에 거부감을 느낀다면 그것을 일종의 신호로 받아들이십시오. 그 거부감은 지금은 이런 종류의 작업을 할 적절한 시기가 아님을 당신의 마음이 당신에게 알려주는 신호일 수도 있습니다. 그 메시지를 존중하는 것은 그 자체로 치유 과정입니다.
- 당신이 현재 겪고 있는 고통은 과거로 타고 갈 수 있는 말입니다. 현재의 고통을 타고 과거의 고통으로 가십시오.
- 회상을 당신 자신에 관한 어떤 일, 당신이 한때 자신이나 다른 사람에게 그 심각성을 인정하기를 두려워했던 일에 대한 고백으로 생각하십시오. 회상은 학대를 참고 견디는 것이 아니라 드러내는 것을 의미합니다. 그것은 과거에 일어났던 일과 그 일에 관해 당신이 느꼈던 감정을 당신 자신에게 시인하는 것입니다. 얼마나 정확하게 기억하느냐는 중요하지 않습니다. 당신은 그때 일어난 일의 정확한 사실이 아니라 그 일이 당신 자신에게 미친 영향에 몰두하고 있기 때문입니다.
- 학대가 일어난 이유에 관해서는 관심을 갖지 마십시오. 그런

의문은 다시 잡념이 생겨나게 합니다. 자아 책략꾼인 잡념은 평소처럼 정신을 산란하게 하고 위안을 가져다주려 할 것입니다. 이유에 관심을 가지는 대신 모든 "왜?"를 "예"로 바꾸십시오. 마이스터 에크하르트°의 말처럼 "우리는 장미꽃처럼 이유 없이 살아갈 뿐"입니다.

• 자신의 고통을 당신 탓으로 돌리는 불안정하고 신경증적인 부모와 악의적이거나 비열하거나 잔인하며 당신이 상처 입는 것을 보며 즐거워하던 부모를 구별하십시오. 후자는 더 깊은 상처를 가하고 후일 당신이 맺는 관계에서 상대를 신뢰하는 능력에 더 심각한 상흔을 남깁니다. 기억하고 느끼는 이 첫 번째 단계에서, 당신의 부모에게 면죄부를 주지 마십시오("그 당시 그들은 더 나은 방법을 몰랐던 거야", "하지만 이제는 달라"). 진정한 연민과 용서는 분노 뒤에 따라옵니다.

• 과거의 기억에 대해 곧바로 조치를 취하기 전에, 먼저 치료를 통해 내면의 안전을 확립하는 것이 가장 좋습니다. 더욱이 여기서 제시하는 애도 작업은 심한 학대나 정신적 외상을 경험하지 않은 사람들에게 맞춰진 것입니다. 그런 경험을 가진 사람들은 기억들을 다루고 치유하는 작업에 들어가기 전에 내적 안전을 확립하기 위해 훨씬 더 많은 준비가 요구됩니다.

• 상처는 우리를 파괴하지 않습니다. 상처는 우리의 자가 치유력을 활성화합니다. 중요한 것은 상처를 잊는 것 혹은 지나간 상처를 문제 삼지 않는 것이 아니라 그 상처가 일깨운 힘으로

○   Meister Eckhart(1260~1327). 독일 중세 후기 신비주의 철학자.

부터 유익한 뭔가를 계속 얻어내는 것입니다.

- 당신의 부모가 서로 만나기 전에 찍은 각자의 사진을 자세히 관찰해보십시오. 그 사진들을 나란히 놓으십시오. 당시에는 그들이 결코 예상할 수 없었던 그들의 미래 중 어떤 사실들, 예를 들어 이혼이나 학대, 당신과의 일화 같은 것을 그들 각각에게 직접 말하거나 글로 써서 전하십시오. 그런 다음 일어났더라면 좋았을 긍정적인 것들을 그들에게 말하십시오. 그들의 사연에 대해 당신의 마음에 연민이 생겨나는지 주목하십시오.

우리가 실제로 착수해야 하는 것은 첫 단계뿐입니다. 첫 단계만 확실하게 이행하고 나면 그다음 단계들은 저절로 따라올 것입니다. 완전한 감정들이 생겨날 것이고, 그 감정들과 함께 사건의 본능적인 재연, 연민 어린 용서, 흘려보내기, 그 과정을 기념하기 위한 의식儀式들이 일어날 것입니다. 마지막으로, 우리에게 일어났던 좋은 것들을 회상하면서 그리워하는 자신을 알아차릴 때, 우리는 애도 작업이 끝나가고 있다는 것을 나타내는 아련한 슬픔, 즉 향수를 느끼게 됩니다.

2단계: 느끼는 것을 허용하기

애도에 해당하는 감정은 슬픔, 분노, 상처, 두려움(심지어 공포까지)입니다. 마음을 다한 애도 작업에서, 우리는 어떤 감정이 나타나건 그 감정을 허용하는 활주로가 됩니다. 어떤 감정은 불시착하고 어떤 감정은 부드럽게 착륙합니다. 그리고 또 어떤 감정은 우리를 해칩니다. 그렇지만 지속적으로 우리에게 해를 입히는 감정은 아무것도 없습니다. 감정들이 착륙한 이후에 천천히 멀어져갈 때나 감정들의 잔해가 깨끗하게 치워졌을 때도 우리는 그대로 남아 있습니다. 우리는 이 과정을 이겨낼 수 있으며 충분히 자질이 있음을 확신해도 좋습니다.

놀랍게도 부인否認은 건강한 애도 작업에서 중요한 역할을 합니다. 부인은 현실을 회피하는 방법이 되어줍니다. 가령, 어린 시절의 슬픔을 거쳐 나오는 사람에게 부인은 고통을 안전하게 처리할 수 있도록 그 고통을 조금씩 들여보내는 건강한 방법입니다. 상실의 전면적인 공격을 받는다면 그로 인한 결과를 외면하는 것은 당연합니다. 무시무시한 슬픔은 충격을 완화하기 위해 정보의 속도를 늦추는 것을 허락하지 않습니다. 사랑하는 사람의 갑작스러운 죽음이 그렇습니다. 무시무시한 슬픔은 상실 앞에서 우리를 무력한 상태로 남겨둡니다.

어떤 특별한 상황 심지어 영화 속의 특별한 상황에서 느끼는 강렬한 반응은 우리 자신의 내면의 무언가가 절실히 도움을 필요로 한다는 단서일 수 있습니다. 어떤 어머니가 자식의 갑작스러운 사망 소식을 듣는 영화의 한 장면이 떠오릅니다. 그때 나는 마치 어떤 감정이 내 배 속으로 가라앉아 나를 갉아먹는 것처럼 그녀의 공포를 강렬하게 느꼈습니다. 그로부터 한 달쯤 지난 뒤 내 아들이 자신의 내담자들 중에 갑자기 엄마를 잃은 두 아이가 있다는 말을 나에게 했습니다. 그들에 대한 슬픔에서, 나는 영화를 보면서 느꼈던 것과 똑같은 공포를 느꼈습니다. 그것은 연민을 넘어선 것이었습니다. 죽음에 관한 소식들은 왠지 나 자신에 대한 개인적인 위협처럼 느껴졌습니다. '내가 왜 이렇게 민감한 반응을 보이는 걸까?' 나는 의아했습니다. 의문에 사로잡힌 채 며칠을 보낸 어느 날 아침, 내가 익히 알고 있던 우리 집안의 어떤 일을 떠올리며 잠에서 깨어났습니다. 내가 태어나기 전, 나의 할머니는 아들의 갑작스러운 사망 소식을 들었습니다. 그 일을 떠올리면서 나는 배 속 깊은 곳에서 영화를 보면서 그리고 엄마를 잃은 두 아이의 이야기를 들었을 때와 비슷한 고통스러움을 느꼈습니다. 순간 어머니가 나를 임신하고 있는 동안 아끼던 남동생의 사망 소식을 들었다는 사실을 불현듯 깨달았습니다. 어머니는 그로부터 몇 주일 동안 억누를 수 없는 우울감에 빠져 눈물을 흘렸다는 이야기를 나에게 자주 들려주었습니다. 달리 말해서, 나 역시 어떤 점에서는 그 사망 소식을 들었던 것이고, 그로 인해 나 자신의 건강과 생존은 위협받았던 것입니다. 마음은 그 모든 상처와 상실을 기억합니다. 애도되지 못한 나 자신의 고통 때문에 타인들이 그와 똑같은 고통에 처해 있을 때 내가 그런 반응을 일으킨 것이 아닐까요? 다른 사람들이 느꼈던 충격에 관한 나의 공포와 무력감은 나 자신을 위해 끝마치지 못한 어떤 작업을 나에게 암시하는 것입니다.

수행

여기서 중요한 것은 '내가 누구인가'가 아니라 '나에게 어떤 일이 일어났는가'입니다.

감정이 나타나는 것을 허용하기

슬픔을 해결하는 방법은 대부분 슬픔을 표출하는 것입니다. 우리는 그것을 주로 눈물로 표현합니다. 나이를 불문하고, 원하는 사랑을 얻지 못할 때 우는 것은 지극히 자연스러운 것입니다. 이는 내면의 아이가 진정으로 느끼는 것을 자신이 허용하고 있다는 표시입니다. 슬퍼하는 최고의 방법은 과거에 대해서만이 아니라 현재 겪고 있는 상실에 대해서도 슬픔을 느끼는 것을 스스로에게 허용하는 것입니다.

또한, 애도를 할 때 슬픔과 아울러 다른 여러 감정을 함께 처리해야 할 수도 있다는 사실을 기억하십시오. 표현되거나 처리되지 못한 상처는 결국 자기연민이 됩니다. 표현되지 못한 분노는 쓰라린 응어리가 됩니다. 표현되지 못한 슬픔은 우울이 됩니다. 표현되지 못한 두려움은 끔찍한 공포가 됩니다. 이런 결과들은 학대가 계속되게 합니다. 다만 자기가 자신에게 가하는 학대라는 점만 다를 뿐입니다.

그러므로 이 단계에서 우리는 각각의 감정을 받아들이고 그 감정이 정당하다는 것을 인정해야 합니다. 그리고 이를 신체적으로 공감해야 합니다. 예를 들어 울음이나 몸짓을 통해 표현해야 합니다. 모든 감정들을 완전하게 경험하는 것은 당신을 카타르시스로 이끕니다. 무감할수록 더 깊은 상처가 있었음에 틀림없습니다. 상대에게 그런 일이 일어날 때도 이런 사실을 기억하는 것이 도움이 됩니다. 감정을 거의 표현하지 않는 폐쇄적인 사람은 유년기의 처리되지 못한 슬픔으로 가득 차 있을 수 있습니다.

슬픔과 연결된 감정들은 소리를 갖고 있습니다. 그 소리들은 목 안쪽 깊숙한 곳에서 나오는 소리이며 심지어 무시무시하기까지 합니다. 그 소리들은 산뜻하고 정중한 게 아니라 시끄럽고 예측할 수 없습니다. 그 소리들을 모두 풀어놓을 수 있는 공간을 반드시 만드십시오. 당신은 당신의 모든 감정들에 대해 권리를 갖고 있습니다. 그 감정들이 정당화되거나 논리적일 필요는 없습니다. 그러나 거부감, 실망감,

모욕감, 버림받은 느낌 또는 배신감을 주의하십시오. 그것은 감정이 아니라 심판, 교묘한 형태의 비난, 내면에서 다음과 같이 속삭이는 자아 책략꾼의 방문입니다. "나는 지금 상처를 받았고, 정말로 무섭다" 보다는 "네가 옳아" 또는 "그녀가 그런 짓을 하고도 벌 받지 않고 무사히 넘어가게 해선 안 돼"라는 식입니다. 심판 이면에 숨어 있는 감정을 정확히 파악하는 것이 무엇보다 도움이 됩니다. 예를 들어, 실망 이면에는 모든 기대가 충족되어야 한다는 믿음이 있을 수 있습니다. 판단 이면에는 사실상, 인생의 기정사실과 나는 특별한 대우를 받을 자격이 있다는 믿음 간의 싸움이 있습니다. 어린아이 같은 자아에서 벗어난 성인은 자신이 겪게 될 실망과 거부를 당연하게 받아들입니다. 그것들을 인간관계의 정상적인 조건으로 받아들이는 것입니다.

그리스 신화에 따르면, 포도주는 사랑했던 암펠로스의 죽음 앞에서 흘린 디오니소스의 눈물에서 비롯되었습니다. 기쁨은 궁극적으로 슬픔에서 오는 것입니다. 두려움과 분노를 슬픔 속에 흘려보내는 것은 평정과 자유를 찾는 강력한 방법입니다.

3단계: 재연할 기회

기억을 치유하기 위한 세 번째 단계는 원초적인 학대의 말이나 행위를 기억 속에서 재생하는 것입니다. 하지만 이번에는 거리낌 없이 소리를 질러 학대의 말이나 행위를 중단시켜야 합니다. 이 심리 드라마에서 당신은 마음속으로 과거의 무대 위에 자신을 올려놓고, 당신이 들었던 말이나 당했던 행동을 봅니다. 그런 다음 당신에게 힘이 있다는 것을 알리고 학대를 멈추라고 당당하게 말합니다. 옆에서 누군가 당신을 지켜보는 가운데 소리 내어 말하고 동작을 취해보십시오. 아니면 이 과정을 글로 쓰거나 그림을 그리거나 동작으로 표현할 수도 있고, 진흙으로 조형물을 만들 수도 있습니다. 기억의 드라마 속에서 그 학대자를 변화시키려 하지 말고 오직 당신 자신을 변화시키려 하십시오. 학대를 거부함으로써 당신은 이제 더 이상 그 장면의 피해자가 아니라 주인공이 됩니다. 당신은 원초적인 기억에 새로운 결말을 덧붙였습니다. 그래서 앞으로 그 기억이 떠오를 때마다 당신은 새로운 결말과 함께 그것을 기억하게 됩니다.

이렇게 한다고 해서 과거를 바꿀 수는 없기 때문에 이 모든 것이 아무 소용 없는 듯이 보일 수도 있습니다. 그러나 우리가 바꿀 수 없는 과거는 역사적인 과거입니다. 자신의 내면에 지니고 있는 과거는 바꿀 수 있습니다. 우리는 하나의 사실을 지니고 있습니다(바꿀 수 없는 것). 그러나 우리는 그 사실이 우리에게 미친 영향도 지니고 있습니다(지극히 변화 가능한 것). 원초적인 기억이 그저 하나의 사실이 되는 것을 허락할 때, 그 부채는 기억에서 사라지며, 그 기억은 더 이상 우리에게 상처를 입히지 않게 됩니다. 이제 그 과거를 회상할 때면, 우리가 그 고통을 치유했던 방법 역시 회상하게 됩니다. 마치 상처를 준 사람이 사과해올 때 상처에 대한 기억이 좀 더 견딜 만해지고 행복감마저 주는 것처럼, 재구축된 기억은 마음의 평정을 안겨줍니다.

4단계: 기대를 버리기

기억을 치유하기 위한 네 번째 단계는 누군가가 당신이 어린 시절에 놓쳤던 모든 것을 보상해줄 거라는 기대를 버리는 것입니다. 그런 기

대가 조금이라도 없는지 자신의 생활방식이나 일상적인 선택을 살펴
보십시오.

- 부모에게 받지 못했던 것을 상대에게 요구하고 있습니까?
- 부모가 당신을 대한 방식처럼 상대가 당신을 대하도록 길들
  이고 있습니까?
- 어떤 정신적 지도자에게 매달리고 있습니까?
- 광신적인 단체에 사로잡혀 있습니까?
- 어떤 물질이나 사람, 섹스 또는 관계에 중독되어 있습니까?
- 당신이 내려놓지 못하는 어떤 것에 관해 강박적이거나 충동
  적입니까?
- 옛날에 당신이 가족에게서 받았거나 받고 싶어 했던 것들을
  지금 당신에게 줄 사람을 찾고 있습니까?

만일 어머니가 지금 내게로 와서 이전과는 다른 방식으로 내게 관
심을 가져준다면 위안과 안도감, 마음의 평화를 얻을 수 있으리라고
때때로 상상할 수도 있습니다. 그렇게만 된다면 어머니로부터 충족
되기를 원하는 그 마음을 비로소 버릴 수 있을 거라고 상상합니다. 왜
냐하면 행복의 열쇠는 어머니의 움켜쥔 손 안에 여전히 남아 있다고
생각하기 때문입니다. 그렇다면 어떻게 하면 그 열쇠를 내 손에 넣을
수 있을까요? 기대를 버림으로써 가능합니다. 심리적인 노력과 수행
을 통해서 자신에게 초점을 맞출 때 우리는 스스로 자신의 부모가 되
고, 따라서 부모나 부모의 대리자들이 줄 수 있는 것을 더 이상 애타
게 욕망하지 않게 됩니다. 우리는 여전히 타인을 필요로 하지만, 그들

을 갈망하지는 않습니다. 결핍감은 뭔가를 상실하고 있다는 감각에서 비롯됩니다. 그다음에는 충족을 위해 에너지를 동원하고, 충족됨으로써 그 욕구가 해결되거나 이번에는 또는 이 사람으로부터는 충족이 가능하지 않다는 것을 기꺼이 받아들이는 인식을 통해 해결됩니다. 결핍은 계속되는 스트레스와 함께 충족되지 못한 상태, 해결되지 않은 불만의 상태입니다.

내 아버지는 내가 두 살 때 집을 나간 후 다시는 돌아오지 않았고, 소식도 완전히 끊어졌습니다. 성인이 되어 어렵게 그를 만나게 되었을 때, 나는 그동안 얼마나 그가 나의 아버지 역할을 해주기를 바라왔는지 깨닫게 되었습니다. 그러나 그는 앞으로도 내가 원하던 태도를 결코 보여주지 않을 것임을 알게 되었습니다. 그는 죽었다 깨어나도 그렇게는 하지 않을 사람이었습니다. 그 사실 때문에 몹시 괴로웠고 엄청난 불만에 사로잡혔습니다. 그 절망감은 나를 완전히 무기력한 상태로 만들기까지 했습니다. 나는 심리 치료를 적극적으로 받으면서 아주 강도 높게 그 문제에 접근했습니다. 그런데 아주 놀라운 일이 일어났습니다. 어느 날 샌프란시스코의 캘리포니아 거리를 지나는데, 갑자기 머릿속에서 낯선 목소리가 들려왔습니다. 평상시의 "그는 왜 그렇게 할 수 없을까?" 대신, 그 목소리는 "그는 유일한 한 가지, 즉 너의 탄생에 기여하는 것으로 이미 너의 아버지가 될 운명이었다. 그리고 그는 그 역할을 완벽하게 해냈어"라고 말했습니다. 그 충격적인 진실을 깨달은 나는 거리 한복판에서 발걸음을 멈추었습니다. 그리고 그 순간부터 아버지를 생각할 때 기분이 나아졌습니다. 그에게서 더 많은 것을 바라는 나의 갈망은 끝이 났습니다.

그 목소리는 어디서 온 것일까요? 그것은 내가 계획하거나 만들어내지 않은 은총, 내가 전념했던 그 노력의 은총이었습니다. 나의 노력은 그 한순간에 원하던 결실을 완전히 거두었습니다. 우리는 환상에서 벗어나기 위해 노력하며, 그리고 때때로 그 노력은 원하는 대가를 가져다줍니다. 그날 샌프란시스코에서 나는 마침내 아버지를 내 마음속에서 자유롭게 해방시켰고, 그러자 나 자신이 일순간에 더 커진 것 같은 기분이 들었습니다. 그리고 우리가 완전해지기 위해서는 인생에서 만나는 모든 사람들에게 우리 마음속에 한 자락 자리를 내주어야 한다는 사실도 깨달았습니다.

5단계: 하나의 수행으로서 감사하기

기억을 치유하기 위한 다섯 번째 단계는 당신이 어떤 고통이나 학대 또는 결여를 겪었든 간에 당신을 살아남게 해주고 더 강하게 만들어준 당신의 내적 자기(또는 더 높은 힘)에 감사하는 것입니다. 우리에게 일어난 모든 일에는 저마다 긍정적인 측면이 있습니다. 원초적인 학대가 당신에게 어떤 빛을 남겼는지 확인하십시오. 예를 들어, 당신은 고통을 다루는 법을 배웠을 수 있습니다. 때로는 피해 달아나는 것으로, 때로는 직접적인 대립으로 고통을 이겨냈을 것입니다. 이 두 가지 모두 그 시점에 당신이 이용할 수 있는 힘에 따른 정당하고 현명한 행동입니다. 오래전에 겪은 고통이나 상실을 되돌아보는 지금, 내면의 힘을 찾아내십시오. 고통을 겪고 그로 인해 달라진 사람을 영웅이라고 말할 때, 그것을 가능하게 만드는 것이 바로 내면의 힘입니다.

당신에게 일어난 일이 현재의 당신을 강한 사람으로 만들어주는 데 필요한 것임을 인정하고 감사하는 확언을 만드십시오. 당신은 과거에 겪은 고통에 감사하는 것이 아니라 현재 고통을 다루는 당신의 능력에 감사하는 것입니다. "위대한 해방이 일어나기 위해 바로 그런 악과 고통이 필요했다"라고 니체는 말했습니다. 그는 또한 "그것들은 우리를 죽이지 않고 더 강하게 만든다"고도 했습니다.

당신은 지금 강합니까? 당신은 적어도 과거의 학대를 솔직하게 슬퍼하는 고통을 받아들여야 합니다. 과거가 현재를 드러내는 방법이 얼마나 다양한지 보십시오. 그렇게 함으로써 우리가 필요로 하는 것이 무엇인지 그리고 왜 그렇게 하는 것이 필요한지 알 수 있습니다. 이를 통해 우리의 능력과 결핍의 근원을 발견하고 잠재력을 활성화할 수 있습니다. 이는 성숙한 인간으로서 살아가는 삶의 내적 청사진입니다. 이 청사진을 읽어낼 만큼의 깨우침만 우리에게 있다면, 우리는 우리의 여린 취약성에 관한 아주 감동적인 이야기와 우리의 모든 갈망과 두려움에 대한 가장 정확한 설명을 발견할 수 있을 것입니다.

나의 가장 큰 기쁨은 내가 여전히 사랑할 수 있다는 깨달음에 있습니다. 그 능력은 그 모든 역경에도 불구하고 온전하게 살아남아 있었습니다. 사랑이 그것을 이겨냈다는 것은 내가 그것을 이겨냈다는 것을 의미합니다.

6단계: 용서의 은총

용서는 사실 하나의 단계가 아니라 그냥 벌어지는 일입니다. 우리는 용서에 대해 계획을 세울 수도 없고 계획을 세우려 하지도 않을 것입니다. 용서는 우리를 아프게 한 사람들에 대한 무의식적인 연민이며 그들의 죄를 사해주는 것입니다. 이는 책임은 여전히 인정하면서도 비난과 분노를 내려놓는 것입니다. 용서가 분노 뒤에 비로소 나타날 수 있는 것은 바로 그런 까닭입니다.

학대의 가해자들에 대한 연민은 그들의 고통을 이해할 수 있을 때까지 오랫동안 분노를 내려놓는 것을 의미합니다. 이는 학대하는 사람들은 그들 자신이 학대를 당했지만 그 무의식적인 고통을 애도하지 못한 채 다시 우리에게 학대를 자행한 것임을 깨닫는 것입니다. 우리는 그것이 얼마나 잘못된 것이었는지 압니다. 그러나 이제 우리는 아마도 처음으로 그들의 고통을 의식적으로 알아차리며, 그들과 함께 그 고통을 느낍니다. 용서를 통해 우리는 그들의 고통의 짐을 마침내 덜어냅니다. 그것은 진정으로 무조건적인 사랑이며, 우리를 개인적, 심리적, 영적, 심지어 신체적으로 건강하게 만듭니다.

용서는 일종의 힘, 평범한 우리 자아의 한계를 초월하게 하는 은총입니다. 신경증적 자아는 흔히 응징하고 보복하는 방향으로 나아갑니다. 실제로, 복수하고자 하는 것은 애도를 거부하는 방법입니다. 부당함에 관해 슬픔을 느끼는 대신 부당함을 저지른 사람을 향해 물리력을 행사하는 것입니다. 그와 달리 건강한 슬픔은 잘못된 것을 비폭력적으로 다루고, 복수와 응징 대신 화해와 변화를 추구하는 헌신으로 이어집니다.

자아는 용서를 하기 전에 반드시 처벌이 필요하다고 생각합니다. 그러나 진정한 용서는 '눈에는 눈, 이에는 이'라는 태도를 버리고 순수한 관대함을 택합니다. 용서는 가장 고결한 형태의 '버리기'입니다. 용서함으로써 우리는 타인에 대한 원망을 버릴 뿐만 아니라 자신의 자아 역시 버리기 때문입니다.

어머니는 자제력을 잃고 나를 때리면서 나를 공포에 떨게 했습니다. 그러면서 내가 쏟아지는 매를 피하려고 두 손으로 머리를 감싸면 나를 겁쟁이라고 비난했습니다. 이제 나는 어머니가 나를 때리는 것에서 즐거움을 얻으려 했던 것이 아니었음을 이해합니다. 그녀는 자신의 가장 깊은 수치심과 슬픔을 나에게 해소하려는 충동에 사로잡혀 있었던 것입니다. 나는 어머니의 그 행동을 용서하지는 않지만, 어머니가 빠져 있던 고통에 대해 연민을 느끼는 나 자신을 알아차립니다. 그리고 이 연민은 지속적인 원한과는 달리 나의 애도 작업을 방해하지 않습니다. 때때로 이렇게 되뇌이십시오. 이 말들이 당신에게 진실이 되었다고 느껴질 때까지.

> 내 가족이 나에게 가한 상처를 떠올릴 때면, 나는 그들 이면에 있었던 결함, 무지, 두려움에 대해 연민을 느낀다. 나는 그 누구에게도 보복하거나 해를 입히고 싶지 않으며, 심지어 그들에게 나를 이해시키고 싶지도 않다. 나는 모든 것을 용서하는 사랑을 내 가족에게 아낌없이 쏟는다. 이제 내가 그들을 변화시켜야 한다는 생각에서 자유로워진 것이 기쁘다. 나는 이제 내 이야기를 친구들이나 치료 전문가에게 말할 뿐, 나의 가족에게는 더 이상 말하지 않는다.

7단계: 치유의 의식

의식儀式은 의식意識의 가장 깊은 현실을 명백하게 드러내면서 새로운 의식意識을 드러냅니다. 이는 우리가 존재하는 장소와 우리가 느끼는 감정을 더 높은 무언가에 바침으로써 축성하는 것입니다. 유년기의

의식儀式을 참작하되 그 의식들을 확장하는 하나의 의식을 구상하십시오. 이때 몸의 협력이 필요합니다. 애도 작업을 해나가는 과정에서 당신의 목적과 성취를 상징하는 몸짓을 만드십시오. 손과 눈은 마음보다 더 효과적인 오래된 지혜를 지니고 있습니다.

과거를 애도하는 것은 가족의 회한뿐만 아니라 해묵은 가족사에 종지부를 찍는 일이기도 합니다. 사라졌거나 죽은 사람들도 여전히 가족의 구성원입니다. 우리가 그 사람을 아무리 철저하게 거부했다 해도, 그가 가족을 아무리 무책임하게 버렸다 해도 그 누구도 완전히 배제되지 않습니다. 우리가 제외된 사람들을 존중하고 다시 포함시킬 때, 그들은 더 이상 초조해하는 유령처럼 우리의 마음을 지배하지 않습니다. 그리고 어두운 과거와 연결되는 것은 우리 자신을 치유할 뿐만 아니라, 가족의 과거로 되돌아가서 우리의 선조들까지 치유합니다. 어쩌면 우리는 선조들의 어떤 업보를 해결하기 위해 태어난 것인지도 모릅니다. 할머니는 왜, 어머니는 왜 결코 보살핌받지 못하고 치유되지 못했을까요? 그들은 어떤 고통을 겪었을까요? 그들이 해결하지 못하고 후대에 넘긴 그 고통은 무엇일까요? 나는 그들의 운명을 되풀이하고 있는 것일까요? 의식儀式이 우리를 과거와 연결시켜 '상처 입은 치유자'○로 만들 때, 그 의식은 강력한 효력을 발휘합니다.

○   wounded healer. 예수회 사제이며 심리학자인 헨리 나우웬의 용어로, 고통을 통해 얻은 상처가 타인을 치유하는 원천임을 의미한다.

다음으로 하나의 애도 의식을 만드십시오.

- 인정하기: 당신의 고통스러운 경험들을 완전히 밝히고 그에 대한 당신의 애도 과정을 글로 쓰십시오.

- 폐기하기: 글이 적힌 종이를 불태워 그 재를 씨앗들과 함께 묻거나 또는 나무 아래 묻으십시오.

- 재생하기: 나의 과거를 흘려버리고, 나의 슬픔에 대한 나의 해결책, 그리고 기쁨과 자유와 함께 계속 살아나갈 것을 받아들이겠다고 힘주어 말해보십시오. 해변이나 산속 또는 생명력이 느껴지는 자연이라면 어디라도 좋습니다. 그곳에서 당신의 능력에 관해서 고함을 지르거나 노래를 불러보십시오. 과거의 좋았던 때들을 떠올리십시오. 정신적 외상의 기억들이 고통스럽고 심신을 약화시킨다면, 안전하고 안락했던 기억들은 심신을 치유해줍니다. 지금부터는 나쁜 것에 대해 좋았던 기억을 하나씩 떠올리십시오. 애도 과정을 떠올리는 것을 유년기의 마지막 장이라고 생각하면서 그것도 포함시키십시오.

- 돌려주기: 어떤 슬픔이 편하게 느껴지기 시작할 때, 당신은 기쁨, 해방감, 치유 또한 느끼기 시작할 것입니다. 이 감정들은 노력의 결과이지만 은총에서 온 것이기도 합니다. 당신 자신의 치유 작업을 반영하는 사람이나 명분 — 예를 들어, 학대

당하거나 굶주린 아이들을 돕고 교육의 기회를 주는 일 — 에 기부하거나 자원봉사 등의 형태로 그 선물을 되돌려주십시오. 당신보다 좀 더 뒤에서 당신과 똑같은 길을 걸어오고 있는 사람들에게 뭔가를 베푸십시오. W. B. 예이츠는 이렇게 말했습니다. "나는 축복받았고, 그래서 축복을 줄 수 있었다."

8단계: 자기양육과 다시 연결되기

진정으로 애도 작업을 완성하기 위해서는, 감정의 카타르시스만이 아니라 자기양육과 타인과의 두려움 없는 친밀함을 이룰 필요가 있습니다. 애도 과정의 고통은 성숙한 자기self가 태어나는 것에서 비롯되는 분만통입니다. 이 과정은 겁을 집어먹고 울고 있는 자신에게 관심을 기울이고 위로하는 것입니다. 자신을 돌보고 배려하는 것이며 건강한 관계로 이어질 수 있는 자신의 취약성을 보여주는 것입니다.

자기양육은 자신에게 다섯 가지 열쇠를 부여하는 것을 의미합니다. 자신의 고통에 관심을 기울이고 치유를 위한 내적 자원에 관심을 가집니다. 과거가 현재의 관계에 어떻게 개입했는지 그리고 어떻게 자신을 발견하도록 도왔는지에 주의를 기울입니다. 자신의 모든 재능, 장점, 실패, 결함을 포용하면서 스스로를 수용합니다. 우리가 걸어온 여정의 가치를 인정하고, 그 여정에서 내디뎠던 모든 걸음들, 잘못 내디뎠던 걸음들까지도 인정합니다. 부모와 상대가 좋건 나쁘건 우리의 성격에 기여한 것에 감사합니다. 우리는 과거 자체에 경의와 연민을 느끼고 미래에 대해 개방적일 때 자신을 사랑하게 됩니다. 우리는 자신의 가장 깊은 욕구, 가치, 소망에 따라 살아가는 것을 스스로에게 허용합니다. 우리를 멈출 수 있는 사람은 아무도 없습니다. 그 누구도 결코 그렇게 할 수 없었습니다.

자기양육은 또한 다정하고 지혜롭고 연민 어린 사람들에게 마음의 문을 여는 것을 의미합니다. 고통과 상실은 우리를 타인으로부터 고립시킵니다. 반면에 애도 작업은 우리를 우리가 신뢰할 수 있는 사람들과 다시 연결시킵니다. 우리를 마음 아프게 했던 사람들도 포함될 수 있습니다. 그러나 그들은 주로 더 넓은 세상에서 옵니다. 그곳에서는 우리를 감싸 안아줄 많은 팔들이 우리를 기다리고 있습니다. 홀로코스트 생존자인 엘리 비젤°은 이렇게 말합니다. "메시아는 없다. 그러나 메시아적인 순간들은 있다." 모든 사람들에게 항상 부모가 있는 것은 아닙니다. 그러나 우리를 사랑하는 사람이 우리를 향해 다가오는, 아버지 같고 어머니 같은 자애로운 순간들이 있습니다. 자기양육은 그런 순간들과 그 순간들을 가져오는 사람들을 받아들이고 소중히 여기는 것을 포함합니다. 아마도 우리는 자격을 제대로 갖춘 부모를 결코 보장받을 수 없고, 단지 실제 부모와 그 외의 어른들로부터 이따금 부모의 사랑을 느끼는 순간을 만날 수 있을 뿐인지도 모릅니다. 우리가 간절히 기다려온 것은 우리의 삶에 여러 번 찾아왔습니다. 그것이 지금 여기에 있습니까?

애도 작업의 마지막 단계는 친밀함의 첫 단계입니다. 애정을 갖고 돌보는 내면의 부모는 우리가 친밀함에 스스로 마음의 문을 열도록 힘을 실어줍니다. 점점 더 건강해질 때, 우리는 '거울반응'을 찾으려

°   Elie Wiesel(1928~). 루마니아 출신의 미국 작가, 1986년 노벨 평화상을 받았다.

는 좌절된 원초적 시도들을 안전하게 다시 시작할 수 있는 상황을 보다 의식적으로 찾습니다. 그와 동시에 원초적 상처들이 다시 벌어지지나 않을까 두려워할 수도 있습니다. 우리는 욕망과 두려움, 희망과 공포, 낙관과 비관을 동시에 안고 관계로 들어섭니다. 상대가 바라는 모든 소망 혹은 상대에 관한 모든 불만 이면에는 충족되지 못한 갈망이 있습니다. 우리는 평생토록 다섯 가지 열쇠의 형태로 우리의 감정에 대한 조율을 계속 추구합니다. 두려움은 다섯 가지 열쇠에 대한 갈망이 우리의 내면 속 어디에 있는지를 보여주는 갑작스러운 표출일 수 있습니다.

○
수행

내 영혼의 비밀의 정원에서 나의 극심한 고통이 마침내 허락받고, 목격되고, 이해되고, 다정하게 포옹 받을 수만 있다면, 아무리 고통스러운 감정이라 할지라도 그 감정을 견디는 나의 능력은 자유롭게 확장됩니다. 그것을 통해 나는 나 자신을 조율할 수 있게 됩니다. 건강한 친밀함은 내가 나 자신을 양육하고 나에게 다섯 가지 열쇠를 부여하는 것을 도와줍니다. 당신이 나를 '거울반응'해주는 상황에서 내가 나 자신을 '거울반응'할 때, 당신에 대한 나의 요구들은 보다 온건해지며, 나는 당신의 애정 어린 돌봄과 배려에 대한 욕구와 나 자신의 자기양육 능력 사이에서 행복한 균형을 유지합니다.

감정 허용하기

당신의 감정에 주목하십시오. 그 감정을 해결하려 하기 전에, 감정이 완전히 일어나도록 그대로 두십시오. 그렇게 해야만 비로소 감정이 완전히 해소될 수 있습니다. 당신이 느끼는 감정에 귀를 기울일 수 있는 공간과 시간을 만드십시오. 그런 다음 그 감정을 부드럽게 안아주십시오. 즉, 스스로를 달래는 식으로 그 감정에 정당성을 부여하십시오. 감정을 품에 안은 아기처럼 다루십시오. 그 감정이 아무리 엉망진창이 되었다 해도 보듬어주어야 합니다.

자신을 부드럽게 안아주면서 수용하면 더 안전한 느낌을 받고 힘을 낼 수 있습니다. 훌쩍이며 우는 아이의 말을 듣기 위해 하던 일을 멈추고 아이의 눈높이에 맞춰 쭈그려 앉아 귀를 기울이고 아이를 안아주는 아버지는 애정 어린 돌봄과 배려를 하고 있는 것입니다. 아이는 기분이 한껏 좋아지고 자신에게 힘이 있다는 자각과 함께 밖으로 힘차게 달려 나갑니다. 우리는 우리의 내면 아이를 위해서 그 아버지와 똑같이 할 수 있습니다.

자신의 내면에서 공감과 수용의 목소리를 찾아내십시오. 그것은 당신의 집에 들렀을 때 당신의 기운을 북돋아주는 다정한 삼촌의 목소리입니다. 그는 당신의 아버지에게 그렇게 엄격하게 굴지 말라고 말합니다. 그는 당신이 갖고 있는 좋은 면들에 대해 말해줍니다. 그는 당신에게 사탕을 사먹으라고 용돈을 줍니다. 당신 자신에게 당신이 바로 그 삼촌이라고 분명하게 말하십시오. 당신이 내면의 그 원형적인 보호자와 접촉하고 있다고 단언하십시오. 당신은 내면에 아이뿐만 아니라 당신을 지지해주는 든든한 성인 보호자 역시 갖고 있다는 사실을 기억하십시오.

기쁨 발견하기

새뮤얼 테일러 콜리지°는 "이 무딘 고통을 깜짝 놀라게 하고 살아 움직이게 할 수 있는" 것에 대해 말했습니다. 애도 작업을 즐거운 놀이와 균형을 맞추는 것은 중요합니다. 인생을 즐거운 마음으로 감사하면서 살 수 있는 당신의 잠재력을 발휘할 방법들을 찾으십시오. 당신의 관계들, 가정생활, 일, 취미를 객관적으로 바라보십시오. 그것들이 너무 위험해지거나 그로 인해 죄책감에 휩싸이게 될 때, 그것들은 나에게 고통을 가하게 됩니다. 어떻게 하면 그것들 각각에서 즐거움을 발견할 수 있을까요? 당신의 상대와 친구들에게 제안을 부탁하십시오. 우리가 배운 것들을 예술이나 허구, 유머, 심지어 우리 모두가 할 수 있는 게임으로 변형시킬 때 통합이 일어납니다. 의식적인 마음이 즐겁고도 활발하게 거기에 참여한다면 내면의 잠재력이 활성화될 수 있습니다. 사실, 무의식은 언제나 의식이 뜻밖의 힘을 실현하기를 미소 지으며 기다리고 있습니다.

자녀에게 사과하기

어린 시절에 학대를 받았거나 욕구를 무시당했다면, 자녀들에게 그 사실을 솔직하게 털어놓으십시오. 그리고 당신이 자녀들에게 어떤 식으로 상처를 주거나 배신했는지 물어보십시오. 자신의 상처를 기꺼이 다루고 치료하고자 하면서 우리는 타인의 상처에 애정 어린 반응을 보일 준비를 갖추게 되었습니다. 일단 자신의 상처를 인정하면, 우리는 결코 우리가 상처를 입었던 방식으로 타인에게 상처를 입히

°   Samuel Taylor Coledge(1772~1834). 영국의 시인, 비평가. 인간 존재와 우주의 본질적인 원칙을 해명하려 노력했다.

지 못합니다. 또한 비난, 벌하고자 하는 마음, 복수심, 죄책감, 통제, 심판, 부인, 증오, 쓰라린 괴로움을 흘려보냅니다. 비난을 버리는 것은 용서하는 것입니다. 수치심을 버리는 것은 자존감입니다.

　자식에게 사과하는 부모에게 수치심은 없습니다. 나는 내 아들에게 우리가 함께 살았을 때 너무도 자주 그를 통제하고 조종하고 요구한 것에 대해 사과합니다. 나는 내 아들을 사랑하고 우리 사이에 아무리 당혹스러운 것이라 해도 명백한 진실이 있기를 바라기 때문에 그렇게 합니다. 그것이 바로 우리 모두가 노력과 수행으로 이 책의 첫 문장, 즉 '사랑은 가능성에 대한 가능성입니다'라는 문장을 실현하는 방법입니다.

이 모든 일이 나에게 일어났습니다

인생의 다양한 장에서 당신에게 일어난 모든 것을 주의 깊게 생각해 보십시오. 10년 단위로 생명선을 긋고 가장 행복했던 순간을 기입하십시오. 그리고 당신이 늘 볼 수 있는 곳에 걸어놓으십시오. 언젠가 당신이 준비가 되면, 다음과 같이 말하면서 각 장을 축복하고 버리십시오.

> 이 모든 일이 나에게 일어났습니다. 나는 이 모든 것이 나를 삶 속으로 끌어들인 손길이라고 생각합니다. 더 나을 수도 있었고 더 나쁠 수도 있었던 일들입니다. 평화로운 연민의 이 순간에 나는 어떠한 불만이나 비난, 후회도 가만히 잠재웁니다. 나는 내가 살았던 그 모든 상황을 긍정합니다. 그 상황들이 내가 배울 필요가 있었던 교훈들을 주었다고 인정합니다. 나는 나와 함께

길을 걸었던 모든 사람들과 나 자신에게 애정을 느낍니다. 나는 과거 또는 과거의 한 조각에서 비롯되는 정신의 산란함에 대한 두려움이나 집착 없이 계속 살아나갈 것을 나 자신에게 허락합니다. 나는 과거에 일어났던 모든 것들을 한 줄로 세우고 그저 이렇게 말합니다. '그래, 그 일은 일어났어. 이번엔 무슨 일일까?' 인생에서 비극은 어떤 사건이 아니라 사랑하는 능력을 잃어버리는 것입니다. 나의 인생은 비극이 아니라 역사였습니다. 나와 내가 알았던 모든 사람들이 우리가 함께 거쳐온 그 모든 것으로 말미암아 깨달음을 얻게 하소서.

옮긴이 **윤미연**

부산대학교 불어불문학과 및 동 대학원을 졸업하고 프랑스 캉 대학교에서 공부한 뒤 전문번역가로
활동하고 있다. 르 클레지오의 『허기의 간주곡』 『라가-보이지 않는 대륙에 가까이 다가가기』를 비
롯하여 『우리는 함께 늙어갈 것이다』 『마지막 숨결』 『사랑을 막을 수는 없다』 『나쁜 것들』 『구해줘』
『첫 문장 못 쓰는 남자』 등을 우리말로 옮겼다.

나는 왜 이 사랑을 하는가

초판 1쇄	2014년 10월 10일
초판 3쇄	2021년 4월 30일

지은이	데이비드 리코
옮긴이	윤미연
펴낸이	이재현, 조소정
펴낸곳	위고
제작	세걸음
출판등록	2012년 10월 29일 제406-2012-000115호
주소	경기도 파주시 회동길 290 206-제5호
전화	031-946-9276
팩스	031-946-9277

hugo@hugobooks.co.kr
facebook.com/hugobooks

ISBN 979-11-950954-4-5 03810

이 도서의 국립중앙도서관 출판예정도서목록(CIP)은 서지정보유통지원시스템 홈페이지(http://
seoji.nl.go.kr)와 국가자료공동목록시스템(http://www.nl.go.kr/kolisnet)에서 이용하실 수 있습니
다.(CIP제어번호: CIP2014027524)